Spis treści

Wspólny grunt

Amazonki z Ridgewater
Tom 3

CAITLYN LYNCH

shenaniganspress.com/PL

Podziękowania

Ta seria nie mogłaby powstać bez hojności specjalistów od koni z najróżniejszych obszarów branży, którzy podzielili się ze mną swoją wiedzą, w większości przypadków nie mając bladego pojęcia, dlaczego zadaję te, najwyraźniej kompletnie szalone, pytania.

Charlotte, niezrównana lekarka weterynarii koni

Caleb, kowal, który ma rozsądne ceny i jest niezawodny (skarb!)

Emma, terapeutka metody Mastersona o naprawdę magicznych dłoniach

Tamara, trenerka i specjalistka od OTTB

I ludzie ze społeczności jeździeckiej w Elimbah, którzy obecnie walczą o swoje domy z molochem Main Roads, a z tej batalii czerpałam inspirację do walki o obwodnicę, którą toczą McKenzie'owie.

I przepraszam; pozwoliłam sobie potraktować dość swobodnie kilka faktów dotyczących konkursów skokowych na Ekkce w tej książce, bo musiałam skrócić harmonogram rekonwalescencji Phoenixa, żeby pasował do historii. Żeby wystartować w Showcase, musiałby wcześniej zakwalifikować się na innych zawodach. Ekka (the Royal Queensland Show) jest jednak dokładnie taka, jak ją opisałam, i jeszcze więcej; a jeśli kiedykolwiek będziecie mieć okazję przyjechać do Brisbane, naprawdę warto przyjechać w sierpniu, żeby tego doświadczyć!

Rozdział pierwszy

Palce Emmy McKenzie metodycznie pracowały w skołtunionej grzywie Phoenixa, z cierpliwością kogoś, kto rozumiał, że dla przestraszonego konia czas nie ma znaczenia, delikatnie rozplątując kołtuny. Wysoki, czarny wałach pełnej krwi angielskiej wzdrygał się przy każdym dotknięciu, a jego lśniąca czarna sierść była spocona z nerwów mimo chłodnego poranka. Minęły ledwie godziny, odkąd przywiozła go z aukcji w Laidley, a koń wciąż był kłębkiem napiętych nerwów, jego oczy śledziły każdy ruch na rozległych pastwiskach Ridgewater.

— Spokojnie, chłopcze — mruknęła, trzymając głos cichy, kojący, niemal śpiewny. — Nikt cię tu nie skrzywdzi.

Phoenix prychnął, nozdrza mu się rozszerzyły, przenosząc ciężar ciała z nogi na nogę, a kopyta nerwowo tańczyły po trawie. Przy 17,2 dłoni był jak na pełnej krwi duży, górował nad Emmą, ale rozmiar nigdy jej nie onieśmielał. Najbardziej niepokoiły ją jego oczy — ciągle widoczne białkówki, jakby w nieustannym alarmie, jakby co chwila spodziewał się ciosu.

Kariera wyścigowa sześciolatka skończyła się nagle — jego temperament pogorszył się tak, że stał się nie do jazdy. Wygrywał wielokrotnie w ciągu trzech lat startów, ale w ostatnich trzech biegach nawet nie wystartował, zrzucając dżokejów przy próbie wprowadzenia do maszyny startowej i siejąc spustoszenie na torze, dopóki nie dopadli go sędziowie. Właściciele stracili do niego cierpliwość, a Emma wypatrzyła go na aukcji — z widocznymi żebrami, na chwilę przed załadunkiem na ciężarówkę handlarza końmi na rzeź. Coś w jego zrozpaczonych oczach ją przywołało. Kolejna złamana dusza, której trzeba dać drugą szansę.

Na szczęście handlarz znał Emmę dobrze. Gdy ją zobaczył, wyszczerzył zęby. — Zapłaciłem pięćset dwadzieścia.

— Sześćset — Emma wyciągnęła portfel i odliczyła wszystkie banknoty, jakie miała przy sobie. — Tyle mam.

— W takim razie jest twój. Powodzenia!

Teraz sięgnęła po miękką szczotkę z pudełka z przyborami do pielęgnacji u jej stóp, upewniając się, że Phoenix ją zobaczył, zanim uniosła ją do jego szyi. — Widzisz? Tylko szczotka. Nic strasznego.

Prowadziła szczotkę wolno, delikatnymi pociągnięciami, myśląc o tym, co powiedziała jej najstarsza siostra, Sarah, kiedy wyładowywały Phoenixa. — Kolejny projekt? I to gruby; będzie jadł jak smok. Twoje serce jest większe niż twoje konto, Em.

Może i tak. Ale Emma nie potrafiłaby go tam zostawić.

Zimowe słońce ogrzewało jej plecy, gdy pracowała, skrupulatnie zapisując w pamięci każde zadrapanie i dawną kontuzję. Ogon miał postrzępiony przy nasadzie od ocierania w złości o ściany stajni. Na bokach przebiegały blade ślady po zbyt gorliwych batonikach, świadczące o trenerach i dżokejach, którym skończyła się cierpliwość, a pysk był poznaczony bliznami po brutalnych wędzidłach i łańcuszkach, jakich używano, by go poskromić. Widziała to już nie raz — fizyczne przejawy ludzkiej niecierpliwości na zwierzętach, które nie rozumiały, co zrobiły źle. Ale ostatecznie żaden człowiek nie zapanowałby nad półtonowym koniem, nie wtedy, gdy ten koń pchany strachem i paniką przekraczał granicę rozsądku.

— Postawimy cię na nogi — obiecała, delikatnie rozplątując kolejny kołtun. — Potrzebujesz tylko kogoś, kto posłucha, co próbujesz powiedzieć. Ja słucham, obiecuję. Czy jestem pierwszą, która kiedykolwiek cię wysłuchała, hm?

Phoenix odrobinę opuścił łeb — pierwszy nieśmiały znak rozluźnienia. Emma uśmiechnęła się, rozpoznając małe zwycięstwo. To był język, którym mówiła najpłynniej: milcząca komunikacja człowieka z koniem, która zawsze miała dla niej więcej sensu niż większość ludzkich interakcji.

Cichy pomruk silnika przeciął poranny spokój. Emma podniosła wzrok, rozpoznając charakterystyczny łopot wirnika. Dziwne. Zwykle nie przelatywały tak nisko nad Ridgewater.

Łeb Phoenixa wystrzelił do góry, uszy najpierw nastawiły się do przodu, zaraz potem przykleiły do potylicy. Całe ciało się spięło.

— Spokojnie — uspokajała, kładąc stabilizującą dłoń na jego łopatce. — To tylko helikopter. Nie ma się czego bać.

Ale dźwięk narastał, stawał się bardziej natarczywy. Między drzewami Emma dostrzegła śmigłowiec, lecący wyjątkowo nisko. Z orientacyjnym ukłuciem gniewu uświadomiła sobie, że to helikopter geodezyjny. Musieli robić zdjęcia lotnicze pod obwodnicę; a przecież mieli zawiadomić pocztą, zanim to zrobią!

Oddech Phoenixa przyspieszył, nozdrza rozszerzyły się szeroko. Emma szarpnęła za węzeł łatwy do rozwiązania, którym uwiąz był przytwierdzony do sznurka bezpieczeństwa przy poręczy, wiedząc, że może potrzebować poczuć się mniej skrępowany, i cofnęła się, by dać mu przestrzeń. — Spokojnie, chłopcze. Spokojnie...

Helikopter zahuczał nad głowami, jego cień przesunął się przez pastwisko. Podmuch wirnika wyginał trawę wokół nich w falach. Oczy Phoenixa przewróciły się białkami ze strachu, a jego masywne ciało sprężyście napięło się jak łuk.

— Phoenix, nie! — Rozkaz Emmy utonął w ryku śmigłowca.

Pełnej krwi stanął dęba, przednie kopyta rozcinały powietrze. Emma kurczowo trzymała uwiąz, jej buty ślizgały się po trawie. Przez ułamek sekundy poczuła miażdżący ciężar nieuchronności, świadomość, że jej chwyt jest niczym wobec jego paniki. A potem lina wyrwała się, ślizgając przez jej dłoń, sprawiając, że krzyknęła z bólu, a palce mimowolnie się otworzyły.

Phoenix twardo opadł na ziemię, uwiąz chlasnął go po nogach. Spłoszony, podskoczył pionowo w górę, a gdy znów opadł, postawił kopyto na linie, choć Emma próbowała ją chwycić.

Dla Emmy wszystko działo się jak w zwolnionym tempie. Jedno kopyto na linie, kolejny ruch Phoenixa to było gwałtowne szarpnięcie łbem do góry. Stalowy karabińczyk łączący uwiąz z kantarem pękł z ostrym trzaskiem, dźwięk jeszcze bardziej spłoszył Phoenixa i zanim Emma zdążyła wykonać choćby jeden krok, zawinął i pognał przez padok, jego potężne nogi pożerały teren ogromnymi susami.

— Phoenix! — wrzasnęła Emma, a połamany uwiąz leżał bezradnie u jej stóp.

Czarny koń popędził w stronę ogrodzenia, uszy przyklejone do potylicy, ogon smagnął za nim jak chorągiew. Serce Emmy podeszło jej do gardła, gdy zorientowała się, że nie zwalnia. Płot miał około pięciu stóp, solidne słupki i żerdzie miały powstrzymać nawet najbardziej zdeterminowanych uciekinierów.

Phoenix zebrał się, mięśnie napięły się pod lśniącą sierścią, i wystrzelił w górę. Pokonał ogrodzenie z przerażającą łatwością, lądując bez choćby potknięcia, po czym popędził dalej na oślep.

— Nie, nie, nie — wysapała Emma, ruszając biegiem.

Dopadła ogrodzenia, gdy Phoenix zbliżał się do kolejnej granicy, oddzielającej domowe padoki od pola z klaczami hodowlanymi. Sarah ją zabije, jeśli spłoszy ciężarne klacze!

Phoenix nie zawahał się. Przeleciał nad płotem, jego potężne ciało na ułamek sekundy zawisło na tle błękitnego nieba, po czym zniknął w następnym ogrodzeniu, a zgraja klaczy zapiszczała przenikliwie, gdy wpadł wprost między spokojnie pasące się stado.

Emma zmieniła kierunek, puściła się biegiem wzdłuż ogrodzenia do najbliższej bramy. Płuca paliły, kiedy szarpała zasuwę — cenne sekundy uciekały. Gdy udało jej się wślizgnąć, Phoenix był już przy trzecim ogrodzeniu.

To ogrodzenie miało sześć stóp wysokości, z solidnych słupów i desek, zaprojektowane i zbudowane specjalnie po to, by utrzymać ich ogiera, Legenda, gdy był młodszy i bardziej pomysłowy. Emma zwolniła, modląc się, by ta bariera wreszcie powstrzymała ucieczkę Phoenixa. Złapanie go na dwunastoakrowym pastwisku z klaczami byłoby wyzwaniem, ale przynajmniej...

Pełnej krwi zebrał siły, mięśnie pofalowały pod sierścią. Wystrzelił w górę idealnym łukiem, przeskakując ogrodzenie z zapasem.

— Chryste! — sapnęła Emma, znów zmieniając kurs.

Pobiegła z powrotem w stronę głównego podwórza, nogi tłukły rytm, gdy wyliczała tor biegu Phoenixa. Pędził na wschód, prosto ku granicy z Ridgemont Country Club. Jeśli dostanie się na pole golfowe...

Emma wpadła na podwórze, płosząc córkę, Jemimę, która wyprowadzała kuca ze stajni.

— Mamo? Co się stało?

— Phoenix się wyrwał — dyszała Emma, sięgając po kluczyki z kieszeni. — Pędzi w stronę klubu golfowego.

— Powiedzieć cioci Sarah? — zawołała Jemima, gdy Emma szarpnęła drzwi swojego pick-upa.

— Tak. I poproś, żeby zadzwoniła do wujka Marcusa! Powiedz mu, że możemy go potrzebować. — Silnik zawył do życia. Emma wrzuciła bieg, opony zapiszczały na żwirze, zanim złapały przyczepność.

Popędziła podjazdem, biorąc zakręt na drogę dojazdową zbyt szybko. Między drzewami migał jej Phoenix — daleko przed nią, wciąż pędził na złamanie karku ku granicy z polem golfowym. Tamtejszy płot był wysoki, ale Emma nie łudziła się, że go zatrzyma, nie po tym, jak pokonał poprzednie, jakby ich nie było. W tym stanie ślepej paniki nic go nie powstrzyma.

Gdy pick-up podskakiwał na szutrze, myśli Emmy biegły przez kolejne scenariusze, każdy gorszy od poprzedniego. Phoenix kaleczy się na ogrodzeniu. Phoenix wpada na wózek golfowy albo, nie daj Boże, na człowieka. Ten masywny koń pełnej krwi był pociskiem z mięśni i kości, nieracjonalnym ze strachu.

Widziała już taki wyraz oczu u innych uratowanych. Wyraz zwierzęcia tak przytłoczonego przerażeniem, że instynkt samozachowawczy przestaje działać. Phoenix będzie biegł, dopóki nie padnie, albo w coś nie przywali na tyle twardego, by go zatrzymać.

Droga dojazdowa odkręciła się od granicy. Emma pochyliła się nad kierownicą, wytężając wzrok, by przez drzewa utrzymać go w polu widzenia. A potem zniknął, mroczna sylwetka przeskoczyła ostatni płot wyznaczający skraj Ridgewater.

Żołądek Emmy się skurczył. Phoenix dostał się na pole golfowe.

Ryan Wardell stukał piórem Mont Blanc w podkładkę z klipsem, po czym dopisał kolejną pozycję do już i tak obszernej listy remontowej. Popisowy, osiemnasty dołek Ridgemont Golf and Country Club zasługiwał na coś lepszego niż wyblakłe chorągiewki i przestarzałe zraszacze. Stojąc na perfekcyjnie przystrzyżonym fairwayu w wypolerowanych brogsach i dopasowanym garniturze, mocno kontrastował z greenkeeperami w znoszonych roboczych ubraniach — i właśnie o to chodziło. Nowy właściciel oznaczał nowe standardy, a Ryan zbudował reputację na przekształcaniu kulejących aktywów. Nowe uniformy też były na liście.

— System nawadniania pochodzi z przebudowy w latach dziewięćdziesiątych, proszę pana — wyjaśnił główny greenkeeper, wskazując na głowice zraszaczy kropkujące fairway i okalające green. — Wciąż działa, ale części coraz trudniej dostać.

Ryan skinął głową, notując. — A jak wygląda kwestia praw do wody?

— Bardzo dobrze. Mamy przydział z potoku i dostęp do ujęcia ze studni głębinowej, a jezioro na południowy zachód nigdy nie wysycha, zasilają je różne potoki. Nawet w latach suszy dajemy radę. I nie zalewa nas; na drugim końcu jest przelew, który puszcza wodę, zanim zdąży dojść do najniższych punktów pola.

To przynajmniej było satysfakcjonujące. Bezpieczeństwo wodne było kluczowym czynnikiem przy zakupie Ridgemont. Po dekadzie wspinania się po korporacyjnej drabinie w Brisbane, Ryan szukał inwestycji łączącej potencjał biznesowy z korzyściami dla stylu życia. Mistrzowskie pole golfowe dwie godziny od miasta odhaczało wszystkie jego punkty, zwłaszcza gdy analiza finansowa ujawniła niewykorzystany potencjał.

Poranne słońce ogrzewało mu plecy, gdy oglądał swoje nowe królestwo. Falujące fairwaye rozciągały się przed nim, szmaragdowe na tle czystego błękitu nieba. W oddali lśnił klubowy budynek, jego nowoczesne linie i szerokie przeszklenia były wabikiem na wesela i eventy korporacyjne, które Ryan zamierzał intensywnie promować.

— Sprawdźmy teraz drenaż bunkrów — powiedział, zerkając w harmonogram. To był jego pierwszy dzień jako oficjalnego właściciela i zamierzał skontrolować każdy aspekt działalności. Metodyczne podejście zawsze mu służyło; żaden detal nie był zbyt mały, by go pominąć przy tworzeniu porządnej strategii biznesowej.

Odwrócił się w stronę wschodniego skraju pola, gdzie rząd dojrzałych eukaliptusów, za którymi wznosił się wysoki, pełny płot z drewna, wyznaczał granicę z sąsiednią posiadłością. Ridgewater, podpowiedziały mu research. Jakaś działalność jeździecka. Niespecjalnie to wpływało na jego plany, może poza potencjalnymi skargami na hałas przy większych imprezach. Między fairwayem a granicą było prawie sto metrów zarośniętego terenu; wystarczająco, by wstawić kilka dużych działek i postawić ekskluzywne wille — kolejny element jego planu.

Łomot od strony drzew przerwał tok jego myśli.

— Co do diabła? — wykrzyknął greenkeeper, wskazując na granicę.

Ryan odwrócił się, mrużąc oczy pod słońce. Przez moment nie pojmował, co widzi. Ogromna, ciemna sylwetka wypadła z linii drzew, z oszałamiającą szybkością przemierzając zarośla prosto w ich stronę.

Koń. Ogromny, czarny koń bez jeźdźca, galopujący prosto na jego nienaganne pole golfowe, a potem — katastrofalnie — już po nim.

Zwierzę pognało przez green, kopyta przy każdym potężnym susie wyrywały darń kępami. Oczy miał rozszalałe, uszy przyklejone do łba. Ryan miał mizerne doświadczenie z końmi, ale nawet on rozpoznawał ślepą panikę, gdy ją widział.

— Zatrzymać to coś! — ryknął Ryan, gdy jego opanowanie popękało na widok tysięcy dolarów w murawie, które właśnie szły z dymem.

Głowica zraszacza pękła z trzaskiem, gdy koń ją stratował, a gejzer wody wyrwał się na jakieś dwa metry w górę. Nagły strumień jeszcze bardziej go spłoszył, koń gwałtownie odbił w stronę grupy golfistów na sąsiednim fairwayu.

— Uwaga! — krzyknął Ryan, z przerażeniem patrząc, jak golfiści rozbiegają się w popłochu, porzucając kije i wózki, byle tylko uciec przed pędzącą bestią.

Koń rozdeptał pozostawioną bez opieki torbę golfową, rozsypując kije po fairwayu jak bierki. Starszy klubowicz runął w pośpiechu, a przez jedną mrożącą krew w żyłach chwilę Ryan pomyślał, że koń go stratował. W ostatniej sekundzie zwierzę uskoczyło, przeskakując bunkier z szokującą gracją, po czym kontynuowało chaotyczny bieg przez pole.

Umysł Ryana automatycznie przeszedł w tryb zarządzania kryzysowego, z każdą sekundą szacując narastające szkody. Naprawy nawadniania. Odbudowa darni. Potencjalne roszczenia, jeśli ktoś został ranny. I to wszystko w jego pierwszy oficjalny dzień jako właściciela.

— Proszę ewakuować członków w bezpieczne miejsce — rozkazał najbliższemu pracownikowi, młodemu mężczyźnie w koszulce z logo pro shopu, który stał jak wryty, z rozdziawionymi ustami. — I niech ktoś zadzwoni po odłów zwierząt.

Wokół niego poukładana dotąd sielanka pola golfowego przemieniła się w pandemonium. Golfiści krzyczeli z przestrachu, pracownicy biegali w różne strony, a przez to wszystko masywny koń dalej siała zamęt, pozornie niewyczerpany w ucieczce, ale zmuszany do zawracania przez .

Dwóch greenkeeperów próbowało osaczyć zwierzę przy greenie treningowym, rozpostarli ramiona i ostrożnie się zbliżali. Koń stanął dęba, przednie kopyta rozcinały powietrze, po czym obrócił się i pognał przez osiemnasty green znowu, jego potężne ciało poruszało się z płynną gracją, która w innym kontekście byłaby piękna.

— Kto jest właścicielem tego cholernego konia? — warknął Ryan, ruszając w stronę budynku klubowego, gdzie menedżer stał bezradny wobec rozgrywającej się katastrofy. — Ktoś musi za niego odpowiadać.

— Pewnie z Ridgewater — odparł menedżer, wskazując na wschodnią granicę. — Mają tam różne konie. Jeszcze nigdy żaden nie przebił się przez płot. Ani *nad* nim — musiał skoczyć!

Ryan patrzył, jak koń wreszcie zwalnia, krąży nerwowo po greenie. Zacisnął szczękę, oglądając zniszczenia: rozryta darń, połamane zraszacze, porozrzucany sprzęt i przerażeni członkowie kłębiący się przy klubie. Grupa pracowników utworzyła luźny kordon wokół zwierzęcia, choć nikt nie kwapił się do podejścia bliżej.

— Proszę pana, podjeżdża jakiś pick-up podjazdem — zawołał sprzedawca z pro shopu. — Może właściciel.

Ryan odwrócił się i zobaczył ubłocony samochód podskakujący na ścieżce dla wózków, najwyraźniej jadący najkrótszą drogą zamiast podjazdem. Zapiszczał oponami przy pro shopie, a z kabiny wyskoczyła młoda kobieta i pobiegła w jego stronę.

Nawet z daleka Ryan widział, że to nie żadna korporacyjna amazonka w bryczesach i dopasowanej marynarce. Dżinsy miała wytarte, pomięta koszula w kratę była poplamiona jakimś błotem i końskim potem. Długie brązowe włosy wysuwały się z praktycznego warkocza, okalając twarz naznaczoną niepokojem.

Bez wahania ruszyła w stronę ogromnego konia, który wciąż krążył nerwowo po greenie, idąc przez tłum z wyraźnym celem.

— Przepraszam — zawołał Ryan, stając jej na drodze. — To zwierzę wyrządziło poważne szkody na mojej posesji.

Kobieta ledwie na niego zerknęła, całą uwagę skupiła na spłoszonym koniu. — Strasznie mi przykro. To mój. Proszę pozwolić mi go złapać, zanim ktoś ucierpi.

Zanim Ryan zdążył odpowiedzieć, przemknęła obok, podchodząc do rozdygotanego zwierzęcia z zaskakującą pewnością. Ryan patrzył, rozdarty między irytacją z powodu zniszczeń a niechętną ciekawością, jak zamierza pochwycić to wyraźnie spanikowane bydlę.

Greenkeeperzy rozstąpili się, wpuszczając ją, ulga malowała się na ich twarzach. Ryan poszedł kawałek za nią, w myślach wciąż doliczając rosnące z minuty na minutę koszty napraw. Jeśli sądzi, że proste przepraszam pokryje zdewastowaną darń i rozbity system nawadniania, to grubo się myli.

A jednak mimo irytacji poczuł dziwne zafascynowanie, kiedy zbliżała się do masywnego konia. Cała jej postawa się zmieniła — napięcie stopniało z ramion, ruchy stały się płynne i rozmyślne. Kontrast między wcześniejszą gorączkową krzątaniną a obecną ciszą i opanowaniem był uderzający.

— To zwierzę to zagrożenie — mruknął członek klubu w drogim golfowym stroju, stojąc z rękami na biodrach. — Jak mamy dokończyć rundę? Popatrz pan na tego greena!

Ryan milczał, patrząc, jak kobieta powoli skraca dystans do nerwowego konia. Zirytowani członkowie i finansowe implikacje mogą zaczekać. Najpierw trzeba bezpiecznie ściągnąć to zwierzę z jego pola.

Serce Emmy waliło jak oszalałe, gdy ogarnęła skalę zniszczeń spowodowanych przez Phoenixa. Nieskazitelne pole golfowe wyglądało, jakby zamiast spokojnego poranka gry odbył się tu wyścig zderzaków. Kępy darni leżały porozrzucane po greenie, pęknięty zraszacz strzelał wodą w niebo, a wściekli golfiści stali w grupkach, wskazując na Phoenixa, który krążył nerwowo w centrum całego chaosu. Jego ciemna sierść lśniła potem, boki falowały od wysiłku i strachu. Gdy na jej drodze stanął elegancko ubrany mężczyzna, a nieskazitelny strój i gradowa mina jasno wskazywały, że to ktoś decyzyjny, żołądek Emmy zapadł się w dół.

— Strasznie mi przykro. To mój. Proszę pozwolić mi go złapać, zanim ktoś ucierpi — wydusiła, ledwo zerkając na mężczyznę, bo skanowała ciało Phoenixa w poszukiwaniu urazów. Przynajmniej nie było widać krwi. Małe pocieszenie.

Przemknęła obok biznesmena, świadoma ubłoconych dżinsów i swojego niechlujnego wyglądu. To nie miało teraz znaczenia. Liczyło się tylko to, by dotrzeć do Phoenixa, zanim jego panika znów eskaluje. Czuła, jak wzrok wwierca jej się w plecy, niemal słyszała w głowach zebranych kalkulacje kosztów, ale odgrodziła się od tego.

Gdy zbliżała się do kręgu greenkeeperów, którzy utworzyli luźny kordon wokół Phoenixa, ciało Emmy automatycznie przybrało postawę wypracowaną przez lata pracy z poturbowanymi psychicznie końmi. Rozluźnione ramiona, oddech głęboki i równy, każdy ruch płynny i zamierzony. Zatrzymała się kilka metrów od Phoenixa, mierząc go spojrzeniem.

W oczach pełnej krwi wciąż bielały obrączki strachu, uszy nerwowo skakały między ludźmi dookoła. Potężna klatka piersiowa unosiła się gwałtownie po galopie, ale ten dziki bieg przynajmniej spalił część początkowej paniki. Teraz słuchał, przetwarzał otoczenie, a nie tylko reagował.

— Czy wszyscy mogą proszę się cofnąć i zachować ciszę? — poprosiła Emma, trzymając głos spokojny, ale pełen autorytetu. — On się boi, nie jest agresywny.

Ku jej zaskoczeniu greenkeeperzy natychmiast się cofnęli, choć golfiści pozostali w grupach dalej, ich pomruki niezadowolenia tworzyły tło. Wyczuła, a nie zobaczyła, jak biznesmen podchodzi bliżej, zatrzymując się kilka metrów za nią.

Emma utrzymywała uwagę na Phoeniksie, lekko odwracając ciało bokiem, unikając bezpośredniego kontaktu wzrokowego, który koń mógłby odczytać jako drapieżny. — No cześć, wielki — szepnęła łagodnie. — Ależ miałeś przygodę, co?

Uszy Phoenixa obróciły się w stronę jej głosu, w ciemnych oczach zamigotało rozpoznanie. Prychnął, cofnął się o pół kroku, ale nie uciekł. Postęp.

Emma powoli wsunęła dłoń do kieszeni i wyjęła mały płócienny woreczek. W powietrzu zawisł delikatny, ale wyraźny zapach lukrecji, kiedy go otworzyła. Nozdrza Phoenixa zadrgały, na moment ciekawość zwyciężyła nad strachem.

— Właśnie tak — zachęcała, stawiając powolutku jeden krok, potem drugi. — Nic tu strasznego. Tylko parę smakołyków.

Za plecami usłyszała czyjeś niedowierzające parsknięcie, po którym nastąpiło ostre: — Cicho! — od kogoś innego. Zignorowała to, podtrzymując bańkę spokoju, którą tworzyła między sobą a Phoeniksem. To był język, w którym była najbardziej biegła — niemy przekaz intencji i zaufania, wykraczający poza słowa.

Phoenix odrobinę opuścił głowę, uszy miał teraz na nią nastawione, nozdrza poruszały się, gdy łapał zapach smakołyków — smakołyków, o których istnieniu nie wiedział jeszcze wczoraj, ale już zdążył je polubić. Zrobił niepewny krok w jej stronę, po czym się zatrzymał, wciąż czujny.

Emma wyciągnęła dłoń grzbietem do góry — koński gest pokoju. — Spokojnie — szeptała. — Przestraszyłeś się, ale już jesteś bezpieczny. Koniec z helikopterami.

Zrobiła jeszcze krok, i jeszcze jeden, stopniowo zamykając dystans. Phoenix pozostał w miejscu, jego oddech zwalniał, gdy jej spokojna obecność zaczynała na niego oddziaływać. Więź, która się między nimi tkała, była niemal namacalna — kruchy niteczka zaufania rozciągnięta przez przestrzeń, która ich dzieliła.

Wreszcie stała na wyciągnięcie ręki. Phoenix jeszcze bardziej opuścił łeb, dmuchnął ciepłym powietrzem na jej wyciągniętą dłoń.

— Dobry chłopak — wyszeptała Emma, ledwie słyszalnie. Podała mu skrętkę z lukrecji, którą Phoenix delikatnie zdjął z jej dłoni. Wolną ręką głaskała jego spoconą szyję, czując drżenia, które wciąż przebiegały przez potężne ciało. — Taki dobry, dzielny chłopak.

Od pasa odwinęła uwiąz, wdzięczna, że miała zapasowy w pick-upie. Poruszając się powoli, podała go, pozwalając Phoeniksowi obejrzeć i obwąchać linę, zanim spokojnie podniosła ją, by wpiąć w kantar. Drgnął na ciche klik metalu, ale stał spokojnie, akceptując lekki nacisk, gdy go zapinała.

Dopiero wtedy pozwoliła sobie w pełni wypuścić powietrze.

Kryzys zażegnany — przynajmniej ten najbliższy.

Odwróciła się do zgromadzonego tłumu, Phoenix stał teraz grzecznie przy niej, choć oczy wciąż nerwowo biegały po obcym otoczeniu. Najbliżej stał biznesmen, ręce skrzyżowane na piersi, wyraz twarzy niepokojąca mieszanka irytacji i czegoś, co wyglądało niemal na niechętny podziw.

— Nazywam się Emma McKenzie — powiedziała, patrząc mu prosto w oczy. — Z Ridgewater. Nie umiem przeprosić dość mocno. Leciał zbyt nisko helikopter pomiarowy i on spanikował.

Mężczyzna przygryzł szczękę, ale skinął głową na wzmiankę o helikopterze — najwyraźniej też go słyszał. — Ryan Wardell — przedstawił się, ton miał urwany. — Właściciel Ridgemont Country Club. Właściwie od dzisiejszego poranka.

Emma skrzywiła się. *No jasne. Całe jej szczęście.* — Nieźle przywitałam Pana w okolicy. Naprawdę mi przykro.

Ryan wskazał na zryty green, pęknięty zraszacz wciąż strzelający fontanną w górę, rozrzucone kije. — To będzie kosztować tysiące w naprawie. Nie mówiąc o zamieszaniu wśród naszych członków.

Jego nienaganny akcent i idealnie wyprasowane ubranie krzyczały: miejski biznesmen, ale w szarozielonych oczach Emmy mignęło coś, co kazało jej się zawahać. Błysk szczerej ciekawości, gdy spoglądał raz na nią, raz na Phoenixa. Był też młodszy, niż początkowo jej się wydawało; nie dawała mu więcej niż połowę trzydziestki.

— Rozumiem — powiedziała, spokojnie odwzajemniając spojrzenie. — Oczywiście pokryję koszty. I mogę pomóc przy naprawach. Wiem, że to nie zrekompensuje zamieszania, ale...

Phoenix poruszył się przy niej, przykuwając uwagę Ryana. Wałach wyraźnie się uspokoił, głowę miał opuszczoną, napięcie zaczynało odpływać z ogromnego ciała wraz z opadającą adrenaliną. Przemiana z przerażonego pocisku, który przed chwilą pruł przez pole, w to teraz ciche zwierzę była niezwykła.

— Dobrze sobie Pani z nim radzi — zauważył Ryan tonem sugerującym, że się tego nie spodziewał.

Emma ledwie się uśmiechnęła. — Tym się zajmuję. Rehabilituję konie po wyścigach. Ten jest zupełnie nowy

— wczoraj wzięłam go z aukcji w Laidley. Miał trafić na ciężarówkę do rzeźni, zanim zareagowałam.

Coś przemknęło przez twarz Ryana zbyt szybko, by Emma to odczytała. Zerknął na zegarek, potem na gromadkę niezadowolonych golfistów. — Wymieńmy się danymi kontaktowymi. W sprawie napraw.

— Oczywiście. — Emma jedną ręką wyciągnęła telefon, uważając, by nie szarpnąć uwiązu. Wymienili dane z biurową sprawnością, choć wpisując jego numer, Emma nie mogła nie zauważyć jakości skórzanych butów Ryana, teraz opryskanych błotem i wodą z pękniętego zraszacza. Kolejne przeprosiny cisnęły jej się na usta, ale przełknęła je. Dość już przepraszała; teraz trzeba działać.

— Odprowadzę go do Ridgewater, a potem od razu wrócę, żeby pomóc posprzątać — obiecała, klepiąc Phoenixa uspokajająco, gdy znów się poruszył.

Ryan skinął głową, choć jego mina sugerowała, że ma ograniczoną wiarę w tę obietnicę. — Greenkeeperzy oszacują pełen zakres zniszczeń.

Emma odwróciła się, by poprowadzić Phoenixa, czując spojrzenie Ryana na plecach, kiedy ostrożnie prowadziła wałacha w stronę podjazdu, którym będzie musiała go odprowadzić do domu. Koń szedł teraz posłusznie przy niej, a jego zaufanie do jej przewodnictwa widocznie rosło z każdym krokiem.

Przechodząc przez rozorany fairway, Emma złapała się na tym, że odtwarza ich wymianę zdań z Ryanem Wardellem. Mimo oczywistej irytacji, był moment szczerego zainteresowania, gdy patrzył, jak pracuje z Phoeniksem. Nie była to typowa reakcja kogoś, komu właśnie zdemolowano własność przez uciekającego konia.

Phoenix szturchnął ją łagodnie w ramię, jakby przepraszając za kłopot, który narobił. Emma pogłaskała go po chrapach, uśmiechając się mimo okoliczności.

— No cóż, to też sposób, żeby poznać nowego sąsiada — mruknęła. — Ale następnym razem spróbujmy czegoś mniej dramatycznego, dobrze?

Uszy Phoenixa poruszyły się na dźwięk jej głosu, a w jego oczach zalśnił błysk inteligencji i wrażliwości, które przyciągnęły ją do niego od początku. Pod strachem i traumą krył się niezwykły koń. Emma tylko miała nadzieję, że Ryan Wardell da jej szansę wszystko naprawić, zanim uzna, że i ona, i Phoenix sprawiają więcej kłopotów, niż są warci.

Rozdział drugi

EMMA WPATRYWAŁA SIĘ w rachunek trzymany w dłoniach. Otworzyła go, siedząc w swoim pickupie i czekając, aż Jemima wyjdzie ze szkoły, a teraz równe kolumny cyfr pływały jej przed oczami, gdy mózg usiłował ogarnąć sumę na dole strony. Dwadzieścia trzy tysiące czterysta sześćdziesiąt siedem dolarów. I dwanaście centów. Ta precyzja tylko pogarszała sprawę, jakby każdy z tych centów został skrupulatnie wyliczony z powodu spustoszenia, jakie Phoenix poczynił na nieskazitelnych greenach Ridgemontu. Oparła czoło o kierownicę, a żołądek ścisnął się jej twardym węzłem trwogi.

Trzy dni. Dokładnie trzy dni zajęło Ryanowi Wardellowi sporządzenie szczegółowej faktury za wymianę profesjonalnej zieleni, naprawy systemu nawadniania i utracone przychody z zamkniętych dołków. Koperta czekała niewinnie w skrzynce, kiedy wróciła ze sklepu z paszami, a firmowy nagłówek Ridgemont Golf and Country Club nie zdradzał ciosu, jaki krył się w środku.

— Tego mi właśnie brakowało, cholera — mruknęła w końcu, prostując się i przeczesując dłonią włosy.

Rachunki za paszę piętrzyły się, a trzy z uratowanych przez nią koni wymagały zabiegów dentystycznych, których nie dało się już długo odkładać. Już i tak naciągała budżet do granic, zanim Phoenix wpadł na spontaniczną wyprawę po polu golfowym.

Emma zerknęła na telefon. Wystarczyłby jeden telefon do Sarah i sprawa byłaby załatwiona. Starsza siostra zarządzała finansami rodziny z wojskową precyzją i trzymała fundusz rezerwowy na nagłe wypadki. Albo do Kate, której ostatnie wygrane z zawodów były pokaźne. Nawet Pip, z jej prężnie działającym „kucykowym" biznesem, pomogłaby bez wahania. A Marcus, narzeczony Sarah, weterynarz, pewnie zrobiłby te zęby za darmo, gdyby tylko w zaufaniu przyznała, że sobie nie radzi.

Ale na samą myśl o proszeniu o pomoc ścisnęło ją w gardle. Całe życie próbowała udowodnić, że nie jest tą roztrzepaną najmłodszą siostrą, którą trzeba ratować po jej nastoletniej ciąży. Branie odpowiedzialności za swoje wybory było dla niej kwestią honoru, a ta sytuacja, choć niespodziewana, była w pełni jej winą. Wzięła Phoenixa, wiedząc, że jest straumatyzowany. Nie dopilnowała, by był właściwie zabezpieczony, może zaczęła z nim pracować zbyt wcześnie — ale przecież tylko próbowała go trochę ogarnąć...

Zostawiła Phoenixa niecałą godzinę temu, po spędzeniu większości poranka na pracy nad podstawowymi manierami z ziemi. Ten potężny koń pełnej krwi angielskiej zadziwiająco się wyciszył przez trzy dni od ataku paniki, dobrze reagując na spokojną rutynę i konsekwentne prowadzenie. Kiedyś będzie z niego wspaniały koń wierzchowy — przy jego atletycznej budowie i inteligencji. O ile będzie ją stać trzymać go wystarczająco długo, by dokończyć rehabilitację.

— Dobra — powiedziała, składając rachunek i wsuwając go do kieszeni, gdy wokół auta zaczęły się przewijać dzieciaki. — Nie ma co się użalać.

— Hej, mamo! — Tylne drzwi po stronie pasażera otworzyły się, a Jemima wgramoliła się do środka, rzuciła torbę na tylne siedzenie i jednym ruchem przeciągnęła pas przez ramię. — Czy Charlotte może wpaść dziś po południu?

— Jak w każde inne popołudnie? — droczyła się Emma. — Jasne. Napiszę do jej taty. Ale nie miałabyś nic przeciwko, gdybyśmy po drodze zrobili mały przystanek?

— Pewnie. Gdzie, do supermarketu? Mogłybyśmy kupić lody?

Emma odpaliła swojego pickupa, krzywiąc się, gdy silnik dwa razy zakaszlał, zanim zaskoczył. Już dawno należało mu się serwisowanie, a przy trzystu tysiącach na liczniku i tak pewnie nie zostało mu wiele kilometrów. Kolejny wydatek, na który nie było jej stać.

— Nie do supermarketu. Do klubu golfowego. Muszę porozmawiać z właścicielem.

— Tam, gdzie Phoenix oszalał?

Emma skrzywiła się. — Tak. Tam. Muszę porozmawiać z panem Wardellem o dorosłych sprawach, ale byłoby miło, gdybyś poszła ze mną.

To nie była do końca manipulacja, powiedziała sobie Emma, gdy Jemima bez oporu wzruszyła ramionami. To było po prostu... strategiczne myślenie. Mężczyzna wydawał się kompletnie niewzruszony jej przeprosinami, ale nawet najbardziej korporacyjny typ powinien zmięknąć przy rezolutnej ośmiolatce.

— Dlaczego musisz rozmawiać z panem z klubu golfowego? — zapytała Jemima, gdy Emma ostrożnie wyjeżdżała z zatłoczonego szkolnego parkingu na główną drogę.

Emma zawahała się, po czym wybrała szczerość. — Phoenix narobił sporo szkód, kiedy tamtędy przebiegał. Pan Wardell przysłał nam bardzo wysoki rachunek i liczę, że uda się coś ustalić, żebym nie musiała sprzedawać nerki.

— Nie powinnaś sprzedawać żadnych organów, mamo — powiedziała poważnie Jemima. — Ciocia Pip mówi, że potrzebujesz wszystkich komórek mózgowych, jakie ci zostały.

— Dzięki za troskę — odparła Emma, przygryzając wargę, by ukryć uśmiech. — I pamiętaj, dziś najlepsze zachowanie, dobrze? To ważne.

Kontrast między okolicznymi posiadłościami, w tym ich własną, a Ridgemont Golf and Country Club zawsze był uderzający. Nawet mimo wciąż widocznych działań naprawczych na osiemnastym fairwayu i greenie, krajobrazowa perfekcja terenu ostro kontrastowała z praktyczną funkcjonalnością Ridgewater. Emma zaparkowała swojego ubłoconego pickupa między parą lśniących, luksusowych samochodów, czując się zdecydowanie nie na miejscu.

— Łał — westchnęła Jemima, gdy szły w stronę klubowego budynku. — To jak pałac, mamo! Nie wiedziałam, że to jest tuż obok!

Bo nie stać nas, żeby tu bywać. Emma nie powiedziała tego na głos, ale poczuła, jak dłoń Jemimy wsuwa się w jej rękę, i wiedziała, że nawet jej pewna siebie córka czuje się trochę onieśmielona.

Współczesna bryła wznosiła się przed nimi — szkło i polerowane drewno. Emma odruchowo wygładziła włosy, życząc sobie, by znalazła chwilę na przebranie się w coś mniej „stajennego" niż sprane dżinsy i flanelowa koszula. Ale teraz nie było już odwrotu. Poprowadziła Jemimę kamiennym traktem między dwiema fontannami i przez wielkie drzwi, które rozsunęły się bezszelestnie, gdy podeszły.

W środku klimatyzowane, chłodne powietrze niosło zapach cytrynowej politury i drogich perfum. Recepcjonistka w nienagannym uniformie podniosła wzrok, gdy weszły; jej profesjonalny uśmiech nieznacznie przygasł na widok swobodnego stroju Emmy.

— W czym mogę pomóc? — zapytała, przenosząc spojrzenie z Emmy na Jemimę.

— Chciałabym porozmawiać z Ryanem Wardellem, proszę — powiedziała Emma, zmuszając głos do pewności. — Emma McKenzie z Ridgewater.

W oczach kobiety pojawiło się zrozumienie. — Ach tak. Ten incydent z koniem.

Emma poczuła, jak rumieniec pełznie jej po szyi. — Zgadza się.

— Ma Pani umówione spotkanie?

— Nie, ale chodzi o fakturę, którą dziś otrzymałam. Sprawa jest pilna.

Perfekcyjnie wyregulowane brwi recepcjonistki nieznacznie się uniosły. — Sprawdzę, czy pan Wardell jest dostępny, ale jest teraz bardzo zajęty przejęciem. Może umówi się Pani na spotkanie na później w tygodniu?

— Proszę tylko sprawdzić — powiedziała Emma, a w jej głosie stwardniała determinacja. — Proszę powiedzieć, że chodzi o Phoenixa.

Gdy recepcjonistka podniosła słuchawkę, Jemima pociągnęła Emmę za rękaw. — Mamo, popatrz na te wszystkie trofea — szepnęła, wskazując na przeszkloną gablotę. — Czy golf jest trudny? W telewizji wygląda nudno.

— Ciii — uciszyła ją Emma, choć uśmiechnęła się na szczerość córki.

— Pan Wardell może poświęcić kilka minut — oznajmiła recepcjonistka, odkładając słuchawkę. — Jego biuro jest na końcu korytarza, ostatnie drzwi po prawej. Prosi, żeby było krótko, bo wkrótce ma zaplanowaną telekonferencję.

— Dziękuję — powiedziała Emma, ujmując Jemimę za rękę. — Załatwimy to szybko.

Idąc miękkim, wykładzinowym korytarzem, Emma czuła rachunek w kieszeni jak ołowiany ciężar. Dwadzieścia trzy tysiące dolarów. Mogłoby to równie dobrze być milion — tak samo nie była w stanie zapłacić tego od ręki. Jej jedyną nadzieją było to, że Ryan Wardell ma pod wypolerowaną, korporacyjną fasadą choć odrobinę empatii.

— Pamiętaj — szepnęła do Jemimy, gdy podeszły do drzwi z napisem —R. Wardell, CEO— — najlepsze zachowanie.

Jemima poważnie skinęła głową, jej niebieskie oczy spoważniały. — Będę grzeczna, mamo. Obiecuję.

Emma wzięła głęboki oddech, jeszcze raz wygładziła włosy i zapukała.

Ryan podniósł wzrok znad laptopa, gdy do drzwi jego biura dobiegło pukanie. Przez szklaną szybę zobaczył czekającą Emmę McKenzie, a obok niej małą, blond dziewczynkę. Odruchowo poprawił krawat i zamknął arkusz, który przeglądał. Incydent z Phoenixem, jak zaczęła to nazywać klubowa ekipa, pochłonął zdecydowanie zbyt wiele jego pierwszego tygodnia w roli właściciela. Wysłany rachunek był całkowicie rozsądny — obejmował rzeczywiste szkody plus utracone wpływy. To, że Emma McKenzie przyszła prosić o litość, nie było zaskoczeniem — co najwyżej niedogodnością. Da jej pięć minut, nie więcej.

— Proszę — zawołał, wstając z krzesła, gdy drzwi się otworzyły.

Najpierw weszła Emma, z wyrazem twarzy starannie ułożonej ogłady, która nie zdołała jednak ukryć troski w oczach. Za nią weszło dziecko, niebieskie oczy rozszerzone z nieskrywaną ciekawością, gdy chłonęła widok biura.

— Pani McKenzie — powiedział Ryan, wskazując krzesła naprzeciwko biurka. — A...

— Jemima — podsunęła dziewczynka, wspinając się na jedno ze skórzanych krzeseł. — Czy to pan jest tym panem, któremu Phoenix zadeptał trawę?

Mimo woli kąciki ust Ryana drgnęły. — Można tak to ująć.

Emma usiadła obok córki, plecy wyprostowane, ramiona ściągnięte. — Dziękuję, że przyjął nas pan bez umówienia. Dziś dostałam pański rachunek... Przepraszam, że przyszłam z córką, wracamy właśnie ze szkoły.

Ryan musiał się pilnować, by zachować niewzruszony wyraz twarzy, choć spojrzenie i tak uciekło mu z powrotem do blond dziewczynki. Wyglądała na osiem, może dziewięć lat. Spojrzał znów na Emmę, dokonując w myślach korekty. Wziął ją za ledwo co dorosłą, ale skoro Jemima była jej córką...

Poirytowany, że daje się rozproszyć, zebrał się w sobie i odchylił na oparcie. — Ocena szkód była dość wnikliwa. Uważam, że kwota odzwierciedla poniesione koszty.

— Rozumiem — odparła Emma równym głosem. — I biorę pełną odpowiedzialność za to, co się stało. Ale tej kwoty... po prostu nie jestem w stanie zapłacić jednorazowo.

Ryan przyglądał się jej zza biurka. Miała na sobie podobnie praktyczne ubrania jak trzy dni temu, choć czystsze. Zauważył, że jej dłonie były spracowane, z odciskami, paznokcie krótko obcięte, zupełnie bez biżuterii. Nawet obrączki nie nosiła, i znów zirytował się na siebie, że to zauważył. To były praktyczne dłonie ciężko pracującej kobiety. Nic wspólnego z wypielęgnowanymi palcami kobiet, z którymi zwykle miał do czynienia w korporacyjnych kręgach Brisbane.

— Klub ma swoje wydatki — powiedział, zachowując rzeczowy ton. — Ogrodnicy wymagali natychmiastowej zapłaty. System nawadniania wymagał pilnej naprawy, a na czas wyłączenia osiemnastego dołka musieliśmy tymczasowo obniżyć green fee.

— Wiem — skinęła Emma. — I nie kwestionuję pozycji. Proszę tylko, czy moglibyśmy ustalić plan spłaty, rozłożyć to na raty.

Ryan odchylił się w fotelu, rozważając. Ubezpieczenie klubu pokryje większość kosztów, chociaż udział własny był spory. Zgłoszenie już było w toku, a on miał wystarczająco dużo gotówki, by pokryć dziesięciokrotność tego, co Emma była winna. Z czysto finansowego punktu widzenia termin płatności miał niewielkie znaczenie; nie naliczał odsetek.

Ale w grę wchodziły zasady. Pierwsze dni w roli właściciela były i tak dość wymagające — musiał budować autorytet wśród pracowników, którzy latami pracowali u poprzednich właścicieli. Jak by to wyglądało, gdyby od razu złagodniał w sprawie znacznego roszczenia?

A jednak, patrząc na Emmę, przypomniał sobie, jak poradziła sobie z tym ogromnym, przerażonym koniem. Spokojna pewność siebie, instynktowne zrozumienie, czego zwierzę potrzebuje. Było w tym coś hipnotyzującego — obserwować, jak w kilka minut przemienia spanikowaną bestię w spokojnego towarzysza.

— Panie Wardell — odezwała się nagle Jemima, wyrywając go z zamyślenia — czy wiedział pan, że Phoenix wygrał mnóstwo wyścigów, zanim się przestraszył? Zarobił prawie milion dolarów, a potem ludzie, którzy go posiadali, już go nie chcieli. Wysłali go na aukcję i gdyby mama go nie kupiła, zostałby *zabity* i przerobiony na *psią karmę*.

Ryan przeniósł uwagę na dziecko, uderzony oburzeniem malującym się na jej twarzy. — Doprawdy?

— Mhm. Mama mówi, że wiele wyścigowych koni się wyrzuca, kiedy przestają wygrywać. Dlatego je ratuje i uczy znowu być zwykłymi końmi.

Emma położyła delikatną dłoń na ramieniu córki. — Jem, pan Wardell jest bardzo zajęty.

— Nie, w porządku — powiedział Ryan, sam zdziwiony, że naprawdę go to ciekawi. — Specjalizuje się Pani w rehabilitacji koni po wyścigach?

Emma skinęła głową, a przez jej starannie trzymaną ogładę przebił się błysk pasji. — To niesamowici atleci, których nikt nigdy nie uczył po prostu być końmi. Większość z nich może mieć wspaniałą drugą karierę przy odpowiednim przeszkoleniu.

— A Phoenix?

— Właściwie reaguje dobrze. Trauma sięga głęboko, ale on jest inteligentny. Z czasem i konsekwentnym prowadzeniem dojdzie do siebie.

Ryan złapał się na tym, że patrzy na ożywienie na jej twarzy, gdy mówi o koniu. Jej fachowość była oczywista, oddanie — wyraźne. Zupełnie inny obraz niż chaos sprzed trzech dni.

Był też boleśnie świadom, że jego klub i Ridgewater dzielą długą granicę. Jako nowy właściciel country clubu musiał zbudować dobre relacje z lokalną społecznością. Zmiażdżenie finansowe sąsiadki, zwłaszcza takiej z ośmioletnią córką, raczej nie przysparza sympatii.

— Grasz w golfa, Jemimo? — zapytał, sam siebie zaskakując tym pytaniem.

Dziewczynka pokręciła głową, a blond włosy zakołysały się. — Nie, jeżdżę konno. Kiedyś pojadę na olimpiadę, jak moi dziadkowie.

— Twoi dziadkowie byli olimpijczykami? — zapytał Ryan, zerkając na Emmę z nowym zainteresowaniem.

— Tak, moi rodzice, Jim i Ingrid McKenzie — potwierdziła Emma. — W tej chwili podróżują, ale

Ridgewater wciąż do nich należy. My z siostrami prowadzimy gospodarstwo pod ich nieobecność.

Ta informacja nieco zmieniła perspektywę Ryana. Zrobił due diligence okolicznych nieruchomości przed zakupem Ridgemontu, ale skupił się głównie na potencjalnych konfliktach inwestycyjnych, nie na osobistych historiach sąsiadów.

— Rozumiem — powiedział, stukając długopisem o blat.

Najrozsądniejszą decyzją biznesową byłoby obstawać przy fakturze. Zgłoszenie do ubezpieczenia było proste, szkody — oczywiste. Jego kontroler finansowy odradzałby jakiekolwiek ustępstwa.

Ale patrząc na Emmę, na cichą godność, z jaką mierzyła się z rachunkiem, którego najwyraźniej nie mogła od razu zapłacić, poczuł, jak słabnie jego determinacja. Było w niej coś, co budziło szacunek — kompetencja, odmowa uchylania się od odpowiedzialności mimo oczywistych ograniczeń finansowych.

— Skontaktuję się z naszym ubezpieczycielem — usłyszał własny głos. — Zobaczę, czy da się to ułożyć tak, żeby obie strony były zadowolone.

Na twarzy Emmy pojawiło się poruszenie, a wraz z nim ulga. — Dziękuję. Doceniam to bardziej, niż potrafię wyrazić.

— Nic nie obiecuję — zastrzegł Ryan, już poddając w wątpliwość swoją decyzję. — Są procedury, których muszę się trzymać.

— Oczywiście — skinęła Emma. — Ale sama możliwość rozłożenia płatności zrobiłaby ogromną różnicę.

Ryan wstał, dając znak, że spotkanie dobiega końca. — Odezwę się, kiedy z nimi porozmawiam. Najpewniej do końca tygodnia.

Gdy Emma i Jemima podniosły się, by wyjść, dodał jeszcze: — Jak sobie radzi Phoenix? Mam nadzieję, że bez dalszych przygód na polu golfowym?

Na ustach Emmy pojawił się drobny uśmiech, który odmienił jej twarz. — Nie, jest bezpiecznie zamknięty. Szczerze mówiąc, radzi sobie znakomicie jak na okoliczności. Myślę, że to, że wybiegł się do upadłego, pomogło mu rozładować część lęku.

— Na nasz koszt — zauważył Ryan, choć bez ostrości, która towarzyszyła mu trzy dni temu.

— Tak, cóż — Emma lekko się zarumieniła. — Zapewniam, że pracujemy nad bardziej konstruktywnymi sposobami na jego energię.

Ryan odprowadził je do drzwi biura, świadom czekającej telekonferencji, ale dziwnie niechętny, by kończyć rozmowę. — Powodzenia z nim. Zapowiada się na niezłe wyzwanie.

— Ci trudni zwykle są na końcu warci zachodu — odparła Emma, na moment spotykając jego spojrzenie z nieoczekiwanym ciepłem.

Ryan odprowadził Emmę i Jemimę aż do wejścia do klubu, chwilowo zapominając o telekonferencji. Profesjonalnie byłoby pożegnać się w drzwiach biura, a jednak jakoś tak wyszło, że szedł obok nich przez główny hol, słuchając, jak Jemima trajkocze o statystykach wyścigowych Phoenixa. Dziewczynka recytowała zarobki i rekord zwycięstw konia z imponującą znajomością tematu, a jej entuzjazm był zaraźliwy.

— Wygrał sześć wyścigów jako trzylatek i potem też dalej wygrywał — tłumaczyła Jemima, podskakując lekko, gdy szła. — Mama sprawdziła go w bazie wyścigowej. Jako roczniak kosztował właścicieli tylko 40 000, a zarobił 973 000 dolarów, zanim za bardzo się bał, żeby dalej biegać.

— To całkiem imponujące — przyznał Ryan, wbrew sobie szczerze zainteresowany. — Czy wszystkie konie ratowane przez twoją mamę mają wyścigową przeszłość?

— Większość — Jemima poważnie skinęła głową. — Niektóre były naprawdę sławne, zanim się popsuły. Nie że im się nogi połamały czy coś, tylko głowy im się popsuły, bo ludzie byli dla nich niemili.

Ryan zerknął na Emmę, zauważając lekki rumieniec na jej policzkach.

— Jemima ma mocne poglądy na dobrostan zwierząt — powiedziała z lekkim uśmiechem.

— Ciocia Sarah mówi, że jestem McKenzie na wskroś — oznajmiła dumnie dziewczynka. — Od bardzo, bardzo dawna naprawiamy zepsute konie.

Było w pewności siebie dziecka coś ujmującego, pomyślał Ryan. Jako ośmiolatka mówiła z pewnością kogoś, kto dobrze czuje się we własnej skórze i wie, gdzie jest jego miejsce. Blond włosy i niebieskie oczy w niczym nie przypominały jednak brązowych fal i piwnych oczu Emmy. Może była podobna do ojca.

Co prowadziło do pytania o wiek Emmy. Wyglądała może na dwadzieścia parę, a miała ośmioletnią córkę. Na palcu nie było też obrączki, choć dziś to jeszcze o niczym nie świadczyło.

— Panie Wardell — zagadnęła Jemima, przerywając mu rozmyślania — czy golf naprawdę trudno się gra? W telewizji wygląda łatwo, bo tylko uderza się w piłkę, ale to chyba trudne, skoro ludzie wydają na to tyle pieniędzy.

Ryan roześmiał się, zaskoczony trafną obserwacją. — Jest zwodniczo trudny, tak. Sama idea jest prosta, ale konsekwentne wykonywanie jej w praktyce wymaga lat ćwiczeń.

— Jak ujeżdżenie — przytaknęła mądrze Jemima. — Wygląda łatwo, kiedy ciocia Kate jeździ, ale tak naprawdę jest strasznie trudne, żeby wszystko wyszło.

— Ujeżdżenie to dyscyplina jeździecka — wyjaśniła Emma, widząc pytające spojrzenie Ryana. — Taki balet dla koni.

— Rozumiem — powiedział Ryan, choć w rzeczywistości jego wiedza o jeździectwie była zerowa. —

Może kiedyś chciałabyś spróbować golfa, Jemima. Mamy programy juniorskie od szóstego roku życia.

Dziewczynka rozważyła to z zaskakującą powagą. — Może. Ale jestem całkiem zajęta moim koniem. W tym roku jadę na Ekka w skokach, a mama mówi, że muszę dużo ćwiczyć.

— Ekka to Royal Queensland Show — doprecyzowała Emma. — W świecie koni to spore wydarzenie.

— Wiem, czym jest Ekka, jestem z Brisbane — odparł Ryan sucho, choć coś kazało mu dodać: — Ale nigdy nie byłem.

Jemima spojrzała na niego z niedowierzaniem. — Nigdy nie był pan na Ekka? Przecież to najlepszy czas w całym roku! Powinien pan pojechać z nami!

Ryan zdusił śmiech, gdy Emma wyglądała na przerażoną tym pomysłem, po czym natychmiast próbowała przykryć wyraz twarzy dyplomatycznym uśmiechem i łagodną reprymendą, by Jemima nie mówiła aż tyle.

Teraz byli już przy głównym wejściu, a szklane drzwi odsłaniały ubłoconego pickupa Emmy, zaparkowanego nieprawdopodobnie pomiędzy dwoma luksusowymi, europejskimi samochodami. Gdy Emma odwróciła się, by jeszcze raz mu podziękować, Ryan złapał się na tym, że wzrok przyciągnęły go jej sprane dżinsy opinające nogi — siła i muskularność ud tak inna od starannie utrzymywanych sylwetek kobiet, z którymi zwykle się spotykał.

— Naprawdę doceniam, że rozważa pan plan ratalny — mówiła. — To ogromnie wiele zmienia.

Ryan zmusił się, by wrócić spojrzeniem do jej twarzy, skonsternowany kierunkiem własnych myśli. — Jak mówiłem, muszę porozmawiać z ubezpieczycielem. Niczego nie gwarantuję.

— Oczywiście — skinęła Emma, kładąc lekko dłoń na ramieniu Jemimy. — Tak czy inaczej dziękuję, że nas pan wysłuchał.

— Do widzenia, panie Wardell — zaćwierkała Jemima, wyciągając małą dłoń z taką oficjalną grzecznością, że aż się uśmiechnął. — Dziękuję, że nie jest pan bardzo zły o to, że Phoenix zniszczył panu trawę.

Ryan uścisnął jej dłoń z powagą, oczarowany mimo woli. — Bardzo proszę, Jemimo. Miło było cię poznać.

Kiedy podeszły do auta, Ryan wciąż stał w progu, patrząc. Było w Emmie coś pociągającego — naturalna gracja, pewność ruchów. Żadnych designerskich ubrań ani starannego makijażu, tylko niesztuczna kobieta, która dobrze czuje się we własnej skórze. Gdy otwierała tylne drzwi dla córki, kosmyk włosów opadł jej na twarz, a ona odruchowo odgarnęła go za ucho — gest, który Ryan uznał za zaskakująco atrakcyjny.

Otrząsnął się i odwrócił, nagle świadomy niestosowności własnych obserwacji. Emma McKenzie nie miała nic wspólnego z wypolerowanymi, nastawionymi na karierę kobietami, do których zwykle go ciągnęło. Jego ostatnia dziewczyna była analityczką finansową z garderobą pełną markowych garniturów i pięcioletnim planem zawodowym idealnie zgrywającym się z jego własnym. Wcześniej — menedżerka marketingu, dla której „casual" wciąż oznaczał rzeczy szyte na miarę i kolorystycznie dopasowane.

Emma, ze swoimi praktycznymi ubraniami i odciskami od pracy przy koniach, funkcjonowała w zupełnie innym świecie. Świecie błota, siana i rehabilitacji poranionych stworzeń. Antytezie jego starannie uporządkowanego, korporacyjnego życia.

A jednak, wracając do biura, Ryan złapał się na rozmyślaniu o Ridgewater i rodzinie, która najwyraźniej nim zarządzała. Olimpijczycy, program rehabilitacji koni po wyścigach, dziecięca gwiazda skoków. Wyglądało na to, że jego sąsiedzi mają w sobie więcej, niż początkowo zakładał.

Na telefonie migało przypomnienie o telekonferencji, na którą już się spóźniał. Ryan poprawił krawat, sięgnął po zestaw słuchawkowy, próbując zmusić myśli do powrotu na tory spraw biznesowych. Ale kiedy dołączał do rozmowy, nie potrafił całkiem strząsnąć z pamięci obrazu uśmiechu Emmy, gdy mówiła o postępach Phoenixa, ani ciepła w jej oczach, gdy patrzyła na córkę.

— Ryan? Jest pan z nami? — ponaglił głos w słuchawkach.

— Tak, przepraszam — odparł, otwierając odpowiednie pliki na komputerze. — Właśnie zajmowałem się sprawą sąsiedzką.

Sprawą sąsiedzką o niepokojąco atrakcyjnych nogach i szczerej pasji do naprawiania tego, co złamane, dodał w myślach, po czym zdecydowanie skierował uwagę na arkusze kalkulacyjne czekające na jego analizę.

Rozdział trzeci

Schody prowadzące do kancelarii Joe Ashforda
jęczały pod butami Emmy, gdy wspinała się wąskimi
stopniami nad Main Street Café. Każdy drewniany stopień
zdawał się wzdychać z współczuciem dla jej położenia, a
znajome zapachy kawy i świeżo pieczonych bułeczek ze
scone'ów z dołu wcale nie koiły jej rozchwianego żołądka.
Zatrzymała się na półpiętrze, zaczerpnęła uspokajającego
oddechu i podeszła do matowej szklanej drzwi, na których
złotymi, łuszczącymi się literami widniał napis Joseph
Ashford, Solicitor. Jej dłonie były wilgotne, gdy sięgnęła
po spatynowaną mosiężną klamkę; ciężar niezapłaconej
faktury ciążył zarówno w torbie, jak i na sumieniu.

Drzwi rozwarły się z delikatnym protestem zawiasów,
odsłaniając ciasne biuro, jakby zatrzymane w czasie.
Oprawione w skórę księgi prawnicze stały rzędem na

drewnianych półkach, ich grzbiety wyblakłe od lat słońca wpadającego przez jedyne okno. Stosy akt piętrzyły się niebezpiecznie na każdym wolnym skrawku powierzchni, żółte manilowe teczki ułożone w zorganizowanym chaosie.

Joe podniósł się zza sfatygowanego dębowego biurka i wyciągnął dłoń z powitaniem, uśmiechając się tak, że w kącikach oczu pojawiły się zmarszczki. — Emma, dobrze cię widzieć. Szkoda, że nie w lepszych okolicznościach.

— Dzięki, że znalazłeś dla mnie czas, Joe — odparła Emma, ujmując wyciągniętą dłoń. Znała go od lat — jego córka Charlotte była najlepszą przyjaciółką Jemimy, a on pomagał McKenzie'om w sprawie przeciwko obwodnicy, która miała zniszczyć Ridgewater — ale dotąd nie potrzebowała jego usług osobiście.

— Usiądź, proszę — gestem wskazał zużyty skórzany fotel naprzeciwko biurka. Emma przysiadła na brzegu, wyprostowana, ze splecionymi mocno dłońmi na kolanach. Fotel pamiętał lepsze czasy, jego skóra popękała ze starości, podobnie jak reszta skromnego biura. Joe nie był efektowny — i właśnie dlatego wybrała jego, a nie lśniące kancelarie w Brisbane. Było ją na niego stać.

Joe usadowił się z powrotem na skrzypiącym krześle, splótł palce jak w daszek i spojrzał na nią z życzliwością podszytą zawodowym dystansem. — Przejrzałem dokumenty, które przysłałaś. Ubezpieczyciel... cóż, stawia sprawę bardzo twardo.

Emma skinęła głową, nagle czując suchość w gardle. — Domyśliłam się tego z ich pisma.

— Problem w tym — ciągnął Joe, sięgając po jedną z teczek na biurku —, że mają całkiem mocne podstawy do dochodzenia pełnej odpowiedzialności. Twój koń uszkodził prywatną własność i tego nikt nie kwestionuje. — Wyjął pogniecioną kartkę i przesunął ją przez biurko. — To ich ostateczne stanowisko.

Emma wpatrywała się w wyszczególniony rachunek, serce waliło jej o żebra. Zasadniczo to samo co pierwotna faktura, ale teraz na papierze firmowym ubezpieczyciela i z dodatkowym akapitem prawniczego żargonu, który Joe podkreślił.

— Ubezpieczyciel żąda pełnego odszkodowania, Emmo — powiedział Joe tonem łagodnie przepraszającym. — Dają ci trzydzieści dni na uregulowanie całości, inaczej sięgną po inne drogi windykacji.

Emma zacisnęła usta, czytając między wierszami. — A mówiąc o innych drogach, mają na myśli...

— Jeśli nie zapłacisz od razu, grożą nakazami i zakazami sądowymi — potwierdził Joe, pochylając się do przodu. — Twój ośrodek ratowania koni może się pod ciężarem tej odpowiedzialności posypać. Mogą ustanowić zastaw na twoim majątku, zakładając, że wlicza się w to twoje konie.

Przez Emmę przelała się lodowata fala trwogi. Sama myśl, że Phoenixa lub któregokolwiek z jej uratowanych koni można by zająć jako majątek, sprawiła, że zrobiło jej się niedobrze. — Nie mogą zabrać koni — powiedziała ostrzej, niż zamierzała.

— Mogą spróbować — odparł ostrożnie Joe. — Ale mamy sposoby, by walczyć przynajmniej z takim skutkiem, powołując się choćby na kwestie dobrostanu; wątpię, by sąd przychylił się do ich żądań w tym zakresie. Mnie zależy, żeby do tego w ogóle nie doszło. Koszty prawne, które poniesiesz, nawet przy moich skromnych stawkach, mogą łatwo przekroczyć sam dług.

Emma zerknęła jeszcze raz na rachunek, cyfry pływały jej przed oczami. Dwadzieścia trzy tysiące dolarów. Na jej koncie oszczędnościowym było mniej niż jedna czwarta tej kwoty. Puszka na datki w ośrodku może zawierała kolejny tysiąc. Najnowsze rachunki weterynaryjne za zastrzyki na wrzody u trzech jej podopiecznych już nadwyrężyły finanse do granic wytrzymałości, choć Marcus podał je po kosztach, oddając swoją robociznę za darmo.

— A plan spłaty ratalnej? — zapytała, słysząc, jak rozpacz wkrada się w jej głos mimo usilnych starań o zachowanie spokoju. — Rozmawiałam z panem Wardellem osobiście i wydawał się... niezbyt zamknięty na ten pomysł.

Joe przechylił głowę, rozważając. — Jeśli pan Wardell zechce interweniować u ubezpieczyciela, to może być nasza najlepsza droga. Firmy ubezpieczeniowe zwykle wolą rozliczenia jednorazowe, ale jeśli ubezpieczający będzie forsował inne rozwiązanie... — Urwał, zamyślony. — Myślisz, że byłby skłonny porozmawiać ze mną bezpośrednio?

— Szczerze nie wiem — przyznała Emma. — Powiedział, że to sprawdzi, ale to było kilka dni temu i od tamtej pory cisza.

Joe postukał długopisem w blat, rytm odpowiadał przytłumionym odgłosom gości z kawiarni na dole. — Proponuję tak: przygotuję formalny wniosek o ratalny plan spłat, z rozsądnymi warunkami chroniącymi obie strony. Jeśli pan Wardell choć trochę rozważa pomoc, profesjonalny dokument ułatwi mu przedstawienie tego ubezpieczycielowi.

Emma skinęła głową, a ulga na moment zamigotała w jej spojrzeniu. Przynajmniej był to plan działania. — A jeśli odmówią?

— Wtedy szukamy innych opcji. Kredyty. Wyprzedaż majątku. — Joe zawahał się, po czym dodał łagodnie: — Albo może pomoc rodziny.

Emma wyprostowała się. — To moja odpowiedzialność. Wzięłam Phoenixa, wiedząc, że jest straumatyzowany. Znajdę sposób, żeby to udźwignąć.

Joe przez chwilę ją studiował, jakby ważył kolejne słowa. — Nie ma w tym wstydu, żeby poprosić o pomoc, Emmo. Zwłaszcza kiedy konsekwencje mogą dotknąć cały twój ośrodek.

— Doceniam radę — ucięła, dając tonem jasno do zrozumienia, że temat jest zamknięty. — Na razie skupmy się na propozycji planu spłat. Jak szybko możesz ją przygotować?

— Jutro po południu będziesz miała coś do przejrzenia — odparł Joe, notując coś na żółtym bloku. — Ale Emmo, powinnaś wiedzieć: nawet jeśli zgodzą się na raty, miesięczne kwoty i tak będą znaczne. Jesteś pewna, że dasz radę przy swoich obecnych wydatkach?

Pytanie zawisło między nimi. Emma pomyślała o Phoenixie, o jego stopniowej przemianie w ostatnim tygodniu. O tym, że w jego oczach było już więcej ciekawości niż strachu, że zaczął szukać jej dotyku, zamiast przed nim odruchowo uciekać. Postęp był realny, mierzalny w tysiącu drobnych chwil zaufania. A do tego był zdrowszy, niż sądziła; badanie USG, które Marcus rutynowo robił wszystkim jej koniom, nie wykazało wrzodów, a zęby miał w świetnym stanie, mimo blizn na pysku. Waga rosła mu w ekspresowym tempie, dzięki jej protokołowi karmienia: do syta, na tłusto.

— Dam radę — powiedziała po prostu. Bo zawsze dawała. Bo połamane istoty zasługują na drugą szansę, nawet jeśli koszt jest osobisty.

Joe skinął głową, rozpoznając determinację w jej głosie. — W porządku. Sporządzę propozycję i zadzwonię, kiedy będzie gotowa. I, Emmo? Bez opłat. Wiem, ile Charlotte u ciebie jeździ za darmo, a jeszcze nigdy nie była tak szczęśliwa. Policzę tylko, jeśli będę musiał składać oficjalne pisma... albo jeśli skończy się to w sądzie.

Guz w gardle ścisnął Emmę na widok jego hojności. — Dziękuję — powiedziała, wstając z fotela. — I wiesz, Charlotte jest u nas mile widziana, o każdej porze. — Czuła się dziwnie lżejsza, mimo że wciąż brakowało konkretnego rozwiązania. Mieć plan, jakikolwiek, było lepsze niż paraliżująca niepewność ostatnich dni.

Schodząc po skrzypiących stopniach, przy każdym kroku słysząc coraz głośniej dźwięki kawiarni, Emma w myślach liczyła. Co z jej rzeczy mogłoby pójść na sprzedaż? Czy dałoby się dorzucić dodatkowe lekcje w weekendy? A może poprosić kilku zamożniejszych klientów o przedpłaty za rehabilitację?

Na zewnątrz zimowe słońce zaskakująco przyjemnie ogrzało jej twarz. Emma przystanęła na chodniku, patrząc na miasteczkowy gwar głównej ulicy Ridgemont. Zwyczajne życie toczyło się wokół, nieświadome ciężaru, który niosła. Wyprostowała ramiona, nie pozwalając, by ją przygniótł.

Phoenix był wart walki. Wszystkie jej konie były. A ona stawi czoło temu wyzwaniu tak jak wszystkim wcześniejszym: krok po kroku, z determinacją i uporem, licząc wyłącznie na siebie.

Kuchnia w Big House pachniała kawą i tostami, poranne słońce przesączało się przez kraciaste zasłonki, rysując wzory na porysowanym drewnianym stole, przy którym Emma siedziała, nerwowo wodząc palcami po słojach. Była na nogach od świtu, pracowała z Phoenixem, wykorzystując metodyczny rytm czyszczenia i pracy z ziemi, żeby odwlec tę rozmowę. Ale papiery od Joe Ashforda leżały teraz przed nią, a prawnicza terminologia tylko potwierdzała to, co już wiedziała. Potrzebowała pomocy, albo przynajmniej rady, a duma nie opłaci rachunku na dwadzieścia trzy tysiące dolarów.

Tylne drzwi otworzyły się, gdy weszła Sarah, jak zawsze stawiając kroki uważnie — najstarsza z sióstr McKenzie poświęcała chwilę, by ocenić odległości; zaburzona percepcja głębi po poważnym wypadku z końmi, który zakończył jej sportową karierę w WKKW, wciąż dawała o sobie znać. Sarah na moment się zatrzymała, rejestrując nietypową o tej porze obecność Emmy, po czym podeszła do dzbanka z kawą.

— Zwykle o tej porze cię tu nie ma — zauważyła, nalewając sobie kubek. — Phoenix grzeczny?

— Wystarczająco — odparła Emma, zbierając odwagę. — Właściwie chciałam z wami porozmawiać. Z obiema. Jest Kate?

Spojrzenie Sarah się wyostrzyło, wyraźnie wyczuwając powagę w tonie Emmy. — Kończy właśnie z Misty. Zaraz powinna być. — Usiadła naprzeciwko, a jej truskawkowy blond warkocz był jeszcze wilgotny po porannym prysznicu. — Chodzi o incydent na polu golfowym?

Emma skinęła głową, nagle z trudem spotykając wzrok najstarszej siostry. Sarah była tą odpowiedzialną, tą, która weszła w buty rodziców, gdy ci postanowili wyjechać w podróż. Emma całe lata starała się udowodnić, że nie jest rodzinnym problemem, impulsywną najmłodszą, którą trzeba stale ratować — odkąd zaszła w ciążę z Jemimą w wieku dziewiętnastu lat z chłopakiem ze szkoły, który natychmiast dał nogę, przeniósł się do Perth i ignorował wszelkie próby kontaktu.

— Co się dzieje? — głos Kate wyprzedził ją, zanim pojawiła się w progu, wysoka sylwetka rysowała się w drzwiach. W przeciwieństwie do uważnych ruchów Sarah, Kate weszła z nieświadomą gracją sportsmenki, a bryczesy i koszula leżały na niej nicnagannie, choć to robocze ubranie. — A tak w ogóle Mystery chodzi dziś fenomenalnie. Ten nowy suplement na stawy chyba naprawdę pomaga.

— Emma chce z nami porozmawiać — odezwała się Sarah, wskazując gestem krzesło obok. — O golfowej przygodzie Phoenixa.

Kate opadła na krzesło, rozsiadając się z mimochodem elegancją, i sięgnęła po jabłko z misy. — Zgadnę. Nowy właściciel robi problemy z odszkodowaniem?

Emma wzięła głęboki oddech, po czym przesunęła przez stół papiery od Joe. — Ubezpieczyciel żąda pełnej zapłaty w ciągu trzydziestu dni. Zero negocjacji, żadnego planu ratalnego. Dwadzieścia trzy tysiące dolarów, inaczej rozpoczną kroki prawne, które mogą zamknąć nasz azyl.

W kuchni zapadła cisza, którą przerywał tylko tykający nad lodówką starożytny zegar i dalekie rżenie konia na padoku. Sarah pochyliła się nad dokumentami, z uwagą skanując prawnicze sformułowania. Luz Kate zniknął, zastąpiony pełną gotowością.

— To absurd — powiedziała w końcu Kate, w jej głosie brzmiało oburzenie. — Nie mogą oczekiwać takich pieniędzy od ręki. To był wypadek, na litość boską.

— Prawnie mogą — mruknęła Sarah, wciąż czytając. — Emma ponosi odpowiedzialność za szkody wyrządzone przez jej konia. — Podniosła wzrok, jej praktyczny umysł już pracował nad rozwiązaniami. — Rozmawiałaś o tym bezpośrednio z panem Wardellem? Właściciel ma wpływ na swojego ubezpieczyciela.

Emma skinęła głową, dalej kreśląc palcem wzory na drewnianym blacie. — Byłam u niego na początku tygodnia. Wzięłam Jemimę. — Kącik ust drgnął jej w nieśmiałym uśmiechu. — Liczyłam trochę, że jej urok nieco go zmiękczy.

— Sprytne — przytaknęła Kate z aprobatą. — Nikt się nie oprze Jem, kiedy włącza ten swój czar. Zadziałało?

— Powiedział, że porozmawia z ubezpieczycielem o ratach, ale od tej pory nic nie słyszałam. Joe uważa, że to nadal nasza najlepsza opcja — żeby pan Wardell wywalczył rozsądniejsze warunki. — Emma westchnęła, przeczesując dłońmi włosy. — Ale potrzebuję planu B. Nie mogę ryzykować utraty ośrodka.

Sarah zamyśliła się, stukając palcem w papiery. — Nie mamy teraz aż takiej gotówki pod ręką, inaczej pożyczyłabym ci, a ty byś oddała. Hm. Może zaproponujemy panu Wardellowi spłaty rozłożone w czasie i przekonamy go, by wyjednał u ubezpieczyciela łagodniejsze podejście. Jeśli naprawdę chce być dobrym sąsiadem, może go to przekona.

Kate prychnęła, odgryzając kolejny kęs jabłka. — Jeśli. To korpomen z Brisbane. Pewnie widzi w nas wiejskie sieroty, po których można przejechać walcem.

Emma skrzywiła się na wspomnienie nienagannego garnituru Ryana i jego ogłady. — Wcale nie był niemiły. Po prostu... bardzo biznesowy.

Spojrzenie Sarah powędrowało ku oknu, gdzie w najbliższym padoku pasł się Phoenix, jego ciemna sierść lśniła w porannym słońcu. — Wiesz — powiedziała powoli — ten koń ma naprawdę niezwykły skok. Nawet Legend nigdy nie przeskakiwał tych sześciostopowych ogrodzeń.

Emma podążyła wzrokiem za siostrą, patrząc, jak Phoenix podnosi łeb i lustruje otoczenie, potężna szyja naturalnie wygięta. — Był sprinterem na torze. Trochę wygrał, zanim zaczęły wychodzić jego problemy z temperamentem.

— Przy odpowiednim treningu — ciągnęła Sarah, fachowym okiem oceniając pokrój folbluta — mógłby być poważnym prospektem skokowym. Te długie nogi, sposób, w jaki się nosi... jest potencjał.

Kate wyprostowała się na krześle, podchwytując tok myśli Sarah. — Ekka jest za kilka tygodni. Gdybyś zdołała go przygotować, choćby do klas dla początkujących, zwróciłby uwagę. Przegląd folblutów po torze ma całkiem niezłe nagrody... za pierwsze miejsce w klasie 1,20 m jest chyba dziesięć tysięcy.

— Nawet jeśli nie zgarnie nagrody pieniężnej, mogłabyś wystawić go w zawodach i wzbudzić zainteresowanie —

zgodziła się Sarah, coraz bardziej przekonana do pomysłu.
— Mógłby sprzedać się szybko i za tyle, żeby pokryć dług.

Emma przygryzła wargę, rozważając. Phoenix zrobił niezwykłe postępy w krótkim czasie, odkąd do niej trafił, ale termin był diabelnie krótki, by przygotować straumatyzowanego byłego wyścigowca na największą imprezę w Queensland. — Nie jestem pewna, czy do tego czasu będzie gotowy. Dopiero zaczyna mi ufać w pracy z ziemi. Jeszcze na nim nie usiadłam.

— Już wcześniej robiłaś cuda — przypomniała jej Sarah. — Pamiętasz Midnight Star? Wszyscy mówili, że po tamtym wypadku z przyczepą nigdy nie będzie się nadawał do jazdy.

— A teraz startuje w ujeżdżeniu na poziomie Advanced z tą nastolatką z Gatton — dodała Kate. — W przyszłym roku doprowadzi go do poziomu Prix St George.

Emma poczuła trzepot nadziei zmieszanej z wątpliwościami. Phoenix z pewnością miał predyspozycje, ale zaufanie buduje się w czasie, a popędzanie takiego konia mogło cofnąć rehabilitację o całe miesiące.

Kate oparła brodę na dłoni, a w jej oczach pojawił się figlarny błysk. — A jeszcze lepiej, czemu nie oddać panu Wardellowi połowy własności Phoenixa? Może zobaczy w nim przyszłego czempiona w skokach i odpuści dług.

Emma parsknęła, wyobrażając sobie Ryana Wardella w skrojonym na miarę garniturze, stojącego w zabłoconym padoku obok Phoenixa. — Mało prawdopodobne. Podejrzewam, że Ryan Wardell dba tylko o żywą gotówkę.

— Ryan, tak? — droczyła się Kate, wymieniając porozumiewawcze spojrzenie z Sarah. — Już po imieniu?

Rumieniec podniósł się Emmie na szyję. — Przestańcie. To nie tak. A Phoenix na Ekce? Bardzo w to wątpię, to już za kilka tygodni.

— To mnóstwo czasu — upierała się Kate. — Nie musiałabyś zgłaszać go do wyższych klas. Wystarczy, żeby poczuł się na tyle pewnie, by pokazać się w pokazie

OTTB. Niech ludzie zobaczą, czym może się stać po dalszym treningu. Sarah ma rację; przeskoczenie tamtego ogrodzenia na pole golfowe to był cholerny wyczyn.

Sarah przytaknęła. — Warto to rozważyć, Em. On naprawdę ma wyjątkowy potencjał.

Emma wpatrywała się w Phoenixa, myśląc o postępach, które już zrobili. O tym, jak teraz podchodził do ogrodzenia, kiedy ją widział, z uszami nastawionymi do przodu z zainteresowaniem, a nie przygwożdżonymi strachem. O tym, jak wczoraj delikatnie wziął marchewkę z małej dłoni Jemimy, ostrożny mimo swoich potężnych rozmiarów.

— Pomyślę o tym — ustąpiła. — Ale najpierw muszę załatwić ten rachunek. Joe przygotowuje formalną propozycję planu spłat, ale bez poparcia pana Wardella firma ubezpieczeniowa raczej jej nie przyjmie.

— To do niego zadzwoń — zasugerowała Kate, jakby to było najoczywistsze rozwiązanie na świecie. — Zaproś go, żeby zobaczył postępy Phoenixa. Faceci lubią czuć się ważni, a jeśli uzna, że dostaje wyjątkowy dostęp do potencjalnego czempiona...

— Warto spróbować — zgodziła się Sarah. — Najwyżej powie nie.

Emma postukała palcami w blat stołu, rozważając. Na myśl o poproszeniu Ryana Wardella o przysługę żołądek ścisnął jej się z mieszaniny dumy i czegoś jeszcze, z czym nie chciała się na razie mierzyć. Ale siostry miały rację — musiała sprawdzić każdą opcję.

— Dam temu jeszcze kilka dni — zdecydowała. — Najpierw zobaczę, czy odpowie na pierwotną prośbę. Potem spróbuję ponownie, jeśli będę musiała.

Sarah sięgnęła przez stół i ścisnęła dłoń Emmy. — Nie jesteś w tym sama, Em. Cokolwiek się stanie, razem to ogarniemy.

— Wiem — powiedziała Emma, zmuszając się do uśmiechu mimo supła niepokoju, który na stałe zagnieździł się jej w piersi. — Ale to moja odpowiedzialność. Wzięłam Phoenixa, wiedząc, jakie to niesie ryzyko.

— A to Phoenix postanowił „przemeblować" pole golfowe — zauważyła z uśmiechem Kate. — Więc technicznie rzecz biorąc, to jego odpowiedzialność.

Mimo wszystko Emma roześmiała się. — Koniecznie o tym wspomnę panu Wardellowi. Na pewno doceni artystyczną wizję Phoenixa dotyczącą jego fairwayów.

Kuchnię wypełnił siostrzany śmiech, chwilowa ulga od ciężaru niepewności. Przez okno Phoenix podniósł głowę na dźwięk wesołości, jego uszy z ciekawością obróciły się w stronę domu. W tej chwili, patrząc, jak słońce pozłaca jego potężną sylwetkę, Emma poczuła przypływ determinacji. Zasługiwał na drugą szansę i ona znajdzie sposób, by mu ją zapewnić — czy to przez plany spłat, starty w zawodach, czy nawet przełknięcie dumy i poproszenie o pomoc.

Pozostawało tylko mieć nadzieję, że Ryan Wardell będzie bardziej zainteresowany byciem dobrym sąsiadem niż twardym biznesmenem.

Deszcz wisiał groźnie w szarych chmurach nisko zawieszonych nad dziewiątym fairwayem Ridgemontu, rzucając na wypielęgnowaną murawę srebrnozielone światło, które przeświecało przez przeszklone biuro menedżera. Ryan poprawił skrojony na miarę marynarkę, a jedwabna podszewka zaszeleściła o koszulę z egipskiej bawełny, kiedy obserwował samotnego golfistę usiłującego rozegrać dołek par 4, ale posyłającego drugie uderzenie w bunkier. Za jego plecami pióro wieczne Roberta Shawa metodycznie skrobało po notesie na wypolerowanym, mahoniowym stole konferencyjnym; skrupulatna dbałość menedżera restauracji o detale była widoczna w równych rzędach ptaszków przy każdym punkcie omawianej listy.

— Zmiany w karcie win powinny być gotowe do przyszłego tygodnia — powiedział Robert, jego kulturalny głos niósł cichą pewność kogoś, kto od dekad prowadził lokale z najwyższej półki. — Wynegocjowałem korzystne warunki z nowymi dostawcami, zwłaszcza dla selekcji rezerwowych.

— Dobrze — odparł Ryan, tylko na pół uchem słuchając, gdy jego wzrok podążał za udanym uderzeniem ratunkowym golfisty z piasku; piłka zatrzymała się zaledwie kilka centymetrów od dołka. Zadowolenie gracza było widoczne nawet z tej odległości — mały gest zaciśniętą pięścią mówił o osobistym zwycięstwie nad kaprysami pola.

Robert mówił dalej, niewzruszony podzieloną uwagą Ryana. — Remont kuchni możemy przeprowadzić w wolniejszym, środowym okresie w przyszłym miesiącu, minimalizując zakłócenia w obsłudze. A menu nowego szefa kuchni wypadło wyjątkowo dobrze w testach na grupie fokusowej.

Ryan skinął głową, odwracając się od okna do menedżera restauracji. Shaw był nienagannie ubrany w grafitowy garnitur, który prawdopodobnie kosztował miesięczną pensję większości klubowego personelu; jego srebrne włosy były idealnie przycięte, a postura — wojskowo wyprostowana, mimo że dawno przekroczył sześćdziesiątkę. Był profesjonalistą w każdym calu, prowadzącym gastronomię z bezbłędną skutecznością na długo przed tym, jak Ryan kupił klub.

— A co ze staffingiem na eventy korporacyjne? — zapytał Ryan, zmuszając się, by skupić się na sprawach bieżących, a nie na myślach, które coraz częściej go ostatnio zajmowały. Myślach o ciepłych, piwnych oczach i sprawnych dłoniach.

— Wszystko załatwione — odparł Robert, odhaczając kolejny punkt na liście. — Zabezpieczyliśmy doświadczonych pracowników tymczasowych na większe wydarzenia i osobiście każdego z nich zweryfikowałem.

Ryan lekko postukiwał palcami w wypolerowane drewno, a równy rytm zdradzał jego niepokój. Na zewnątrz deszcz, który dotąd tylko groził, już padał, delikatnie bębniąc o wielkie okna. Golfista pędził teraz meleksem w stronę klubowego domu, z niezadowoloną miną. Miał nadzieję, że ulewa nie potrwa długo i mężczyzna będzie mógł dokończyć rundę.

— Jest pan tutaj od lat, Robercie — odezwał się Ryan nagle, zanim w pełni zdecydował się zadać to pytanie. — Wie pan coś o ośrodku Emmy McKenzie tuż obok?

Jeśli Roberta zaskoczyła nagła zmiana tematu, nie dał tego po sobie poznać. Jego wyraz twarzy pozostał zawodowo neutralny, choć Ryanowi zdawało się, że dostrzegł błysk zainteresowania w oku starszego mężczyzny.

— McKenzie to bardzo porządni ludzie, cieszą się lokalnym szacunkiem — odparł Robert, z namysłem odkładając pióro. — Emma to najmłodsza córka, słynie z rehabilitacji koni pełnej krwi angielskiej po torze.

Ryan skinął głową, lekko marszcząc brwi. — Koń, który narobił szkód w zeszłym tygodniu, pochodził z jej programu.

— Ach, tak. Słyszałem o tym incydencie. — Na ustach Roberta pojawił się lekki uśmiech. — Dość dramatyczne pierwsze spotkanie z sąsiednią posiadłością.

— Owszem — odparł Ryan sucho. — Przyszła porozmawiać o warunkach płatności. Przyprowadziła ze sobą córkę.

— Jemima — przytaknął Robert. — Urocze dziecko. Z tego, co wiem, niezły cudowny talent jeździecki. Jej dziadek był medalistą olimpijskim w skokach w Los

Angeles w '84, a babcia startowała w ujeżdżeniu na tych samych igrzyskach.

Ryan uniósł brew. — Widzę, że jest pan o nich dobrze poinformowany.

— Ridgewater to od dekad stały element tej społeczności — wyjaśnił Robert. — McKenzie zbudowali tam jeden z najbardziej renomowanych ośrodków jeździeckich w Queensland. Program rehabilitacji Emmy jest stosunkowo nowy, ale zyskał duże uznanie w środowisku koni sportowych — moja córka jeździ i kupiła u Emmy bardzo dobrego konia parę lat temu. Bierze konie, z których inni zrezygnowali, i daje im nowe przeznaczenie.

Coś w opisie Roberta poruszyło w Ryanie strunę; przed oczami stanął mu obraz Emmy stojącej spokojnie przed tamtym wielkim, przerażonym koniem. Cicha pewność siebie, łagodny autorytet, który przemienił chaos w porządek.

— Jej reputacja w świecie jeździeckim jest znakomita — ciągnął Robert — ale nad McKenzie'ami wisi projekt obwodnicy. Preferowany obecnie wariant dosłownie zniszczy ich posiadłość; grozi im przymusowe wywłaszczenie.

Ryan wyprostował się w fotelu, a jego instynkt biznesowy nagle się wyostrzył. O proponowanej obwodnicy wspominano w analizach przed zakupem, ale jedynie jako potencjalnym czynniku, który mógłby pozytywnie wpłynąć na wartość jego nieruchomości. Nie zgłębiał konkretnych przebiegów.

— Zniszczy ich posiadłość? — powtórzył, zaskoczony. — Jak bardzo?

— Główny wariant przetnie wprost przez dom, stajnie i podstawowe obiekty treningowe — odparł Robert z głębokim żalem w głosie. — Grozi im przymusowe wywłaszczenie i utrata wszystkiego, co zbudowali. To oni forsują wariant zachodni, który ominąłby naszą granicę i podniósł wartość ziemi, jeśli zostałby wybrany.

Szczęka Ryana się zacisnęła, gdy implikacje nabrały ostrości. Wariant zachodni znacząco zwiększyłby wartość jego posiadłości, potencjalnie dodając klubowi miliony dzięki możliwościom rozwoju wzdłuż nowego korytarza; było tam ponad 200 akrów niewykorzystanej ziemi na granicy klubu golfowego, które stałyby się pierwszorzędnym terenem przemysłowym, gdyby obwodnica poszła tą trasą. Jego inwestorzy byliby zachwyceni. A jednak ten sam wariant oznaczał dla Ridgewater ocalenie — różnicę między zachowaniem a zniszczeniem.

— Nie wiedziałem, że prace planistyczne zaszły aż tak daleko — powiedział Ryan, podchodząc do dużej mapy okolicy zawieszonej na ścianie jego gabinetu. Przeciągnął palcem po linii granicznej między Ridgemontem a Ridgewater, myśląc gorączkowo o możliwościach, po czym spojrzał na zachodnią część swoich gruntów. Była całkowicie niezabudowana, a jeśli obwodnica poszłaby zachodnim korytarzem, stałaby się niezwykle wartościową nieruchomością komercyjną.

— Ostateczna decyzja jest jeszcze oddalona o miesiące — powiedział Robert, dołączając do niego przy mapie. — Ale linie frontu są już wytyczone. Interesy „wschodnie", głównie deweloperzy mieszkaniowi, mocno naciskają na główny wariant. Dużo zyskaliby na wywłaszczeniu ziemi McKenzie'ów. Cały grunt poza samą drogą — która w gruncie rzeczy byłaby tylko wąskim pasem — docelowo zostałby przeznaczony pod zabudowę mieszkaniową, bo teren jest lekko pofałdowany, nie nadaje się pod przemysł.

Ryan zmarszczył czoło, sam siebie zaskakując odruchem protekcji. — A jakie atuty mają McKenzie'owie?

— Wsparcie społeczności. Zastrzeżenia środowiskowe co do przecinania przez główny wariant wrażliwych terenów podmokłych. Historyczne znaczenie samego Ridgewater. — Robert zawahał się, po czym dodał ostrożnie: — I potencjalnie wsparcie wpływowych sąsiadów, którzy mogliby skorzystać na wariancie zachodnim.

Sugestia zawisła między nimi. Ryan odwrócił się z powrotem do okna, patrząc, jak deszcz spływa po szybie, zniekształcając widok rozmokniętego fairwaya. Jego obowiązek był jasny: zmaksymalizować wartość posiadłości dla siebie i swoich inwestorów. Wsparcie wariantu zachodniego doskonale wpisywało się w ten cel. Mógł na tym zarobić miliony. Dług Emmy McKenzie był przy tym kroplą w morzu.

— Niezły zbieg okoliczności, że ich koń wybrał akurat naszą posiadłość na ucieczkę — mruknął Ryan, niemal do siebie.

W odbiciu w szybie uśmiech Roberta był mały, ale wymowny. — Być może. Choć z mojego doświadczenia, panie Wardell, prawdziwych zbiegów okoliczności jest w życiu niewiele.

Ryan odwrócił się, przyłapując spekulatywne spojrzenie starszego mężczyzny. — To znaczy?

— Och, nie że było to w jakikolwiek sposób celowe! Bardzo wątpię, by panna McKenzie choć podejrzewała, że koń jest w stanie pokonać to ogrodzenie. Raczej że niespodziewane powiązania często okazują się cenniejsze, niż się wydaje — odparł Robert. — Czy to już wszystko na nasze spotkanie?

— Tak, to wszystko na teraz — powiedział Ryan, wyczuwając subtelny odwrót. — Dziękuję za aktualizacje.

Robert zebrał notatki w równą kupkę i wsunął je do teczki, będąc uosobieniem zawodowej kompetencji. Przy drzwiach zatrzymał się. — Panna McKenzie prowadzi podobno lekcje jazdy konnej dla dorosłych. Dla początkujących. Gdyby kiedykolwiek zechciał pan rozwinąć zainteresowanie jeździectwem.

Drzwi zamknęły się za nim, zanim Ryan zdołał sformułować odpowiedź, zostawiając go samego z myślami i stałym rytmem deszczu bębniącego o szybę.

Wrócił do mapy, śledząc palcem oba możliwe przebiegi obwodnicy i ważąc obowiązek wobec inwestorów z czymś mniej uchwytnym, lecz coraz bardziej natarczywym.

Firma ubezpieczeniowa odpowiedziała na jego zapytanie o plan spłaty przewidywalnym oporem. Polityka korporacyjna nakazywała pełną płatność — wyjaśnił ich przedstawiciel — zwłaszcza w przypadkach oczywistej odpowiedzialności. Oczywiście miał uprawnienia, by to nadpisać, ale wymagałoby to uzasadnienia.

Ryan wyprostował krawat — odruchowy gest, gdy stawał przed decyzjami, w których trzeba wyważyć rozsądek biznesowy i czynnik ludzki. Sytuacja z obwodnicą dodała warstw złożoności, których nie przewidział, zajmując się z pozoru prostą sprawą szkód na mieniu.

Jego palec zawisł nad jej numerem w telefonie; decyzja, by zadzwonić, nagle obciążyła się znaczeniami wykraczającymi daleko poza zwykłe ustalenia dotyczące płatności.

Rozdział czwarty

RYAN STUKAŁ PIÓREM MONT Blanc o wypolerowaną powierzchnię biurka, wpatrując się w prognozy finansowe na trzeci kwartał Ridgemont. Liczby idealnie pokrywały się z jego przewidywaniami, każda kolumna świadczyła o jego metodycznym podejściu do biznesu. Pukanie do drzwi gabinetu przerwało koncentrację; spojrzał w górę i zobaczył, jak recepcjonistka wskazuje na mężczyznę w lekko pogniecionym garniturze, kręcącego się w progu. Joseph Ashford, zgodnie z grafikiem spotkań. Prawnik Emmy McKenzie. Ryan poprawił krawat i skinął mężczyźnie, by wszedł.

— Panie Wardell — powiedział Ashford, wyciągając spracowaną dłoń. — Dziękuję, że przyjął mnie Pan tak w ostatniej chwili.

Ryan uścisnął ją mocno, zauważając zgrubienia świadczące o pracy fizycznej wykonywanej obok tej prawniczej. Nie to, co wypielęgnowane dłonie korporacyjnych prawników z Brisbane. — Proszę usiąść. Rozumiem, że chodzi o incydent z Phoenixem?

— Owszem. — Ashford położył na krześle obok siebie sfatygowaną skórzaną aktówkę i wyjął cienki skoroszyt. — Przygotowałem formalną propozycję planu ratalnego w imieniu panny McKenzie.

Ryan przyjął dokument i szybko przejrzał pierwszą stronę. Warunki były zaskakująco klarowne: proponowano miesięczne raty przez osiemnaście miesięcy, z niewielką, początkową wpłatą jednorazową na dowód dobrej woli. Oprocentowanie było trochę zbyt optymistyczne, ale nie raziło.

— Panna McKenzie w pełni rozumie swoją odpowiedzialność w tej sprawie — kontynuował Ashford rzeczowym tonem. — Jest zdeterminowana, by wywiązać się ze zobowiązań. Jednak wymóg ubezpieczyciela zapłaty całości w ciągu trzydziestu dni praktycznie zamknąłby jej program rehabilitacji.

— I dlaczego miałoby mnie to obchodzić? — zapytał Ryan, celowo neutralnym głosem, choć od razu stanął mu przed oczami obraz twarzy Emmy i pasji w jej oczach, gdy mówiła o postępach Phoenixa.

Wyraz twarzy Ashforda pozostał niezmienny. — Bo w takich społecznościach jak nasza sąsiedzi mają znaczenie, Panie Wardell. McKenzie'owie od dekad są stałym elementem Ridgemont. Program Emmy daje drugą szansę koniom, które większość spisałaby na straty. — Zawiesił głos i spojrzał mu prosto w oczy. — I ponieważ podejrzewam, że jest Pan człowiekiem, który dostrzega wartość wykraczającą poza natychmiastowy zwrot finansowy.

Ryan odchylił się w fotelu, rozważając. Roszczenie ubezpieczeniowe było już przetworzone; większość napraw ukończona. Z czysto biznesowego punktu widzenia plan ratalny oznaczał trzymanie należności w księgach przez ponad rok — drobną uciążliwość administracyjną. Ale płatność była gwarantowana, a gest dobrej woli wobec sąsiadującej właścicielki nieruchomości miał własną wartość.

Zwłaszcza wobec właścicielki sąsiedniej posiadłości o piwnych oczach, które rozświetlały się, gdy mówiła o naprawianiu rzeczy złamanych.

Ucisił tę niebiznesową myśl i wrócił do propozycji. — Jakie zabezpieczenie oferuje panna McKenzie dla tych płatności?

— Jej osobiste poręczenie, rzecz jasna — odparł Ashford. — I jest skłonna ustanowić zastaw rejestrowy na samochodzie, jeśli zajdzie potrzeba, choć muszę zaznaczyć, że nie jest wart kwoty pozostałej do spłaty.

Ryan lekko się zmarszczył. — Niezbyt to uspokajające.

— Program rehabilitacji panny McKenzie ma kilku zamożnych klientów z końmi w treningu, a ona sama posiada inne konie, które będą miały znaczną wartość po zakończeniu ponownego szkolenia — odparł Ashford. — Jej dochód jest stabilny, choć skromny. Brakuje jej płynnych środków na natychmiastową wpłatę całości.

Ryan skinął głową, bębniąc palcami w blat, gdy rozważał. McKenzie'owie byli sąsiadami, a Robert wyjaśnił ich stanowisko w sprawie obwodnicy. Lepiej mieć ich po swojej stronie niż przeciw sobie — to mogło się przydać.

Było też coś jeszcze, czego niechętnie przyznawał nawet przed sobą. Wspomnienie cichej pewności Emmy przy tamtym wielkim, przerażonym koniu. Błysk kruchości pod opanowaną powierzchownością, gdy siedziała naprzeciw niego, omawiając rachunek. Sposób, w jaki niebieskie oczy Jemimy — różne barwą od oczu matki, ale identyczne pod względem determinacji — taksowały go dziecięco poważnie.

— Warunki są do przyjęcia — stwierdził, sięgając po pióro. — Podpiszę to dziś i rozliczę się z ubezpieczycielem. Przekażę Panu dane rachunku, na który będą wpływały raty.

Ulgę przemknęła po twarzy Ashforda, szybko jednak przykryła ją zawodowa ogłada. — Dziękuję, Panie Wardell. To z Pana strony bardzo rozsądne.

Ryan parafował każdą stronę, po czym podpisał ostatnią, jego podpis był staranny. — Chciałbym jednak dodać jeden warunek.

Wyraz twarzy Ashforda zmienił się na ostrożnie czujny. — Jaki miałby to być?

— Chciałbym obejrzeć ogrodzenie graniczne między naszymi nieruchomościami — powiedział Ryan, zaskoczony własnymi słowami, jeszcze zanim je wypowiedział. — Żeby nie powtórzyła się sytuacja z ostatnio. Dziś, jeśli pani McKenzie to odpowiada.

Brwi Ashforda lekko powędrowały w górę, nim skinął głową. — Jestem pewien, że przyjmie to z zadowoleniem. Zadzwonić wcześniej, żeby uprzedzić, że Pan jedzie?

— Proszę. — Ryan oddał podpisane dokumenty Ashfordowi, który starannie wsunął je do aktówki. — Wyruszę w ciągu godziny.

Gdy Ashford odszedł, Ryan stanął przy oknie gabinetu, obserwując, jak skromny sedan prawnika pokonuje krętą aleję mijając nieskazitelnie wypielęgnowane ogrody. Decyzja o przyjęciu planu ratalnego miała, zapewniał siebie, doskonały sens biznesowy. Budowanie dobrej woli z sąsiadami, potencjalne zabezpieczenie poparcia dla zachodniego wariantu obwodnicy, uniknięcie negatywnego lokalnego rozgłosu. Wszystko to brzmiało strategicznie i rozsądnie.

A jednak, gdy czterdzieści minut później jechał w stronę Ridgewater, Ryan przyznał, że pod racjonalnymi uzasadnieniami kryła się inna motywacja. Zwykła ciekawość Emmy McKenzie i jej świata ocalonych pełnej krwi angielskiej oraz łagodnej rehabilitacji. Świata tak odległego od jego korporacyjnej codzienności, jak tylko można to sobie wyobrazić.

Przejście od wypielęgnowanej perfekcji Ridgemont do praktycznej funkcjonalności Ridgewater było gwałtowne. Gładki asfalt dojazdu do klubu golfowego ustąpił miejsca ubitemu żwirowi, a rabaty krajobrazowe — naturalnemu buszowi i solidnym ogrodzeniom. Gdy wózek golfowy BMW podskakiwał na nierównościach, Ryan łapał się na tym, że skanuje posiadłość, dostrzegając szczegóły wykraczające poza potencjalne ryzyka odpowiedzialnościowe.

Tablica oznaczała wjazd do Ridgewater Equestrian Centre; farba była świeżo odświeżona, liternictwo dumne. Dalej, w padokach ciągnących się ku odległym wzgórzom, pasły się konie, ich sierść lśniła w zimowym słońcu. Scena miała w sobie nieupiększone piękno, wyraźnie kontrastujące z kontrolowaną perfekcją pola golfowego.

Ryan zaparkował obok ubłoconego pickupa, który rozpoznał jako samochód Emmy. Centralny dziedziniec tętnił aktywnością: kilku jeźdźców przeprowadzało konie między padokami, inni pracowali na czymś, co wyglądało na okrągłe padoki treningowe. Nieznana mu dziewczyna pomachała ze szczytu gniadego kucyka i pojechała dalej; jej swobodny gest sugerował, że goście są tu czymś normalnym.

— Panie Wardell?

Ryan odwrócił się i dostrzegł wysoką, elegancką blondynkę, która przyglądała mu się z otwartą ciekawością. Nie Emma, ale podobieństwo było na tyle wyraźne, że musiała być jedną z sióstr, o których wspominał Robert.

— Tak. Przyszedłem do Emmy w sprawie ogrodzenia granicznego.

— Kate McKenzie — przedstawiła się, wyciągając dłoń. — Emma jest w okrągłym padoku z jednym ze swoich podopiecznych. Proszę iść tą ścieżką, tamtędy — na pewno Pan nie przegapi.

Ryan skinął z podziękowaniem i ruszył we wskazanym kierunku, mijając stajnie i wiaty na sprzęt, które, choć nie nowe, były wyraźnie dobrze utrzymane. Kontrast z jego własną, nieskazitelną infrastrukturą był uderzający, a jednak tutaj czuło się bezsprzeczny sens: pracę wykonywaną z pasją, nie tylko dla wydajności.

Usłyszał głos Emmy, zanim ją zobaczył — miękki, melodyjny ton niósł się w powietrzu. Gdy skręcił za róg, znalazł się przy krawędzi okrągnego ogrodzenia, w którego centrum stała Emma, trzymając luźno w dłoni linę i mówiąc do drżącego gniadego konia. W przeciwieństwie do imponującego wzrostu Phoenixa ten był mniejszy, żebra prześwitywały spod matowej sierści, a oczy, zbyt szerokie ze strachu, pokazywały białka.

— Właśnie tak — mruknęła Emma, ledwie słyszalnie z miejsca, gdzie stał Ryan. — Nikt cię tu nie skrzywdzi. Oddychaj ze mną.

Ryan pozostał nieruchomy, instynktownie rozumiejąc, że gwałtowny ruch mógłby spłoszyć nerwowe zwierzę. Patrzył, jak Emma odwraca się do konia plecami i po prostu czeka, a jej mowa ciała przekazuje spokojną pewność, która zdawała się sięgać przez zwierzęcą panikę. Powoli koń się uspokoił, obserwując ją; uszy wyostrzyły się z zainteresowaniem, gdy Emma wciąż pozostawała odwrócona. A potem, ku zdumieniu Ryana, koń zaczął podchodzić, krok po kroku, ostrożnie zbliżając się od tyłu, aż w końcu wyciągnął chrapy i niepewnie powąchał jej ramię. Uśmiech, który rozświetlił twarz Emmy, był olśniewający. Kontrast między tą cichą chwilą triumfu a wysoką stawką zwycięstw, o które Ryan zabiegał w salach konferencyjnych, uderzył go z siłą. Tutaj sukces mierzono zaufaniem, a nie dopiętymi transakcjami — leczeniem, nie przejęciami.

Coś w Ryanie się przesunęło, gdy patrzył na pracę Emmy — zrozumienie, że jej podejście do rzeczy złamanych wymaga cierpliwości i empatii, których rzadko używał w życiu skupionym na biznesie. Jej świat działał w innym rytmie: postęp mierzono małymi gestami, nie kwartalnymi raportami; na kruchość odpowiadano łagodnością, nie wyrachowaniem.

Kiedy Emma wreszcie zauważyła jego obecność, uśmiech nie zniknął, choć nabrał bardziej powściągliwego tonu. Szepnęła coś do konia, pogłaskała go po szyi po raz ostatni i podeszła do ogrodzenia, przy którym stał Ryan.

— Joe dzwonił, że Pan jedzie — powiedziała, odgarniając kosmyk włosów z twarzy. — Dziękuję, że zgodził się Pan na plan ratalny. To dla mnie więcej, niż potrafię wyrazić.

Ryan skinął głową, dziwnie poruszony szczerym dziękczynieniem w jej oczach — tak odmiennym od wyrachowanej wdzięczności, z którą zwykle stykał się zawodowo. — To rozsądne rozwiązanie. I daje mi pretekst, żeby zobaczyć, jak idzie Phoenixowi.

— Radzi sobie dobrze — odparła Emma, a jej twarz rozjaśniła się. — Chciałby Pan go zobaczyć? Właśnie miałam z nim pracować.

I Ryan, który planował spędzić nie więcej niż pół godziny na rozmowie o konserwacji ogrodzenia i procedurach ograniczenia odpowiedzialności, skinął, niewytłumaczalnie przyciągany do tego świata drugich szans i cichego leczenia.

Ryan szedł za Emmą przez dziedziniec, zauważając, jak kilka koni w pobliskich padokach podnosi łby, by obserwować jej przejście, uszami wyłapując znajome dźwięki. Poruszała się z tą samą spokojną pewnością, którą widział podczas przygody Phoenixa na polu golfowym; jej krok był zdecydowany, ale niespieszny. Kontrast między jej znoszonymi dżinsami i roboczymi butami a jego wyprasowanymi chinosami i włoskimi mokasynami nie umknął mu — to był widoczny znak ich dwóch odrębnych światów.

— Phoenix jest w tylnym padoku — wyjaśniła Emma, wskazując odległe pastwisko, gdzie samotnie skubał trawę ciemny kształt. — Trzymam go osobno, póki się nie zaadaptuje. Pełnej krwi prosto z toru często nie potrafią prawidłowo wchodzić w interakcje z innymi końmi. Wyścigi potrafią zahamować ich rozwój społeczny.

Ryan skinął, czując, że naprawdę go to interesuje. — Jak długo zwykle trwa rehabilitacja?

— To się ogromnie różni — odparła Emma, zwalniając przed bramą. — Niektóre konie odnajdują się w kilka tygodni. Inne potrzebują miesięcy, a nawet lat. Phoenix idzie szybciej, niż się spodziewałam, biorąc pod uwagę jego historię.

Zatrzymała się przy ogrodzeniu i wyjęła z kieszeni mały płócienny woreczek. Czarny koń od razu podniósł łeb, nastawił uszy i z zadziwiającym zapałem ruszył w ich stronę. Ryan odruchowo się spiął, pamiętając niszczycielską panikę zwierzęcia na jego polu golfowym, ale teraz nie było śladu tamtej furii. Phoenix podszedł do ogrodzenia spokojnym krokiem, oczy wpatrzone w Emmę.

— Cześć, przystojniaku — mruknęła, podając na spłaszczonej dłoni mały, czarny przysmak. — Gotowy dziś do pracy?

Wargi Phoenixa delikatnie uszczknęły smakołyk z jej dłoni, a masywna głowa opadła, pozwalając Emmie pogłaskać szyję. Przemiana z przerażonego zwierzęcia, które pruło przez fairwaye Ridgemont jak pocisk, była zdumiewająca.

— To lukrecja? — zapytał Ryan, gdy do jego nozdrzy dotarł charakterystyczny zapach.

— Nie spotkałam konia, który by jej nie uwielbiał. Ale Phoenix na początku nie wiedział, co z nią zrobić. — Zaśmiała się cicho, gdy wielki koń szturchnął ją chrapami, proszącym gestem. — Popatrz na niego teraz. Żebrze.

— Co właściwie z nimi Pani robi? — spytał Ryan, zachowując bezpieczny dystans, kiedy Emma założyła Phoenixowi kantar i przypięła uwiąż. — Mam na myśli, jak wygląda ta rehabilitacja?

Emma otworzyła bramę i poprowadziła Phoenixa z łagodnym autorytetem. — W skrócie: pomagam im oduczyć reakcji wynikających z traumy i budować nowe skojarzenia. Konie wyścigowe zazwyczaj szkoli się metodami, które priorytetowo traktują natychmiastowe posłuszeństwo kosztem zrozumienia. Ja odwracam to podejście.

Poprowadziła Phoenixa ku okrągłemu padokowi. — Chciałby Pan zobaczyć trening? Planuję dziś po raz pierwszy na niego wsiąść.

Brwi Ryana uniosły się. — Czy to bezpieczne? Po jego reakcji na helikopter...

Uśmiech Emmy był pewny, ale bez cienia zarozumiałości. — Pracujemy na to od dawna. Jest gotowy na krótkie, pozytywne doświadczenie. Bez wymagań — tylko zaakceptowanie jeźdźca ze spokojem.

Gdy weszli do okrągłego padoku, Emma odpięła uwiąż, pozwalając Phoenixowi poruszać się swobodnie w obrębie koła. Pełnej krwi obiegł stępem i kłusem jedno okrążenie po obwodzie, potężne mięśnie falowały pod czarną sierścią, po czym wrócił do Emmy jak dobrze wyszkolony pies.

— Dzielny chłopak — pochwaliła, przesuwając dłońmi po jego szyi i bokach długimi, płynnymi ruchami. Ryan obserwował z fascynacją metodyczność jej dotyku i to, jak Phoenix stopniowo się rozluźniał, powieki opadały w oczywistej błogości.

— Mamo! Panie Wardell!

Głos Jemimy poniósł się przez dziedziniec, gdy biegła ku nim, a jej blond włosy podskakiwały przy każdym kroku. Z wprawą dziecka wychowanego wśród koni wskoczyła na poręcz okalającą okrągły padok.

— Będziesz jeździć na Phoenixie? — zapytała, oczy błyszczały z ekscytacji. — Powiedziałaś Panu Wardellowi o jego pysku?

Emma skinęła, nie przerywając rytmicznego głaskania konia. — Właśnie miałam wyjaśnić podejście do treningu.

Jemima zwróciła się do Ryana z powagą wykładowczyni. — Phoenix ma blizny w pysku po wyścigowych wędzidłach. Naprawdę paskudne, przez które panikuje, kiedy cokolwiek metalowego dotyka tego miejsca. Dlatego mama użyje ogłowia bezwędzidłowego, kiedy będzie gotowa, ale dziś ma tylko kantar.

Ryan poczuł się rozbrojony jej dziecięcą, ale rzeczową wiedzą. — A to bezpieczne?

— Mama mówi, że to bezpieczniejsze niż siłowanie się z przestraszonym koniem — odparła Jemima rzeczowo. — I lubi jeździć na oklep przy pierwszych sesjach, bo nic ich nie straszy — tylko jej ciężar. A jeśli zleci, to nie ma się o co zaczepić.

Ryan zerknął na Emmę, która nadal przesuwała dłonie po ciele Phoenixa długimi, zamierzonymi pociągnięciami. Myśl o niej siedzącej na grzbiecie tego masywnego zwierzęcia bez siodła i bez wędzidła ścisnęła mu żołądek.

— Dziś tylko pospacerujemy — powiedziała Emma, jakby wyczuwając jego niepokój. — Okrągły padok go ogranicza, a tu chodzi o pozytywne skojarzenia, nie o kontrolę.

Ryan patrzył, jak dalej przygotowuje Phoenixa, mówiąc do niego tym samym cichym, równym głosem, który słyszał podczas ich pierwszego spotkania. Koń pozostawał zrelaksowany; okazjonalne parsknięcia i ruchy uszu mówiły raczej o uważności niż o lęku.

Po kilku minutach spokojnych przygotowań Emma podeszła do okrągłego podestu do wsiadania na środku koła. Phoenix podążył za nią bez potrzeby trzymania za kantar, jakby spragniony jej towarzystwa. Emma nie spieszyła się z ustawieniem wszystkiego; weszła po stopniach, stawiając ciało nad grzbietem Phoenixa. Uszy pełnej krwi poruszyły się w jej stronę, ale pozostał nieruchomy, najwyraźniej nieprzejęty tym, że Emma znalazła się wyżej, kiedy zaczęła gładzić go po grzbiecie, drapać za kłębem i po grzywie. Wielki koń nawet wyciągnął szyję, jakby zachęcając, by drapała mocniej.

— To chwila prawdy — szepnęła Jemima do Ryana, nieświadomie zaciskając małą dłoń na jego rękawie. — Pierwszy raz zawsze jest najtrudniejszy.

Powoli Emma pochyliła się i oparła górną część ciała na nagim grzbiecie Phoenixa, nie przestając go drapać i głaskać, cały czas coś mrucząc, uspokajając. Phoenix nie zareagował, a po chwili Emma przeniosła ciężar i przełożyła nogę przez jego grzbiet.

Ryan złapał się na tym, że wstrzymał oddech, gdy jej ciężar osiadł na koniu. Phoenix na moment się spiął, potężne ciało zesztywniało, i Ryan odruchowo zrobił krok naprzód, po czym się powstrzymał.

Ale Emma pozostała zupełnie spokojna; dłonie spoczywały lekko na szyi Phoenixa, a głos zachował ten sam kojący rytm. — Dzielny chłopak. Właśnie tak. Nie ma się czego bać. To tylko ja tutaj.

Niewiarygodne, ale koń się rozluźnił, napięcie ustąpiło, gdy Emma szeptem go uspokajała. Nie próbowała nim kierować — po prostu siedziała, pozwalając mu przywyknąć do jej ciężaru i obecności.

— Teraz poprosi go o stęp — zrelacjonowała Jemima, poluźniając uścisk na rękawie Ryana. — Tylko głosem. Bez kopania i szarpania.

I rzeczywiście, na łagodne — Stęp — wypowiedziane przez Emmę i ledwie wyczuwalną zmianę dosiadu, Phoenix ruszył spokojnym krokiem, zataczając koła w równym rytmie. Uszy miał lekko odchylone do tyłu, wyraźnie skupione na Emmie, ale mimo niezwykłej sytuacji niesienia jeźdźca bez znajomego siodła i wędzidła, szedł rozluźniony.

— Jest genialna, prawda? — powiedziała Jemima z dumą w głosie. — Mama poradzi sobie z każdym koniem.

Ryan skinął, szczerze pod wrażeniem cichej komunikacji między koniem a jeźdźcem. Było w tym coś niemal magicznego — zaufanie, które Emma zbudowała ze zwierzęciem, które jeszcze kilka dni temu było niebezpiecznym pociskiem spanikowanych mięśni i kości.

Gdy Phoenix wciąż krążył spokojnie, Ryan uświadomił sobie, że jego obecność i obecność Jemimy mogą być większym rozpraszaczem, niż Emma potrzebowała podczas tego kluczowego pierwszego dosiadu. Wzrok pełnej krwi czasem umykał ku nim, rytm na moment się zakłócał, nim miękki głos Emmy znów sprowadzał uwagę na nią.

— Myślę, że twoja mama powinna się skupić — powiedział Ryan cicho do Jemimy. — Może pokazałabyś mi jeszcze trochę? Chętnie zobaczę resztę Ridgewater.

Twarz Jemimy rozjaśniła się na tę propozycję. — Naprawdę? Mogłabym Panu pokazać Sparky'ego, mojego starego kucyka, i Pepper, moją nową klacz! I dużą ujeżdżalnię, gdzie ciocia Kate jeździ ujeżdżenie! I plac do skoków!

Ryan uśmiechnął się na jej entuzjazm. — Brzmi idealnie. Prowadź.

Złapał spojrzenie Emmy, gdy przygotowywali się do odejścia, a ona posłała mu wdzięczny uśmiech, wyraźnie doceniając, że zrozumiał sytuację. Prosta ciepłota tego uśmiechu poruszyła go bardziej, niż był skłonny przyznać, wywołując obce mu łaskotanie w piersi, gdy szedł za Jemimą, opuszczając okrągły padok.

— Zacznijmy od twoich kucyków — zaproponował, zerkając jeszcze raz na Emmę i Phoenixa; cicha harmonia ich ruchu tworzyła obraz, który — czuł — zostanie z nim na długo po powrocie do wypielęgnowanej przewidywalności pola golfowego.

Rozdział piąty

— ALE WYPASIONY — zauważyła Jemima, gdy podchodzili do wózka golfowego BMW Ryana, którego lśniąca karoseria kłuła w oczy na tle praktycznego, roboczego Ridgewater. — Mamin pick-up wydaje dziwne dźwięki przy odpalaniu. Mówi, że to on po prostu z nami gada, ale ciocia Sarah twierdzi, że gada o emeryturze. Spojrzała na Ryana z bezbrzeżną ciekawością. — Nigdy nie jechałam wózkiem golfowym. Możemy się nim trochę przejechać?

Jej niebieskie oczy rozszerzyły się w tym uniwersalnym wyrazie dziecka, które wypatrzyło niespodziewany smakołyk. — Mogłabym prowadzić! Świetnie prowadzę mały traktorek, którym dziadek pozwala mi jeździć, kiedy jest w domu. I wózek golfowy u wujka Harry'ego.

Ryan zawahał się, kalkulując ryzyko. Wózek nie był szczególnie szybki, ścieżki na posesji wyglądały na wystarczająco równe, a Jemima najwyraźniej miała doświadczenie z podobnymi pojazdami. Mimo to pozwolić ośmiolatce prowadzić jego wózek golfowy nie mieściło się w standardach zarządzania ryzykiem.

— Proszę, Panie Wardell? Będę superostrożna. I tak nie wolno mi zbliżać się do jeziora ani na tylne wzgórze bez dorosłego.

Ku własnemu zaskoczeniu Ryan skinął głową. — W porządku, ale muszę cię uważnie nadzorować. I trzymamy się płaskich, otwartych miejsc.

Zachwycony uśmiech Jemimy sprawił, że coś poluzowało mu się w piersi — uczucie tak obce, że niemal nie rozpoznał w nim zwykłej radości z dziecięcego szczęścia. Kiedy ostatnio zrobił coś tylko po to, by uszczęśliwić kogoś innego, bez żadnej strategicznej korzyści dla siebie?

— To jest genialne — oznajmiła Jemima, wpełzając na fotel kierowcy z pewną siebie swobodą. Nogi ledwie sięgały jej do pedałów, drobne dłonie ściskały kierownicę z determinacją. — Dokąd jedziemy najpierw? Do stajni? Na duży plac? O, wiem, najpierw odwiedźmy Sparky'ego!

Wózek zabrzęczał, gdy przekręciła kluczyk; jego elektryczny silnik był niemal bezgłośny w porównaniu z benzynowymi modelami, których w wielu klubach wciąż używano.

Ryan usiadł obok niej, świadomy, jak dziwnie musiałaby wyglądać ta sytuacja w oczach jego współpracowników czy klientów: wygładzony biznesmen wożony po stadninie przez pełne entuzjazmu dziecko. A jednak, gdy Jemima zaskakująco sprawnie prowadziła wózek po wyjeżdżonych ścieżkach posiadłości, poczuł, jak rozluźnia się i daje ponieść tej chwili.

— Sparky był moim pierwszym kucykiem — wyjaśniła Jemima, ostrożnie omijając kałużę. — Dostałam go, kiedy miałam cztery lata, ale już z niego wyrastam. To kucyk do nauki, czyli jeżdżą na nim inne dzieci, które dopiero uczą się jeździć. — Wskazała na mniejszy padok, gdzie kilka kucyków spokojnie skubało trawę. — To ten, gniady z białą łysinką i jednym niebieskim okiem. Jest krzyżówką walijczyka.

Ryan od razu wypatrzył krzepkiego kucyka, o gęstej, zdrowej sierści. Jemima ostrożnie zatrzymała wózek przy ogrodzeniu.

— Sparky! Chodź tu, chłopcze!

Kuc podniósł łeb na jej zawołanie, uszy nastawiły się do przodu. Niespiesznym kłusem podszedł do ogrodzenia, wyciągając chrapy ku wyciągniętej dłoni Jemimy.

— Jest piękny — zauważył Ryan, szczerze pod wrażeniem zadbanego wyglądu i łagodnego usposobienia kucyka.

— Jest super kucykiem — powiedziała Jemima, z oczywistą czułością głaszcząc go po czole. — Ale teraz moim koniem do startów jest Pepper. Wujek Harry dał mi ją specjalnie, bo jestem gotowa na wyższe skoki. — W jej głosie zabrzmiała nuta dumy. — Chce Pan ją zobaczyć?

Ryan skinął głową, urzeczony jej entuzjazmem. Gdy Jemima kierowała wózek w stronę kolejnego padoku, snuła nieprzerwany komentarz o rozkładzie i historii Ridgewater, imponujący jak na dziecko w jej wieku.

— Tam jest stajnia ogierów, gdzie mieszka Legend, ale nie możemy tam wchodzić bez cioci Sarah albo dziadka. A tam urodził się źrebak klaczy Duchess, Miracle. To będzie kiedyś mój koń olimpijski, ale nie wcześniej niż jak będę dużo starsza, co najmniej szesnaście lat, mówi ciocia Kate.

Mówiła o swojej przyszłości z taką pewnością, że Ryan sam poczuł ukłucie zazdrości o jej jasność celu. W jej wieku jego własne ambicje były mgliste, kształtowane bardziej przez oczekiwania ojca niż przez osobistą pasję.

Wózek zwolnił, gdy zbliżyli się do padoku, na którym samodzielnie pasł się niewielki czarny koń; jego delikatna budowa od razu odróżniała go od masywniejszych kuców, obok których przejeżdżali.

— To Pepper — oznajmiła Jemima, ściszając głos niemal do szeptu. — Czyż ona nie jest najpiękniejszym koniem na świecie? Jej pełne imię to Peppermint Twist, ale mówimy na nią Pepper. Była za mała do wyścigów, ale wujek Harry mówi, że jest idealna do skoków w kategorii juniorów.

Ryan przyjrzał się klaczy z nowym uznaniem, zauważając jej harmonijne proporcje i czujne spojrzenie. Nawet dla jego niewprawnego oka było w niej coś szczególnego, wyrafinowana jakość świadcząca o starannej hodowli.

— Wygląda... na cenną — skomentował, zastanawiając się nad finansową stroną sytuacji, w której mężczyzna podarował wyraźnie drogiego konia ośmiolatce.

— Gdyby mogła się ścigać, byłaby warta mnóstwo — potwierdziła radośnie Jemima. — Jej dziadek wygrał Melbourne Cup. Ale wujek Harry dał ją mnie, bo mnie kocha i bo ciocia Pip jest dla niego jak córka, a też mama kiedyś pomogła mu z naprawdę trudnym koniem, którego nikt inny nie potrafił naprawić, i on potem wygrał mnóstwo wyścigów. — Spojrzała na Ryana z całkowitą powagą. — Mama potrafi naprawić każdego konia, nieważne jak bardzo jest zepsuty.

Coś w tym sformułowaniu przykuło uwagę Ryana — dziecięce, niewinne odsłonięcie szczególnego daru matki. Emma naprawiała złamane stworzenia, nie tylko zawodowo, lecz z powołania. Kontrast z jego własną pracą, polegającą głównie na restrukturyzacji organizacji dla większego zysku, uderzył go z niespodziewaną siłą.

Gdy Jemima kontynuowała swoją wycieczkę, Ryan zaczął dostrzegać detale wykraczające poza praktyczny układ posiadłości. Starzejącą się, ale pieczołowicie utrzymaną infrastrukturę i sprzęt, miejsca zużycia naprawione z oczywistą troską, zamiast zastępowane nowymi. Jakość samych koni — lśniące sierści i zdrowy wygląd świadczyły o wyjątkowym zarządzaniu.

Rozpoznawał oznaki przedsięwzięcia napędzanego bardziej pasją niż zyskiem, gdzie wydatki ustalano według potrzeb zwierząt, a nie pod kątem estetyki. A może to po prostu wiejska praktyczność, wielopokoleniowy nawyk, żeby nie naprawiać tego, co nie jest zepsute? Ridgewater emanowało niezaprzeczalną harmonią, poczuciem celu przenikającym wszystko — od metodycznej organizacji sprzętu po zadowolone zachowanie koni.

— Mama naprawdę ciężko pracuje — powiedziała Jemima, jakby czytając mu w myślach, gdy ostrożnie zaparkowała wózek w pobliżu głównego bloku stajennego. — Czasem czuwa całą noc przy chorych koniach, ale nigdy nie narzeka. Ciocia Kate mówi, że mama wolałaby sama obyć się bez lunchu, niż pozwolić, żeby któryś z jej podopiecznych przegapił posiłek.

Ta od niechcenia rzucona uwaga zdradziła więcej o charakterze Emmy, niż Jemima chyba sobie uświadamiała — nakreśliła obraz kobiety dźwigającej ciężkie obowiązki, a jednocześnie chroniącej córkę przed świadomością ich finansowych trudności. Ryan pomyślał o Emmie na okrągłym lonżowniku z Phoenixem, o jej cichej pewności siebie skrywającej zapewne ogromną presję, i poczuł przypływ podziwu, którego intensywność go zaskoczyła.

Zakończyli zwiedzanie przy głównym domu, starym Queenslanderze. Szerokie werandy i wyniesiona bryła nadawały mu godną prezencję mimo odrobiny łuszczącej się farby.

— To jest Big House — wyjaśniła Jemima. — Dziadek z babcią przeprowadzili się w zeszłym roku do The Shack, chociaż to wcale nie barak, tylko bardzo ładna chatka nad jeziorem, a backpackerzy mieszkają w The Barracks, które dawno temu było domem głównym, jeszcze zanim mama się urodziła, a reszta z nas mieszka tutaj. W tym wujek Marcus i wujek Jake, którzy wprowadzili się w tym roku.

Ryan spojrzał na zegarek i aż się zdziwił, że od jego przyjazdu minęły prawie dwie godziny. Oględziny ogrodzenia, oficjalny powód wizyty, pozostały całkiem nietknięte, ale nie czuł pośpiechu, by je nadrobić. Przeciwnie — niechętnie myślał o wyjeździe z miejsca, w którym czas płynął jakby innym rytmem, wyznaczanym przez naturalne potrzeby zwierząt, a nie bezlitosny pęd handlu.

— O, jest mama — powiedziała Jemima, wskazując okrągły lonżownik, gdzie jej mama znów była już na własnych nogach i prowadziła Phoenixa w powolnych kołach, a folblut podążał za nią z czujnym zainteresowaniem. — Pokażmy jej, jak dobrze prowadzę!

Gdy podjechali bliżej, Emma podniosła wzrok, a na jej twarzy rozlał się uśmiech. Słońce połyskiwało w jej włosach, rozświetlając bursztynowe pasemka pośród brązu, i Ryan poczuł niespodziewane ściśnięcie w piersi. Wyglądała na zmęczoną, ale spełnioną, a jej więź z koniem obok była widoczna w ich zsynchronizowanych ruchach.

— Widzę, że miał Pan wycieczkę w wersji deluxe — zawołała.

— Jemima była świetną przewodniczką — odparł Ryan, przyłapując się na szerokim uśmiechu, bez tej ostrożnej modulacji, jaką zwykle stosował w pracy. — I zaskakująco sprawną kierowcą.

— Pokazałam mu wszystko — oznajmiła dumnie Jemima. — Sparky'ego i Pepper, i duży plac, a nawet stajnię Legenda, chociaż nie wchodziliśmy, bo są zasady.

Wyraz twarzy Emmy złagodniał, gdy spojrzała na córkę, a Ryan zobaczył w niej splot siły i czułości, które ją definiowały. Kobieta, która potrafiła stawić czoło straumatyzowanym zwierzętom ważącym pół tony, a jednocześnie zachowywała taką delikatność wobec córki, taką determinację, by zapewnić bezpieczeństwo w ewidentnie niepewnych okolicznościach.

— Powinnyśmy pozwolić panu Wardellowi wrócić do klubu golfowego — powiedziała Emma, choć w jej tonie pobrzmiewało pytanie.

— Właściwie nie obejrzałem jeszcze porządnie ogrodzenia granicznego. Może po tym, jak skończysz z Phoenixem? — wyrwało się Ryanowi.

Słowa zaskoczyły jego samego równie mocno, jak — sądząc po minie — zaskoczyły Emmę; zwykle skuteczne podejście do zadań ustąpiło miejsca chęci pozostania w tym spokojnym świecie, tak ostrym kontraście dla kontrolowanej doskonałości Ridgemont. Gdy jednak Emma skinęła głową, a jej uśmiech się ocieplił, Ryan przyznał przed sobą prawdę: ogrodzenie było tylko pretekstem, by zostać w jej towarzystwie, by dłużej pobyć w świecie, w którym rzeczy złamane naprawia się cierpliwością i dobrocią, zamiast wyrzucać je dla nowszych modeli.

Emma wyprowadziła Phoenixa z lonżownika z cichą satysfakcją trenerki, której sesja poszła dobrze. Folblut szedł przy jej ramieniu, a wcześniejsze napięcie ustąpiło miejsca spokojnej czujności, którą Ryan rozpoznał jako zaufanie. Patrząc, jak poruszają się razem, niemal równym krokiem, po raz kolejny uderzyło go partnerstwo, jakie Emma budowała ze zwierzętami, które inni skreślili jako zbyt uszkodzone albo zbyt trudne.

— Poszło nawet lepiej, niż miałam nadzieję — powiedziała, zatrzymując się, by przesunąć dłonią po lśniącej szyi Phoenixa. — Pierwsze jazdy potrafią być trudne, ale wyglądał, jakby rozumiał, że nie proszę go o nic skomplikowanego.

— To zrobiło wrażenie — przyznał Ryan, szczerze to myśląc. — Przemiana względem konia, który pruł przez moje pole golfowe, jest niezwykła.

Emma uśmiechnęła się; duma w jej spojrzeniu była złagodzona pokorą. — To on odrabia pracę — odparła. — Ja tylko daję mu przestrzeń i konsekwencję, żeby budował pewność siebie. Odprowadziła Phoenixa do jego padoku i zdjęła mu kantar, kiedy byli już za bramką. Koń jeszcze chwilę kręcił się przy niej, po czym oddalił się, by wytarzać się z rozkoszą w kępie miękkiej trawy.

— Wygląda na szczęśliwego — zauważył Ryan, zaskoczony, jak bardzo obchodzi go dobrostan tego zwierzęcia.

— Zaczyna taki być — przyznała Emma. — To właśnie sprawia, że ta praca ma sens: patrzeć, jak odzyskują godność i radość. Zamknęła bramkę, dwa razy sprawdzając zasuwę, po czym odwróciła się do Ryana. — Jest Pan gotów obejrzeć linię ogrodzenia?

Ryan skinął głową, aż nazbyt świadomy, że wymówka, którą wymyślił, by przedłużyć wizytę, teraz stawała się faktycznym celem. Przywiózł wózek golfowy właśnie w tym celu, ale oględziny, które wcześniej wydawały się tak konieczne, teraz schodziły na dalszy plan wobec zwykłej chęci spędzenia więcej czasu w towarzystwie Emmy.

— Mogę też? — zapytała Jemima, podskakując obok nich na palcach. — Mogłabym znowu prowadzić!

Emma roześmiała się, dźwięczniej, niż Ryan dotąd u niej słyszał. — Myślę, że pan Wardell w czasie prawdziwych oględzin woli prowadzić sam, kochanie. Poza tym, czy ty nie masz pracy domowej?

Entuzjastyczne przytaknięcie Jemimy zaskoczyło Ryana, dopóki nie wyjaśniła: — Matma! I o pieniądzach, co jest idealne, bo i tak zamierzałam powiedzieć panu Wardellowi o pomyśle cioci Kate.

Wyraz twarzy Emmy nieznacznie się zmienił; przez rysy przemknął cień alarmu. — Jemimo, nie sądzę, żeby to był moment na...

— Ciocia Kate mówiła, że gdyby pan Wardell wziął połowę udziałów w Phoenixie zamiast kazać ci płacić te wszystkie pieniądze, to byłoby fair, bo Phoenix będzie wart masę kasy, jak już go porządnie naprawisz — ciągnęła Jemima, a jej dziecięca bezpośredniość przecięła dorosłe ogródki. — A wtedy mógłby przychodzić do Phoenixa, kiedy tylko chce, a może nawet kiedyś na nim pojeździć, jak Phoenix będzie gotowy na drugiego jeźdźca.

Ryan patrzył, jak rumieniec zalewa policzki Emmy; spokojna poza trenerki zachwiała się na moment pod naporem niewinnego powtórzenia przez córkę czegoś, co najwyraźniej miało pozostać rodzinną rozmową.

— To... Kate tylko głośno myślała — powiedziała szybko Emma, spuszczając wzrok. — To nie była poważna propozycja.

— Ale mogłaby — uparła się Jemima z dziecięcą stanowczością. — Phoenix będzie wart znacznie więcej niż dwadzieścia trzy tysiące dolarów, kiedy skończysz. Ciocia Kate mówi, że spokojnie mógłby być koniem za siedemdziesiąt tysięcy, a nawet więcej, jeśli będzie skakał tak dobrze, jak skakał nad pańskim polem golfowym.

Mimo oczywistego dyskomfortu Emmy Ryan poczuł zaciekawienie. Ten biznesowy pomysł mógł mieć sens, o ile rehabilitacja Phoenixa będzie postępować pomyślnie. Jako inwestycja finansowa mógłby dać lepszy zwrot niż wiele konwencjonalnych okazji, zwłaszcza biorąc pod uwagę wyraźne możliwości atletyczne folbluta.

Jednak bardziej niż to interesował go inny aspekt propozycji Jemimy: — *A wtedy mógłby przychodzić do Phoenixa, kiedy tylko zechce.*

— Jemimo, idź już zacznij tę pracę domową — zaproponowała szybko Emma stanowczym tonem. — Pomogę ci, kiedy wrócę.

Dziewczynka skinęła głową, najwyraźniej zadowolona, że przekazała wiadomość, i pomaszerowała w stronę domu, zostawiając po sobie niewygodną ciszę.

— Bardzo za to przepraszam — odezwała się Emma, gdy Jemima oddaliła się na tyle, by nie słyszeć. — Kate ma zwyczaj myśleć na głos, a Jemima wszystko podchwytuje. To nie była poważna propozycja.

— Ale mogłaby — powtórzył za Jemimą Ryan, ku własnemu zdumieniu. — Jeśli Phoenix naprawdę ma potencjał, w który wierzysz.

— Naprawdę wziąłby Pan to pod uwagę? — oczy Emmy nieznacznie się rozszerzyły.

Ryan skinął głową, sam zaskoczony własnym zainteresowaniem. — To rozwiązanie nietypowe, ale nie bez precedensu. W wyścigach współwłasność albo syndykaty to norma. Czy w sporcie też tak nie bywa?

Ruszyli w stronę ogrodzenia granicznego, na chwilę zapominając o wózku, gdy oboje przetwarzali niespodziewany zwrot rozmowy. Ryan zaczął liczyć potencjalne zyski — stosunek ryzyka do nagrody przy inwestycji w konia łączącego wybitny rodowód wyścigowy z widocznymi predyspozycjami skokowymi. Lecz pod tymi znajomymi kalkulacjami płynął nurt czegoś mniej uchwytnego: pociąg do dalszej więzi z Ridgewater. Z Emmą.

— Phoenix ma wyjątkowy potencjał — powiedziała ostrożnie Emma, gdy dotarli do linii ogrodzenia oddzielającej ich posiadłości. — Jego budowa jest pod skoki niemal idealna, a już pokazał niesamowity zakres. Ale rehabilitacja nigdy nie jest gwarantowana. Mogą zdarzać się cofnięcia, fizyczne albo psychiczne.

Ryan skinął głową, doceniając jej otwartość. — Każda inwestycja niesie ryzyko.

— To nie jest tylko propozycja finansowa — ciągnęła Emma, teraz patrząc mu prosto w oczy. — Konie to nie akcje ani nieruchomości. To żywe istoty, mają dobre i gorsze dni, charaktery i dziwactwa. Współwłasność oznacza współdzielenie decyzji o jego dobrostanie, treningu. Jest Pan na to gotów?

Pytanie było praktyczne, dotyczyło Phoenixa, ale Ryan usłyszał w nim też coś pod spodem: czy on — człowiek z korporacyjnego świata, lubiący porządek — gotów jest wejść w bałagan i nieprzewidywalność rehabilitacji? W nawiązywanie więzi nie tylko z koniem, ale i z ludźmi, którzy się nim opiekują?

Zatrzymali się przy fragmencie ogrodzenia z oznakami niedawnej naprawy na górze — być może tam, gdzie Phoenix zrobił swój dramatyczny skok.

— Tutaj wyskoczył — zauważyła. — Zahaczył tylko o samą górną żerdź, co jest naprawdę niesamowite. W tym miejscu to ponad dwa metry wysokości. Wciąż trudno mi uwierzyć, że się nie zatrzymał. Wskazała Ryanowi, żeby podjechał wózkiem golfowym bliżej płotu, żeby mogła wspiąć się na tył i sprawdzić naprawę.

— O koniach nie wiem nic — przyznał Ryan, obserwując jej wprawną ocenę. — Ale potrafię się uczyć.

Emma zerknęła na niego, gdy wracała na swoje miejsce, z wyraźnym zdziwieniem w oczach. — To może być poważne zobowiązanie czasowe, nie tylko finansowe.

— Rozumiem — odparł Ryan, uświadamiając sobie w chwili, gdy mówił, że właśnie ten nakład czasu go pociąga. Perspektywa regularnych wizyt w Ridgewater, obserwowania postępów Phoenixa, posiadania uzasadnionego powodu, by bywać w tym świecie tak innym od jego własnego, wywoływała niespodziewaną ekscytację.

Jechali dalej wzdłuż ogrodzenia, rozmawiając o praktycznych kwestiach utrzymania i zabezpieczeń, ale myśli Ryana wciąż wracały do pomysłu współwłasności. Z czysto biznesowego punktu widzenia był nieortodoksyjny, lecz potencjalnie uzasadniony. Phoenix już pokazał wyjątkowe możliwości, a fach Emmy w rehabilitacji był oczywisty po przemianie, jaką osiągnęła w zaledwie kilka dni.

A jednak, słuchając, jak wyjaśnia kolejne środki zapobiegające ewentualnej ucieczce, Ryan przyznawał, że jego zainteresowanie wykracza poza chłodną kalkulację. Było w samej Emmie coś pociągającego — jej cierpliwa siła i nienachalna kompetencja. Sposób, w jaki zbudowała życie skupione na leczeniu, a nie gromadzeniu; na drugich szansach, nie na szybkim zysku.

Jego własne życie, z wypielęgnowaną schludnością i naciskiem na perfekcję, nagle wydało się jałowe w porównaniu. Kiedy ostatnio doświadczył tak prostej satysfakcji, jaką Emma okazała po udanym pierwszym przejeździe na Phoenixie? Jego zwycięstwa rodziły się w salach zarządów i arkuszach kalkulacyjnych — abstrakcyjne sukcesy, które rzadko dawały namacalną pełnię, jaką widać było na twarzy Emmy, gdy pracowała z końmi.

— Byłabyś skłonna porozmawiać o pomyśle współwłasności bardziej formalnie? — zapytał, gdy zakończyli oględziny i zawrócili w stronę głównego podwórza. — Może w obecności twojej siostry Kate, skoro to od niej wyszła sugestia. Albo twojego prawnika — pan Ashford wydaje się nadzwyczaj rozsądny.

Emma przyjrzała mu się uważnie, z zamyślonym wyrazem twarzy. — Naprawdę mówi Pan o tym serio.

— Tak — potwierdził Ryan, a pewność własnego głosu zaskoczyła nawet jego samego. — Myślę, że oboje możemy na tym skorzystać.

Tego nie wypowiedział na głos — sam dopiero zaczynał to przed sobą przyznawać — jak bardzo pociągała go ta układanka na poziomie osobistym. Phoenix oznaczał nie tylko potencjalny zwrot z inwestycji, ale i most między jego światem a światem Emmy, uzasadniony powód, by przekraczać granicę dzielącą ich posiadłości i życia. Koń, który narobił tyle zamieszania na jego polu golfowym, teraz znaczył coś niespodziewanego: szansę poszerzyć swoje życie poza wąskie ramy korporacyjnego sukcesu, doświadczyć spokojniejszej satysfakcji z postępu mierzonego zaufaniem, a nie marżą zysku.

— Porozmawiam z Kate — powiedziała w końcu Emma, z ostrożnym, ale szczerym uśmiechem. — Może mógłby Pan wpaść na kolację pod koniec tygodnia? Moglibyśmy porządnie omówić szczegóły.

— Chętnie — odparł Ryan, a prostota tych słów wybrzmiała w nim głębiej, niż się spodziewał.

Gdy wracał do klubu golfowego, Ryan łapał się na tym, że już wyczekuje kolejnej wizyty w Ridgewater. Współwłasność Phoenixa doskonale się broniła z biznesowego punktu widzenia, przekonywał sam siebie. Dywersyfikacja inwestycji, eksploracja nieodkrytego rynku.

Ale ciepło, które rozlewało mu się po piersi na myśl o kolacji z Emmą i jej rodziną, nie miało nic wspólnego ze strategią biznesową, a wszystko z niespodziewaną więzią, jaką odnalazł w Ridgewater — miejscu, gdzie rzeczy złamane naprawia się cierpliwością i gdzie drugie szanse sięgają dalej niż do koni, obejmując ludzi, którzy się nimi opiekują.

Rozdział szósty

EMMA OPARŁA SIĘ o drewniany słupek ogrodzenia, po raz trzeci w ciągu zaledwie kilku minut zerkając na zegarek. Marcus pół godziny temu napisał, że wyjechali z lotniska, co oznaczało, że Zoe Webb powinna zaraz dotrzeć. Supeł w żołądku Emmy jeszcze się zaciągnął. Słyszała tyle o siostrze Marcusa i jej niemal mistycznej umiejętności pracy z potraumatyzowanymi końmi, że w swojej głowie uczyniła z Zoe jakąś cudotwórczynię. A jeśli rzeczywistość nie dorówna wyobrażeniom? A jeśli Phoenix był poza zasięgiem nawet Zoe?

Dźwięk opon na żwirze przyciągnął jej uwagę ku podjazdowi, gdzie zajeżdżał pick-up Marcusa. Emma wyprostowała się, strzepując z dżinsów wyimaginowany kurz. Phoenix poczynił w ostatnich dniach niezwykłe postępy, ale wiedziała, że jeśli chce mieć choć cień szansy na starty w konkursach skoków, głęboka trauma klaczy wymaga kogoś ze specjalistyczną wiedzą, kogoś takiego jak Zoe Webb.

Drzwi po stronie pasażera otworzyły się i wysiadła drobna kobieta, przeciągając się nad głową z teatralnym jękiem, który poniósł się po podwórzu. Była jak bardziej kobieca wersja Marcusa, z tą samą ciemną, kręconą czupryną, choć jej włosy wyraźnie próbowały uwolnić się z praktycznego warkocza. Gdzie Marcus poruszał się spokojnie i miarowo, tam Zoe jakby podskakiwała, całe jej ciało było w ciągłym ruchu nawet wtedy, gdy tylko sięgała po bagaże.

— Emma! — zawołała Zoe, ruszając ku niej z zaskakującą szybkością jak na kogoś, kto właśnie spędził ponad dwadzieścia cztery godziny w podróży. Miała wyraźny brytyjski akcent, a głos ciepły i żywy. — Marcus nie zamknął ust o twoim koniu, odkąd mnie odebrał. Prawie dwa razy wylądowaliśmy w rowie, bo usiłował pokazywać mi zdjęcia w czasie jazdy.

Marcus, wyciągając torby z paki pick-upa, przewrócił oczami. — Pokazałem ci jedno zdjęcie na czerwonym świetle.

— Szczegóły — machnęła lekceważąco ręką Zoe, wyciągając do Emmy dłoń z uśmiechem. — Zoe Webb. Podejrzewam, że cię o mnie uprzedzono.

Emma roześmiała się, od razu czując do niej sympatię. — Tylko tyle, że jesteś najlepszą behawiorystką koni po tej stronie równika.

— Cóż, jeszcze jakieś szesnaście godzin temu byłam zdecydowanie po tej drugiej stronie, więc technicznie rzecz biorąc to prawda — odparła Zoe, ściskając jej dłoń pewnie. — A teraz: gdzie jest ten Phoenix, o którym tyle słyszałam? Marcus mówi, że ma ciężką traumę, ale nadzwyczajny potencjał.

— W tylnym padoku — powiedziała Emma, wskazując ścieżkę. — Pomyślałam jednak, że może najpierw chcesz odpocząć. Lot z Londynu bywa morderczy.

Zoe już kręciła głową. — Sen jest dla słabeuszy. Mam jakieś cztery godziny, zanim jet lag zmasakruje mnie do nieprzytomności, więc wolę je spędzić na ocenie twojego konia niż na gapieniu się w sufit. — Odwróciła się do brata. — Rzuć moje graty gdziekolwiek, Marc. Później to ogarnę.

Marcus westchnął z cierpliwością kogoś od dawna przyzwyczajonego do huraganowej natury siostry. — Włożę je do pokoju gościnnego i spotkamy się przy padoku Phoeniksa.

Gdy szły, Emma mówiła więcej niż zwykle, streszczając Zoe historię Phoeniksa, jego paniczną ucieczkę na dźwięk helikoptera i postępy, jakie poczynili. Zoe słuchała z pełną skupienia intensywnością, od czasu do czasu przerywając wnikliwymi pytaniami o reakcje fizyczne i wzorce zachowań.

— Branża wyścigowa ma wiele na sumieniu — powiedziała Zoe, gdy zbliżały się do padoku Phoeniksa. — Tyle wspaniałych zwierząt wyrzucanych na margines, gdy przestają „robić wyniki”. To kryminał. — Zatrzymała się, dostrzegając Phoeniksa skubiącego trawę na drugim końcu łąki. — Oto i on. Cudne stworzenie. Zobaczmy, co nam powie.

Emma otworzyła bramkę, gotowa przeprowadzić Zoe przez ostrożne podejście, które wypracowała w pracy z Phoeniksem, ale Zoe już wchodziła do padoku z pewną, pełną gracji swobodą, a jej mowa ciała całkowicie się odmieniła. Jeszcze przed chwilą żywiołowa i niemal rozedrgana, teraz poruszała się z płynnym spokojem, który Emmie przypominał wodę toczącą się po kamieniach.

Phoenix uniósł głowę, chrapy rozwarły mu się, gdy uchwycił obcy zapach Zoe. Emma napięła się, gotowa na zwyczajowy, ostrożny odwrót konia, ale on pozostał w miejscu, obserwując zbliżającą się nieznajomą z ostrożną ciekawością.

— Witaj, piękny — wyszeptała Zoe, modulując głos w łagodną, kojącą melodię, która niosła się po padoku. — Miałeś niezłą przeprawę, co?

Zatrzymała się kilka metrów od Phoeniksa, nie patrząc mu prosto w oczy, lecz ustawiając ciało lekko bokiem — w postawie bez konfrontacji. Potem zrobiła coś, co sprawiło, że Emma mrugnęła ze zdumienia: ziewnęła, przesadnie i teatralnie, zupełnie nie na miejscu — jak by się zdawało — w tej chwili.

Uszy Phoeniksa postawiły się, a głowa przechyliła w wyraźnym zaciekawieniu.

— Ziewanie sygnalizuje koniom rozluźnienie — wyjaśniła szeptem Emmie Zoe. — Jest zaraźliwe, jak u ludzi. — Jak na zawołanie Phoenix nieco opuścił łeb, a wargi mu drgnęły. — Widzisz? Przetwarza to.

Stopniowo Zoe skracała dystans, poruszając się tak płynnie i nienachalnie, że Phoenix nie próbował odejść. Gdy wreszcie do niego dotarła, nie dotknęła go od razu, tylko stanęła u jego boku i oddychała w rytmie jego oddechów.

— Teraz cię dotknę — powiedziała do konia rozmownie. — Tutaj. — Jej dłoń uniosła się ku szyi, spoczywając lekko na grzebieniu tuż za uchem. — To metoda Mastersona — wyjaśniła Emmie. — Chodzi o uwalnianie napięć, a nie wymuszanie uległości. Słuchamy, co mówi ciało.

Emma patrzyła zafascynowana, jak Zoe metodycznie pracuje na ciele Phoeniksa, dotykiem tak lekkim, że zdawał się ledwie wyczuwalny. A jednak reakcje konia były nie do pomylenia: oczy mu łagodniały, oddech się pogłębiał, a pod palcami Zoe czasem drgał lub drżał jakiś mięsień.

— To jest uwolnienie — zauważyła Zoe, gdy szyja Phoeniksa nagle się wydłużyła, a on wziął głęboki wdech.

— Ciało puszcza nagromadzone napięcie. Spójrz na oko, widzisz, jak zmiękło?

Emma podeszła bliżej, dostrzegając zmianę w wyrazie końskiego oka. Biała obwódka niepokoju, która zwykle je otaczała, znikła, ustępując miejsca bardziej rozluźnionemu spojrzeniu.

— Tu trzyma ogromne napięcie — powiedziała Zoe, muskając palcami potylicę. — I staw skroniowo-żuchwowy ma zablokowany na beton. Nic dziwnego, że panikuje, gdy coś zbliża się do pyska. — Kontynuowała ocenę, od czasu do czasu wydając ciche pomruki troski lub zaciekawienia. — Grzbiet jest w sumie w lepszym stanie, niż się spodziewałam, choć napięcie idzie przez odcinek lędźwiowy. Ktoś zrobił z nim dobrą robotę.

— To zasługa Emmy — powiedział cicho Marcus, podchodząc. — Ma niezłą rękę.

Zoe skinęła Emmie z aprobatą. — Zbudowałaś solidne podstawy. Ale tu jest głęboka trauma, i fizyczna, i psychiczna. Dobra wiadomość jest taka, że pokrój ma spektakularny. Zła, że mówimy o miesiącach specjalistycznej pracy.

— Miesiącach? — serce Emmy zadrżało. Plan spłat był do udźwignięcia, ale tylko jeśli utrzyma swój zwyczajowy grafik treningów i lekcji. Miesiące intensywnej rehabilitacji Phoeniksa jeszcze bardziej nadszarpnęłyby jej zasoby.

— Co najmniej — potwierdziła Zoe, schylając się do nóg Phoeniksa. — Ale Emma, ten koń... — Urwała, unosząc głowę z niespodziewaną intensywnością w złotobrązowych oczach. — Jego atletyczność jest niezwykła. Gdy rozwiążemy kwestie traumy, to może być poziom Grand Prix. Pracowałam z końmi międzynarodowej klasy, które nie miały takiego naturalnego zasięgu skoku ani pokroju.

Marcus cicho zagwizdał. — Rzadko to mówisz, Zo.

— Zazwyczaj wcale — odparła siostra, przesuwając fachowe dłonie po nogach Phoeniksa. — Ale wyczuj tę budowę, Marc. A Emma mówiła, że przelatywał przez ogrodzenia na sześć stóp jak przez nic, w stanie ślepej paniki. Pomyśl, co zrobi z właściwym treningiem i zaufaniem.

Emma wpatrywała się w Phoeniksa, jakby widziała go po raz pierwszy. Od chwili, gdy wypatrzyła go na Laidley Sales, gdzieś w środku wiedziała, że jest wyjątkowy, ale potencjał do Grand Prix? To wykraczało poza najśmielsze nadzieje, jakie wiązała z jego rehabilitacją.

— Pytanie brzmi — podjęła Zoe, prostując się — czy stać cię na czas i zasoby, których będzie wymagało jego dojście do siebie? Bo tu nie chodzi wyłącznie o leczenie ciała. Jego zaufanie zostało zrujnowane. Potrzebuje konsekwentnej, specjalistycznej pracy.

Emma przełknęła ślinę, czując, jak ciężar odpowiedzialności osiada jej na barkach. — Nie wiem — przyznała. — Finansowo teraz jest skomplikowanie.

Zoe ze zrozumieniem skinęła głową. — Zostaję tu co najmniej pół roku na takim roboczym urlopie i skoro mnie kwaterujecie, leczenie waszych koni jest za darmo. Zaczniemy od intensywnych codziennych sesji i zobaczymy, gdzie będziemy. Jedno jest pewne — dodała, gładząc Phoeniksa na pożegnanie — ten koń jest wart każdej minuty, jaką w niego zainwestujemy.

Kiedy wracały w stronę głównego podwórza, Emma miotała się między euforią po potwierdzeniu potencjału Phoeniksa a niepokojem o zasoby, których będzie wymagała jego rehabilitacja. Ale patrząc, jak Zoe ożywiona rozmawia z bratem, już układając plan terapii, poczuła iskrę nadziei. Może z pomocą Zoe uda się uleczyć Phoeniksa, nie rujnując przy tym do reszty i tak już napiętych finansów Emmy.

Emma dołożyła jeszcze jedno nakrycie do stołu, zastanawiając się, jak to się stało, że jej dzień tak się potoczył: od nerwowego oczekiwania na specjalistkę od koni do wydawania kolacji dla człowieka, którego pole golfowe Phoenix zdemolował. Dziś miał przyjść Ryan na kolację, by dalej omówić możliwość wykupu przez niego części udziałów w Phoeniksie. Teraz, gdy kuchnię wypełniał zapach pieczeni Sarah, a z salonu dobiegały głosy, Emma zaczynała kwestionować swoją pochopną decyzję. Nie była przygotowana na to, na niego, zwłaszcza że w głowie nadal kotłowała się ocena Zoe.

— Potrzebujesz pomocy? — zapytała Kate, wpadając do jadalni z dwiema butelkami wina. — Czerwone czy białe dla Pana Korposzczura?

— Oba — odparła Emma, prostując sztućce. — I proszę, nie mów mu tego w twarz.

Kate się uśmiechnęła. — Niczego nie obiecuję. A swoją drogą, Sarah przeszła dziś samą siebie. Nic tak nie uruchamia jej wewnętrznej bogini domowego ogniska, jak potencjalny biznes.

Rozległ się dzwonek do drzwi i żołądek Emmy niespodziewanie wykonał fikołka. Wygładziła włosy, nagle świadoma swojego swobodnego stroju — znoszonych dżinsów i wypłowiałej flanelowej koszuli, której nie chciało jej się zmieniać po całym dniu w padokach.

— Ja otworzę! — zawołała Jemima, a jej kroki potuptały po drewnianej podłodze. Po chwili w korytarzu zabrzmiał niski głos Ryana, przetykany podekscytowanym trajkotem Jemimy, która najwyraźniej zdawała mu szczegółową relację z całego dnia.

Emma stanęła w przejściu do jadalni, patrząc, jak Ryan idzie korytarzem za jej córką. Zmienił typowy garnitur na swobodnie elegancki strój: ciemne dżinsy i śnieżnobiałą koszulę z rozpiętym kołnierzykiem, z podwiniętymi rękawami, odsłaniającymi opalone przedramiona. Efekt był niepokojąco atrakcyjny.

— Emma — przywitał się uśmiechem, cieplejszym niż przy poprzednich spotkaniach. — Dziękuję za zaproszenie. Przyniosłem wino. — Podniósł butelkę, która, jak podejrzewała Emma, kosztowała więcej niż jej tygodniowe zakupy.

— Bardzo miło, dziękuję — odparła, przyjmując butelkę. — Wszyscy są w salonie. Kolacja prawie gotowa.

Ryan poszedł za nią do pokoju, gdzie zebrała się reszta rodziny; zabrakło tylko Pip, która z Jakiem wyjechała na kilka dni do matki Pip do Sydney. Sarah i Marcus dyskutowali coś półgłosem przy kominku, a Kate żywo rozmawiała z Zoe, która wyglądała zaskakująco rześko mimo wcześniejszej zapowiedzi rychłego rozłożenia przez jet lag.

— Kochani, to Ryan Wardell — oznajmiła Emma, czując się dziwnie formalnie we własnym domu. — Ryan, znasz już Kate i Sarah. To jest Marcus Webb, nasz weterynarz i narzeczony Sarah, a to jego siostra Zoe, która dziś przyleciała z Anglii.

Ryan uścisnął każdemu dłoń, swobodny i pewny siebie. — Miło was wszystkich wreszcie porządnie poznać. Marcusie, zdaje się, że rozmawialiśmy krótko przez telefon w sprawie ubezpieczenia.

— Zgadza się — potwierdził Marcus. — Cieszę się, że znajdujemy bardziej polubowne rozwiązanie.

— A Pani, Zoe — zwrócił się do niej Ryan z zaciekawieniem — Emma wspominała, że jest Pani behawiorystką koni?

— Winna — odparła Zoe ze swoją charakterystyczną bezpośredniością. — Właśnie dziś po południu skończyłam ocenę pańskiej inwestycji.

— Moja *potencjalna* inwestycja — poprawił z uśmiechem Ryan. — Rozumiem, że ma Pani całkiem niezłą reputację w środowisku jeździeckim w Wielkiej Brytanii.

— W pełni zasłużoną — rzuciła Zoe, rozśmieszając wszystkich i od razu ocieplając atmosferę.

Sarah ogłosiła, że kolacja gotowa, i wszyscy przenieśli się do jadalni, gdzie duży drewniany stół uginał się pod jedzeniem. Kiedy zajęli miejsca, Emma znalazła się naprzeciwko Ryana, z Zoe przy jego boku i Jemimą obok siebie. Rozmowa płynęła lekko, talerze krążyły, wino się lało, a początkowa sztywność topniała w cieple rodzinnego posiłku.

— Zoe — odezwał się Ryan po komplementach pod adresem kuchni Sarah — jaka jest Pani profesjonalna ocena Phoeniksa? Emma uważa, że już zrobił niezwykłe postępy.

Emma lekko się spięła, niepewna, jak Ryan zareaguje na ramy czasowe, które nakreśliła wcześniej Zoe. Ale Zoe nie zawahała się.

— On jest niezwykły — oznajmiła, nakładając sobie jeszcze ziemniaków. — Przeorany traumą do szpiku kości, tak, ale z taką naturalną sprawnością, że zawodowcom cieknie ślinka. Jego pokrój to podręcznikowy ideał do skoków, a z tego, co Emma opisała o jego ucieczce, naturalny zasięg skoku ma ogromny.

Ryan skinął ze zrozumieniem. — Już sam fakt, że potrafi pokonywać tak wysokie ogrodzenia, robi wrażenie. Zwłaszcza bez treningu, prawda?

— Problemem — podjęła Zoe po potwierdzającym skinieniu — jest czas. Ciało niesie lata napięć i traumy i nie sposób przewidzieć, jak długo potrwa ich uwalnianie. Ale potencjał... — urwała, a oczy rozbłysły jej zawodowym entuzjazmem. — Najwyższy poziom sportu, potencjalnie. Gdy rozwiążemy jego problemy.

Emma uważnie obserwowała Ryana, spodziewając się biznesowej niecierpliwości wobec tak nieokreślonego horyzontu inwestycji. Zamiast tego wyglądał na szczerze zainteresowanego, zadając Zoe inteligentne pytania o rokowania i plan rehabilitacji Phoeniksa.

— A na czym dokładnie polega ta metoda Mastersona? — zapytał, ku zdziwieniu Emmy tak zaangażowany.

Zoe zaczęła objaśniać, a jej dłonie żywo gestykulowały, gdy opisywała technikę pracy z ciałem. — Chodzi o słuchanie odpowiedzi konia, pracę z układem nerwowym, a nie przeciwko niemu. Szczególnie skuteczne u koni z głęboko zakorzenioną traumą.

— Fascynujące — mruknął Ryan i brzmiał, jakby naprawdę tak uważał. — I to jest Pani specjalność?

— Jedna z — skinęła Zoe. — Zaczynałam od klasycznej weterynarii, jak Marcus, ale tradycyjne podejścia okazały się niewystarczające w przypadkach traumy psychicznej... i tak naprawdę nie bardzo interesowała mnie praca ze zwierzętami innymi niż konie. Rzuciłam studia po pierwszym roku i poszłam alternatywnymi ścieżkami.

Rozmowa toczyła się dalej, a Ryan wykazywał zaskakującą otwartość na koncepcje, które Emma uznałaby za zbyt ezoteryczne dla jego korporacyjnego umysłu. W miarę upływu posiłku łapała się na tym, że koryguje swoje początkowe zdanie o nim, zauważając jego przemyślane pytania i szczerą ciekawość wobec każdego przy stole. Nawet Jemima była włączana — Ryan dopytywał o jej lekcje i z uwagą słuchał jej rozemocjonowanych opowieści o ostatnich osiągnięciach.

Wreszcie, kiedy Sarah podała deser, Kate skierowała rozmowę na zasadniczą kwestię. — Ryan, czy wciąż jest Pan zainteresowany umową partnerską w sprawie Phoeniksa, biorąc pod uwagę to, co Zoe powiedziała o czasie?

Ryan odłożył łyżeczkę, a jego wyraz twarzy stał się bardziej biznesowy, choć nie oschły. — Właściwie jestem *bardziej* zainteresowany teraz. Potencjał, o którym mówi Zoe, czyni to opłacalną inwestycją, nawet przy wydłużonym horyzoncie. Zrobiłem rozeznanie i rozumiem, że konie dochodzące do poziomu Grand Prix są warte co najmniej sześciocyfrowe sumy.

— Układ byłby prosty — wtrącił Marcus. — Wziąłby Pan czterdzieści dziewięć procent udziałów w Phoeniksie w zamian za umorzenie połowy długu Emmy. To obniża jej miesięczne spłaty do bardziej znośnego poziomu, a Panu daje udział w koniu, który może stać się bardzo wartościowym sportowcem. I dopóki jej dług nie zostanie spłacony, nie będzie Pan płacił nic za utrzymanie Phoeniksa; potem zostanie naliczana opłata w wysokości pięćdziesięciu procent normalnych stawek pensjonatu Ridgewater i będzie Pan odpowiadał za połowę opłat startowych, rachunków weterynaryjnych itd.

Ryan ze spokojem kiwał głową, gdy Marcus wykładał szczegóły.

— Z jednym zastrzeżeniem — dodała Emma, wreszcie znajdując głos. — Dobro Phoeniksa jest pierwsze przy każdej decyzji. Jeśli w jakimkolwiek momencie Zoe albo ja uznamy, że nie jest gotów na trening czy start, to ma pierwszeństwo przed względami finansowymi. Dlatego mówimy o 49 procentach, a nie 50; muszę pozostać większościową właścicielką z ostatnim słowem co do dalszych kroków.

Spojrzenie Ryana spotkało się z jej wzrokiem ponad stołem, zaskakująco ciepłe. — Inaczej bym nie chciał. Proszę mi wierzyć, rozumiem, że moja ekspertyza w tej dziedzinie wynosi zero; w sprawach dotyczących dobra Phoeniksa, jego przyszłych startów i harmonogramu będę się zdawał na Panią. Dla mnie to nie tylko finansowy zwrot.

— A o co w takim razie chodzi? — spytała bez ogródek Kate.

Ryan rozważył pytanie, palcami kreśląc kółka na nóżce kieliszka. — Nazwijmy to dywersyfikacją zainteresowań. Klub golfowy pochłania większość mojego czasu, ale odkryłem, że... intryguje mnie to, co robicie tutaj.

Rehabilitacja, drugie szanse. — Spojrzał na Emmę. — To pociąga.

Emma poczuła, jak rumieniec wspina jej się na szyję pod intensywnością jego spojrzenia. W jego wyrazie było coś, czego nie umiała nazwać, coś... więcej niż zawodowe zainteresowanie?

— Uważam, że to uczciwe porozumienie — stwierdziła Sarah, jak zawsze rzeczowa. — Phoenix dostaje rehabilitację, której potrzebuje, obciążenia finansowe Emmy maleją, a Ryan zyskuje współwłasność konia o wyjątkowym potencjale.

— Zatem mamy umowę — powiedział Ryan, wyciągając przez stół rękę do Emmy. — Wspólnicy?

Emma zawahała się tylko na moment, po czym ujęła jego dłoń. Miał ciepłą, uścisk był pewny, ale nienachalny. — Wspólnicy — zgodziła się, czując niespodziewany dreszcz w brzuchu, który nie miał nic wspólnego z biznesem, a wszystko z tym, jak Ryanowi lekko marszczyły się kąciki oczu, kiedy się uśmiechał.

Kiedy rozmowa odpłynęła od praktycznych aspektów umowy, Emma obserwowała, jak Ryan swobodnie gawędzi z Zoe o jej doświadczeniach z końmi startującymi międzynarodowo, ujmuje Sarah pytaniami o historię rodziny w Ridgewater i rozśmiesza Kate zaskakująco suchą uwagą o lokalnej polityce. Wpisał się w ich dom z łatwością, której by nie przewidziała, a jego korporacyjna otoczka zmiękła w ciepłej, rodzinnej scenerii.

Uświadomienie sobie, że mogła całkowicie źle ocenić Ryana Wardella, okazało się i niepokojące, i dziwnie ekscytujące.

Nocne powietrze było chłodne, gdy Emma odprowadzała Ryana do wózka golfowego, a żwir chrzęścił pod stopami w rytmicznym kontraście do chóru świerszczy. Za nimi z okien wylewała się ciepła poświata domu, jak miód, niosąc ze sobą cichy pogłos rozmów i co jakiś czas śmiech Jemimy. Emma objęła się ramionami, wyczulona na obecność Ryana obok, jego profil rysujący się w blasku księżyca. Zgodziła się zostać jego wspólniczką, a jednak czuła się dziwnie rozstrojona, jakby grunt pod stopami w czasie kolacji przesunął się subtelnie, lecz nieodwołalnie.

— Ma Pani cudowną rodzinę — powiedział Ryan, przerywając przyjemną ciszę. — Rozumiem, czemu tak bardzo chce Pani chronić to, co tu zbudowała.

— Czasem są „trochę za bardzo" — odparła Emma z małym uśmiechem. — Ale tak, są wyjątkowi.

— A Zoe to niezła indywidualistka — dodał.

Emma zaśmiała się, choć w żołądku niespodziewanie zakłuła ją zazdrość. Zoe była też bardzo ładna i żywiołowa mimo jet lagu; bez trudu skupiała na sobie uwagę całego pokoju. — Zdecydowanie wyjątkowa. Marcus mówi, że zawsze taka była, odkąd byli dziećmi. Genialna, ale kompletnie bez filtrów.

Doszli do wózka, którego wypolerowana powierzchnia odbijała światło księżyca. Ryan nie wsiadł od razu; odwrócił się do niej, z zamyślonym wyrazem twarzy.

— Dziękuję za dzisiejszy wieczór — powiedział. — Nie tylko za kolację, ale i za partnerstwo. Wiem, że dzielenie się Phoeniksem nie było łatwą decyzją.

Emma skinęła, zaskoczona jego przenikliwością. Rzeczywiście mierzyła się z myślą o współwłasności uratowanego przez siebie konia, szczególnie tak wrażliwego jak Phoenix. Rehabilitacja tworzy głębokie więzi i zwykle utrzymywała pełną kontrolę nad opieką i treningiem swoich podopiecznych, dopóki nie uznała, że są gotowe na domy docelowe. Nawet wtedy pieczołowicie dobierała ludzi do koni, chcąc zapewnić im trwały sukces. Dzielić te decyzje, nawet z kimś tak rozsądnym, na kogo

Ryan zaczynał wyglądać, znaczyło jakby oddać kawałek własnej autonomii.

— To właściwa decyzja — powiedziała w końcu. — Phoenix zasługuje na najlepszą szansę, a to porozumienie mu ją daje.

Spojrzała w stronę domu, myśląc o ocenie Zoe i miesiącach specjalistycznej opieki, które ich czekają.

— Poza tym zaczynam myśleć, że to ja wyszłam na lepszym. Połowa mojego długu umorzona w zamian za współdzielenie konia, który może nigdy nie być gotów do startów? Pana wykładowcy od biznesu byliby oburzeni.

Ryan się uśmiechnął, a Emmę po raz kolejny uderzyło, jak zmienia mu się cała twarz, kiedy to robi. Poważna, korporacyjna maska opadała, odsłaniając kogoś młodszego, bardziej przystępnego. W miękkim blasku księżyca, z opuszczoną gardą, był niepokojąco przystojny.

— Być może zaczynam mieć zainteresowania wykraczające poza czyste marże zysku — powiedział niżej. — Kiedy patrzyłem, jak Pani pracuje z Phoeniksem... jest w tym coś pociągającego. Cierpliwość, zaufanie, które Pani buduje. — Zawahał się, jakby szukając słów. — To zupełnie inne niż to, co znam ze swojego świata.

Emma poczuła niespodziewane trzepotanie w piersi. Tak poręcznie zaszufladkowała Ryana: sztywny biznesmen, korporus, który nigdy nie zrozumie ich wiejskiego życia ani pasji, która napędza jej rehabilitację. A jednak był tu, szczerze doceniając jej podejście, z wyczuciem angażując się w rozmowy z rodziną, wykazując zainteresowanie Phoeniksem wykraczające poza ewentualną wartość finansową.

— Źle Pana oceniłam — przyznała, zaskakując samą siebie szczerością. — Zakładałam, że będzie Pan... no, bardziej...

— Korporacyjny? Sztywny? Zafiksowany na jakości darni na polu golfowym? — podsunął Ryan, a kąciki ust uniosły mu się figlarnie.

— Wszystko powyższe — przyznała Emma, cicho się śmiejąc. — Choć, sprawiedliwie mówiąc, przy naszym pierwszym spotkaniu był Pan całkiem skupiony na darni.

— Phoenix właśnie przeorał ją za kilka tysięcy dolarów — zauważył rozsądnie Ryan. — Ale rozumiem, skąd te założenia. Większość dorosłego życia spędziłem w środowisku, gdzie liczy się wynik finansowy. A to — wskazał na Ridgewater — jest inne. Jest tu autentyczność, którą uważam za... odświeżającą.

Słowo zawisło między nimi, proste, a jednak znaczące. Emma przyjrzała mu się uważniej, dostrzegając szczerość w spojrzeniu, swobodniejszą postawę, tak inną od tej z ich pierwszego spotkania. Ryan Wardell, który przyszedł dziś na kolację, nie był tym samym mężczyzną, który stanął naprzeciw niej w sprawie zniszczeń po Phoeniksie. A może był, tylko dopiero teraz widziała poza własne uprzedzenia.

— Cóż — powiedziała, nagle świadoma, jak długo już tam stoją i jak intymnie czuje się ta chwila mimo otwartej przestrzeni podwórza — cieszę się, że dobrze się Pan bawił. I czekam na naszą współpracę.

Ryan zrobił pół kroku bliżej, a oddech Emmy niewytłumaczalnie się zatrzymał. Przestrzeń między nimi jakby nabrała ładunku, prądu możliwości, od którego serce zaczęło bić szybciej. Jego wzrok na moment zsunął się ku jej ustom, po czym wrócił do oczu.

— Emma — powiedział szeptem, jej imię miękkie w nocnym powietrzu.

Czekała, bez ruchu, niepewna, czego pragnie, ale boleśnie świadoma ciepła bijącego od niego, subtelnego zapachu perfum, sposobu, w jaki jego bliskość mrowiła jej skórę. Przez moment wydawało się, że pochyli się, że skróci dzielący ich dystans. Emma nie cofnęła się, ciekawa, jakie byłyby jego usta na jej ustach, jego dłonie na jej talii.

Wtedy Ryan cofnął się krok, a chwila pękła jak bańka mydlana. — Jeszcze raz dziękuję za kolację — powiedział już normalnym tonem. — Mój prawnik jutro przygotuje umowę partnerską. Proste, przejrzyste zapisy, jak ustaliliśmy.

— Jasne — skinęła Emma, czując nieoczekiwaną falę rozczarowania. — Brzmi dobrze.

Wsiadł do wózka, który cicho zabzyczał, gdy przekręcił kluczyk. — Przywiozę dokumenty w drugiej połowie tygodnia, jeśli Pani pasuje?

— Idealnie — zdołała powiedzieć Emma, krzyżując ramiona w geście obrony przed chłodem, który nie miał nic wspólnego z nocnym powietrzem. — Proszę jechać ostrożnie.

Ryan uśmiechnął się raz jeszcze, krótko i uprzejmie, tak inaczej niż to ciepło, które Emma widziała przy stole. — Dobranoc, Emma.

Patrzyła, jak światła wózka znikają na podjeździe, a myśli ma splątane. Co się właśnie wydarzyło? A raczej: co *o mało co* się nie wydarzyło? Przez moment była pewna, że ją pocałuje, i złapała się na tym, że tego chce, wręcz pragnie. To odkrycie było niepokojące. Ryan Wardell był jej nowym wspólnikiem, właścicielem sąsiedniej posiadłości, mężczyzną, który trzyma w rękach połowę jej finansowej przyszłości. Cokolwiek ponad relację zawodową byłoby co najmniej skomplikowane, a w najgorszym razie — katastrofalne.

A jednak, stojąc samotnie w świetle księżyca i patrząc, jak ostatni poblask jego tylnych świateł znika za zakrętem, Emma nie potrafiła zaprzeczyć uporczywemu poczuciu straconej szansy. Przycisnęła palce do ust, wyobrażając sobie przez ułamek sekundy to, co mogło być, po czym odwróciła się do ciepłych świateł domu, mówiąc sobie stanowczo, że to dziwne przyciąganie to tylko wdzięczność pomieszana z ulgą po zmniejszeniu jej obciążeń finansowych.

Nawet wypowiadając te słowa w myślach, wiedziała, że to nie do końca prawda.

Rozdział siódmy

Ryan poprawił krawat, wchodząc do Ridgemont Community Hall, i od razu uderzyła go ściana hałasu. Skromna sala pękała w szwach, krzesła rozkładane stały w ciasnych rzędach, zajęte przez zatroskane twarze. Ludzie stali wzdłuż ścian z założonymi rękami, z posępnymi minami. To nie było grzeczne spotkanie członków klubu golfowego, do jakich zwykle przemawiał; to była społeczność walcząca o swoją przyszłość. Przyszłość, która — jak zaczynał sobie uświadamiać — splatała się z jego własną w sposób, którego nie przewidział, gdy kilka tygodni temu kupował Ridgemont Golf and Country Club.

Przeskanował tłum, szukając znajomej twarzy. Jego wzrok zatrzymał się w połowie sali na rzędzie, w którym Emma siedziała między siostrami, Kate i Sarah. Ich głowy były pochylone w cichej rozmowie, ramiona napięte pod swobodnymi ubraniami. Emma ściskała na kolanach teczkę z manilowego papieru, palcami raz po raz wygładzając jej krawędź — gest, który Ryan rozpoznał jako oznakę zdenerwowania.

Znalazłszy wolne miejsce przy tylnej ścianie, Ryan oparł się o nią, zadowolony, że na razie może tylko obserwować. Wczoraj pocztą dostał zawiadomienie o tym spotkaniu — prostą ulotkę zapowiadającą konsultacje społeczne w sprawie trasy obwodnicy. Biorąc pod uwagę to, co mówił mu Robert o ścierających się interesach, uznał, że warto się pojawić. Zaskakujące przyciąganie, jakie czuł w stronę rodziny McKenzie, a zwłaszcza Emmy, nie miało z tym nic wspólnego. Przynajmniej tak sobie powtarzał.

Pomruk rozmów ucichł, gdy do mównicy podszedł mężczyzna w grafitowym garniturze. Wyregulował mikrofon, wywołując krótkie piskliwe sprzężenie, a na jego twarzy malował się urzędniczy beznamiętny spokój.

— Dobry wieczór. Nazywam się Howard Jennings, regionalny koordynator planowania w Departamencie Dróg Głównych. — Jego głos miał płaski rytm kogoś, kto wygłosił podobne prezentacje niezliczoną ilość razy. — Dziękujemy za przybycie. Przedstawimy państwu zatwierdzone przez departament plany projektu obwodnicy Ridgemont.

Ryan obserwował, jak Emma wyprostowała się na krześle, sztywniejąc w jednej chwili. Kate położyła dłoń na ramieniu siostry — drobny gest solidarności.

Na ekranie za Jenningsem pojawił się pierwszy slajd — mapa regionu z grubą czerwoną linią przecinającą znajomy teren. Nawet ze swojego miejsca Ryan widział, że linia biegła wprost przez posiadłość Ridgewater.

— Po szczegółowej analizie departament uznał, że wschodnia trasa stanowi jedyną realną opcję dla obwodnicy. — Jennings kliknął na kolejny slajd, pokazujący harmonogram z rozpoczęciem prac już za sześć miesięcy. — Ta trasa zapewnia najprostszy przebieg przy minimalnych zakłóceniach dla podmiotów komercyjnych oraz mieści się w naszych ograniczeniach budżetowych i czasowych.

W napiętej ciszy rozległo się ciche parsknięcie Kate.

— Proces wywłaszczeń rozpocznie się w przyszłym miesiącu — ciągnął Jennings tonem sugerującym, że to tylko drobny szczegół techniczny, a nie decyzja wywracająca życie poszkodowanych do góry nogami. — Wszystkim właścicielom zostanie zaoferowana wartość rynkowa, a nasz departament udzieli pomocy relokacyjnej.

Ryan patrzył, jak kostki palców Emmy bieleją na teczce. Fraza wartość rynkowa brzmiała jak kpina z dekad historii wpisanych w ziemię Ridgewater, z mozolnie budowanego programu rehabilitacji, którego nie da się po prostu przenieść jak mebli.

— Z naszych badań wynika, że wpływ na środowisko będzie minimalny, a korzyści ekonomiczne dla regionu po zakończeniu inwestycji — znaczące. — Kolejny slajd pokazywał prognozy wzrostu turystyki i krótszych czasów przejazdu. — Alternatywę zachodnią rozważano, lecz odrzucono ze względu na uwarunkowania terenowe i wydłużenie harmonogramu.

To przykuło uwagę Ryana. Zachodnia trasa omijałaby jego pole golfowe, potencjalnie znacząco zwiększając jego wartość. A jednak z tego, co wyczytał w księgach wieczystych i usłyszał w rozmowach, uwarunkowania terenowe nie były trudniejsze niż na wschodzie. Coś się nie zgadzało.

Jennings zakończył prezentację zdawkowym: — Przechodzimy do krótkich wypowiedzi członków społeczności, choć muszę podkreślić, że etap planowania został zamknięty. To spotkanie ma przede wszystkim charakter informacyjny.

Pogardliwy ton jego słów wywołał falę niezadowolenia na widowni. W przejściu ustawiono mikrofon i szybko utworzyła się kolejka chętnych. Emma wstała, ściskając teczkę przy piersi, i dołączyła do kolejki; jej postawa zdradzała zarówno determinację, jak i niepokój.

Ryan złapał się na tym, że wstrzymuje oddech, gdy Emma podeszła do mikrofonu i rozłożyła notatki na małej półeczce. Jej piwne oczy przebiegły po sali, po czym spoczęły na Jenningsie z cichą stanowczością.

— Nazywam się Emma McKenzie, prowadzę ośrodek Ridgewater Horse Rescue. — Jej głos na początku był pewny, profesjonalny. — Nasza ziemia jest w rodzinie od pokoleń, ale nie po to tu jestem, by mówić o historii czy sentymentach. Chcę poruszyć kwestie praktyczne, których państwa ocena nie uwzględniła.

Spojrzała na notatki, po czym jakby je porzuciła, mówiąc z nieudawaną autentycznością: — Obecnie mamy pod opieką siedemnaście uratowanych koni. To nie są zwierzęta do rozrywki. — Głos na moment jej zadrżał, lecz mówiła dalej: — To żywe istoty dochodzące do siebie po ciężkich traumach i zaniedbaniach. Ich przeniesienie to nie kwestia załadowania ich do przyczepy i odjechania.

Ryan zauważył, że Jennings zerknął na zegarek, ledwo kryjąc zniecierpliwienie. Taka nonszalancja rozpaliła w Ryanie nieoczekiwany gniew w obronie Emmy.

— Najbardziej straumatyzowane konie wymagają konkretnych warunków i ugruntowanych rutyn. Phoenix, na przykład — jeden z naszych najnowszych podopiecznych — wpada w panikę na dźwięk maszyn. — Krótkie, przepraszające spojrzenie w stronę Ryana było przywołaniem ich wspólnej historii z ucieczką Phoenixa na pole golfowe. — Przeniesienie tych zwierząt bez właściwego okresu przejściowego zniweczy lata pracy rehabilitacyjnej i może skazać je na uśpienie, jeśli ich zachowania znów staną się nie do opanowania.

To słowo zawisło ciężko w powietrzu. Ryan dostrzegł, jak kilka osób niespokojnie wierci się na krzesłach. Emma mówiła dalej, coraz bardziej z pasją.

— Wariant zachodni pozwoliłby ocalić nie tylko naszą działalność, ale i podmokłe tereny po północnej stronie jeziora Ridgewater, które w państwa własnym raporcie o oddziaływaniu na środowisko zostały uznane za istotne ekologicznie. — Uniosła dokument, który Ryan rozpoznał jako rządowy raport. — Ten raport Agencji Ochrony Środowiska podważa tezy o minimalnym wpływie na środowisko we wschodnim wariancie. Dlaczego nie uwzględniono go w analizie? I gdzie jest plan kompensacji, wymagany przed podjęciem ostatecznej decyzji? Nie było o nim mowy w pańskiej prezentacji.

Wyraz twarzy Jenningsa stężał; przez ułamek sekundy widać było irytację, że ktoś wypomina mu zasady jego własnego departamentu.

— Ridgewater to nie zwykłe gospodarstwo — zakończyła Emma, ciszej, ale wyraźnie, tak że słychać ją było w całej uciszonej sali. — To azyl dla zwierząt odrzuconych przez ludzi, miejsce uzdrawiania i drugich szans. Prosimy o rzetelną ocenę wariantu zachodniego, która uwzględni wszystkie czynniki, nie tylko terminy realizacji, i która rzeczywiście odpowie na realne obawy zgłaszane przez społeczność oraz przez Agencję Ochrony Środowiska.

Gdy Emma wracała na miejsce, Ryan dostrzegł subtelne kiwnięcia głowami wśród sąsiadów. Sarah ścisnęła siostrze ramię, duma malowała się na jej twarzy. Kate uniosła kciuk, co wywołało u Emmy ledwie dostrzegalny uśmiech mimo powagi sytuacji.

Ryan przyglądał się Emmie z nowym uznaniem. Kobieta, która tak spokojnie stanęła naprzeciw przerażonego folbluta, teraz z tą samą cichą odwagą stawiła czoło biurokracji. Jej argumentacja była logiczna, rzeczowa, oparta na dowodach, nie emocjach, choć pasji w jej słowach nie sposób było nie usłyszeć.

Po raz pierwszy Ryan naprawdę zrozumiał, o co toczy się gra dla rodziny McKenzie, dla Emmy. Nie chodziło tylko o granice działek czy wyceny. Chodziło o misję — o sens, który nadawał życiu Emmy znaczenie. Myśl, że to może zostać zlekceważone dla wygody urzędników, wydała mu się głęboko niesłuszna w sposób wykraczający poza kalkulacje biznesowe.

Kiedy Jennings szykował się do odpowiedzi, Ryan wyprostował się, odlepiając od ściany, a w głowie układały mu się pytania i argumenty. To nie była jego walka, nie do końca. A jednak nie był już w stanie pozostać bezstronnym obserwatorem.

Howard Jennings odchrząknął, poprawiając krawat gestem, w którym było raczej znużenie niż szczera troska. Nachylił się do mikrofonu, a jego głos nabrał protekcjonalnej nuty, od której szczęka Ryana zacisnęła się mimowolnie.

— Dziękujemy, panno McKenzie, za pani... pełne emocji uwagi. — Pauza przed określeniem miała wydźwięk lekceważenia. — Choć współczujemy właścicielom zwierząt trzymanych rekreacyjnie, potrzeby infrastrukturalne muszą mieć pierwszeństwo przed hobbyystycznymi gospodarstwami.

Ryan widział, jak ramiona Emmy zesztywniały na dźwięk celowego zafałszowania jej działalności. Określenie hobbyystyczne gospodarstwo redukowało opisywany przez nią profesjonalny program rehabilitacji do błahostki.

— Departament przeprowadził wnikliwe analizy wszystkich realnych opcji — ciągnął Jennings tonem, jakby mówił do wyjątkowo opornych uczniów, a nie zaniepokojonych mieszkańców. — Trasę wschodnią wybrano na podstawie kompleksowych kryteriów, w tym efektywności kosztowej, realności harmonogramu i minimalnych zakłóceń dla przedsiębiorstw.

Po sali przebiegł pomruk niezadowolenia. Starszy mężczyzna z przodu mruknął coś do złudzenia przypominającego urzędniczą bzdurę, wystarczająco głośno, by dotarło do miejsca, gdzie stał Ryan.

— Doceniamy głosy społeczności — brnął dalej Jennings, a jego protekcjonalny ton nie pozostawiał wątpliwości — lecz etap planowania jest zakończony. Te spotkania mają przede wszystkim charakter informacyjny, nie konsultacyjny. Trasa wschodnia została zatwierdzona na najwyższym szczeblu.

Ryan poczuł w sobie znajome narastanie napięcia, jak tuż przed decydującym ruchem w trudnych negocjacjach. Ową jasność, która poprzedza stanowcze działanie. To nie była jego walka. Poza niepewnym porozumieniem z Emmą w sprawie jednego konia nie miał w Ridgewater osobistej stawki. Owszem, wariant zachodni przyniósłby mu korzyści finansowe, ale to nie usprawiedliwiało publicznej interwencji, która mogłaby zrazić urzędników.

A jednak, patrząc na twarz Emmy i widząc, z jaką kontrolą przyjmuje lekceważenie Jenningsa, Ryan ruszył w stronę stojaka z mikrofonem, zanim jeszcze w pełni uświadomił sobie, że podjął decyzję.

Wyprostował marynarkę, nawyk z niezliczonych prezentacji przed zarządami i inwestorami. Czuł na sobie spojrzenie Emmy — pełne zaskoczenia.

— Ryan Wardell, właściciel Ridgemont Golf and Country Club — powiedział głosem niosącym spokojny autorytet, wyszlifowany przez lata w korporacyjnych salach konferencyjnych. — Mam kilka pytań dotyczących metodologii państwa oceny.

Jennings mrugnął, wyraźnie rozpoznając nazwisko Ryana i próbując dostroić się do rozmówcy, którego postrzegał już nie jako lokalnego mieszkańca, lecz równorzędnego partnera.

— Panie Wardell, witamy. — Ton zdecydowanie złagodniał. — Oczywiście, choć, jak wspominałem, etap planowania został zamknięty.

— Właśnie to mnie niepokoi — odparł Ryan, utrzymując stały kontakt wzrokowy. — Jako nowy inwestor w regionie przeanalizowałem oba proponowane warianty, włącznie z dostępnymi publicznie na państwa stronie raportami o oddziaływaniu na środowisko.

Ryan zrobił pauzę, pozwalając wybrzmieć sugestii, że odrobił lekcję. — Wariant zachodni wydaje się odrzucony bez tej samej dokładności analiz, jaką zastosowano wobec wariantu wschodniego. Czy może pan wyjaśnić, dlaczego wyniki analiz wskazujące na mniejsze zakłócenia przy opcji zachodniej nie otrzymały należnej wagi w końcowej decyzji?

Jennings poruszył papierami na pulpicie, a jego opanowanie nieco zbladło. — Wszystkie czynniki rozważono łącznie, panie Wardell. Obawy środowiskowe zostały zrównoważone innymi względami praktycznymi.

— Jakimi konkretnie względami praktycznymi? — naciskał Ryan, wciąż profesjonalny, choć coraz bardziej precyzyjny. — Różnica kosztów między wariantami jest nieistotna według wstępnych ocen budżetowych państwa departamentu. Wydłużenie harmonogramu dla trasy zachodniej to około trzy miesiące, co trudno uznać za znaczące w przypadku infrastruktury, która ma służyć regionowi przez dekady.

W tłumie rozległy się pojedyncze, aprobujące pomruki. Ryan zauważył, że Emma lekko się pochyliła, w pełni skupiona, z ledwie maskowaną nadzieją w oczach.

— Uwarunkowania terenowe dla wariantu zachodniego wymagałyby dodatkowych rozwiązań inżynieryjnych — odparł Jennings, choć jego pewność siebie zaczynała się kruszyć.

— Jakich konkretnie? — zapytał Ryan natychmiast.

— Bo z badań geologicznych wynika, że skład gruntu

i różnice wysokości są na obu trasach porównywalne. Co więcej, wariant zachodni omija istotne problemy z poziomem wód gruntowych, zidentyfikowane na wschodnim korytarzu.

Oczy Jenningsa zwęziły się. W tym, co miało być rutynowym spotkaniem informacyjnym z mieszkańcami wsi, nikt nie spodziewał się takiego poziomu merytoryczności.

— Panie Wardell, to złożone kwestie techniczne, gruntownie przeanalizowane przez nasz dział inżynieryjny. Nie mam pod ręką wszystkich szczegółów, ale zapewniam pana, że uwzględniliśmy wszystkie czynniki.

— I właśnie to mnie martwi — odparł Ryan, a jego korporacyjne obycie pozwalało mu zachować uprzejmy ton, jednocześnie przyciskając rozmówcę do muru. — Ocena wpływu na społeczność dla wariantu wschodniego przyznaje poważne zakłócenia w działalnościach rolnych, po czym zbywa je jako konieczną ofiarę dla rozwoju regionu. Tymczasem w dokumentach nie widać równoważnej oceny korzyści płynących z zachowania tych działalności.

Ryan wskazał na Emmę i jej siostry. — Ośrodek rodziny McKenzie to nie jest hobby farm, jak to pan ujął. To wyspecjalizowany ośrodek rehabilitacji świadczący kluczowe usługi dla społeczności jeździeckiej w całym Queensland oraz o międzynarodowej renomie ośrodek hodowli i treningu. Ich know-how nie da się po prostu przenieść bez ogromnej szkody dla zwierząt i dla społeczności, której służą.

Wyraz twarzy Jenningsa stwardniał; zawodowa fasada trzeszczała pod naporem nieoczekiwanego wyzwania. — Panie Wardell, doceniamy pańskie uwagi, jednak proces decyzyjny uwzględniał wszystkie istotne czynniki zgodnie z wytycznymi departamentu.

— W takim razie być może same wytyczne wymagają przeglądu — zasugerował łagodnie Ryan. —

Zwłaszcza gdy prowadzą do decyzji, które zdają się przedkładać bliżej nieokreślone względy praktyczne nad udokumentowane oddziaływanie na środowisko, a także do likwidacji przedsięwzięcia o znaczeniu krajowym bez przekonującego uzasadnienia.

Zawiesił głos, pozwalając, by słowa wybrzmiały, po czym dodał punkt kulminacyjny: — Co stoi za tym pośpiechem? W pierwotnym harmonogramie przewidziano pełne dwanaście miesięcy na ocenę tras, tymczasem ten etap został drastycznie skrócony bez publicznego wyjaśnienia. Jako przedsiębiorca potencjalnie dotknięty inwestycją uważam, że społeczność ma prawo do przejrzystości w sprawie przyspieszenia tego procesu.

Twarz Jenningsa delikatnie pociemniała, a palce zacisnęły się na krawędziach pulpitu. Pytanie trafiło w czuły punkt, potwierdzając podejrzenie Ryana, że coś poza standardową procedurą wpływa na decyzję.

— Departament ma uprawnienia do korygowania harmonogramów w zależności od cykli finansowania i alokacji zasobów — odpowiedział Jennings, chowając się za biurokratycznym językiem. — Przyspieszony harmonogram odzwierciedla nasze dążenie do efektywnej realizacji projektu.

Ryan nie odrywał spojrzenia — negocjator w nim doskonale wyczuwał uniki. — Efektywność jest godna pochwały, o ile nie odbywa się kosztem rzetelnej oceny. Wariant zachodni nie doczekał się równoważnego rozpatrzenia, mimo że w wielu kryteriach może wypadać lepiej. Dlaczego?

Bezpośrednie pytanie zawisło w powietrzu bez odpowiedzi. Nad salą osiadło napięcie; publiczność śledziła wymianę z rosnącym zainteresowaniem. Ryan wychwycił kiwnięcia głowami kilku osób, w tym siwowłosego mężczyzny, którego rozpoznał jako burmistrza miasteczka.

Emma nie spuszczała z niego wzroku; w jej spojrzeniu mieszało się zaskoczenie i coś, co wyglądało na szczerą wdzięczność. Intensywność tego spojrzenia rozlała po jego piersi niespodziewane ciepło — uczucie zupełnie inne niż satysfakcja z ogierania przeciwnika w negocjacjach.

Jennings czuł się coraz bardziej nieswojo; poprawiał kołnierzyk i szurał papierami, jakby szukał przygotowanej odpowiedzi, której nie miał. Ta chwilowa rysa na urzędniczej masce potwierdziła to, co Ryan podejrzewał: proces decyzyjny został gdzieś po drodze wypaczony, a właściwe procedury — ominięte.

— To są zasadne pytania, które wymagają wyczerpujących odpowiedzi — podsumował Ryan, a jego głos niósł się wyraźnie po zamilkłej sali.

— Społeczność z pewnością doceni możliwość zapoznania się z porównawczą analizą obu wariantów, przeprowadzoną z równą rzetelnością i przejrzystością. Dopóki takie opracowanie nie powstanie, twierdzenie, że trasa wschodnia jest jedyną realną opcją, pozostaje nieprzekonujące.

Gdy Ryan odsunął się od mikrofonu, po sali rozszedł się falujący szmer aprobaty. Nie podnosił głosu ani nie odwoływał się do emocji, ale precyzyjnymi pytaniami skuteczniej obnażył luki w prezentacji Jenningsa, niż zrobiłby to najżarliwszy protest.

Jennings wyszedł zza mównicy; zawodowa fasada pękała pod ciężarem pytań Ryana. Zwęził oczy i wycelował w niego palcem — gest zbyt agresywny jak na rzekomo cywilne konsultacje.

— Oczywiście będzie pan lobbował za wariantem zachodnim, panie Wardell — warknął, porzucając urzędniczy ton. — Pańskie pole golfowe bardzo by na tym zyskało. Sam wzrost wartości nieruchomości po ukończeniu obwodnicy byłby znaczący.

Zarzut zawisł w powietrzu — niezdarna próba podważenia wiarygodności Ryana przez sprowadzenie jego pytań do prywatnego interesu. Ryan bardziej wyczuł, niż zobaczył, że publiczność czeka na jego reakcję — w tym Emma, której zatroskane spojrzenie czuł, nie patrząc na nią wprost.

Ryan znów zrobił krok naprzód, tym razem nawet nie sięgając po mikrofon. Jego głos brzmiał wyraźnie, spokojnie i stanowczo, z daleka od defensywnej złości.

— Moje potencjalne korzyści nie unieważniają uzasadnionych obaw zgłaszanych przez dziesiątki mieszkańców — powiedział, utrzymując kontakt wzrokowy z Jenningsem. — W istocie stawiają mnie w nietypowej sytuacji kogoś, kto rozumie zarówno interesy biznesu, jak i dobro wspólnoty.

Wykonał gest w stronę tłumu, obejmując nim Emmę i jej siostry. — Pytanie wciąż pozostaje bez odpowiedzi, panie Jennings. Dlaczego odmawiacie rzetelnej, równorzędnej oceny obu wariantów? Dlaczego przyspieszono harmonogram, który pierwotnie przewidywał szersze konsultacje społeczne?

Ryan zrobił pauzę, pozwalając, by jego słowa osiadły w sali. — Przejrzystość służy wszystkim — również państwa departamentowi. Bez niej decyzje sprawiają wrażenie arbitralnych w najlepszym razie, a w najgorszym — nieprzejrzystych.

Wyrachowany charakter tego języka nie pozostawiał Jenningsowi przestrzeni, by zbyć Ryana jako emocjonalnego mieszkańca. To był język biznesu, rozliczalności, język sal posiedzeń zarządów i komitetów audytu.

Gardło Jenningsa zauważalnie poruszyło się, gdy próbował odzyskać panowanie nad sobą. — Departament podtrzymuje ocenę procesu. Wszystkie... wszystkie uwagi zostaną wzięte pod uwagę. — Sztampowa formułka zabrzmiała pusto w gęstej ciszy. — To spotkanie dostarczyło cennych opinii społeczności, które uwzględnimy w dalszych pracach.

Nikt w sali nie wyglądał na przekonanego tą jałową obietnicą. Z przedniego rzędu wstał burmistrz; pogodzona z losem twarz stężała mu w rysach determinacji.

— Myślę, że możemy uznać te konsultacje za zakończone — oznajmił, de facto odbierając prowadzenie Jenningsowi. — Rada złoży formalny wniosek o przegląd procesu oceny, ze szczególnym uwzględnieniem wariantu zachodniego.

Jego słowa przyjęto skąpymi, ale wyraźnie aprobatywnymi oklaskami. Jennings zbierał materiały z prezentacji nerwowymi ruchami; wcześniejsza pewność siebie całkiem z niego wyparowała. Sala rozpadła się na grupki zaniepokojonych mieszkańców, którzy ożywionymi głosami dyskutowali rozwój wydarzeń.

Ryan pozostał na miejscu, ogarniając wzrokiem salę z analitycznym spokojem, który wypracował przez lata przejęć i fuzji. Układ sił się zmienił: autorytet Jenningsa został skutecznie podważony, robiąc przestrzeń dla lepszej organizacji społeczności. To małe zwycięstwo, ale potencjalnie znaczące. Pierwsza rysa na czymś, co przedstawiano jako nieuniknione.

— Pan Wardell?

Ryan odwrócił się i zobaczył szczupłą kobietę po pięćdziesiątce wyciągającą w jego stronę dłoń. — Dr Juliet Donovan, naukowiec środowiskowy. To była bardzo skuteczna interwencja.

Uścisnął jej dłoń, zwracając uwagę na zdecydowany uścisk i pewne spojrzenie. — Ryan Wardell. Obawiam się jednak, że moje pytania jedynie potwierdziły to, co wielu z państwa już przeczuwało: że proces oceny został wypaczony.

— Dokładnie tak — przytaknęła, podając mu wizytówkę. — Współpracuję z kilkoma właścicielami gruntów, których dotknął wariant wschodni. Pańska wiedza bardzo by nam pomogła, zwłaszcza zrozumienie aspektów finansowych.

— Z przyjemnością pomogę — odparł Ryan i rzeczywiście tak myślał. Wyjął swoją wizytówkę i wręczył ją jej. — Ten pośpiech sugeruje naciski z jakiejś strony. Warto pociągnąć tę nić.

Gdy dr Donovan odeszła, podeszli inni mieszkańcy, przedstawiając się i dziękując za zadane pytania. Ryan wymienił kontakty z kilkoma osobami, w tym z prezesem lokalnej izby handlowej i emerytowanym inżynierem drogowym, który pracował przy wcześniejszych projektach autostradowych.

Wśród przemieszczającego się tłumu dostrzegał, jak Emma rozmawia z kolejnymi osobami, a siostry stoją przy niej ochronnie. Teczka, którą wcześniej ściskała tak nerwowo, była teraz otwarta; jej zawartość przeglądało starsze małżeństwo, kiwając z powagą głowami na to, co im pokazywała.

Gdy sala powoli pustoszała, Ryan przewinął listę kontaktów w telefonie i zatrzymał się na nazwisku, z którego nie spodziewał się skorzystać tak szybko po wyjeździe z Brisbane. Michael Harrington, zastępca dyrektora ds. planowania infrastruktury regionalnej, był stałym partnerem Ryana w sobotniej czwórce na polu Royal Queensland, gdzie Ryan do niedawna miał członkostwo. Rozmowy zwykle krążyły wokół handicapów i trendów rynkowych, ale teraz znajomość mogła się przydać.

Ryan wyszedł na chłodne wieczorne powietrze, oddalając się od grupek mieszkańców, którzy nadal żywo dyskutowali. Połączenie zostało odebrane po trzecim sygnale.

— Ryan Wardell — w głosie Michaela pobrzmiewało zaskoczenie kogoś, kto odbiera niespodziewany towarzyski telefon. — Nie widziałem cię, odkąd przeniosłeś się na wieś. Jak się wiedzie z klubem golfowym?

— Klub ma się świetnie, musisz wpaść wkrótce na rundę — odparł Ryan swobodnie. — Trafiłem jednak na interesującą sprawę związaną z obwodnicą Ridgemont.

Zapadła krótka cisza — wystarczająco długa, by potwierdzić podejrzenie Ryana, że Michael zna projekt.

— Ach, tak. To nie mój bezpośredni zakres, ale jestem zorientowany. Znacząca inwestycja dla regionu.

— Zgadza się — przytaknął Ryan. — Ciekawi mnie przyspieszenie harmonogramu dla wariantu wschodniego. Wygląda na to, że proces oceny skrócono dość drastycznie.

Tym razem pauza była dłuższa. — Takie projekty często przechodzą korekty terminów ze względu na cykle finansowania — odparł Michael, niemal słowo w słowo powtarzając wcześniejsze tłumaczenie Jenningsa.

— Oczywiście — przyznał Ryan miłym tonem. — Tyle że w tym przypadku wariant zachodni wydaje się oceniony po macoszemu, choć w wielu kryteriach może wypadać lepiej.

Niemal słyszał, jak Michael waży odpowiedź, rozpięty między ostrożnością zawodową a ich wyrobioną już relacją.

— Ceniłbym twoje spojrzenie na sprawę — dodał Ryan, podsuwając dogodną furtkę. — Może przy kolacji, gdy będę w Brisbane? Zapewne w ciągu tygodnia będę musiał podjechać służbowo.

Sugerowana dyskrecja zadziałała, jak Ryan przewidział.

— To mogłoby być... pouczające — przyznał Michael.

— W projekcie Ridgemont są aspekty, które wymagają ostrożnego oglądu. Sprawdzę kalendarz i wyślę ci kilka terminów.

— Doceniam — powiedział Ryan, kończąc rozmowę z narastającą satysfakcją. Powściągliwa odpowiedź Michaela potwierdziła jego podejrzenia: z obwodnicą dzieje się coś niestandardowego, coś, co może nie wytrzymać kontroli na wyższych szczeblach. I nikt nie przewidział, że ktoś z kontaktami i dostępem Ryana zacznie zadawać pytania i stawiać opór.

Ryan odwrócił się z powrotem ku sali, gdzie Emma stała teraz z siostrami przy samochodzie. Wyglądała na zmęczoną, ale jakby lżejszą, jakby wspólny ciężar spotkania choć trochę odjął jej własnego. Gdy go dostrzegła, w jej spojrzeniu zaszła zmiana — ciepło, które wykraczało poza zwykłą wdzięczność.

Podchodząc, Ryan uświadomił sobie, że przekroczył pewną granicę. Nie chodziło już o ochronę inwestycji czy utrzymanie dobrych relacji z sąsiadami. Gdzieś między oglądaniem rehabilitacji Phoenixa a dzisiejszym wystąpieniem Emmy jej walka stała mu się ważna w sposób osobisty.

Taka świadomość powinna go zaniepokoić. Ryan Wardell, który zbudował karierę na chłodnej kalkulacji zysków i strat, nagle emocjonalnie angażował się w spór społeczny bez gwarancji wyniku. A jednak, widząc, jak twarz Emmy rozjaśnia się, gdy się zbliżał, Ryan nie potrafił żałować swojej interwencji. Istnieją wartości, które wykraczają poza bilanse, i istnieją więzi, które liczą się bardziej niż wyrachowany zwrot z inwestycji.

A gdy Emma zrobiła krok w jego stronę, z wdzięcznością i czymś cieplejszym w oczach, Ryan przyznał przed sobą, że jego zaangażowanie w los Ridgewater nierozerwalnie splotło się z rosnącym uczuciem do kobiety, która poświęciła życie naprawianiu tego, co złamane.

Rozdział ósmy

Pierwsze, ciężkie krople deszczu rozbryzgały się na kuchennym oknie, kiedy Emma uniosła wzrok znad filiżanki herbaty, przyciągnięty siniejącym niebem za szybą. Powietrze przez całe popołudnie gęstniało i ciążyło, wskazówka barometru nieustannie spadała, a na horyzoncie zbierały się ciemne chmury jak siniaki. Cały dzień zerkała na pogodę, martwiąc się, jak Phoenix zareaguje na swoją pierwszą porządną burzę od czasu przyjazdu do Ridgewater.

— Powinnam sprawdzić Phoenixa — przerwała żywą dyskusję Sarah i Ryana o gminnych przepisach i pozwoleniach na budowę. Od godziny pochylali się nad mapami i dokumentami rozłożonymi na kuchennym stole, obmyślając strategię w walce przeciwko obwodnicy, a Sarah już zaprosiła go na kolację. Kuszący zapach morelowego kurczaka, który roznosił się po domu z wolnowaru, bez wątpienia miał wpływ na natychmiastową akceptację Ryana, ale Emma miała wrażenie, że patrzył prosto na nią, kiedy powiedział, że będzie mu bardzo miło.

Sarah skinęła głową, nie podnosząc wzroku znad notatek. — Weź kurtkę. Front przesuwa się szybciej, niż prognozowano.

Emma wsunęła buty i chwyciła z haczyka przy drzwiach nieprzemakalną kurtkę. Na zewnątrz powietrze było naładowane elektrycznością, mrowiło na skórze, gdy truchtem ruszyła w stronę padoku Phoenixa. W oddali przez wzgórza przetoczył się niski pomruk grzmotu. Przyspieszyła kroku, czując jak niepokój trzepocze jej w piersi. Konie wyścigowe często trzyma się w boksach podczas burz, ich kontakt z pogodą jest ograniczany przez kontrolowane środowisko. Dla konia z historią Phoenixa to mógł być pierwszy od źrebięctwa, u boku matki, raz, kiedy doświadczał burzy na otwartej przestrzeni.

Dostrzegła go na końcu padoku — uniesiona głowa, uszy nastawione ku ciemniejącemu niebu. Rozszerzone chrapy przy każdym oddechu, ogon smagał nerwowo w powietrzu, gdy przemierzał wzdłuż ogrodzenia.

— Hej, przystojniaku — zawołała Emma miękko, podchodząc tak prędko, jak śmiała. — To tylko trochę niepogody. Nie ma się czym martwić.

Phoenix odwrócił się w stronę jej głosu, wahając się. W tygodniu od sfinalizowania jej umowy o współpracy z Ryanem zrobił niezwykłe postępy. Specjalistyczne techniki Zoe połączone z cierpliwą pracą Emmy zaczęły przemieniać przerażonego folbluta. Zaczął witać Emmę przy bramce każdego ranka, pozwolił się czyścić bez przywiązania, wczoraj przyjął siodło bez najdrobniejszego dyskomfortu, a Emma przestępowała i kłusowała na nim po ogrodzonym placu. Był już nie do poznania w porównaniu z koniem, który niespełna dwa miesiące temu o mało nie zabił dżokeja na wyścigach w Ipswich.

Poszarpana błyskawica rozdarła niebo, rozświetlając padok ostrym, białym światłem. Ledwie sekundę później grzmot pękł dokładnie nad nimi, jakby świat pękł na pół.

Phoenix przeraźliwie zapiszczał, wysoki, przeszywający dźwięk przeciął narastającą burzę. Stanął dęba, potężnymi przednimi nogami rozcinając powietrze, po czym wylądował i pognał przez padok galopem. Serce Emmy ścisnęło się, gdy ruszył prosto na linię ogrodzenia.

— Phoenix, nie! — krzyknęła, ale jej głos zagłuszył kolejny grzmot.

Folblut w ostatniej chwili odbił, o włos mijając słupek. Zawrócił, białka oczu przewracały się z paniki, piana już zbierała się na szyi mimo chłodnego powietrza. Następny błysk rzucił go w przeciwną stronę — wpadł na poidło, rozbryzgując wodę po zabłoconym gruncie.

Emma sięgnęła po telefon i, nie spuszczając wzroku z dzikiej trajektorii Phoenixa po padoku, wybrała numer Marcusa. Deszcz lunął już na dobre — ciężkie krople szybko zamieniły się w ściany wody, które przykleiły jej włosy do twarzy i karku.

— Marcus — odezwała się, gdy połączenie zostało zestawione, ledwie słysząc własny głos wśród burzy. — Phoenix panikuje na wschodnim padoku. Potrzebuję pomocy.

Nie czekała na odpowiedź, wsunęła telefon z powrotem do kieszeni i ostrożnie weszła na padok. Kolejny grzmot popędził Phoenixa obok niej tak blisko, że poczuła pęd powietrza po jego przelocie. Biegł już oślepiony strachem, terror wymazał całą ufność, którą z takim trudem budowali. W takim stanie mógł łatwo przebić się przez ogrodzenie albo doznać nieodwracalnego urazu.

— Phoenix — zawołała, starając się, by jej głos przebił się przez nawałnicę. — Spokojnie, chłopaku. Spokojnie.

Deszcz smagał jej twarz, gdy przesuwała się ku środkowi padoku, próbując ustawić się tak, by mógł ją zobaczyć. Znów błysnęło, krople deszczu na ułamek sekundy zamieniły się w srebrne igły i w tym krótkim rozbłysku Emma zobaczyła, jak Phoenix zatrzymuje się, nogi rozstawione, wpatrzony prosto w nią. Trwał tak tylko moment, zanim grzmot znów przeciął niebo, pędząc go na nowo w panikę.

— Emma!

Odwróciła się i zobaczyła Ryana pędzącego w stronę padoku, Sarah kilka kroków za nim. Deszcz przemoczył mu koszulę z kołnierzykiem, przyklejając drogą tkaninę do klatki piersiowej i ramion. Zwykle nienaganne włosy leżały płasko na głowie, strużki wody spływały mu po twarzy.

— Zostań z tyłu! — krzyknęła, odganiając go gestem. — W takim stanie jest niebezpieczny!

Ale Ryan już przeciskał się między szczeblami ogrodzenia, jego miejskie półbuty grzęzły w coraz bardziej błotnistym padoku. Sarah, na szczęście, miała dość rozsądku, by zostać przy ogrodzeniu, choć ustawiła się przy bramie, gotowa ją otworzyć, gdyby zaszła potrzeba.

— Powiedz mi, jak mogę pomóc — zawołał Ryan, idąc ku Emmie z większą ostrożnością, niż spodziewałaby się po kimś z tak małym doświadczeniem z końmi.

— Muszę założyć mu kantar — odkrzyknęła Emma ponad burzą — ale jest zbyt przerażony, żeby podejść. Trzeba go ograniczyć, zanim zrobi sobie krzywdę.

Kolejny błysk ukazał Phoenixa znów stającego dęba, sylwetkę odcinającą się na tle burzowego nieba jak pradawne, końskie bóstwo chaosu. Gdy kopyta uderzyły o ziemię, błoto brysnęło na wszystkie strony, kiedy zawrócił w ich stronę, oczy rozszalałe ze strachu.

— Ryan, przesuwaj się powoli w lewo — poleciła Emma, utrzymując równy ton mimo adrenaliny buzującej we krwi. — Musimy zrobić lejek w stronę bramy.

Ryan posłuchał bez wahania, z jego przemoczonej odzieży strużkami spływała woda, gdy ustawiał się zgodnie z jej wskazówkami. Uderzyło Emmę, jak bardzo mu ufał, jak bardzo był gotów stać w zabłoconym padoku podczas gwałtownej burzy, żeby pomóc koniowi, którego ledwie znał. Daleko mu było teraz do sztywnie wystrojonego biznesmena, który kilka tygodni temu wypominał jej zniszczony trawnik.

Phoenix znów mknął obok nich, jego ciemna sierść była już śliska od deszczu i potu, oddech słychać było nawet przez nawałnicę. Emma widziała, jak nogi mu drżą od wysiłku i strachu, ciało zdradzało kruchość ich postępów.

— Wykończy się — mruknęła bardziej do siebie niż do Ryana. — Albo gorzej.

Grzmot znów ryknął, a Phoenix odpowiedział krzykiem, dźwiękiem, który przeciął serce Emmy jak nóż. Wszystkie godziny łagodnej pracy, całe ostrożne odbudowywanie zaufania, zmyte w kilka chwil przez pierwotny lęk. Znała to uczucie — pamiętała je z dnia, gdy w wieku dziewiętnastu lat odkryła, że jest w ciąży, sama i przerażona, a jej starannie zaplanowana przyszłość stanęła nagle pod znakiem zapytania.

— Marcus jest tutaj! — zawołała od bramy Sarah, a Emma odwróciła się i zobaczyła, jak samochód weterynarza podjeżdża, reflektory tną deszcz.

Jakby wyczuwając posiłki, Phoenix trochę zwolnił, panikę zaczęło wypierać zmęczenie. Emma ostrożnie zrobiła krok w jego stronę, wyciągnęła dłoń, a głos obniżyła do kojących tonów, które zaczęły zdobywać jego zaufanie.

— Już dobrze, chłopaku — wyszeptała, choć słowa były tak samo dla niej, jak dla przestraszonego konia. — Przejdziemy przez to. Obiecuję.

Marcus przeskoczył przez ogrodzenie, w jednej ręce dzierżył torbę, poruszał się sprawnie mimo błota ssącego jego buty. Deszcz przykleił mu ciemne włosy do czoła, gdy szybko, zawodowo ocenił sytuację. — Jak długo to trwa? — zawołał ponad cichnącym grzmotem, śledząc wzrokiem nerwowe ruchy Phoenixa po padoku.

— Około dziesięciu minut — odparła Emma, czując przypływ ulgi na widok weterynarza. — Pierwszy grzmot go rozszalał. Od tamtej pory w kółko bierze kurs na ogrodzenie.

Marcus skinął głową i otworzył torbę, wyjmując kasetkę ze strzykawkami. — Mam łagodny środek uspokajający. Jeśli uda się go bezpiecznie przyprzeć, podam mu go. Potem przeniesiemy go pod dach, zanim zrobi sobie krzywdę.

— Żadnych środków uspokajających.

Głos, zaskakująco stanowczy mimo tego, że niemal ginął w deszczu, dobiegł zza nich. Emma odwróciła się i zobaczyła Zoe wchodzącą przez bramę, jej zwykle szalone loki spłaszczone przez ulewę. W przeciwieństwie do innych, wyglądała na niewzruszoną, poruszała się z celowym spokojem.

— Jego układ współczulny jest całkowicie przeciążony — podjęła Zoe, nie spuszczając wzroku z Phoenixa, gdy podchodziła. — Sedacja może go chwilowo spacyfikować, ale nie rozwiąże problemu w psychice. Zacznie kojarzyć burze z kolejnym przerażającym doświadczeniem.

Marcus uniósł brew, ale nie polemizował. — Co proponujesz?

— Dajcie mi przestrzeń — powiedziała, łagodząc ton, kiedy ruszyła wolnymi, rozmyślnymi krokami ku środkowi padoku. — Zostańcie tam, gdzie stoicie, i postarajcie się wyglądać na rozluźnionych. On musi widzieć, że nie stanowicie zagrożenia i nie przeraża was to, co jego straszy.

Emma patrzyła z fascynacją, jak Zoe zmienia się na jej oczach. Gadatliwa, momentami przytłaczająca kobieta, która przyjechała kilka dni temu, zniknęła, a zastąpiła ją specjalistka działająca z laserową koncentracją. Język ciała

Zoe subtelnie się zmienił — rozluźniła ramiona, ruchy stały się płynne i niespieszne mimo pilności sytuacji.

Phoenix zawrócił na drugim końcu padoku, chrapy rozdęte, boki falowały. Kolejny pomruk grzmotu, już dalszy, popędził go nerwowo wzdłuż ogrodzenia, ale to nie był już oślepiony galop sprzed chwili. Zmęczenie zaczynało tonować jego panikę.

— Phoenix — zawołała Zoe, modulując głos w rytmiczną melodię, inną niż jej zwykła mowa. — Widzę cię, piękny chłopaku. Widzę twój strach.

Zatrzymała się około dziesięciu metrów od folbluta, odwróciła ciało od niego nieco bokiem, w postawie pozbawionej konfrontacji. A potem, ku zaskoczeniu Emmy, przesadnie ziewnęła, przeciągając ramiona nad głową niemal teatralnym gestem.

— Ziewanie sygnalizuje koniom rozluźnienie — szepnęła Emma do Ryana, który stanął obok niej. — To jedna z pierwszych rzeczy, które mi przy nim pokazała.

Uszy Phoenixa obróciły się ku Zoe, jego uwagę przykuło jej nieoczekiwane zachowanie. Ostrożnie zrobił w jej stronę krok.

— Właśnie tak — zachęciła Zoe, utrzymując ten hipnotyczny rytm. — Nic ci tu nie zrobi krzywdy. Niebo tylko rozładowuje napięcie, tak jak twoje ciało musi to zrobić.

Zaczęła wykonywać powolne, płynne ruchy ramionami i górną częścią ciała, przypominające tai chi. Dla niewprawnego oka mogło to wyglądać dziwnie, zwłaszcza w błotnistym padoku podczas burzy.

— Ona jest niezwykła — mruknął Ryan z autentycznym podziwem w głosie. — Nigdy czegoś takiego nie widziałem.

Emma skinęła, nie odrywając wzroku od sceny przed sobą. — Dlatego Marcus chciał, żeby tu była. Jej podejście jest nietypowe, ale niezwykle skuteczne w takich przypadkach jak Phoenix.

Stopniowo oddech Phoenixa zaczął się regulować. Głowa opadła mu odrobinę, biała obwódka wokół oka malała, gdy Zoe kontynuowała ostrożne zbliżanie się. Nigdy nie ruszała prosto na niego — raczej przesuwała się bokiem, a jej ruchy układały się w wzór, który jakimś sposobem przyciągał konia do niej, zamiast go ścigać.

Marcus stał przy ogrodzeniu, z przygotowanym, ale wstrzymanym środkiem uspokajającym. — Metoda Mastersona ma pokaźne potwierdzenia anegdotyczne — wyjaśnił cicho Ryanowi. — Zoe jest jedną z czołowych specjalistek na świecie. To, co wygląda jak mistycyzm, to w gruncie rzeczy starannie skalibrowana komunikacja z układem nerwowym konia.

Znów rozległ się daleki pomruk grzmotu i Phoenix podniósł gwałtownie głowę, ale reakcja była znacznie słabsza niż wcześniej. Zoe natychmiast go zlustrowała i odzwierciedliła jego ruch — uniosła podbródek, po czym celowo opuściła go z powrotem, przesadnie rozluźniając kark.

Co zadziwiające, Phoenix skopiował ją, znów opuszczając łeb. Zrobił dwa kroki w jej stronę, chrapy drgnęły, chwytając jej zapach.

— Właśnie tak — mruknęła Zoe. — Pamiętasz mnie. Ze mną jesteś bezpieczny. Z Emmą też. Tu wszyscy jesteśmy bezpieczni.

Sięgnęła do kieszeni i wyjęła coś małego, położyła płasko na dłoni. Charakterystyczny zapach lukrecji poniósł się po padoku — Phoenix rozpoznał aromat ulubionego smakołyku. Nastawił uszy, głód i ciekawość na moment przyćmiły strach.

Emma poczuła przypływ nadziei, gdy Phoenix z ostrożnymi krokami zbliżał się do Zoe. Pracowała z potraumatyzowanymi końmi od lat, ale techniki Zoe działały na poziomie komunikacji, do którego Emma dopiero uczyła się docierać.

— Teraz, Emma — powiedziała cicho Zoe, nie odrywając wzroku od Phoenixa, gdy ten delikatnie zebrał smakołyk z jej dłoni. — Idź powoli na moją prawą stronę. Przynieś kantar, ale trzymaj go naturalnie przy boku, nie jak coś, czym chcesz go złapać.

Emma posłuchała, stawiając miękkie, cierpliwe kroki, których nauczyły ją lata pracy z nerwowymi końmi. Deszcz zelżał do delikatnego postukiwania, najgorsza część burzy przesuwała się na wschód, ku wybrzeżu. Boki Phoenixa wciąż drżały, ale oddech się uspokoił, a jego uwaga dzieliła się już między kojącą obecność Zoe a znajomą sylwetkę Emmy.

— Witaj, piękny chłopaku — powiedziała Emma, pozwalając, by w jej głos wlała się czułość, gdy podchodziła. — Niezły był ten strach, prawda?

Phoenix parsknął cicho, wypuszczając z chrap ciepły oddech, jakby w niemal zgodzie. Pozwolił Emmie wsunąć mu kantar na nos, przyjął znane wyposażenie tylko z lekkim podrzuceniem głowy.

— Zaprowadźmy go do stajni — zaproponował Marcus, zamykając torbę. — Środkowy boks jest pusty i ma grubą matę gumową. To będzie najbezpieczniejsze.

Ruszali jak zgrana ekipa — Emma prowadziła Phoenixa, a Zoe szła obok, z jedną dłonią lekko opartą na jego łopatce. Ryan i Marcus trzymali się w odpowiednim dystansie, gotowi pomóc, ale uważni, by nie osaczyć wciąż wrażliwego folbluta. Sarah już pobiegła do stajni, by przygotować boks.

Wnętrze stajni wydawało się niemal nienaturalnie spokojne po chaosie burzy. Z góry sączyło się ciepłe, żółte światło, a znajome zapachy siana i końskiej sierści tworzyły atmosferę bezpieczeństwa. Uszy Phoenixa poruszały się to w tył, to w przód, gdy analizował otoczenie, ale chętnie poszedł za Emmą do środkowego boksu, gdzie Sarah już zawiesiła świeżą, słodko pachnącą siatkę siana.

— Dobry chłopak — wyszeptała Emma, zdejmując kantar, gdy tylko był bezpiecznie zamknięty. — Świetnie sobie radzisz.

Zoe wsunęła się do boksu obok niej, podeszła do łopatki Phoenixa z niewymuszoną pewnością. — Zacznę teraz pracę z ciałem — powiedziała, ledwie muskając dłońmi mokrą sierść konia. — Gromadzi ogromne napięcie w okolicy potylicy i szyi. Widzisz, jak trzyma głowę?

Emma skinęła, dostrzegając delikatny kąt, który zdradzał utrzymujący się niepokój Phoenixa. — Co mogę zrobić?

— Najpierw popatrz — zasugerowała Zoe, palcami odszukując konkretne punkty wzdłuż szyi Phoenixa. — Będę tłumaczyć po drodze. Chodzi o słuchanie jego ciała, znalezienie miejsc, gdzie trzyma strach, i pomoc w jego uwolnieniu.

Kiedy Zoe zaczęła swoją metodyczną pracę, dłonie zdawały się ledwie dotykać Phoenixa, a jednak wywoływały widoczne rozluźnienia, Emma chłonęła każdy ruch, każdą subtelną technikę. Na zewnątrz burza sunęła dalej na wschód, grzmoty brzmiały już jak dalekie pomruki, a w stajni zaczynało się inne leczenie.

W kuchni panowała cisza, przerywana tylko sporadycznym stukiem kropel spadających z okapów, gwałtowna nawałnica ustąpiła łagodnej końcówce. Emma ogrzewała dłonie o kubek herbaty, pozwalając, by ciepło wsiąkało w palce wciąż wychłodzone po godzinach spędzonych w stajni z Phoenixem. Po drugiej stronie podrapanego, drewnianego stołu Ryan siedział tak samo zgarbiony nad własnym parującym kubkiem, pożyczona od Marcusa bluza z kapturem wisiała na jego ramionach odrobinę zbyt luźno. Reszta domowników już dawno poszła spać, zostawiając ich samych w złotym kręgu światła zwisającej nad stołem pojedynczej lampy — małej wyspie ciepła w śpiącym domu.

— Jak smakuje herbata? — zapytała Emma, przerywając ciszę, która wygodnie rozciągnęła się między nimi. — Sarah jest dość wybredna, jeśli chodzi o swoją kolekcję herbat liściastych.

— Wyśmienita — wziął zamyślony łyk Ryan. — Choć na co dzień jestem raczej kawoszem.

— Zauważyłam — uśmiechnęła się Emma. — Trzy kubki podczas waszej burzy mózgów z Sarah.

Zaskoczyło go, że zwróciła na to uwagę, przez twarz przemknął mu błysk zadowolenia. — Nawyki z moich korporacyjnych czasów. Maratony posiedzeń zarządu napędzane kofeiną i ambicją.

— Brzmi wyczerpująco — stwierdziła Emma, podciągając jedną nogę na krzesło — pozycja niemożliwa jeszcze parę godzin temu w przemoczonych dżinsach. Po ostatniej kontroli Phoenixa przebrała się w miękkie flanelowe spodnie od piżamy i za duży sweter — ubrania tak znajome i wygodne jak stary przyjaciel.

— Było — przyznał Ryan, palcem obrysowując brzeg kubka. — Choć wtedy tego nie rozpoznawałem. Sukces potrafi maskować wyczerpanie, przynajmniej na jakiś czas.

W tle cicho tykał kuchenny zegar, odmierzając późną porę. Prawie północ, a jednak żadne z nich nie chciało kończyć rozmowy. Coś w tej burzy, w ich wspólnym doświadczeniu z Phoeniksem, przesunęło granice między nimi, tworząc przestrzeń do szczerości, której wcześniej nie było.

— Jak to się stało, że zostałaś mamą Jemimy? — zapytał nagle Ryan, a zaraz potem skrzywił się z zakłopotaniem. — Przepraszam, to strasznie osobiste. Nie musisz odpowiadać.

Emma sama siebie zaskoczyła tym, że chce odpowiedzieć. — W porządku. To żadna tajemnica.

— Pociągnęła łyk herbaty, układając myśli. — Miałam dziewiętnaście lat, byłam na drugim roku zarządzania w jeździectwie na uniwersytecie. Wszystko miałam zaplanowane, krok po kroku. — Kąciki ust uniosły jej się z autoironią. — Potem spóźnił mi się okres i nagle wszystkie te staranne plany wyleciały w powietrze.

Ryan słuchał, a na jego twarzy nie było śladu oceniania. — A ojciec Jemimy?

— Tydzień po tym, jak mu powiedziałam, wyjechał do Perth. Od tamtej pory go nie widziano. — Emma wzruszyła ramionami, odganiając dawny ból, który dawno już zabliźnił się. — Pewnie i lepiej. Już wcześniej nie był szczególnie niezawodny.

— To musiało być przerażające — powiedział Ryan cicho. — Dziewiętnaście lat i nagle samotne rodzicielstwo.

Emma skinęła, a w pamięci wypłynęły pierwsze dni paniki, dodatni test ściskany drżącymi palcami, wyobrażona przyszłość rozpuszczająca się w oczach. — Rozważałam wszystkie opcje, uwierz mi. Ale potem było pierwsze USG, usłyszałam jej bicie serca i jakoś wiedziałam, że dam radę to udźwignąć.

— Rodzina cię wsparła? — zapytał Ryan.

— Ostatecznie tak. Najpierw był szok, trochę rozczarowania. — Emma przypomniała sobie osłupienie ojca, łzy matki. — Ale kiedy Jemima przyszła na świat, byli całym sercem za nami. Moje siostry od pierwszego dnia były wspaniałe. Sarah ułożyła mi plan nauki, żebym dokończyła studia z Jemimą u boku. Kate brała nocne karmienia, kiedy miałam rankiem egzaminy. Mój brat Kit...

Uśmiechnęła się na wspomnienie Kita, który chodził po korytarzu z maleńką Jemimą na rękach, fałszując kołysanki, podczas gdy Emma zakuwając przygotowywała się do finałów. — Kit był w wojsku. Zginął w Afganistanie rok po urodzeniu Jemimy, więc ona go nie pamięta. Pip i on nie byli długo po ślubie, ale została z nami, potem. Tacy już jesteśmy, McKenzie — kiedy któreś z nas ma kłopoty, zaciskamy szeregi.

— To coś wyjątkowego — powiedział Ryan z odcieniem tęsknoty w głosie. — Moje relacje rodzinne były zawsze bardziej... transakcyjne.

Emma przechyliła głowę, przyglądając mu się w ciepłym świetle. — Opowiedz mi o swojej rodzinie. Uświadomiłam sobie, że wiem o tobie prawie nic poza historią korporacyjnego sukcesu.

Śmiech Ryana był pozbawiony wesołości. — Bo niewiele więcej jest do opowiedzenia. Syn dyrektora banku i prawniczki korporacyjnej. Od siódmego roku życia szkoła z internatem. Wakacje przypominające raczej eventy networkingowe niż rodzinny czas. — Wpatrywał się w herbatę, jakby bursztynowy płyn mógł skrywać coś, co utracił. — Szedłem utartą ścieżką. Uniwersytet, MBA, szybka ścieżka kariery. Nigdy tego nie kwestionowałem, dopóki w wieku trzydziestu pięciu lat nie obudziłem się wykończony, spełniony według wszelkich zewnętrznych miar — i kompletnie pusty w środku.

Szczerość jego głosu rezonowała w Emmie. Widziała przebłyski korporacyjnej maski, którą nosił, ale ta kruchość była nowa, poruszająca w swojej autentyczności.

— Co się zmieniło? — zapytała miękko.

— Atak paniki w środku prezentacji dla zarządu — przyznał z autoironicznym uśmiechem. — Dość dramatycznie. Jeszcze mówię o kwartalnych prognozach, a już łapię powietrze, przekonany, że umieram. W szpitalu postawili diagnozę: wypalenie i stres. Lekarz zasugerował, żebym wziął wolne i przewartościował priorytety.

— I to doprowadziło do kupna pola golfowego na końcu świata? — droczyła się łagodnie Emma.

Uśmiech Ryana zmiękł. — W gruncie rzeczy tak. Zawsze lubiłem golfa — jego rytm, ciszę. Kiedy trafiła się okazja, poczułem... nie wiem, szansę, żeby budować coś namacalnego, zamiast tylko przesuwać cyferki w arkuszach. — Zawahał się, lekko zawstydzony. — Brzmi to idiotycznie, prawda? Bogaty chłopiec w kryzysie wieku średniego.

— Wcale nie — odparła szczerze Emma. — Każdy potrzebuje poczucia sensu. Czegoś, co wykracza poza nas samych. — Pomyślała o Phoenixie, o wszystkich swoich uratowanych koniach, o tym właściwym uczuciu, gdy poturbowany zwierzak robi pierwszy krok ku uzdrowieniu. — Odnalezienie tego dla siebie nie jest śmieszne. Jest konieczne.

Ich spojrzenia spotkały się nad stołem, coś niewypowiedzianego przepłynęło między nimi. Mimo pozornych różnic ich drogi zaskakująco się rymowały — oboje znali smak życia wykolejonego i złożonego na nowo.

— Dziękuję ci za dzisiaj — powiedziała Emma, rozpraszając chwilę, zanim zrobi się zbyt intensywnie. — Z Phoenixem. Nie zawahałeś się, chociaż nie miałeś doświadczenia.

— Instynkt, chyba — odparł Ryan. — On potrzebował pomocy, ty potrzebowałaś pomocy. Reakcja była... automatyczna.

Emma skinęła, rozpoznając prostą prawdę w jego słowach. Pobiegł w sam środek burzy bez wahania. Mimo wszystkich tych korporacyjnych garniturów i drogich marek miał w sobie odwagę — taką, która płynie z głębi i z którą człowiek się rodzi albo nie.

Mężczyzna, na którym mogłabym polegać — pomyślała i spróbowała odegnać tę myśl. Nie polegała na nikim poza sobą.

Zegar wybił północ, dźwięk aż podskoczył w cichej kuchni. Emma poczuła nagle ciężar dnia, zmęczenie dopadło ją z impetem. Spróbowała stłumić ziewnięcie, ale bezskutecznie.

Ryan od razu to zauważył. — Jesteś wykończona. Powinnaś iść spać.

Słowa zawisły w powietrzu, niewinne, a jednak naładowane możliwościami. Emma spotkała jego spojrzenie, coś szalonego wezbrało w niej, kiedy usłyszała samą siebie pytającą: — To zaproszenie?

Oddech Ryana wyraźnie się zaciął, po twarzy przemknęły zaskoczenie i coś cieplejszego. Kuchnia jakby się skurczyła, przestrzeń między ich ciałami nabrała nagle elektryczności nie mającej nic wspólnego z minioną burzą.

Przez ułamek sekundy żadne z nich się nie ruszyło. Potem Ryan wstał z krzesła, obszedł stół rozmyślnymi krokami, aż stanął obok niej. Emma uniosła głowę, by utrzymać kontakt wzrokowy, serce waliło jej w piersi z nieoczekiwaną siłą.

— Emma — powiedział, a jej imię zabrzmiało prawie jak pytanie, gdy wyciągnął dłoń, palce zawisły przy jej policzku, nie dotykając jeszcze, prosząc o zgodę.

Odpowiedziała, wstając — skróciła ostatni dystans między nimi. Jego dłoń wreszcie dotknęła, ciepła dłoń przy policzku, kciuk lekko musnął jej skórę. Ten dotyk był nieśmiały, niemal nabożny, aż ścisnęło jej pierś od emocji, których się nie spodziewała.

Gdy ich usta wreszcie się spotkały, poczuła raczej dopełnienie niż początek. Najpierw miękko, delikatne badanie, potem pogłębiające się w dzieloną żarliwość, która zaskoczyła ich oboje. Dłonie Emmy odnalazły pożyczoną bluzę, palce wczepiły się w gruby materiał, przyciągając go bliżej. Jego ramiona objęły jej talię, mocne i pewne, zakotwiczyły ją, gdy kuchnia zdawała się wirować dookoła.

Pocałunek trwał zaledwie chwilę, a mieścił w sobie całe światy. Gdy odsunęli się od siebie, lekko oszołomieni, Ryan oparł czoło o jej czoło, oczy miał zamknięte, jakby chciał zapamiętać tę sekundę na zawsze.

— Chciałem to zrobić od tamtego pierwszego wieczoru, kiedy przyszedłem na kolację — przyznał cicho w spokojnej kuchni.

Emma uśmiechnęła się, palcem przesunęła po linii jego szczęki. — Powinieneś był.

Zaśmiał się miękko, otworzył oczy i spotkał jej spojrzenie. — Nie byłem pewien, czy to wypada. Partnerzy w interesach i te sprawy.

— Myślę, że dawno wyszliśmy poza czysto biznesowy etap — odparła Emma. Przyciąganie między nimi było już nie do zaprzeczenia, potwierdzało je ciepło jego dłoni wciąż spoczywających na jej talii i sposób, w jaki jej ciało naturalnie szukało jego bliskości.

A jednak, gdy oddechy się wyrównały, oboje poczuli to samo: to nie była noc, by iść dalej. Za dużo się wydarzyło — kryzys Phoenixa, burza, późna godzina, szczere zwierzenia — emocje buzowały.

— Powinienem już iść — powiedział w końcu Ryan. Ujął jej dłoń, musnął ustami kostki palców gestem i staroświeckim, i doskonale trafionym. — Dobranoc, Emma.

— Dobranoc — odparła, patrząc, jak wychodzi na werandę, na moment odcina się sylwetką w drzwiach, po czym znika w cichej nocy.

Sama w kuchni, Emma dotknęła palcami ust, wciąż czując na nich ślad jego pocałunku. Na zewnątrz ostatnie krople spadały z rynien, energia burzy wyczerpała się, zostawiając świat obmyty i gotowy na wszystko, co dopiero nadejdzie.

Rozdział
dziewiąty

Świt malował wschodnie niebo różem i złotem, gdy Emma szła w stronę stajni, w myślach wciąż odtwarzając wczorajszy pocałunek. Spała niespokojnie, rozdarta między troską o Phoeniksa po jego burzowej panice a utrzymującym się ciepłem ust Ryana na swoich. Poranne powietrze niosło świeżo wymyty zapach ziemi nasiąkniętej deszczem, wszystko błyszczało, jakby dopiero co stworzone. Przyspieszyła kroku, kiedy dostrzegła ruch w lonżowniku, zaskoczona, że Zoe już pracuje, mimo tak wczesnej pory.

Phoenix stał na środku lonżownika, z głową opuszczoną, ale z uszami nerwowo poruszającymi się, podczas gdy Zoe krążyła wokół niego niespiesznym krokiem. Ciemna sierść pełnej krwi błyszczała w porannym świetle, lecz z jego potężnej sylwetki biło napięcie; mięśnie pod skórą były wyraźnie ściągnięte.

— Wcześnie wstałaś — zawołała Emma łagodnie, podchodząc do ogrodzenia.

Zoe uniosła wzrok z uśmiechem. — Chciałam z nim popracować, póki energia burzy jest wciąż świeża w pamięci jego ciała. — Skinęła na Emmę, by weszła na plac. — Chodź do nas. Chciałabym ci porządnie pokazać kilka technik.

Emma przemknęła przez bramkę, uważnie zatrzaskując ją za sobą. Phoenix śledził jej ruch, nozdrza lekko mu się rozszerzyły, gdy uchwycił jej zapach.

— Dzień dobry, piękny chłopaku — mruknęła, pozwalając mu obwąchać wyciągniętą dłoń, zanim lekko dotknęła jego szyi. — Jak się czujesz po wczorajszych przygodach?

— Trzyma ogromne napięcie w potylicy i atlasie — zauważyła Zoe, muskając palcami przestrzeń tuż za uszami Phoeniksa. — Odruch strachu blokuje się w takich węzłowych punktach, tworząc wzorce fizyczne, które wzmacniają traumę emocjonalną.

Zademonstrowała muśnięcie lekkie jak piórko wzdłuż grzebienia szyi. — Metoda Mastersona polega bardziej na słuchaniu niż działaniu. Większość pracy z ciałem wymusza zmianę, a tu zapraszasz ciało, by samo się puściło, na własnych warunkach. — Jej palce zawisły tuż nad skórą Phoeniksa. — Czujesz tu ciepło? To zablokowana energia.

Emma patrzyła z fascynacją, jak opuszki palców Zoe tańczą po określonych punktach na głowie i szyi Phoeniksa dotykiem tak lekkim, że ledwie wyczuwalnym. A jednak reakcje Phoeniksa były nie do pomylenia: delikatne trzepnięcie powieką, drgnięcie skóry jak przy odpędzaniu muchy, ledwie dostrzegalna zmiana oddechu.

— Klucz to zostać poniżej progu usztywnienia — wyjaśniła Zoe, cicho i spokojnie. — Za duży nacisk i będzie się przeciwstawiał. Za mały i nic się nie zadziewa. Szukasz idealnego środka, w którym jego układ nerwowy rozpoznaje zaproszenie do zmiany.

Przesunęła się do łopatki Phoeniksa, jej dłoń podążała niewidzialnym traktem wzdłuż przyczepów mięśni. — Nie chodzi o wymuszanie rozluźnienia, tylko o stworzenie warunków, w których rozluźnienie staje się możliwe.

Phoenix nagle kilkakrotnie szybko zamrugał, po czym ziewnął, rozciągając szczękę w przesadnym ruchu, zanim opuścił głowę jeszcze niżej.

— Jest — powiedziała Zoe z satysfakcją. — To odpuszczenie. Jego układ nerwowy zaczyna odpuszczać.

Emma kątem oka dostrzegła ruch i odwróciła się, widząc, jak Ryan zbliża się do lonżownika, ubrany swobodniej niż zwykle, w dżinsy i koszulę z podwiniętymi rękawami. Ich spojrzenia na moment się spotkały i Emma poczuła w brzuchu trzepot, który nie miał nic wspólnego z postępami Phoeniksa. Ryan posłał jej lekki uśmiech, ale został za ogrodzeniem, najwyraźniej rozumiejąc delikatną naturę tego, co działo się w środku.

— Spróbuj — zachęciła Zoe, gestem wskazując Emmie drugą stronę Phoeniksa. — Pamiętaj, mniej znaczy więcej. Słuchaj opuszkami palców.

Emma ustawiła się przy szyi Phoeniksa, lustrzanie względem Zoe po przeciwnej stronie. Położyła dłoń delikatnie na jego sierści, czując ciepło ciała i subtelne drżenie mięśni pod spodem.

— Lżej — instruowała Zoe. — Prawie jakbyś w ogóle nie dotykała. Wyobraź sobie, że trzymasz w palcach żółtko jajka i nie chcesz go uszkodzić. Tyle nacisku.

Emma wyregulowała dotyk, skupiona tak mocno, że zmarszczyła czoło. Kierując się wskazówkami Zoe, poruszała dłonią w maleńkich, niemal niezauważalnych kółeczkach nad miejscem, gdzie mięsień wydawał się szczególnie napięty.

— Tak, właśnie tam — zachęciła Zoe, gdy powieka Phoeniksa zaczęła trzepotać. — Zostań przy tym. Zadajesz dotykiem pytanie, nie wydajesz rozkazu.

Phoenix westchnął, głęboko, jakby uchodziło z niego całe powietrze. Dolna warga lekko mu opadła, a oczy zmiękły, lęk widocznie zelżał.

— Właśnie tak — mruknęła Emma, zachwycona reakcją konia na tak minimalną ingerencję. — Świetnie sobie radzisz.

Pracowały dalej w tandemie, Zoe po cichu wskazywała kluczowe punkty na ciele Phoeniksa, tłumacząc powiązania między napięciem fizycznym a stanami emocjonalnymi. Emma straciła poczucie czasu, pochłonięta subtelnym językiem dotyku i odpowiedzi. Przemiana Phoeniksa postępowała stopniowo: głowa opadała centymetr po centymetrze, oddech się pogłębiał, postawa przechodziła ze stanu czujnej gotowości w wygodny spoczynek.

To, co wydarzyło się potem, zaparło Emmie dech. Phoenix przeniósł ciężar, najpierw lekko uginając jedną, potem drugą przednią nogę. Z cichym pomrukiem opadł na kolana, po czym przetoczył się na bok na piasek lonżownika. Wyciągnął nogi i, wypuszczając jeszcze jedno głębokie westchnienie, całkiem zamknął oczy.

— O Boże — wyszeptała Emma, a gardło nagle jej się ścisnęło ze wzruszenia. — Dosłownie nigdy wcześniej nie widziałam, żeby koń tak zrobił. — Nie w lonżowniku, miejscu, które większości kojarzy się z pracą. W ogóle rzadko się zdarza, by konie kładły się spać przy ludziach; jej byłym koniom wyścigowym często zajmowało to miesiące, zanim w Ridgewater poczuły się na tyle bezpiecznie, by w ogóle się położyć.

— To jest ogromne — potwierdziła Zoe, jej własny głos również zgęstniał od emocji. — Dla straumatyzowanego konia położyć się na otwartej przestrzeni, zwłaszcza z jego przeszłością... to świadczy o głębokim zaufaniu.

Emma poczuła, jak do oczu napływają łzy, przytłoczona znaczeniem tego, czego była świadkiem. Phoenix, który przybył do Ridgewater oszalały ze strachu i nieufności, leżał teraz przed nią, śpiąc spokojnie, z ciałem ciężkim i rozluźnionym. Bariery między nimi stopniały, choćby na chwilę, tworząc most zaufania, który po jego nocnym przerażeniu wydawał się niemal cudowny.

— To dopiero początek — powiedziała Zoe, kładąc dłoń na łokciu Emmy i delikatnie naprowadzając ją, by się cofnęła, dając Phoeniksowi przestrzeń. — Przed nim mnóstwo pracy, warstwy traumy do uwolnienia. Ale to... — Wskazała śpiącego konia. — To ogromny przełom.

Emma otarła łzę, zbyt poruszona, by przejmować się swoją reaktywnością. — Dziękuję — powiedziała po prostu; słowa nie oddawały daru, jaki Zoe ofiarowała jej i Phoeniksowi, a Zoe cicho się zaśmiała i przytuliła ją.

— To ja *tobie* dziękuję, że pozwoliłaś mi z nim pracować. Jest wyjątkowy.

Emma zerknęła w stronę ogrodzenia, gdzie Ryan wciąż stał i patrzył, z wyrazem szczerego zachwytu na twarzy. Był świadkiem czegoś intymnego i głębokiego, chwili uzdrawiania, której nie sposób było ubrać w słowa. Ich oczy znów się spotkały i w tym milczącym spojrzeniu Emma poczuła, jak więź, którą zaczęli poprzedniej nocy, pogłębia się.

— Zostawmy go, niech odpocznie — zaproponowała Zoe, cicho kierując się ku bramce. — Sen to moment, kiedy układ nerwowy integruje zmiany. Dajmy mu ten czas.

Emma kiwnęła głową i podążyła za Zoe, wychodząc z lonżownika, jeszcze raz zerkając na spokojną sylwetkę Phoeniksa. Kiedy dołączyła do Ryana za ogrodzeniem, ich dłonie musnęły się krótko, celowo.

— To było niesamowite — wymruczał.

— Było — zgodziła się Emma, jej głos wciąż drżał od emocji. — Początek.

Czy miała na myśli drogę Phoeniksa, czy ich własną, pozostało niewypowiedziane, zawisło w porannym powietrzu jak sama możliwość. Posłała Ryanowi nieśmiały uśmiech. — A ty czego tu szukasz?

— Mam potrzebę się ruszyć. — Wzruszył lekko ramionami i uśmiechnął się półgębkiem. — Normalnie w takim nastroju poszedłbym zagrać rundkę golfa, ale... pole jest dziś zamknięte z powodu montażu nowych zraszaczy i tylko bym przeszkadzał, gdybym próbował pomagać fachowcom. Pomyślałem więc, że przyjdę i trochę cię poirytuję. Zobaczę, czy mogę się tu do czegoś przydać.

Rozbawiona przechyliła głowę, przyglądając mu się. Garnitur zamienił na dżinsy i czarną koszulkę, która pod krótkimi rękawami podkreślała zaskakująco imponujący zarys bicepsów. Na nogach miał nawet rozsądne buty trekkingowe zamiast zwykłych wypolerowanych skórzanych mokasynów.

Wszystko wyglądało na zupełnie nowe i kąciki jej ust drgnęły na myśl, czy nie kupił tego specjalnie, ale pomocy na farmie nigdy się nie odmawia.

— Skoro przez chwilę nie mogę używać lonżownika — zerknęła przez ramię, nadal zdumiona widokiem Phoeniksa, który spokojnie spał na piasku — jest odcinek ogrodzenia, do którego od dawna się przymierzam, i zdecydowanie przyda mi się para dodatkowych rąk. Chodź, weźmiemy moją skrzynkę z narzędziami i załadujemy potrzebne drewno.

Kilka minut później Emma zatrzymała swojego pick-upa przy uszkodzonym fragmencie ogrodzenia. — Gotowy na pierwszą lekcję naprawy płotu? — zapytała, sięgając za siedzenie po rękawice robocze.

— Tak gotowy, jak tylko mogę być — odparł ochoczo Ryan. Przyjął podane rękawice, rozprostowując palce w znoszonej skórze. — Ale uprzedzam, moje doświadczenie budowlane ogranicza się do podpisywania umów, żeby inni faktycznie budowali.

Emma roześmiała się, zeskakując z pick-upa i idąc do paki, gdzie załadowali narzędzia i drewno. — Każdy skądś zaczyna. Złap tę łopatę, dobrze?

Razem rozładowali sprzęt, a Ryan podążał za jej wskazówkami z gotowością, która ją rozczuliła.

— Pierwsza zasada stawiania ogrodzeń — wyjaśniła Emma, ustawiając się obok przekrzywionego słupka — to dobre fundamenty. Ten słupek się poddał, bo woda zbierała się u podstawy i zbutwiała drewno. — Zademonstrowała chwiejność lekkim pchnięciem. — W zeszłym tygodniu ściągnęłam tu traktor i przekształciłam teren, żeby woda więcej się tu nie zatrzymywała, ale słupek trzeba wymienić. Musimy wyciągnąć stary i wbić nowy, porządnie go ubić, zanim przykręcimy rygle.

Ryan kiwnął głową, uważnie patrząc, jak wiertarką wykręca wkręty trzymające stare rygle. — Brzmi dość prosto.

— W teorii — zgodziła się Emma. — W praktyce to trochę siłowanie się z żywiołami.

Razem wydobyli stary słupek, a na twarzy Ryana pojawił się szczery triumf, gdy w końcu drewno wyrwało się z uścisku ziemi. Emma pokazała mu, jak ustawić nowy, dłuższy słupek, wciskając go tak głęboko w istniejący otwór, jak tylko mogli.

— A teraz naprawdę fajna część — powiedziała, podając mu ciężki metalowy ubijak do słupków. — Musimy wbić nowy słupek głęboko. Podnoś i opuszczaj, pomagając opadaniu odrobiną mięśni.

Nie żałowała, że nie robi tego sama. To była wyczerpująca, spocona robota i kiedy wbili słupek na głębokość, która ją zadowoliła, a oni byli gotowi przykręcać rygle, koszulka Ryana była brudna, dżinsy ochlapane błotem, a starannie ułożone włosy zmierzwione od ciągłego przeczesywania palcami, kiedy wycierał pot z czoła. Emma zauważyła jednak w nim inną energię:

rozluźnienie w ruchach, którego wcześniej u niego nie było.

— Przerwa — oznajmiła, wyciągając z pick-upa małą lodówkę turystyczną. — Zasłużyłeś.

Usiedli w rozproszonym cieniu rozłożystych gałęzi eukaliptusa, który dawał wytchnienie od intensywności słońca. Emma rozpakowała proste kanapki owinięte w papier woskowany, butelki z wodą i dwa jabłka wypolerowane na błysk. Ryan wdzięcznie przyjął jedzenie, opadając na trawę z ledwie stłumionym jękiem.

Wypił długi łyk wody i wypuścił głęboki westchnienie. — Ach, lepiej. I głodny jestem jak wilk. Dzięki za kanapkę.

— To tylko to, co szybko znalazłam w lodówce — zastrzegła Emma.

Ryan ugryzł jedną, zawahał się i przeżuwał zamyślony. Wypił kolejny łyk wody, spojrzał na kanapkę w dłoni i powiedział: — Co to, *do cholery*, jest?

Emma ledwie powstrzymała uśmiech. — Szynka, ser i pikantna konfitura z ananasa.

— To niesamowite. Ananasowy *dżem*?

— *Pikantna* konfitura z ananasa — doprecyzowała. — Robię też słodką wersję, ale pikantna to fantastyczny dodatek.

— Nie żartujesz. — Wziął kolejny kęs, przeżuwając z oczywistą przyjemnością. — Nie masz przypadkiem licencji na sprzedaż żywności? To byłby świetny dodatek do klubowej deski serów.

Parsknęła śmiechem. — Nie, i wątpię, żeby nasza kuchnia spełniła standardy potrzebne do uzyskania licencji. Ale mogę dać się namówić, żeby podzielić się przepisem z twoim szefem kuchni. W zamian za pomoc w dokończeniu tego ogrodzenia.

— Umowa stoi. — Uśmiechnął się do niej, a w kącikach oczu pojawiły się zmarszczki, które czyniły go jeszcze bardziej oszałamiająco przystojnym. Emma musiała odwrócić wzrok, inaczej zrobiłaby coś głupiego, na przykład spróbowała go pocałować w połowie lunchu.

— Nigdy tak naprawdę nie pracowałem fizycznie — wyznał Ryan, kończąc kanapkę. — Nie tak naprawdę. Na studiach miałem letnią fuchę w bibliotece, układałem książki na półkach, ale to się nie liczy.

Emma przyjrzała mu się, dostrzegając szczerą satysfakcję na jego twarzy mimo oczywistego zmęczenia. — Masz do tego smykałkę — powiedziała, tylko w połowie żartem. — Większość ludzi z korporacji poddałaby się po pierwszym pęcherzu.

Ryan poruszył dłońmi, oglądając zaczerwienione miejsca na wewnętrznych stronach. — To inne niż to, do czego jestem przyzwyczajony — przyznał. — Pod koniec dnia w biurze nie masz nic namacalnego na pokaz. Tylko wysłane maile, zaliczone spotkania, decyzje, które mogą przynieść owoce dopiero za miesiące albo lata. — Wskazał nowo osadzony słupek. — A to... możesz dotknąć, zobaczyć. Od razu wiesz, czy zrobiłaś to dobrze, czy źle.

— To jedna z rzeczy, za które kocham to miejsce — powiedziała Emma, spoglądając na falujące pastwiska ciągnące się ku dalekim wzgórzom. — Ta praca jest natychmiastowa, konieczna. A efekty widać.

Wskazała różne odcinki ogrodzenia. — Każdy fragment wymaga innych rozwiązań. Odcinek przy jeziorze musi być wyższy, bo młode konie uwielbiają latem bawić się w wodzie. Wschodnia granica potrzebuje wzmocnienia, bo biegnie przy drodze publicznej. — Uśmiechnęła się. — A północna część dostaje ekstra uwagę, bo tam zwykle wypuszczamy nasze najnowsze uratowane konie, te, które mogą testować granice. Chociaż Phoenix jest jedynym, który w ciągu ponad czterdziestu lat kiedykolwiek przeskoczył ogrodzenie i zwiał z posiadłości!

Ryan słuchał z prawdziwym zainteresowaniem, zadając przemyślane pytania o układ terenu i konkretne potrzeby różnych koni. Kiedy kończyli lunch, Emma złapała się na tym, że opowiada mu więcej o strukturze swojej organizacji ratunkowej, sieci osób wspierających, które finansują ich działania, i o wyzwaniach związanych z rehabilitacją koni, które przemysł wyścigowy odrzucił.

— Tu nie chodzi tylko o Phoeniksa — wyjaśniła, zaskoczona, jak łatwo dzieli się szczegółami, które zwykle zatrzymuje dla siebie. — Każdy koń, który tu trafia, ma inną historię, inną traumę. Niektóre mają urazy fizyczne, inne zniszczenia psychiczne. Wiele — jedno i drugie.

— Jak decydujesz, które przyjąć? — zapytał Ryan. — Na pewno jest więcej koni potrzebujących pomocy, niż jesteś w stanie pomieścić.

Pytanie dotknęło czegoś, co często spędzało Emmie sen z powiek. — To najtrudniejsze — przyznała. — Mamy ograniczoną przestrzeń, ograniczone zasoby i wiem, że nie uratuję wszystkich. Próbowanie na siłę bywa okrutne wobec tych, które mają zbyt duże uszkodzenia ciała, i muszę pogodzić się z tym, że są konie poza moim zasięgiem pomocy. Zamiast tego staram się skupiać na tych, które mogą fizycznie dojść do siebie, ale są skazywane na rzeź, bo uważa się je za zbyt trudne albo niebezpieczne. — Pomyślała o Phoeniksie, o jego dzikich oczach w dniu, gdy pierwszy raz zobaczyła go na Laidley Sales. — Czasem to po prostu instynkt. Patrzę na nie i... wiem.

Ryan powoli skinął głową. — Chyba rozumiem. To jak wtedy, gdy po raz pierwszy zobaczyłem Ridgemont — coś po prostu zaskoczyło. Wiedziałem, że to miejsce, w którym powinienem być, chociaż porzucenie kariery i kupienie pola golfowego nie miało żadnego logicznego sensu.

To podobieństwo zaskoczyło Emmę, tworząc niespodziewany most między ich pozornie różnymi światami. — Dokładnie — powiedziała cicho. — Niektórych decyzji nie da się uzasadnić w arkuszach kalkulacyjnych. Ale... myliłam się. — Uśmiechnęła się krzywo. — Szczerze mówiąc, chciałabym mieć wzrok rentgenowski! Ciężko wziąć trzylatka, a potem dowiedzieć się, że w stawach skokowych ma już tyle zmian zwyrodnieniowych, iż nie jest w stanie wygodnie żyć nawet na padoku.

— To musi być trudne — powiedział Ryan ze współczuciem.

— Tak. — Wskazała na wzgórza za jeziorem. — Ale i tak nie pozwalam, by trafiały do rzeźni. Mamy tam na górze własny mały cmentarzyk. Olimpijska klacz taty, Lady, była pierwszym koniem, którego tam pochowaliśmy; lubię myśleć, że wita wszystkie te, których nie zdołam uratować.

Posprzątali resztki po lunchu i wrócili do pracy, przytwierdzając nowe belki do solidnego słupa. Ryan zabrał się do zadania z nową energią, zaskakująco sprawnie obchodząc się z wiertarką Emmy i długimi wkrętami, podczas gdy ona trzymała belki na miejscu. Pracowali ze sobą dobrze, znajdując łatwą współpracę, która nie wymagała wielu słów.

Gdy ostatnia belka została zamocowana, Emma podała Ryanowi pędzel, a sama ostrożnie podważyła wieczko nietoksycznego środka zabezpieczającego. — Ostatni etap — powiedziała. — Tylko nie za gruba warstwa.

— Jak długo to wytrzyma? — zapytał Ryan, maczając pędzel.

— Impregnat? Staramy się raz do roku objechać całą posiadłość. Sam płot powinien posłużyć co najmniej dziesięć lat, jeśli nie dłużej. To red gum, twarde drewno. Mamy tu sporo słupów i belek, które Mama i Tata zamontowali jeszcze przed moim urodzeniem, i wciąż trzymają się świetnie.

Po kolejnych trzydziestu minutach skończyli i cofnęli się, by podziwiać efekt. Naprawiona część stała solidna i równa, niemal bezszwowo zlewając się z resztą linii ogrodzenia.

— Nieźle jak na pierwszy raz — powiedziała Emma, pod wrażeniem precyzji jego pracy mimo braku doświadczenia.

Ryan przez chwilę milczał, studiując płot z miną sugerującą, że widzi coś więcej niż drewno i wkręty. — Dziękuję — powiedział w końcu. — Za naukę.

Prosta szczerość w jego głosie zaskoczyła Emmę. Było w tym tonie coś, co sugerowało, że mówi nie tylko o naprawie płotu — że może dziękuje jej za wgląd w świat, w którym praca zostawia widoczne ślady, wysiłek ma natychmiastowe konsekwencje, a wartość mierzy się nie w dolarach, lecz w sile i trwałości.

— Zawsze — odparła, i mówiła serio. — U nas zawsze znajdzie się coś do naprawy.

Popołudniowe słońce kładło się po skosie na lonżowniku, gdy Emma przeprowadzała przez bramę kasztankę, a Ryan szedł za nimi ostrożnym krokiem. Po skończeniu napraw ogrodzenia wrócili i zastali Phoenixa już obudzonego, ale wciąż całkowicie rozluźnionego. Emma wypuściła go na padok i koń spokojnie zajął się skubaniem trawy.

Ponieważ Ryan nie wyglądał, jakby zamierzał szybko się zbierać, Emma zaproponowała, że może chciałby nauczyć się podstaw obchodzenia z końmi. — To Shona — wyjaśniła Emma, gładząc gładką szyję klaczy. — Jedna z naszych nauczycielek dla dorosłych początkujących. Cierpliwa jak święta i wybacza każdy błąd. Miękkie, brązowe oczy klaczy spoglądały na Ryana z łagodną ciekawością, a nastawione uszy zdawały się zadawać pytanie zrozumiałe tylko dla koni.

— Jest piękna — powiedział Ryan, zachowując pełen szacunku dystans. Na jego ubraniu wciąż widać było ślady pracy przy płocie — plamy ziemi na niegdyś nieskazitelnej koszuli — ale najwyraźniej się tym nie przejmował. — Ile ma lat?

— Osiemnaście — odparła Emma, przesuwając dłonią po jedwabistej sierści Shony. — Jest jedną z córek ogiera Legend, ale nie miała dość, by zostać czołową skoczką. Dała nam kilka ślicznych źrebiąt, ale na to też jest już trochę za stara. Żadnych traum w jej historii, po prostu dobre życie z nami i mnóstwo doświadczenia w uczeniu ludzi właściwego zachowania przy koniach.

Emma zdjęła Shonie kantar, pozwalając klaczy stać swobodnie w lonżowniku. — Pierwsza lekcja: podejście i zakładanie kantara. Konie są zwierzętami-ofiarami, więc sposób, w jaki się przy nich poruszasz, ma znaczenie. Nigdy nie podchodź bezpośrednio od tyłu i staraj się być tam, gdzie wyraźnie cię widzą.

Zademonstrowała to, idąc pod kątem w stronę łopatki Shony, poruszając się płynnie i zdecydowanie. — Chodzi o pewność siebie bez agresji. Jeśli skradasz się, jakbyś się bał, robią się podejrzliwe. Jeśli podchodzisz zbyt ofensywnie, stają się defensywne.

Ryan skinął głową, uważnie patrząc, jak Emma unosi kantar, pokazując mu jego konstrukcję. — Kantar zakładasz tak — kontynuowała, gładko wsuwając go na nos Shony, przeciągając pasek za uszami i zapinając przy boku głowy. — A teraz zdejmujemy. — Odwróciła proces z nieświadomą swobodą. — Teraz twoja kolej.

Podała Ryanowi kantar, a on przyjął go z powagą ucznia zdeterminowanego, by się wykazać. Podszedł do Shony tak jak Emma, ale jego ruchy były sztywniejsze, a ramiona napięte od wysiłku, by wyglądać na rozluźnionego. Klacz natychmiast wyczuła jego nerwy i zrobiła lekki odskok w bok, gdy sięgnął do jej głowy.

— Ruszyła się — powiedział, zamierając w miejscu.

— Odpowiada na twoją energię — wyjaśniła łagodnie Emma. — Weź głęboki oddech. Konie są jak lustra, odbijają to, co czujesz. Jeśli się denerwujesz, one też się denerwują.

Ryan powoli wciągnął powietrze, świadomie rozluźniając ramiona. Spróbował ponownie, tym razem poruszając się bardziej naturalnie, ale gdy uniósł kantar do głowy Shony, klacz lekko machnęła łbem i znów zrobiła krok w bok.

Emma stanęła obok niego, kładąc dłoń na jego ręce trzymającej kantar. — W ten sposób — powiedziała miękko, prowadząc jego ruchy. Ciepło jej palców na jego skórze przebiegło przez nią jak iskra świadomości, z końmi nie miało to wiele wspólnego. — Delikatnie, ale pewnie. Musi czuć, że wiesz, co robisz — nawet jeśli jeszcze nie wiesz.

Razem wsunęli kantar na nos Shony, a dłonie Emmy jak cień podążały za dłońmi Ryana, gdy ten odrobinę nieporadnie majstrował przy sprzączce. — Idealnie — pochwaliła, gdy dopiął pasek. — Teraz spróbuj sam.

Ryan, zgodnie z poleceniem, zdjął kantar, po czym podszedł jeszcze raz do kolejnej próby. Tym razem poruszał się swobodniej, a jego pewność rosła. Shona stała spokojnie, przyjmując kantar z flegmatyczną cierpliwością.

— Świetnie — powiedziała Emma z szczerą przyjemnością w głosie. — Następny krok: pielęgnacja. Nie chodzi tylko o czyszczenie konia, ale o budowanie zaufania i wychwytywanie ewentualnych problemów.

Pokazała mu, jak kolejno używać każdego przyboru, wyjaśniając przeznaczenie zgrzebła, szczotki włosianej i kopystki. Początkowo niepewne pociągnięcia Ryana stopniowo ustępowały bardziej pewnym ruchom, gdy odnalazł rytm w powtarzalnym zajęciu. Shona z oczywistą przyjemnością wtulała się w szczotkę, jej powieki lekko opadały w błogim zadowoleniu.

— Podoba jej się — zauważył Ryan, a w jego wyrazie twarzy odbiły się zaskoczenie i radość.

— Trafiasz z naciskiem — potwierdziła Emma. — Ani za mocno, ani za lekko. Konie cenią konsekwencję i jasność.

Ryan kontynuował czyszczenie, a jego początkowa sztywność topniała, gdy skupił się na zadaniu. Emma z cichą satysfakcją obserwowała tę przemianę, zauważając, jak jego oddech zsynchronizował się z oddechem Shony, jak jego ruchy przyjęły niespieszne tempo, na które konie reagują najlepiej. Jak na kogoś, kto spędził karierę w korporacyjnych realiach wysokiej presji, Ryan wykazywał zaskakującą predyspozycję do tego cierpliwego, uważnego zajęcia.

— Mamo! Panie Wardell!

Głos Jemimy poniósł się przez podwórze, gdy skakała ku nim, a blond koński ogon podskakiwał przy każdym kroku. Sarah szła za nią spokojniejszym tempem, klucze pobrzękiwały w jej dłoni.

— Odbiór ze szkoły zakończony — oznajmiła Sarah. — A ktoś ledwo trzymał emocje na wodzy, kiedy wypatrzył wózek golfowy Ryana. — Uniosła brew w stronę Emmy z porozumiewawczym spojrzeniem, po którym Emma lekko się zarumieniła.

Jemima wdrapała się na dolną belkę ogrodzenia, z krytycznym okiem przyglądając się temu, jak Ryan czyści Shonę. — Robi Pan to źle — oznajmiła z pewnością ośmiolatki. — Trzeba iść zgodnie z kierunkiem włosa, nie pod włos.

— Jemima... — zaczęła Emma, ale Ryan roześmiał się serdecznie.

— Dziękuję za poprawkę — powiedział poważnie. — Tak? — Dostosował technikę zgodnie z instrukcją Jemimy.

— Lepiej — przyznała, po czym w oczach zapalił jej się nagły błysk. — Będzie Pan na niej jechał? Mogłabym Pana uczyć! Jestem naprawdę dobra w uczeniu początkujących. Pomagałam na wakacyjnym obozie jeździeckim zeszłego lata.

Sarah odchrząknęła, marnie maskując śmiech. — Zostawiam was z tym — powiedziała, wycofując się w stronę domu. — Kolacja o wpół do siódmej, jeśli zostajesz, Ryan?

Spojrzał na Emmę z pytaniem w oczach. Skinęła lekko z uśmiechem, a on odwrócił się do Sarah. — Bardzo chętnie, dziękuję.

— Super! — zawołała Jemima, już pędząc do siodlarni. — Przyniosę siodło i ogłowie Shony.

Zanim Emma zdążyła zareagować, jej córka sama mianowała się oficjalną instruktorką jazdy Ryana, po chwili wracając, dźwigając z trudem wysłużone siodło. Emma pomogła jej ułożyć je na grzbiecie Shony, tłumacząc Ryanowi po drodze cały proces.

— Na pewno chcesz? — zapytała go cicho. — Nikt nie oczekuje, że wsiądziesz w pierwszy dzień obcowania z końmi. Ona myślała, że zgadzasz się na jazdę, a nie na kolację!

— Wchodzę w to, jeśli uważasz, że nie zrobię twojemu koniowi krzywdy — odparł z cieniem swojej zwykłej pewności siebie. — Choć podejrzewam, że twoja córka solidnie mnie dziś ustawi do pionu.

— To przyniosę ci kask. — Uśmiechnęła się. — W Ridgewater nikt nie wsiada bez kasku. Kwestie ubezpieczeniowe.

Dwadzieścia minut później Ryan znalazł się na małym placu treningowym, siedząc nieco niepewnie na grzbiecie Shony, podczas gdy Jemima z ziemi wydawała nieustanny strumień poleceń.

— Pięty w dół! Plecy prosto! Za bardzo Pan podskakuje! — wołała, gdy Shona kłusowała wzdłuż ogrodzenia. — Trzeba anglezować w jej rytmie, nie pod prąd!

Ryan starał się podążać za wskazówkami, jego twarz była studium koncentracji, gdy próbował skoordynować nieznane dotąd ruchy mięśni. Za każdym razem, gdy łapał rytm, znów go tracił, a ciało sztywniało, bo zbyt intensywnie o tym myślał.

— Rozluźnij dolny odcinek pleców — zasugerowała Emma ze swojej pozycji przy ogrodzeniu placu. — Pozwól ciału poruszać się z nią, nie walcz z ruchem.

— Łatwiej powiedzieć, niż zrobić — mruknął Ryan, krzywiąc się, gdy wyjątkowo nieskoordynowany moment posadził go niezgrabnie w siodle.

Jemima była bezlitosna, ale wspierająca. — Jest coraz lepiej! — zapewniała po każdym okrążeniu. — Jeszcze jedno kółko. Prawie się udało!

Kiedy skończyli, Ryan zdołał przez kilka chwil poprawnie anglezować w kłusie, za co Jemima nagrodziła go entuzjastycznymi brawami. Zsiadł z przesadną ostrożnością, nogi miał lekko jak z waty, gdy znów przyzwyczajały się do twardego gruntu.

— Nieźle jak na pierwszą lekcję — powiedziała Emma, gdy odprowadzali Shonę do stajni. — Większość początkujących nie próbuje kłusa pierwszego dnia.

— Większość nie ma Jemimy jako instruktorki — odparł Ryan, z krzywym uśmiechem masując lędźwie. — Jestem niemal pewien, że jutro to poczuję.

— Prawdopodobnie w mięśniach, o których istnieniu nie wiedziałeś — zgodziła się Emma. — Ale poszło ci świetnie. Shona cię zaakceptowała, a ona jest wymagającą krytyczką.

Razem rozsiodłali klacz, a Ryan postępował zgodnie z instrukcjami Emmy dotyczącymi właściwej pielęgnacji sprzętu. Jemima pokazała, jak dawać Shonie kawałki marchwi w nagrodę — jej małe dłonie pewnie trzymały warzywo płasko na otwartej dłoni. Ryan skopiował technikę, a jego twarz rozjaśniła się prostą radością, gdy miękkie wargi klaczy połaskotały mu rękę.

Kolacja upłynęła wśród rozmów i śmiechu, cała rodzina zgromadziła się przy długim kuchennym stole. Ryan zaskakująco łatwo wpasował się w rodzinny rytm. Emma łapała się na tym, że na niego patrzy — zauważała, jak swobodnie trzyma ramiona, tak odmiennie od spiętego biznesmena, który przyszedł do niej z pretensjami o zniszczenie jego własności przez Phoenixa.

Po posiłku, gdy Emma wspomniała, że jej kolej na ostatnie obchody koni, Ryan zaproponował, że jej potowarzyszy.

— Mogę iść też, Mamo? — zapytała z zapałem Jemima.

— Absolutnie nie — ucięła stanowczo Sarah. — Jedyne, co masz czyste, to ręce, a i co do tego pod paznokciami nie jestem pewna. Prysznic, już.

Emma posłała Sarah wdzięczne spojrzenie i dostała w odpowiedzi szeroki uśmiech. Przeczuwała, że jej najstarsza siostra dobrze wie, co Emma zaczyna czuć do Ryana, i zrobi, co w jej mocy, by dać im czas, by to sobie poukładać — bez nadgorliwego wtrącania się Jemimy.

Szła obok Ryana w kojącej ciszy, a znajome nocne odgłosy Ridgewater otulały ich: poruszające się w padokach konie, rechoczące nad strumykiem żaby, dalekie pohukiwanie sowy polującej nad polami.

Obeszli stajnie i padoki, sprawdzając, czy poidła są pełne, a bramy solidnie zamknięte. Gdy zawracali w stronę domu, Ryan przystanął, wpatrzony w nocne niebo, na którym niezliczone punkciki gwiazd rozsiane były po ciemności.

— Niebo jest tu niesamowite — powiedział cicho. — W mieście prawie ich nie widać.

Emma stanęła obok, podążając wzrokiem za znajomymi konstelacjami, które od pokoleń czuwały nad Ridgewater.

— Łatwo zapomina się spojrzeć w górę, kiedy człowiek jest zabiegany — stwierdziła. — Nawet tutaj czasem tak się wkręcam w codzienne sprawy, że to przegapiam.

Ryan wziął głęboki oddech chłodnego nocnego powietrza, pachnącego eukaliptusem i słodką trawą padoków. — Nie czułem się tak... spokojny... od lat — przyznał, cicho w ciemności. — Może nawet nigdy.

Ta prosta spowiedź poruszyła w Emmie coś głęboko. Pomyślała o świecie korporacji, który opisywał, o bezustannym pędzie za sukcesem, który o mało go nie złamał, o odwadze, której wymagało odejście od wszystkiego, co znane.

— Wieś tak działa na ludzi — powiedziała łagodnie. — Jest coś w pracy z ziemią, ze zwierzętami, co ustawia wszystko we właściwej perspektywie.

— To nie tylko miejsce — powiedział Ryan, odwracając się do niej. W blasku gwiazd jego twarz była otwarta, krucha w sposób, jakiego wcześniej w nim nie widziała. — To ludzie. To ty.

Emma wstrzymała oddech, a szczerość jego słów stworzyła między nimi moment krystalicznej jasności. Sięgnęła po jego dłoń w ciemności, a ich palce splotły się z naturalną łatwością.

— Cieszę się, że tu jesteś — powiedziała po prostu.

Stali razem pod ogromną kopułą nieba, dwoje ludzi znajdujących nieoczekiwane porozumienie, a pocałunek, który nastąpił później, wydał się zupełnie naturalny i całkowicie właściwy — jakby był jedynym możliwym zakończeniem dnia w Ridgewater.

Rozdział dziesiąty

 gdy Ryan przekładał stertę odrzuconych wniosków grantowych leżących na jej biurku. Nie zamierzała pokazywać mu tej części swojej działalności, administracyjnego chaosu, który krył się za starannie prowadzonym programem rehabilitacji. Ale po ich pocałunku sprzed trzech nocy spędzał na posesji coraz więcej czasu, a gdy wczoraj wszedł, akurat kiedy rwała sobie włosy z głowy nad wnioskiem o dofinansowanie, jego propozycja pomocy wydała się i szczera, i w samą porę. Teraz, patrząc, jak marszczy brwi, studiując jej papiery, nie była już pewna, czy wpuszczenie go do tej sfery jej życia było rozsądne.

— Od jak dawna korzystasz z tego systemu segregowania? — zapytał Ryan tonem ostrożnie neutralnym, wskazując na chybotliwe wieże teczek ustawione przy ścianie biura.

— System to może za duże słowo — przyznała Emma, próbując się uśmiechnąć. — To raczej wykopaliska.

Małe biuro było świadectwem pokoleń McKenzie'ów, które stawiały konie ponad papierologię. Wyblakłe wstążki i trofea zagracały każdą powierzchnię, której nie zajmowały już faktury, paragony i odręczne notatki. Zabytkowy komputer stacjonarny pomrukiwał złowieszczo w kącie, a na ekranie wyświetlał się arkusz kalkulacyjny, jakby zaprojektowany jeszcze wtedy, gdy Jemima chodziła w pieluchach.

Ryan wyciągnął szczególnie sfatygowany wniosek i rozłożył go na biurku między nimi. — Ten, o regionalny grant na terapię z udziałem koni — odrzucono go, bo nie dołączyłaś wymaganych dokumentów z załącznika C. — Przekartkował kilka stron. — Co nie dziwi, bo złożyłaś go na przestarzałym formularzu z 2018 r.

Emma poczuła, jak policzki jej płoną. — Powinni wyraźniej zaznaczać, kiedy zmieniają formularze.

— Zaznaczają — odparł łagodnie Ryan, otwierając na tablecie stronę instytucji grantowej. — Aktualne formularze są zawsze dobrze widoczne na stronie głównej, z wyraźnymi datami ważności.

Przeszedł dalej przez stos, wyciągając wniosek za wnioskiem. — Ten odrzucono, bo przekroczyłaś limit słów w trzech sekcjach. Ten, bo nie powiązałaś proponowanych rezultatów z ich wskazanymi priorytetami finansowania. A ten... — zawahał się, uważniej studiując dokument — ten miał naprawdę duże szanse, ale nie dołączyłaś wymaganych sprawozdań finansowych.

— Jakoś sobie radziłam — powiedziała Emma, słysząc we własnym głosie nutę obrony, której nie znosiła. — Przecież wciąż działam, prawda?

Ryan podniósł na nią wzrok, a jego wyraz twarzy złagodniał. — To prawda. I właśnie dlatego to imponujące. Utrzymujesz Ridgewater Rescue siłą determinacji i pasji, przy minimalnym wsparciu finansowym. Ale wyobraź sobie, co mogłabyś zrobić z porządnym finansowaniem.

Jego słowa zawisły między nimi, i wyzwaniem, i obietnicą. Emma rozejrzała się po zagraconym biurze, nagle widząc je jego oczami: nie przytulne, swojskie miejsce, do którego przywykła, lecz fizyczną manifestację organizacyjnego chaosu, który realnie ją blokował.

— Nie krytykuję cię, Emma — podjął Ryan, gdy milczała. — Prowadzenie ośrodka ratunkowego wymaga innych umiejętności niż zdobywanie dla niego funduszy. Z końmi jesteś genialna. Naprawdę wyjątkowa. Ale na tę część też są strategie, które ułatwią ci życie.

— Na przykład jakie? — zapytała Emma, ciekawość przezwyciężając dumę.

Ryan przysunął krzesło bliżej biurka, rozluźniając ramiona, jakby wpływał na znajome wody. — Po pierwsze, potrzebujesz porządnej biblioteki szablonów do wniosków grantowych. Większość informacji powtarza się między wnioskami: wasza misja, historia, kwalifikacje, podstawowe dane finansowe. Jeśli będziesz mieć gotowe, dopracowane akapity, nie będziesz za każdym razem wymyślać koła na nowo.

Sięgnął po czystą kartkę i zaczął szkicować prosty schemat organizacyjny. — Po drugie, potrzebujesz kalendarza finansowania. Większość grantów działa w cyklach rocznych. Jeśli rozpiszesz wszystkie terminy naborów, zaplanujesz podejście zamiast miotać się na ostatnią chwilę.

Emma patrzyła, jak jego dłoń sunie po papierze, kilkoma szybkimi ruchami pióra tworząc porządek z chaosu. Mimo początkowego oporu przyciągała ją klarowność jego wizji.

— Dochodzi jeszcze kwestia struktury wniosków — kontynuował Ryan. — Najskuteczniejsze tworzą narrację, która bezpośrednio wpisuje się w priorytety grantodawcy. Na przykład ten grant Queensland Rural Development, za który dostałaś odmowę — stuknął w jeden z papierów — oni szukają programów z mierzalnym wpływem na społeczność. A twój wniosek skupiał się niemal wyłącznie na koniach.

— Konie są sednem sprawy — zaprotestowała Emma.

— Dla *ciebie* tak — zgodził się Ryan. — Ale żeby zdobyć środki, musisz to przełożyć na język, który rozumieją fundatorzy. Zamiast pisać, że rehabilitujecie byłe konie wyścigowe, opowiadaj, jak wasza praca tworzy możliwości edukacyjne dla lokalnych dzieci, zapewnia programy terapeutyczne dla osób z niepełnosprawnościami, pielęgnuje tradycyjne umiejętności jeździeckie i generuje zatrudnienie na wsi.

Emma zmarszczyła brwi. — Brzmi jak naginanie prawdy.

— Niczego nie naginasz — zaprzeczył Ryan. — Podkreślasz różne aspekty tego, co już robisz. Ridgewater nie istnieje w próżni. Twoja praca rozchodzi się falami na zewnątrz w sposób, który przyjmujesz za oczywisty, a z punktu widzenia finansowania jest bardzo cenny.

Wyświetlił na tablecie misję grantodawcy. — Spójrz. Ich nadrzędny cel to zrównoważony rozwój społeczności wiejskich. Wasza praca zdecydowanie się w to wpisuje, ale we wniosku nie postawiłaś tej kropki nad i.

Emma pochyliła się, by przeczytać tekst, a niechętne zrozumienie zaczęło dojrzewać. — Czyli muszę mówić ich językiem.

— Dokładnie — skinął entuzjastycznie Ryan. — Spójrz na wniosek sprzed miesiąca o grant na dobrostan koni.

Napisałaś: rehabilitujemy byłe konie wyścigowe, stosując techniki naturalnego jeździectwa. To prawdziwe, ale mało angażujące. Zamiast tego mogłabyś napisać: nasz oparty na dowodach program rehabilitacji w samym tylko ubiegłym roku umożliwił 27 folblutom w trudnej sytuacji wejście w drugie kariery, z 94% wskaźnikiem powodzenia w okresie trzech lat.

— To tylko to samo w ładniejszych słowach — zaprotestowała Emma.

— To nadanie kontekstu i pokazanie wyników — sprostował Ryan. — Fundatorzy chcą wiedzieć, że ich pieniądze zostaną wykorzystane skutecznie. Liczby i rezultaty mają znaczenie.

Wyciągnął laptop i otworzył elegancki arkusz kalkulacyjny, odwracając ekran w jej stronę. — Pozwoliłem sobie przeanalizować twoje dane operacyjne z ostatnich trzech lat. Osiągasz naprawdę znakomite wyniki przy minimalnych zasobach. Odpowiednie sformatowanie tych osiągnięć może diametralnie poprawić skuteczność twoich wniosków.

Emma wpatrywała się w starannie uporządkowane kolumny pokazujące jej statystyki rehabilitacji, koszty na konia i wskaźniki sukcesu. Widzieć swoją pracę tak precyzyjnie ujętą w liczbach było zarazem niepokojące i dziwnie pokrzepiające.

— Ten grant — ciągnął Ryan, wskazując szczególnie rozczarowującą odmowę sprzed sześciu miesięcy — wnioskowałaś o 15 000 $ na ogólne koszty operacyjne. Odrzucili, bo było zbyt niesprecyzowane. Gdybyś poprosiła o tę samą kwotę na rozwój programu terapii osób z niepełnosprawnościami poprzez utrzymanie trzech koni terapeutycznych, idealnie wpisałabyś się w ich priorytety finansowania.

— Ale potrzebowaliśmy pieniędzy na siano i weterynarza — powiedziała Emma.

— A konie terapeutyczne jedzą siano i wymagają opieki weterynaryjnej — zauważył Ryan z lekkim uśmiechem. — Chodzi o ujęcie, nie zmyślanie.

Emma przeczesała włosy, szarpiąc kosmyki; mądrość jego podejścia było coraz trudniej kwestionować. — To wszystko ma sens — przyznała — ale czuję się, jakbym grała w jakąś grę.

— Każda branża ma swoje reguły — odparł Ryan. — Poznanie ich nie podważa twojej uczciwości, tylko sprawia, że skuteczniej realizujesz cele. — Zamknął laptop i spojrzał jej prosto w oczy. — Robisz tu niesamowitą robotę, Emma. Proponuję tylko sposoby, dzięki którym będziesz mogła to robić dalej, nie balansując bez przerwy na finansowej krawędzi.

Coś w jego spojrzeniu, mieszanka szacunku i szczerej troski, stopiło resztki jej oporu. Pomyślała o Phoenixie, o miesiącach specjalistycznej opieki, które go czekają, o innych koniach czekających w komisiach i rzeźniach, których w tej chwili nie mogła uratować.

— Dobra — powiedziała w końcu. — Pokaż mi, jak zrobić to porządnie.

Uśmiech Ryana był wart tej drobnej kapitulacji dumy. — Zaczniemy od kompletnej przebudowy systemu biurowego, potem stworzymy szablony pod różne typy grantów. W ciągu trzech miesięcy spokojnie potroimy twoje finansowanie.

Gdy przedstawiał plan, Emma zaczęła widzieć przyszłość Ridgewater w nowym świetle. Ratunek zawsze polegał na tym, by ocalać konie po jednej sztuce, walcząc z ograniczeniami przestrzeni i zasobów. Ale może z pomocą Ryana te ograniczenia da się poszerzyć. To nie sprzedawanie się; to skalowanie, tworzenie możliwości, by pomagać większej liczbie zwierząt i robić więcej dobra.

— Dziękuję — powiedziała cicho, gdy przerwał wyjaśnienia. — Za to, że widzisz tu potencjał.

— W Ridgewater — zapytał — czy w tobie?

— W obu, chyba.

Jego spojrzenie złagodniało. — Ten potencjał zawsze tu był. Ja tylko pomagam w inżynierii konstrukcyjnej.

Emma zaśmiała się mimo siebie. To cała Ryan — zamienić moment bliskości w budowlaną metaforę. A jednak, gdy pochylili głowy nad papierami, a w chaosie jej małego biura rodziło się wygodne partnerstwo, uświadomiła sobie, że może właśnie jego biznesowe podejście jest tym, czego Ridgewater potrzebuje — nieoczekiwanym dopełnieniem jej misji prowadzonej sercem.

— Nie, absolutnie nie tę — powiedziała Emma, wyrywając Ryanowi zdjęcie z ręki, zanim zdążył je zeskanować. Minął tydzień, odkąd zaczął pomagać w porządkowaniu administracyjnego chaosu Ridgewater, i przeszli od wniosków o granty do tego, co Ryan nazywał „optymalizacją obecności w sieci", a Emma po prostu nazywała „tym od mediów społecznościowych". Rozsypali dziesiątki zdjęć na kuchennym stole, przeglądając lata historii Ridgewater w poszukiwaniu treści do nowych kont. Zdjęcie, które właśnie uratowała, pokazywało ją od stóp do głów utytłaną błotem po szczególnie dramatycznym ratunku w porze deszczowej dwa lata temu. — Są granice tej całej autentyczności — poinformowała go, wtykając obciążający dowód bezpiecznie do kieszeni.

Ryan uśmiechnął się, dalej przekładając stos. — To dałoby co najmniej pięćdziesiąt lajków. Ludzie uwielbiają oglądać nieupudrowaną rzeczywistość.

— Tego bałaganu mają pod dostatkiem, nawet bez zdjęcia, na którym wyglądam, jakbym walczyła w błocie — odcięła Emma, podsuwając mu inny plik fotografii. — To zdjęcia przed i po Mermaid, klaczy, którą rehabilitowałam w zeszłym roku. Przyjechała do nas z oceną kondycji ciała 2, a spójrz na nią po sześciu miesiącach. Teraz wygrywa klasy pokazowe — kilka tygodni temu zgarnęła Champion Light Hack w Nambour.

Ryan podniósł zdjęcia pokazujące dramatyczną przemianę, a jego wyraz twarzy spoważniał, gdy oglądał wychudzoną czarną klacz na pierwszym ujęciu i lśniące, zdrowe zwierzę na drugim. — To jest mocny materiał — powiedział cicho. — Dokładnie to, czego nam trzeba. — Spojrzał na trzecie zdjęcie, na którym Mermaid stała z nową właścicielką, nastoletnią dziewczyną uśmiechniętą od ucha do ucha, gdy sędzia w Nambour zawieszał na szyi klaczy ogromny wieniec z kwiatów. — Nie do wiary, że to ten sam koń, prawda?

Emma patrzyła, jak ostrożnie odkłada zdjęcia na stos „na pewno" i robi notatkę na tablecie. Nadal oswajała się z nową dynamiką między nimi, z tą uważną współpracą, która zdawała się budować coś, czego żadne z nich jeszcze w pełni nie nazwało. Po ich pocałunku pod gwiazdami nie rozmawiali wprost o tym, co się między nimi dzieje, ale zmiana była niezaprzeczalna — wygodna bliskość rozwijała się równolegle z ich zawodowym partnerstwem.

— To wytłumacz mi jeszcze raz strategię — podjęła, wybierając kolejny zestaw zdjęć. — Dlaczego tworzymy różne treści na różne platformy?

Ryan odłożył tablet, wchodząc w tryb, który Emma zaczęła nazywać jego „mentorskim". — Każda platforma ma inną publiczność i inne oczekiwania wobec treści — wyjaśnił. — Instagram i TikTok są oparte na obrazie, idealne do karuzel z twoimi pięknymi zdjęciami koni i krótkich klipów wideo. Facebook i YouTube pozwalają na dłuższe opowieści i pomagają budować społeczność wokół waszych działań. LinkedIn służy profesjonalnym kontaktom, wyszukiwaniu grantów i budowaniu pozycji

Ridgewater jako lidera w rehabilitacji folblutów i przygotowywaniu ich do drugiej kariery.

Emma kiwnęła głową, starając się to wszystko przyswoić. Świat, który opisywał Ryan, w którym obecność w sieci przekładała się na realne wsparcie dla jej ośrodka, wciąż wydawał jej się czymś abstrakcyjnym. Ale ufała jego wiedzy tak, jak on ufał jej przy koniach.

— A teraz kalendarz treści — kontynuował Ryan, wyświetlając kolorowo oznaczony arkusz. — Ułożyłem go tak, żebyśmy utrzymali regularność, ale cię nie przytłoczyli. Trzy posty na Instagramie tygodniowo, dwie aktualizacje na Facebooku, jeden artykuł na LinkedInie miesięcznie, a do tego automatyczne crosspostowanie na pozostałe platformy ustawione w aplikacji.

Emma zerknęła na skrupulatnie zorganizowany harmonogram. — Brzmi jak mnóstwo roboty.

— Da się to ogarnąć przy odpowiednim podejściu — zapewnił ją Ryan. — Kluczem jest przygotowywanie treści partiami. Dziś zbierzemy materiał na kolejny miesiąc, a potem to tylko kwestia trzymania się harmonogramu.

Następną godzinę spędzili, wybierając zdjęcia i tworząc opowieści o każdym uratowanym koniu. Emma rozgrzała się do zadania, gdy dzieliła się historiami, które znała na pamięć: o folblucie porzuconym po tym, jak nie wytrzymał wyścigów, a teraz świetnie sobie radzącym jako koń terapeutyczny; o kucyku zagłodzonym niemal na śmierć, który teraz uczy dzieci jeździć; o czempionce Western Pleasure, która zakończyła karierę sportową, by dawać cenne źrebięta, ale okazało się, że ma problem genetyczny.

— Zespół Lethal White — powiedziała ze smutkiem. — Źrebię z tą mutacją nie ma szans przeżyć, a odpowiedzialni hodowcy nie chcą ryzykować przeniesienia recesywnego genu, więc właściciel oddał mi ją za darmo, pod warunkiem że nigdy nie będzie kryta. Jest najsłodszym stworzeniem; uczymy na niej początkujących, którzy chcą poznać jazdę w stylu western.

— Masz naturalny dar opowiadania — skomentował Ryan, gdy skończyła. — To, jak łączysz techniczne aspekty rehabilitacji z emocjonalną drogą, idealnie trafi do odbiorców.

Emma poczuła rumieniec zadowolenia na jego pochwałę. — To łatwe, kiedy ci zależy.

— Właśnie dlatego to zadziała — powiedział Ryan, spotykając jej spojrzenie ponad stołem. — Autentyczności nie da się wyprodukować. Ty masz jej pod dostatkiem.

Między nimi zapanowała wygodna cisza, przerywana tylko wtedy, gdy Zoe wsunęła głowę do środka.

— Zaraz zaczynam kolejną sesję z Phoenixem, jeśli wciąż chcecie to nagrać — oznajmiła, a jej niesforne loki wysmykiwały się z tego, co rano musiało wyglądać na starannie zapleciony warkocz.

Ryan zerknął na zegarek. — Idealny moment. Skoczę po sprzęt do kamery do auta.

Emma stanęła na skraju roundpenu, obserwując, jak Ryan starannie ustawia profesjonalnie wyglądającą kamerę na statywie. Zoe już pracowała z Phoenixem na środku wybiegu, jej dłonie poruszały się w dobrze już znanych wzorcach metody Mastersona wzdłuż szyi i łopatek konia pełnej krwi.

— Tak to zwykle robicie? — zapytał Ryan, korygując kąt kamery.

— Dokładnie tak — potwierdziła Emma. — Tylko Zoe robi to, co umie najlepiej.

Ryan skinął z aprobatą. — Idealnie. Autentyczność jest tu najważniejsza. — Włączył nagrywanie, po czym cofnął się i stanął obok Emmy, z lekkim uśmiechem obserwując rozgrywającą się scenę.

Zoe pracowała z Phoenixem niemal czterdzieści minut, a przemiana konia była widoczna nawet dla niewprawnego oka. Napięcie w jego ciele stopniowo topniało pod jej wprawnym dotykiem, głowa opadała, a oczy łagodniały z zazwyczaj czujnych do czegoś na kształt spokoju.

— To świetny materiał — mruknął Ryan, gdy skończyli. — Zmontujemy go tak, żeby wydobyć kluczowe techniki i momenty przemiany.

Późnym wieczorem, po tym jak Zoe obejrzała i zatwierdziła zmontowany film, wrzucili go na świeżo założone konta z prostym opisem wyjaśniającym historię Phoenixa i podejście Zoe do rehabilitacji. Emma poczuła ukłucie nerwów, gdy Ryan kliknął przycisk Opublikuj, wysyłając ich pracę w cyfrowy świat.

— I co teraz? — zapytała.

— Teraz czekamy — odparł Ryan — ale niedługo. W sieci reakcje zwykle pojawiają się szybko.

Miał rację. Do następnego poranka ich skrzynka odbiorcza zawierała trzy zapytania o usługi Zoe od właścicieli koni z regionu. Po południu liczba ta się podwoiła, a pod filmem pojawiały się dziesiątki komentarzy.

— Popatrz na to — powiedział Ryan, pokazując Emmie ekran tabletu, na którym liczba obserwujących Ridgewater Rescue na Instagramie skoczyła z początkowej garstki do ponad 3 000 w jedną noc. — Film udostępniło kilka dużych, jeździeckich kont.

Emma przewijała komentarze, a zdumienie rosło, gdy czytała kolejne wiadomości chwalące techniki Zoe i pytające o więcej informacji o ich programie.

— Ten jest od trenerki ujeżdżenia z Brisbane — zauważyła, wskazując szczególnie rozbudowany komentarz. — Pyta, czy Zoe przyjmuje klientów z zewnątrz.

— A to — dodał Ryan, wskazując inną wiadomość — od kogoś, czyjego koń ma podobne traumy jak Phoenix. Są gotowi przyjeżdżać z Sunshine Coast na sesje.

Emma odchyliła się na krześle, oszołomiona natychmiastowym odzewem. — Nie spodziewałam się tego.

— To szczęśliwy splot czynników — wyjaśnił Ryan, a na jego twarzy malowała się zawodowa satysfakcja. — Techniki Zoe świetnie wyglądają na nagraniu i są ewidentnie skuteczne. Phoenix to piękny, wyraźnie poturbowany koń, który reaguje w niezwykły sposób. I widać, że na takie specjalistyczne usługi jest niezaspokojone zapotrzebowanie.

— Musimy to jakoś poukładać — powiedziała Emma, a w głowie już roiło się od pomysłów. — Zoe szykowała się do reklamowania swoich usług przez klinikę weterynaryjną, ale jeśli poczta pantoflowa może przyprowadzić klientów do Ridgewater zamiast...

— To może być znaczące źródło przychodu — przytaknął Ryan, już sięgając po laptopa. — Ułóżmy model usług: sesje indywidualne, warsztaty grupowe, może nawet szkolenia certyfikacyjne dla innych specjalistów.

Następną godzinę spędzili na szkicowaniu możliwości, a biznesowe kompetencje Ryana płynnie łączyły się z wiedzą Emmy o potrzebach społeczności jeździeckiej. To, co zaczęło się jako proste ćwiczenie z mediów społecznościowych, niespodziewanie ujawniło realną szansę biznesową — idealnie zbieżną z misją Ridgewater, a przy tym mogącą przynieść tak potrzebną stabilność finansową.

— Wiesz, co to oznacza, prawda? — powiedziała Emma, gdy finalizowali wstępny zarys propozycji usług Zoe i drukowali go, by Zoe mogła go przejrzeć i zatwierdzić.

— Co takiego? — zapytał Ryan, odrywając wzrok od laptopa.

— Miałeś rację z tymi socialami — przyznała z niechętnym uśmiechem. — Tylko niech ci to nie uderzy do głowy.

Ryan roześmiał się, sięgając przez stół, by na moment ścisnąć jej dłoń. — Postaram się poskromić samozadowolenie. Ale Emma, tu nie chodzi o to, kto miał rację. Chodzi o pokazanie tego, co w Ridgewater wyjątkowe. Ja tylko pomogłem otworzyć okno; ludzie reagują na to, co przez nie widzą.

Jego słowa ją ogrzały, a szczera wdzięczność w jego głosie przypomniała jej, że jego pomoc nie dotyczyła zmieniania istoty Ridgewater, lecz jej wzmocnienia. Gdy wrócili do planowania, Emma coraz swobodniej odnajdywała się w tej mieszance serca i strategii, w tym partnerstwie, które szanowało jej misję, a jednocześnie poszerzało jej zasięg.

Może korporacyjne myślenie Ryana wcale nie było tak nie do pogodzenia z duszą Ridgewater.

— No więc — zaczęła Sarah, przesuwając przez stół kuchenny parujący kubek herbaty w stronę Emmy — powiesz nam, co się dzieje między tobą a Panem Pole Golfowe, czy mamy dalej udawać, że niczego nie zauważyłyśmy? Porozumiewawczy uśmiech, którym wymieniła się z Kate i Pip, sprawił, że policzki Emmy zapłonęły. Jakoś, bez żadnej otwartej rozmowy, ona i Ryan płynnie przeszli od współpracy do czegoś więcej — i najwyraźniej rodzina zauważyła to, zanim ona zebrała odwagę, by o tym wspomnieć.

Emma objęła dłońmi ciepły kubek, zyskując na czasie. W kuchni panowała cisza, przerywana jedynie odległym warczeniem starej lodówki i okazjonalnym trzaskiem osiadającego domu. Te nocne rozmowy przy kuchennym stole towarzyszyły siostrom McKenzie od zawsze — były świętym miejscem, gdzie mówiło się prawdę i zrzucało ciężar z serca.

— Spotykamy się — przyznała w końcu Emma, a słowa zabrzmiały dziwnie formalnie wobec ciepłego, złożonego uczucia, które rosło między nią a Ryanem. — W pewnym sensie. To znaczy... jeszcze tego nie zdefiniowaliśmy.

— Zastanawiałyśmy się, ile ci zajmie, żeby to przyznać — droczyła się Sarah, mieszając miód w swojej herbacie. — Delikatnością nie grzeszysz, Em. To, jak rozpromieniasz się, kiedy wjeżdża na podjazd, mówi samo za siebie.

— Nie wspominając już o tym, że nagle zakładasz dobre dżinsy do wywalania obornika — dodała Kate z uśmieszkiem.

Emma jęknęła i na moment zasłoniła twarz dłońmi. — Aż tak to po mnie widać?

— Kompletnie — potwierdziła Pip, sięgając po herbatnik z talerza na środku stołu. — Jemima od dni prowadzi komentarz na żywo. Moja ulubiona obserwacja: że mama zaśmiała się z żartu pana Wardella, chociaż wcale nie był śmieszny.

Myśl, że córka to zauważa, znów rozgrzała policzki Emmy. Tak dała się pochłonąć nowości własnych uczuć do Ryana, że nie wzięła pod uwagę, jak widoczne mogą się one stać dla jej bystrej ośmiolatki.

— I? — ponagliła Kate, a jej wyraz twarzy przeszedł z droczenia w powagę. — Jakie on właściwie ma zamiary? Bez urazy, Em, ale jego świat i nasz niezbyt się pokrywają. — Wskazała nieokreślonym gestem w stronę okna, za którym z daleka migotały światła Ridgemont Golf and Country Club na wzgórzu. — Kupił tamto miejsce jako inwestycję. O co mu z tobą chodzi?

— Kate — zganiła ją łagodnie Sarah.

— To zasadne pytanie — upierała się Kate. — Wystarczy go wygooglać i wychodzi, że całą karierę spędził przy przejęciach. Tacy ludzie nie porzucają całkiem tego sposobu myślenia.

Emma poczuła, jak w piersi podnosi się odruch obronny. — Ze mną taki nie jest — powiedziała. —

Ani z Ridgewater. Jeśli już, pomaga nam stać się bardziej stabilnymi finansowo.

— Właśnie to mnie martwi — wtrąciła Pip, a jej zwykle ożywiona twarz spoważniała. — Ile z Ridgewater zostanie Ridgewater, kiedy, jak to określiła, je zoptymalizuje korporacyjny spec od efektywności? Zrobiła w powietrzu cudzysłów przy tym słowie. — Wiem, że wciąż jestem tu tylko szwagierką, ale zależy mi na tym miejscu i na tym, co ono znaczy.

— Wiem — odparła łagodnie Emma. — I Ryanowi też, wierz lub nie. Nie próbuje zmieniać naszej misji; pomaga nam znaleźć lepsze sposoby, by ją finansować. — Oblizała kciuk, którym kreśliła po brzegu kubka. — Powinnaś go zobaczyć przy koniach, Pip. Siedział wczoraj w roundpenie pół godziny tylko dlatego, że Phoenix zdawał się przy nim spokojny. To nie jest ktoś, kto myśli w kategoriach wyłącznie wyniku finansowego.

Kuchnia ucichła, gdy siostry trawiły te słowa. Emma widziała, jak korygują swoje wyobrażenia o Ryanie, zestawiając jej opowieść z własnymi obserwacjami.

— Z pewnością włożył dużo wysiłku, żeby zrozumieć, co tu robimy — przyznała Sarah. — Marcus mówił, że po panice Phoenixa podczas burzy zasypał go tuzinem pytań o problemy oddechowe u koni, a potem zjawił się z artykułami, które przeczytał przez noc.

— A kampania w socialach jest genialna — przyznała niechętnie Kate. — Pip już wcześniej dobrze sobie radziła ze swoim kucykowym biznesem, oddajmy, co jej, należy, ale słodkie kucyki sprzedają się dość łatwo. Te filmy z Zoe pracującą z Phoenixem przyciągnęły, co, sześciu nowych klientów na lekcje? I to bez brania od nas ani grosza za jego ekspertyzę.

Emma skinęła głową, wdzięczna za te drobne ustępstwa.
— On widzi potencjał Ridgewater, tylko pod innym kątem niż my. I tak, jest z innego świata, ale stara się zrozumieć nasz. — Zawahała się, po czym dodała cicho:

— I myślę, że może on też potrzebuje tego, co tu mamy, tak samo jak my potrzebujemy jego pomocy.

— Co masz na myśli? — zapytała Sarah.

Emma zastanawiała się, jak opisać sceny, których była świadkiem: twarz Ryana, kiedy Phoenix zasnął w roundpenie, ciche zadowolenie na jego obliczu po wspólnej naprawie ogrodzenia, rosnący komfort w fizycznej, namacalnej pracy na farmie.

— W tamtym korporacyjnym świecie się wypalał — powiedziała w końcu. — Myślę, że Ridgewater daje mu coś prawdziwego, namacalnego, czego brakowało w poprzednim życiu. — Wzruszyła lekko ramionami. — I chyba ja też jestem częścią tego czegoś.

— Cóż — odezwała się po chwili Pip, a do jej głosu wróciło trochę zwykłego ciepła — wciąż zastrzegam sobie prawo do sceptycyzmu, ale przyznaję, że bardzo się stara. — Sięgnęła przez stół i ścisnęła dłoń Emmy. — Tylko uważaj na serce, Em. I na Jemimę. Ona już bardzo się do niego przywiązała.

Wzmianka o córce momentalnie otrzeźwiła Emmę. — Wiem. Tego boję się najbardziej. Nigdy nie miała w życiu ojcowskiej figury, a tu nagle Ryan, który uczy ją biznesplanów i pomaga w zadaniach z matematyki.

— Rozmawiałaś z nią o tym? — zapytała łagodnie Sarah.

Emma pokręciła głową. — Jeszcze nie. Nawet nie wiedziałam, co powiedzieć, skoro my z Ryanem sami jeszcze niczego nie określiliśmy.

— Może już czas — zasugerowała Kate. — Dzieci wyczuwają więcej, niż im przypisujemy. Lepiej, żeby usłyszała to od ciebie, niż sama dopowiadała sobie resztę.

Emma skinęła głową, wiedząc, że siostra ma rację. Gdy rozmowa odpłynęła ku innym tematom, zaczęła układać w myślach, co powie Jemimie, jak opisać to kruche, nienazwane jeszcze coś, które wnosiło do ich starannie wyważonego życia i radość, i niepewność.

Tego samego wieczoru Emma stanęła w progu sypialni Jemimy, przyglądając się, jak córka przestawia kolekcję figurek koni na szafce nocnej. Pokój był sanktuarium jeździeckich marzeń: ściany obwieszone plakatami słynnych skoczków, półki zastawione wstążkami i pucharami z zawodów, tablica korkowa pokryta zdjęciami Jemimy na różnych końskich grzbietach z całego jej krótkiego życia.

— Możemy chwilę porozmawiać, kochanie? — zapytała Emma, dosiadając krawędzi łóżka.

Jemima skinęła głową, odkładając na bok mały model siwego kuca. — Czy to o panu Wardellu? — zapytała z tą przenikliwością, która wciąż potrafiła zaskoczyć Emmę.

— Tak — przyznała Emma, klepiąc miejsce obok siebie. Gdy Jemima wtuliła się w jej bok, uderzyło ją, jak bardzo córka urosła, jak szybko dziecko, które kiedyś tuliła w ramionach, zmienia się w samodzielną osobę. — Chciałam porozmawiać o tym, że ostatnio spędza tu dużo czasu.

— Bo go lubisz — stwierdziła Jemima rzeczowo. — I on lubi ciebie.

Emma uśmiechnęła się mimo nerwów. — Tak, lubimy się. Ale chcę, żebyś wiedziała, że dorosłe relacje bywają skomplikowane. Pan Wardell i ja spędzamy ze sobą czas, ale wciąż się poznajemy.

Jemima rozważała to, marszcząc w skupieniu brwi. — Jak z nowym koniem — trzeba z nim spędzić trochę czasu, żeby wiedzieć, czy to ten właściwy?

— Mniej więcej — zgodziła się Emma, rozbawiona końskim porównaniem, ale poruszona próbą zrozumienia. — Trzeba czasu, by naprawdę kogoś poznać.

— Lubię go — orzekła Jemima. — Wszystko porządnie tłumaczy i nie mówi do mnie jak do dzidziusia. — Spojrzała na Emmę z nagłym zapałem. — Myślisz, że pójdzie z nami na Caboolture Show? Mówił, że nigdy nie widział porządnych zawodów jeździeckich.

Pytanie zaskoczyło Emmę, odsłaniając nadzieje, które zdążyły już u córki zakiełkować. — Nie wiem, skarbie. Możemy go oczywiście zapytać.

— Mam nadzieję, że przyjdzie — powiedziała Jemima, opierając się wygodniej o poduszki. — Mógłby siedzieć z tobą i ciocią Sarah oraz ciocią Kate. A potem moglibyśmy wszyscy pójść na lody, jak Charlotte z tatą.

Emma poczuła ścisk w piersi na tę swobodną analogię, na wgląd w tęsknotę, której w córce dotąd w pełni nie dostrzegała. — Zobaczymy — szepnęła, otulając Jemimę kołdrą. — Czas spać. Rano masz lekcję u Pip.

Pocałowała córkę w czoło, wdychając słodki zapach jej szamponu, po czym zgasiła lampkę nocną. — Dobranoc, kochanie.

— Dobranoc, mamo — mruknęła Jemima, już odpływając w sen.

Emma stanęła w przyciemnionym korytarzu przed pokojem córki, a uświadomienie spłynęło na nią jak namacalny ciężar. Przez te wszystkie lata wierzyła, że ona i rodzina są dla Jemimy wystarczające, że córka nie odczuwa braku ojca. Lecz prosta nadzieja w głosie Jemimy, gdy mówiła o obecności Ryana na zawodach, ujawniła ciche pragnienie, które Emma jakimś cudem przegapiła.

To sprawiało, że rodzące się uczucia Emmy do Ryana były jednocześnie cenniejsze i bardziej przerażające. Stawką nie było już tylko jej własne serce, lecz także serce Jemimy. Idąc w stronę swojej sypialni, Emma zastanawiała się, czy Ryan rozumie, że stając się częścią jej życia, nieuchronnie staje się też częścią życia jej córki — wypełniając miejsce, które zawsze było puste, ale nigdy do końca pozbawione nadziei.

Rozdział
jedenasty

RYAN Z MNIEJSZYM NIEPOKOJEM radził sobie z wrogimi przejęciami i negocjacjami na miliardy dolarów niż teraz, kiedy podążał za ośmiolatką przez festyn szkolny. Mała dłoń Jemimy ściskała jego palce zaskakująco mocno, gdy przeciskała go przez tłum, a jej blond kucyk podskakiwał przy każdym zdecydowanym kroku. Szkolny plac zabaw, odmieniony dzięki kolorowym girlandom i prowizorycznym straganom, wydawał mu się obcym terytorium, miejscem, gdzie jego skrojone chinosy i casualowa koszula z guzikami piętnowały go jako outsidera w morzu t-shirtów i znoszonych dżinsów.

— No chodź, Ryan! — ponagliła Jemima, ciągnąc go nieustępliwie. — Musimy zdążyć do stoiska z ciastami, zanim najlepsze znikną!

Spojrzał rozpaczliwie na Emmę, która szła kilka kroków za nimi, z uśmiechem łączącym rozbawienie i współczucie. Ostrzegała go rano: doroczny festyn w Ridgemont Primary to towarzyskie wydarzenie sezonu dla całej grupy poniżej dwunastego roku życia. Nie wspomniała tylko, jak całkowicie Jemima go zawłaszczy, dumnie oprowadzając go po jarmarku jak po cennym eksponacie.

Hałas go pochłonął — wir pisków dzieci, rozmów rodziców i metalicznej muzyczki z przenośnego głośnika. Ktoś usiłował obsługiwać mikrofon do ogłoszeń, co skutkowało od czasu do czasu przenikliwymi sprzężeniami, od których zgrzytał zębami.

— Pani Wilson! Pani Wilson! — zawołała Jemima, machając rozpaczliwie do kobiety w średnim wieku, która układała babeczki w równiutkich rzędach. — To jest Ryan. Jest chłopakiem mamy. Należy do niego pole golfowe i połowa Phoenixa, naszego nowego konia.

Ryan poczuł, jak policzki mu płoną. *Chłopak*. Oni właściwie jeszcze nie nadali temu, co się między nimi rozwijało, żadnej etykietki, a tymczasem Jemima ogłasza status związku najwyraźniej swojej nauczycielce.

— Miło mi Pana poznać, panie Wardell — powiedziała Miss Wilson, a jej oczy błyszczały nieskrywaną ciekawością. — Dużo o Panu słyszeliśmy od Jemimy.

— Doprawdy? — wydusił Ryan, zastanawiając się, jakie to dokładnie szczegóły Jemima zdradzała w czasie lekcji. — Mam nadzieję, że same dobre rzeczy.

— Mówi, że uczy ją Pan arkuszy kalkulacyjnych i planów biznesowych — odparła Miss Wilson. — Niezła to edukacja. Choć nie jestem pewna, czy nasza matematyka obejmuje już rachunek zysków i strat.

Emma zjawiła się u jego boku, muskając jego dłoń w milczącej solidarności. — Jemima robi Ryanowi pełne zwiedzanie — wyjaśniła, a w jej głosie pobrzmiewało ciepło i czułość.

Gdy odeszli od stoiska z ciastami (już uboższego o duże pudełko babeczek wybranych przez Jemimę), Ryan ogarnął patchwork szkolnego festynu. Każde stoisko zdawało się bardziej kolorowe od poprzedniego: gra w łowienie kaczek z plastikowymi, żółtymi ptaszkami pływającymi w niebieskich basenikach; budka z malowaniem twarzy, skąd dzieci wychodziły z motylim skrzydłami i tygrysimi pasami na policzkach; stoisko z roślinami uginające się od sadzonek w pojemnikach z recyklingu.

Najbardziej uderzyło go jednak to, jak wszyscy byli tu ze sobą połączeni. Rodzice wołali do siebie przez jarmark, wymieniali newsy i porównywali zakupy. Dzieci biegały stadami między atrakcjami, tworząc i rozpadając się jak ławice ryb. To nie miało nic wspólnego ze starannie reżyserowanymi balami charytatywnymi z korporacyjnego świata, gdzie interakcje mierzyło się potencjalnym zyskiem biznesowym.

— A to jest Ryan — mówiła znowu Jemima, tym razem do grupki mam stojących przy stoisku z domową lemoniadą. — Pomógł mi w zadaniu z matematyki i wytłumaczył procenty. Jest naprawdę mądry.

— Słyszałyśmy — odezwała się jedna z kobiet, wyciągając rękę. — Jestem mamą Ruby. Ruby ma zajęcia w Ridgewater w każdy czwartek po południu.

Natychmiast dołączyła kolejna. — Właściciel pola golfowego, prawda? Mój mąż bardzo chciałby wykupić członkostwo.

Ryan znalazł się w ogniu pytań o stawki członkowskie i nowe menu w klubie, czując się dziwnie, jakby był przepytywany. Emma stała nieopodal, co jakiś czas łapiąc z nim kontakt wzrokowy spojrzeniem pytającym, czy potrzebuje ratunku. Skinął lekko, zaskoczony, jak łatwo odczytywała jego dyskomfort.

— Przepraszam, panie — wkroczyła gładko Emma. — Jemima ma misję, żeby pokazać Ryanowi każde stoisko przed losowaniem fantów. Musimy iść dalej.

Gdy odeszli, wsunęła dłoń w jego dłoń. — Jeszcze żyjesz?

— Ledwo — przyznał. — Czy wszyscy w miasteczku już o nas wiedzą?

— Witaj w życiu małego miasteczka. Wieści rozchodzą się szybko. — Jej palce ścisnęły jego delikatnie. — To straszne, że bawi mnie patrzenie, jak sobie z tym radzisz?

Zanim zdążył odpowiedzieć, Jemima znów szarpnęła go za rękę. — Ryan! Patrz! Rzut obręczami! Możemy spróbować? Proszę?

Stoisko miało rzędy butelek, a przy linii rzutu leżały kolorowe, drewniane obręcze. Nad głowami wisiał pokaz pluszowych nagród, z wyjątkowo krzykliwym fioletowym jednorożcem na honorowym miejscu.

— Trzy rzuty za pięć dolarów — oznajmił ojciec prowadzący stoisko, mężczyzna, którego Ryan kojarzył jakby z klubu golfowego. — Proszę trafić na szyjkę butelki, a wygrywa się nagrodę.

— Proszę, Ryan? — Jemima spojrzała na niego oczami Emmy, szerokimi i pełnymi nadziei.

— Spróbuję — powiedział, wyciągając portfel. Wymiana pięciodolarowego banknotu na trzy drewniane obręcze brzmiała jak transakcja z innego świata — takiego, gdzie wartość mierzy się nie w znakach dolara, tylko w rozpromienionym uśmiechu ośmiolatki.

Ryan zważył w dłoni obręcz, oceniając kąty i odległości tymi samymi umiejętnościami, które czyniły z niego świetnego golfistę. Wziął oddech, pstryknął nadgarstkiem i patrzył, jak obręcz leci przez powietrze, by idealnie opaść na szyjkę butelki.

— Udało ci się! — Jemima podskakiwała, a jej entuzjazm przyciągał uwagę pobliskich gości.

— Szczęście początkującego — zbagatelizował Ryan, choć usta drgnęły mu w uśmiechu.

— Proszę spróbować jeszcze raz — zachęcił sprzedający. — Jak trafi Pan wszystkie trzy, może Pan wybrać dowolną nagrodę.

Ryan posadził drugą obręcz z tą samą wyliczoną precyzją. Zebrał się już mały tłum, przywabiony podekscytowanym komentarzem Jemimy. — On jest w tym naprawdę dobry — obwieściła z dumą. — W wielu rzeczach jest dobry.

Trzecia obręcz dołączyła do towarzyszek, osiadając na szyjce butelki z satysfakcjonującym brzękiem. Zebrani zaklaskali, a w piersi Ryana rozlało się niespodziewane ciepło, które nie miało nic wspólnego z jesiennym słońcem.

— Tego fioletowego jednorożca! — Jemima wskazała bez wahania, gdy poproszono ją o wybór nagrody. Przytuliła jaskrawe stworzenie do piersi i spojrzała na Ryana z czystym uwielbieniem. — Dziękuję ci bardzo; kocham go!

Gdy szli dalej, spojrzenia i szepty przeszkadzały mu coraz mniej. Dłoń Jemimy w jego dłoni stawała się czymś coraz bardziej naturalnym, a jej paplanina o szkolnych kolegach i ulubionych nauczycielach tworzyła przyjemne tło dla jarmarcznego chaosu. Kiedy przedstawiła go dyrektorowi szkoły jako — chłopaka mojej mamy, który uczy mnie o biznesie — to określenie przestało sprawiać, że drgnie.

Emma dogoniła ich przy stoisku z roślinami, gdzie Jemima starannie wybierała sukulent na parapet swojej sypialni. Uśmiech, którym obdarzyła Ryana, miał w sobie coś nowego — miękkość, która ścisnęła mu serce.

— Radzisz sobie świetnie — powiedziała cicho. — Wiem, że to nie całkiem twoje naturalne środowisko.

— Zaczyna mi się to podobać — przyznał, sam zdziwiony, jak bardzo to prawda. Hałas, tłum, ciągłe przerywniki — wszystko to, co zwykle doprowadzałoby go do szału — zdawało się mniej uciążliwe, gdy filtrowała je ekscytacja Jemimy i delikatna obecność Emmy.

Kiedy kierowali się w stronę losowania fantów, Ryan zobaczył ich odbicie w oknie sali lekcyjnej: idą razem we troje, Jemima między nimi, ściskając swojego fioletowego jednorożca, a złote refleksy w brązowych lokach Emmy łapią słońce. Uświadomił sobie ze zdumieniem, że wyglądają jak rodzina. Nie ta starannie upozowana, nastawiona na wyniki jednostka, w której się wychował, lecz coś cieplejszego, prawdziwego.

— O, są — usłyszał, jak ktoś mówi, gdy przechodzili. — Emma McKenzie i jej nowy facet. Jemima jest nim absolutnie zachwycona.

Po raz pierwszy w życiu Ryan odkrył, że nie przeszkadza mu, gdy definiuje się go przez relacje z innymi, a nie przez zawodowe osiągnięcia. Bycie — nowym facetem Emmy — i kimś, kto sprawia, że Jemima promienieje dumą, wydawało się dziwnie ważniejsze niż jakikolwiek tytuł korporacyjny, jaki kiedykolwiek nosił.

Ryan przełożył butelkę Barossa Valley Shiraz z jednej ręki do drugiej, gdy zapukał do drzwi Big House. Spędził czterdzieści minut w lokalnym sklepie z winami, rozważając wybór, bo chciał zrobić dobre wrażenie na pierwszym oficjalnym niedzielnym obiedzie z rodziną Emmy. Rozłożysty Queenslander górował nad nim, z szerokimi werandami i spatynowanym drewnem, które mówiły o pokoleniach rodzinnej historii. Tak inny od gładkiego, minimalistycznego apartamentu, który miał w Brisbane, czy starannie dobranych nowoczesnych mebli jego nowego domu w Ridgemont. Wygładził kołnierzyk, zastanawiając się, czy casualowa koszula i chinosy nie są zbyt formalne jak na rodzinny obiad, a jednocześnie zbyt nieformalne jak na coś, co dziwnie przypominało spotkanie z rodzicami — mimo że rodzice Emmy byli gdzieś w Kimberley w swoim kamperze.

Drzwi otworzyły się i ukazała się Sarah, z mąką na przedramionach i ściereczką przerzuconą przez ramię. — Przyszedł Pan wcześniej — powiedziała z ciepłym uśmiechem, choć słowa brzmiały jak lekkie zganięcie. — Emma jest jeszcze w stajniach. Proszę wejść.

Kuchnia wybuchła wokół niego — wir działań zamknięty w spatynowanych, drewnianych ścianach. Kate stała przy kuchence, sprawnie ogarniając kilka garnków i jednocześnie wydając polecenia Pip, która kroiła warzywa przy wyspie wyszlifowanej dekadami przygotowywania posiłków. Powietrze gęstniało od bogatego aromatu pieczonej jagnięciny z rozmarynem i czosnkiem.

— Przyniosłem to — powiedział Ryan, podając wino Sarah, czując się dziwnie jak szkolny chłopak oddający pracę domową.

Obejrzała etykietę z aprobatą. — Dobry wybór. Nie jesteśmy tu snobami winiarskimi, ale miło, kiedy ktoś się stara. — Jej porozumiewawczy uśmiech sugerował, że dokładnie rozumiała, jak wiele namysłu w to włożył.

— Pozwoli Pan, że to otworzę — zaproponował Marcus, pojawiając się z czegoś, co Ryan uznał za spiżarnię, niosąc stos półmisków. Swoboda, z jaką weterynarz poruszał się w tej przestrzeni, sugerowała, że wiele niedziel spędził, będąc częścią tego rodzinnego rytuału.

Ryan oddał butelkę, rozglądając się za Emmą. Zamiast niej jego spojrzenie spotkało się z oczami Jake'a Harrisona, policjanta opartego o blat i sączącego coś, co wyglądało na piwo.

— Wardell — przywitał go Jake skinieniem. — Słyszałem, że zrobił Pan wczoraj wrażenie na szkolnym festynie. Mistrz rzutu obręczami, według Jemimy.

— Czysty łut szczęścia — odparł Ryan, choć wspomnienie zachwyconej twarzy Jemimy, kiedy wygrał jej fioletowego jednorożca, wywołało na jego ustach mimowolny uśmiech.

— Proszę siadać, proszę siadać — ponaglił Marcus, wskazując ogromny drewniany stół dominujący w jednej części kuchni. — Właśnie dyskutujemy, czy Queensland ma jakiekolwiek szanse w decydującym meczu Origin w przyszłym tygodniu.

Ryan dał się poprowadzić do krzesła, a przed nim pojawiło się zimne piwo, gdy Marcus i Jake bez wysiłku wciągnęli go w sportową debatę. Rozpoznawał subtelną ocenę, jaka kryła się pod swobodną rozmową — sposób, w jaki obaj zadawali pytania, zdradzające ich protekcyjny stosunek do Emmy. Było w ich podejściu coś odświeżająco prostolinijnego, tak odmiennego od zawoalowanych korporacyjnych konwersacji, do których przywykł.

Z drugiego końca kuchni Ryan czuł spojrzenie Kate — ostre i przenikliwe. W przeciwieństwie do sióstr, nie próbowała maskować swojej obserwacji; jej blond włosy były związane w praktyczny kucyk, który podkreślał ostre rysy i bezpośredniość spojrzenia. Kiedy ich oczy się spotkały, nie odwróciła wzroku, tylko uniosła lekko brew, jakby wyzywając go, by uzasadnił swoją obecność w jej rodzinnym domu.

Sam stół opowiadał historię rodziny — jego masywna, drewniana powierzchnia nosiła ślady niezliczonych posiłków i spotkań. Ryan zauważył niedopasowane krzesła — niektóre wyraźnie antyki, inne nowsze zamienniki — ustawione z beztroskim lekceważeniem idealnej symetrii. Zastawa była podobna: talerze nie całkiem do pary, kieliszki w różnych stylach — a mimo to wszystko składało się na całość bardziej autentyczną niż jakikolwiek starannie skoordynowany serwis.

— Panie Ryanie — odezwała się Kate, zbyt mocno stawiając półmisek pieczonych warzyw, — jakie są Pana długoterminowe plany wobec Phoenixa? Emma mówi, że bardzo angażuje się Pan w jego rehabilitację.

W pytaniu brzmiał nieomylny podtekst: *A jakie ma Pan plany względem mojej siostry?*

— Dobro Phoenixa jest najważniejsze — odparł Ryan ostrożnie, świadomy nagłej uwagi wokół stołu. — Kieruję się wskazówkami Emmy i Zoe co do tempa rehabilitacji. Jeśli chodzi o potencjał sportowy, to w pełni zależy od jego powrotu do równowagi psychicznej.

— Hm — mruknęła Kate, a jej mina sugerowała, że uznała odpowiedź za wystarczającą, choć nie do końca przekonującą. — A jak wygląda kwestia partnerstwa? Emma wspominała, że pomaga Pan przy sprawach administracyjnych Ridgewater Rescue.

Pod stołem Ryan poczuł dłoń Emmy, która odnalazła jego i ścisnęła delikatnie w cichym wsparciu. Nie zauważył, kiedy weszła do kuchni, ale jej obecność u boku natychmiast rozładowała napięcie, które narastało mu w barkach pod ostrzałem pytań Kate.

— Zaproponowałem kilka sugestii dotyczących wniosków grantowych i marketingu cyfrowego — przyznał. — Emma ma ekspertkę od koni. Ja mam od arkuszy kalkulacyjnych i pozyskiwania funduszy. To się naturalnie uzupełnia.

Pip podniosła wzrok znad kompozycji warzyw, a jej ciemne oczy błysnęły rozbawieniem. — Skoro o ekspertyzie mowa, od dawna chciałam zapytać o Pana styl zarządzania w klubie golfowym. Mąż mojej przyjaciółki twierdzi, że Pan zrewolucjonizował to miejsce. Coś o... jak to było... „strategicznej optymalizacji doświadczenia klienta"?

Jej ton był łagodnie kpiący, sprawdzający, czy potrafi się śmiać z korporacyjnego żargonu, którym kiedyś posługiwał się na co dzień. Ryan poczuł, jak nieco się rozluźnia, rozpoznając w droczeniu formę włączenia, a nie odrzucenia.

— Przyznaję się bez bicia — odparł z lekkim uśmiechem.
— Choć ostatnio uczę się, że czasem najlepsza strategia
zarządzania to po prostu porządnie naprawić płot albo
dobrać właściwą mieszankę paszy dla niejadka.

To zyskało pełne aprobaty skinienia wokół kuchni,
zwłaszcza od Sarah, która układała świeżo upieczony chleb
w koszyku.

— Co sprawiło, że porzucił Pan finanse korporacyjne
dla pola golfowego w Ridgemont? — zapytała Sarah,
bezpośrednio, ale bez zadziorności Kate. — To spora
zmiana kierunku.

Ryan rozważył odpowiedź, świadom, że zostanie
uważnie oceniona. — Potrzebowałem czegoś
prawdziwego — powiedział w końcu, zaskakując samego
siebie szczerością. — Po latach przerzucania liczb w
arkuszach i mierzenia sukcesu kwartalnymi wynikami
chciałem zbudować coś namacalnego. Pole golfowe miało
być na początku tylko inwestycją, ale...

— Ale potem poznał Pan Emmę i jej menażerię
połamanych koni — dokończyła za niego Pip, a jej uśmiech
sugerował, że rozumie więcej, niż pokazuje.

— Mniej więcej — zgodził się Ryan, odnajdując
wzrokiem Emmę. Jej wyraz twarzy — mieszanka czułości
i czegoś głębszego — sprawił, że rodzinny przesłuch nagle
zszedł na drugi plan.

Sarah zaczęła kierować ruchem półmisków na stole;
choreografia podawania mówiła o latach wspólnych
niedzielnych obiadów. Ryan sam wszedł w ten rytm:
podawano mu naczynia, by przekazał dalej, pytano o
preferencje co do wypieczenia jagnięciny, włączono go
do rozlewania wina, które Marcus otworzył i przelał do
karafki.

Gdy rodzina zajęła miejsca przy stole, Ryan zauważył, z
jaką łatwością się ustawiają — nieświadomie dopasowując
do przyzwyczajeń i upodobań innych. Uczył się tej

choreografii, nieśmiało znajdując swoje miejsce w ich ugruntowanym układzie.

Posiłek płynął jak dobrze przećwiczona symfonia: dania pojawiały się i znikały, kieliszki się napełniały, a rozmowa krążyła od lokalnych plotek przez rodowody końskie po dyskusje o najlepszej trasie do Brisbane podczas robót drogowych. Ryan poczuł, że wpada w ten rytm; początkowe napięcie oceniania ustąpiło miejsca czemuś wygodniejszemu. Ostrość spojrzenia Kate złagodniała po trzecim kieliszku shiraza, a nawet protekcyjny ton Jake'a, starszego brata z natury, wyraźnie złagodniał w miarę trwania posiłku. To Pip w końcu skierowała rozmowę na nowe tory; jej oczy błyszczały figlarnie, gdy odłożyła widelec.

— Ryan — powiedziała tonem, który od razu przyciągnął uwagę wszystkich — czy Emma kiedykolwiek Panu opowiadała o swoim pierwszym roku z Jemimą? Gdy jeszcze była na uniwersytecie? To był rok, w którym poślubiłam Kita i dołączyłam do rodziny, i byłam absolutnie w szoku, jak Emma to wszystko ogarniała.

Emma westchnęła cicho obok niego. — Pip, nie sądzę, żeby musiał o tym słuchać.

— O, właśnie że musi — upierała się Pip, wymieniając spojrzenia z Sarah. — To podstawowe informacje w tle.

Ryan spojrzał na Emmę, zauważając rumieniec rozlewający się na jej policzkach. — Właściwie chciałbym tego posłuchać — powiedział łagodnie.

Sarah podjęła wątek, a jej głos zmiękł od oczywistej dumy. — Emma miała dziewiętnaście lat, kiedy urodziła się Jemima — była w połowie drugiego roku zarządzania hodowlą koni. Większość ludzi zrobiłaby przerwę. Nie nasza Emma.

— Była absolutnie zdeterminowana, żeby skończyć w terminie — dodała Kate, a wcześniejszy sceptycyzm ustąpił miejsca bezsprzecznemu podziwowi. — Pojawiała się na wykładach z Jemimą w chuście, gdy zawodziła opieka. Pamiętam, jak znalazłam ją o jedenastej w nocy w bibliotece — dziecko spało w wózku, a Emma zakreślała podręczniki i pisała eseje.

Ryan zerknął na Emmę, która z wielką uwagą studiowała swój talerz. To nie była wypolerowana historia sukcesu opowiadana na networkingach; to była surowa determinacja, bałagan i prawda.

— Opowiedz mu o tym, jak dr Patterson przyłapał cię na karmieniu piersią podczas egzaminu praktycznego — ponagliła Pip, ignorując zażenowanie Emmy.

Marcus się roześmiał. — Słyszałem tę historię na kręgach weterynaryjnych. Nie wiedziałem, że to o tobie, Emmo. Patterson to nie był ten dinozaur, który uważał, że kobiety nie powinny pracować przy dużych zwierzętach?

— Ten sam — potwierdziła Sarah. — Przyszedł do stajni w trakcie egzaminu praktycznego i zobaczył Emmę, jak demonstruje prawidłową pielęgnację kopyt, podczas gdy Jemima ssała pod chustą. Stary kozioł mało nie dostał zawału.

— Co zrobiłaś? — zapytał Ryan bezpośrednio Emmę, szczerze ciekawy.

Emma podniosła wzrok i spotkała jego spojrzenie z mieszanką zawstydzenia i buntu. — Dokończyłam pokaz, zdałam egzamin celująco i złożyłam skargę na jego dyskryminujące komentarze. W następnym semestrze uniwersytet zainstalował pokój dla rodziców w ośrodku jeździeckim.

Przy stole wybuchł szczery śmiech, do którego Ryan się przyłączył, czując, jak ciepła fala podziwu rozlewa mu się po piersi. Emma, którą poznawał, nabierała pełnego sensu w świetle tych opowieści — jej zawzięta niezależność i cicha siła wykuwały się w tamtych trudnych latach.

— Była też uparta, jeśli chodzi o przyjmowanie pomocy — ciągnęła Kate, napełniając kieliszki. — Rodzice proponowali, że pokryją jej koszty życia, ale uparła się, że sama sobie poradzi.

— Z opieki nad dzieckiem korzystałam — zaprotestowała Emma. — Nie byłam całkiem uparta jak osioł.

— Tylko w większości — droczyła się Pip. — Pamiętasz, jak wzięłaś nocną pracę przy sprzątaniu biur? Tylko po to, żeby sama kupić Jemimie pierwsze porządne ubrania do jazdy?

Ryan słuchał z fascynacją, jak z opowieści sióstr wyłaniał się obraz młodej Emmy: nauka podczas drzemek Jemimy, układanie zajęć pod karmienia, praca wieczorami, gdy Pip albo Kate mogły popilnować małej. Kobieta, w której się zakochiwał, została ukształtowana przez te wyzwania — przez determinację, by iść własną drogą mimo przeszkód.

— Próbowaliśmy pomagać bardziej — wyjaśniła Ryanowi Sarah — ale Emma miała taką potrzebę, żeby udowodnić, że da radę sama.

— Nie chciałam być ciężarem — powiedziała Emma cicho.

— Nigdy nim nie byłaś — odparła Kate z niespodziewaną łagodnością. — Chciałyśmy tylko, żeby było ci łatwiej.

— Niektóre rzeczy nie mają być łatwe — odpowiedziała Emma, spoglądając Ryanowi w oczy. — Te trudne też są ważne.

Coś w jej słowach głęboko zabrzmiało w Ryanie. Jego własna ścieżka była drobiazgowo zaplanowana i hojnie finansowana, a oczekiwania rodziców co do doskonałości szły w parze z gotowością zapewnienia środków na sukces. Osiągnięcia były walutą uczuć w jego rodzinie, a aprobata zależała od mierzalnych wyników. Bezwarunkowe wsparcie McKenzie'ów, ich duma z trudu Emmy, a nie tylko z jej sukcesu, wydawały się obce jego doświadczeniu, a jednak w jakiś sposób głęboko właściwe.

Gdy posiłek dobiegł końca i przenieśli się do przytulnego salonu z zapadającymi się kanapami i regałami uginającymi się od zaczytanych książek w miękkich okładkach, Ryan przyglądał się rodzinie na nowo. Sarah i Marcus wpadli w znany rytm cichej rozmowy, jej głowa spoczęła wygodnie na jego ramieniu. Pip i Kate droczyły się w najlepsze o zbliżający się pokaz koni — ich duch rywalizacji był wyraźny, ale opakowany w oczywistą czułość. Jake wyszedł na służbę, ale nie wcześniej, niż wymógł na Ryanie obietnicę, że dołączy do jego drużyny na dorocznym charytatywnym turnieju golfowym policji.

Jemima pojawiła się nie wiadomo skąd i od razu skierowała się do Ryana na kanapie. Bez wahania walnęła się obok niego, oparła się o jego bok i otworzyła książkę o rasach koni. Ta swobodna bliskość zaskoczyła go — dziecko, które znało go tak krótko, ufało mu już bez zastrzeżeń.

— Możesz mi pomóc z tymi skomplikowanymi nazwami? — zapytała, wskazując rozdział o rasach europejskich. — Niektóre są naprawdę trudne.

— Jasne — zgodził się Ryan, pochylając się, by spojrzeć na stronę.

Gdy pomagał Jemimie sylabizować „Knabstrupper" i „Trakehner", Ryan uświadomił sobie głęboką zmianę w sobie. W świecie korporacji ceniono go za to, co potrafił osiągnąć — jakie domknął transakcje, jakie wygenerował zyski. Tutaj, w tym pogodnym salonie pełnym książek o koniach i rodzinnych fotografii, jego wartość mierzono zupełnie innymi miarami: cierpliwością wobec pytań ośmiolatki, gotowością do nauki o koniach z adopcji, zdolnością do autentycznej więzi.

Emma złapała jego spojrzenie z drugiego końca pokoju, a jej wyraz twarzy zmiękł, gdy patrzyła, jak siedzi z Jemimą. W tej chwili Ryan z zaskakującą jasnością pojął, że natknął się na coś, czego nigdy świadomie nie szukał, ale czego rozpaczliwie potrzebował: miejsce, gdzie osiągnięcia znaczą mniej niż obecność, a akceptacja nie zależy od wyniku.

Mała dłoń Jemimy poklepała go po ramieniu, by odzyskać jego uwagę; jej blond główka uniosła się, by zadać kolejne pytanie. Odpowiadając, czerpiąc z tej odrobiny wiedzy o koniach, jaką zgromadził w ostatnich tygodniach, Ryan poczuł, jak w piersi osiada pewność. Ta rozgadana, skomplikowana rodzina z niedopasowanymi meblami i bezwarunkowym wsparciem pokazywała mu rodzaj przynależności, o jakiej nie miał pojęcia. A kobieta patrząca na niego z drugiego końca pokoju — ta, która kiedyś zabierała niemowlę na wykłady zamiast zrezygnować ze swoich marzeń — stawała się centrum życia, którego nie planował, ale którego teraz nie potrafiłby oddać.

Gdy popołudniowe słońce wdzierało się przez okna, zmieniając drobinki kurzu w unoszące się złoto, Ryan zrozumiał, że najcenniejszy składnik jego życia nie figuruje w żadnym sporządzonym przez niego sprawozdaniu finansowym. Był tutaj — w pokojach pełnych śmiechu w Ridgewater, w cichej sile Emmy, w ufnie wtulonej w jego bok Jemimie — znalazł coś bezcennego: dom dla swojego serca.

Rozdział
dwunasty

Poranne słońce filtrowało się przez okna stajni, rzucając długie, złote prostokąty na betonową posadzkę, gdy Ryan kierował się w stronę boksu Phoenixa. Minęły dwa tygodnie od tamtego niedzielnego obiadu u rodziny Emmy, a jego wizyty w Ridgewater stały się niemal codziennością, z każdą kolejną wciągając go głębiej w ten świat koni i leczenia ran. Dostrzegł Emmę przed sobą, z kantarem w dłoni, gdy podchodziła do drzwi boksu Phoenixa, i zwolnił kroku, nie chcąc zakłócać cichego rytuału, który zdążył polubić.

— Dzień dobry — zawołał cicho, zachowując pełen szacunku dystans.

Emma odwróciła się, a jej twarz rozjaśniła się uśmiechem. — Dziś jesteś wcześniej.

— Posiedzenie zarządu skończyło się wcześniej, niż się spodziewałem. — Oparł się o słup nośny, z zadowoleniem patrząc, jak wślizguje się do boksu Phoenixa. — Okazało się, że klub działał jak w zegarku na długo przede mną, a ja nie mam zamiaru naprawiać czegoś, co działa, więc stwierdziłem, że zejdę wszystkim z drogi i przyjadę tutaj. Miałem nadzieję, że załapię się na poranne zajęcia.

Przez otwarte drzwi Ryan widział, jak Phoenix stoi spokojnie, z ciemną głową opuszczoną na powitanie, gdy Emma podeszła. Przemiana konia w ciągu tych ostatnich tygodni wciąż wprawiała go w zdumienie. Tam, gdzie kiedyś stało drżące, roziskrzonymi oczami wpatrzone stworzenie, teraz sierść Phoenixa lśniła zdrowiem, a jego postawa była stabilna i czujna, zamiast drżeć ze strachu.

Emma przypięła uwiąz do kantara, mrucząc słowa zbyt ciche, by Ryan mógł je wychwycić. Koń poszedł za nią z chęcią, z uszami nastawionymi do przodu z zainteresowaniem, zamiast płasko przyciśniętymi w niepokoju. Gdy wyszli na korytarz, Ryan zauważył zarysowujące się mięśnie na łopatkach i zadu Phoenixa — dowód systematycznej pracy, która zastępowała spięte, zbite mięśnie konia wiecznie gotowego do ucieczki.

— Wygląda fantastycznie — zauważył Ryan, mijając ich. — Trudno uwierzyć, że to ten sam koń.

Uśmiech Emmy miał w sobie dumę i coś więcej. — Przypomina sobie, kim miał być, zanim wyścigowy przemysł go złamał.

Ruszali razem w stronę okrągłego lonżownika, gdzie czekała Zoe, dziś z burzą loków ujarzmioną w praktyczny warkocz.

— W samą porę — zawołała. — Właśnie przygotowywałam się do rozluźniającej pracy z ciałem przed sesją. — Jej spojrzenie przebiegło po Phoenixie, łącząc zawodową ocenę ze szczerą czułością. — No popatrz, przystojniaku. Gotowy na masaż?

Ryan ustawił się za ogrodzeniem lonżownika, w miejscu, które nieświadomie zaczął uważać za swoje — skąd mógł obserwować, nie przeszkadzając. Miał stąd dobry widok, a jednocześnie stał na tyle daleko, by jego obecność nie rozpraszała Phoenixa. Drewno pod jego dłońmi było gładkie, wytarte przez lata widzów opierających się o nie, obserwujących trening i leczenie, które stanowiły sens Ridgewater.

Zoe zaczęła pracę z Phoenixem bez uwiązania — koń mógł odejść, gdyby chciał. A jednak stał chętnie, gdy jej dłonie kreśliły ledwie widoczne wzory wzdłuż szyi i kłębu, dotyk tak lekki, że zdawał się niemal nieistniejący. Ryan oglądał ten proces już tyle razy, że rozpoznawał szczególny rodzaj koncentracji w postawie Phoenixa, to lekkie opadnięcie dolnej wargi, które sygnalizowało rozluźnienie.

— Pracuję nad uwolnieniem powięzi wokół potylicy — wyjaśniła Zoe Emmie, choć jej głos wyraźnie dotarł do Ryana. — Widzisz, jak wciąż trzyma napięcie po wczorajszej sesji? To ochronny schemat z torów, po tamtych ostrych wędzidłach, którymi go kontrolowano.

Emma skinęła głową, dołączając palcami do dłoni Zoe, ucząc się techniki przez dotyk. — Czuję to. Taki pas napięcia tuż za uszami.

Ryan patrzył z fascynacją, jak zawsze przy tym niewidzialnym języku, którym porozumiewały się dłonie z ciałem konia — w sposób, który dopiero zaczynał rozumieć. Kiedyś wzruszyłby na to ramionami jako na ezoteryczne bzdury, ale widział zbyt wiele spektakularnych przemian pod opieką Zoe, by utrzymać sceptycyzm.

Obok przeszedł stajenny, przypadkiem stukając pustym wiadrem o ogrodzenie. Brzęk przeciął poranny spokój, a głowa Phoenixa drgnęła, ciało się spięło. Ryan instynktownie się wyprostował, aż nazbyt dobrze pamiętając paniczną reakcję konia podczas burzy sprzed tygodni. Ale zamiast uciec, Phoenix tylko przeniósł ciężar, raz zafalowały mu chrapy i wrócił do opieki Zoe — moment niepokoju odpłynął jak zmarszczka na wodzie.

— Widziałeś to? — zawołała Emma do Ryana, jej twarz rozświetliła się wagą tego, co się nie wydarzyło. — Miesiąc temu przeleciałby przez ogrodzenie.

Ryan skinął głową, szczerze pod wrażeniem. — Ile w tym magicznych rąk Zoe, a ile twojego treningu?

— Jednego i drugiego — odpowiedziała Zoe, zanim Emma zdążyła, nie przerywając pracy palców. — Praca z ciałem pomaga uwolnić fizyczne wzorce strachu, ale konsekwentne prowadzenie Emmy uczy go nowych reakcji. — Odsunęła się, obserwując postawę Phoenixa. — Jest gotowy. Jego układ jest zrównoważony i obecny.

Emma podeszła do Ryana, zdjęła z poręczy obok niego siodło i zaniosła je z powrotem do Phoenixa. — Zrobiliśmy w tym tygodniu niesamowite postępy. Teraz komfortowo chodzi stępem, kłusuje, a nawet galopuje na ujeżdżalni.

— Wczoraj zabraliśmy go na trawiasty padok — dodała Zoe. — Na zewnątrz był bardziej czujny, ale bez płoszenia i ucieczek.

— Dziś prawdziwy test — podjęła Emma, nie mogąc ukryć entuzjazmu. — Spróbujemy kilku małych skoków.

Ryan uniósł brwi, pod wrażeniem tempa postępu. — Czy to nie za szybko?

— W większości przypadków rehabilitacyjnych — tak — przyznała Emma. — Ale Phoenix jeszcze niedawno wygrywał wyścigi. Jego mięśnie są wciąż wytrenowane, a ciało pamięta pracę, nawet jeśli głowa potrzebowała leczenia. — Przejechała dłonią po lśniącej szyi Phoenixa, po dopięciu popręgu. — Poza tym on wręcz prosi o kolejne wyzwania. Prawda, chłopaku?

Jakby rozumiejąc jej słowa, Phoenix szturchnął Emmę chrapami w ramię, a jej śmiech sprawił, że coś ciepłego rozwinęło się w piersi Ryana.

— Od jakiej wysokości zaczynasz? — zapytał, szczerze ciekaw technicznych aspektów — daleko mu było do początkowego podejścia, w którym Phoenix był tylko biznesową inwestycją.

— Najpierw same drągi na ziemi, a potem może trzydzieści centymetrów, jeśli będzie pewny siebie — odparła Emma, wyraźnie zadowolona z jego zainteresowania. — Sarah ustawia teraz wszystko na placu treningowym. Ma genialne wyczucie stopniowania ćwiczeń skokowych. — Mówiąc to, zdjęła kantar i uniosła ogłowie, czekając, aż Phoenix je przyjmie. Wielki koń westchnął i opuścił głowę, pozwalając jej wsunąć na nią skórzany rzemień po rzemieniu.

Ryan skinął głową. — A ogłowie bezwędzidłowe jest po to, żeby nie uciskać nadwrażliwych miejsc po wyścigach?

Emma spojrzała na niego zaskoczona, a to zaskoczenie stopniało w coś cieplejszego. — Dokładnie. Większość folblutów po torach ma urazy pyska od ostrych wędzideł i ciężkich rąk, a u Phoenixa było szczególnie źle; ma naprawdę mocne blizny. Może nigdy nie zaakceptować wędzidła w pysku... i to jest w porządku. Gdybyśmy chcieli trenować ujeżdżenie albo nawet WKKW, musiałby nauczyć się chodzić na wędzidle, ale w skokach przez przeszkody można dojść na sam szczyt w ogłowiu bezwędzidłowym. — Ujęła wodze i cmoknęła językiem do Phoenixa. — No chodź, przystojniaku. Pokaż Ryanowi, co potrafisz.

Ryan odepchnął się od ogrodzenia i zrównał z nimi krok, gdy kierowali się na plac treningowy. Phoenix szedł między nimi, krok pewny i zdecydowany, co jakiś czas zerkając na Ryana z czymś, co wyglądało na rosnącą rozpoznawalność.

— Wiesz — powiedziała Emma cicho w drodze — nie spodziewałam się, że pójdzie mu tak szybko. Jest w nim coś wyjątkowego, Ryan. Coś, co przetrwało wszystko, co mu zrobili.

Ryan podał Emmie kask, patrząc w szczere przekonanie w jej oczach, i złapał się na tym, że chce, by miała rację — nie tylko dla dobra Phoenixa czy zwrotu z inwestycji, ale dlatego, że jej wiara w leczenie połamanych rzeczy zaczęła brzmieć jak metafora czegoś większego, czegoś, co może dotyczyć także jego.

Przed nimi rozciągał się trawiasty plac, duży owal starannie przyciętej trawy. Sarah już tam była, krążyła między kolorowymi drągami, drobiazgowo korygując wysokości i odległości. Ryan znalazł miejsce przy ogrodzeniu, skąd widział większość przeszkód, z rozbawieniem zauważając, jak swobodnie czuje się w świecie, który jeszcze kilka tygodni temu był mu kompletnie obcy.

Sarah podniosła wzrok, gdy Emma wprowadziła Phoenixa na plac i wsiadła z podestu. — Zacznij od dwudziestometrowych kół na każdym końcu — poleciła, cofając się, by ocenić swoje ustawienia. — Chcę, żeby był rozluźniony i chętnie szedł naprzód, zanim podejdziemy do jakichkolwiek drągów.

Ryan patrzył na Sarah z nowym uznaniem. Jej wada wzroku była ledwie dostrzegalna w tym, jak celowo się poruszała, a doświadczenie rekompensowało to, czego oczy nie mogły w pełni dojrzeć. Dowiedział się, że precyzyjne odległości między przeszkodami, starannie przemyślane kąty najazdu, wynikają z lat startów i wrodzonego rozumienia, jak konie poruszają się w przestrzeni.

Emma poprowadziła Phoenixa stępem, w siodle rozluźniona, ale stanowcza. Uszy folbluta wahały się czujnie między jeźdźcem a kolorowymi przeszkodami rozsianymi po placu. Ryan znał już mowę ciała konia: uszy nastawione do przodu sygnalizowały zaciekawienie, nie alarm, a równy oddech oznaczał koncentrację, nie strach.

— Piękny stęp — zawołała Sarah. — Teraz przejście do kłusa, koła mają zostać okrągłe. Na razie nie pozwalaj mu dryfować do przeszkód, nawet jeśli będzie chciał.

Phoenix przeszedł w płynny kłus, równy i zbalansowany. Ryan zauważył, jak inaczej koń niesie się w porównaniu z pierwszymi sesjami, kiedy każdy ruch był negocjacją między strachem a koniecznością. Teraz Phoenix wydłużał wykrok z rosnącą pewnością, jego ciemna sierść lśniła w słońcu, mięśnie falowały, gdy łukował szyję.

— Oferuje ci więcej energii — zauważyła Sarah, jej głos niósł się przez plac. — Weź ją, ale ukierunkuj. Poproś o trochę więcej zgięcia.

Emma wykonała subtelną korektę, dłonie zmiękły, gdy przeprowadziła Phoenixa przez ciaśniejszy skręt. Koń odpowiedział natychmiast, gracją wyginając ciało wokół jej wewnętrznej łydki. Ryan pochylił się nieznacznie, porwany płynną rozmową między koniem a jeźdźcem.

— Dobrze, spróbujmy najpierw drągów na ziemi — poleciła Sarah, wskazując linię drągów ułożonych płasko na krótko przystrzyżonej trawie. — Najazd z lewej, prosta linia, równy rytm.

Emma zebrała Phoenixa ledwie dostrzegalnym przesunięciem postawy i skierowała go na drągi. Uszy folbluta zatrzasnęły się do przodu, krok się wydłużył, zainteresowanie oczywiste. Kiedy nadjeżdżali, Sarah przypominała o tempie i prostocie, jej doświadczone oko wyłapywało detale, których Ryan jeszcze nie umiał dostrzec.

Phoenix przechodził schludnie nad drągami, z wyraźną koncentracją stawiając każdy kopyt. Ryan poczuł niespodziewaną dumę, patrząc na konia, którego kiedyś złamał strach, a teraz z takim skupieniem brał nowe wyzwania.

— Idealnie — zatwierdziła Sarah, gdy Emma i Phoenix powtórzyli ćwiczenie po dwa razy w każdą stronę. — Teraz krzyżak. Pamiętaj, że liczy się najazd, nie sam skok.

Emma zatoczyła jeszcze jedno koło, ustalając rytmiczny galop, po czym skręciła do małej przeszkody, którą wskazała Sarah. Skrzyżowane drągi miały na środku nie więcej niż dwadzieścia centymetrów, ale stanowiły ważny kamień milowy w powrocie Phoenixa do formy. Ryan złapał się na tym, że wstrzymuje oddech, gdy zbliżali się do przeszkody.

Phoenix nie zawahał się ani przez ułamek sekundy — wzniósł się nad przeszkodą z łatwą gracją, pewnie czyściutko, pewnie dwa razy wyżej, niż było trzeba. Lądowanie było płynne, rytm nie został przerwany, gdy Emma poprowadziła go kontrolowanym łukiem od ogrodzenia. Radość na jej twarzy była nie do pomylenia — uśmiech rozkwitł na niej jak wschód słońca.

— Dobry chłopak! — zamruczała, energicznie głaszcząc go po szyi. — Jaki mądry, dzielny chłopiec!

Phoenix jakby urósł od pochwał, wydłużył krok, uszy wciąż zdecydowanie nastawione do przodu. Ryan widział, że koń sam szuka kolejnego skoku — jego zapał był wyczuwalny nawet dla laika.

— Szuka następnej — odnotowała z satysfakcją Sarah. — Ale zwróć uwagę, że nie pędzi i nie walczy z prowadzeniem Emmy. To rzadkość u folbluta z takim tłem. Zwykle po skoku ekscytują się i chcą pójść naprzód, a on zostaje w ryzach.

Emma skierowała Phoenixa na nieco wyższą stacjonatę, może trzydzieści centymetrów. Najazd był miarowy, koncentracja pełna — przeleciał nad drągami z zapasem, lądując z tą samą kontrolowaną energią, która tak zaimponowała Sarah.

— Widział Pan? — zwróciła się Sarah do Ryana, podekscytowanie brzmiało w jej szybkim wywodzie. — To naturalny talent. Sposób, w jaki schował przednie nogi, jak wycenił odległość, zbalansowane lądowanie — tego się nie uczy, to jest wrodzone.

Ryan skinął głową, choć nie był pewien, czy potrafi wskazać wszystkie elementy, o których mówiła. — Wygląda, jakby przychodziło mu to bez wysiłku.

— Właśnie. — Sarah rozgrzała się do tematu. — Większość koni uczy się ekonomicznej techniki skoku, ale Phoenix ma instynkt, by korygować ciało w powietrzu. Jak mawiał mój ojciec, ma ogromny skokowy potencjał. — Wskazała na Phoenixa, gdy Emma prowadziła go przez kolejną przeszkodę, każdorazowo wybierając odrobinę wyższą. — Popatrz, jak używa grzbietu, jak podnosi zad. Tego nie da się nauczyć.

Ryan patrzył na konia z nowym uznaniem, zaczynając dostrzegać to, o czym mówiła Sarah. — I to jest rzadkie?

— U konia po torach? Zdecydowanie. — Fachowość Sarah brzmiała w każdej ocenie. — Większość koni po wyścigach wymaga gruntownego przestawienia, zanim zacznie skakać technicznie. Hoduje się je i szkoli do prędkości, nie do wyskoku. — Spojrzała na Ryana poważnie. — Mój ojciec startował w dwóch olimpiadach, a ja w WKKW na najwyższym krajowym poziomie. Gdyby któreś z nas trafiło na Phoenixa wcześniej, zanim wyścigi go zrujnowały... — Pokręciła głową. — Powiedzmy tylko, że Emma mogła przypadkiem uratować bardzo cennego konia.

Aluzja nie umknęła Ryanowi. Jego początkowa inwestycja w Phoenixa, podjęta częściowo jako gest dobrej woli wobec Emmy, mogła okazać się finansowo rozsądniejsza, niż zakładał. Co dziwniejsze, ta perspektywa dawała mu mniej satysfakcji niż samo patrzenie na radosny ruch konia — namacalny dowód uzdrowienia, jakie zaszło pod opieką Emmy.

Po kilku kolejnych udanych skokach Emma sprowadziła Phoenixa do kłusa, potem do stępa, krążąc po placu, by go występować. Poprowadziła go w stronę miejsca, gdzie Ryan stał przy ogrodzeniu.

— Chcesz go poprowadzić na zakończenie? — zaproponowała, zsiadając i podając mu wodze. — Zoe zaleca chodzenie bez jeźdźca po wysiłku, żeby mięśnie się uspokoiły.

Ryan zawahał się tylko przez moment, zanim przyjął propozycję. W takich praktycznych kontaktach z Phoenixem wciąż pobrzmiewała nitka nerwowości, choć w ostatnich tygodniach oswoił się z końmi znacznie bardziej. Ujął wodze, świadom czujnego spojrzenia Emmy.

— Właśnie tak — zachęciła, gdy odprowadzał Phoenixa od ogrodzenia. — Luźny, spokojny chwyt, niech czuje, że jesteś pewny, nawet jeśli nie jesteś.

Ryan instynktownie wyprostował ramiona, po czym zorientował się, że wpada w to, co Emma z przekąsem nazywała jego postawą z sali zarządu. Świadomie się rozluźnił, pozwalając, by ręka poruszała się naturalnie z krokiem Phoenixa zamiast trzymać sztywno kontrolę.

— Dziś był niesamowity — powiedział z autentycznym podziwem w głosie. — Nigdy nie widziałem go tak... entuzjastycznego.

— Skoki mogą być jego prawdziwym powołaniem — zgodziła się Emma, idąc obok. — Niektóre konie po prostu ożywają, gdy znajdą odpowiednie zajęcie.

W odległej stajni trzasnęły drzwi, dźwięk poniósł się echem. Głowa Phoenixa uniosła się, mięśnie na moment napięły pod lśniącą sierścią. Ryan poczuł chwilowe ściągnięcie wodzy, subtelny skok energii konia. Zamiast zaciskać uchwyt czy zastygać, jak zrobiłby to kilka tygodni temu, szedł dalej tym samym równym krokiem, a jego głos obniżył się do cichego tonu, który nie raz słyszał u Emmy.

— Nic takiego, tylko drzwi — mruknął, zdziwiony, jak naturalnie to zabrzmiało. — Nie mamy się czym przejmować, kolego. — Uszy Phoenixa obróciły się ku niemu, napięcie spłynęło z wielkich mięśni równie szybko, jak się pojawiło. Koń cicho wypuścił powietrze i wrócił do spokojnego tempa stępa.

Uśmiech Emmy miał w sobie coś więcej niż zwykłą aprobatę. — Coraz lepiej ci to wychodzi — zauważyła. — On ci ufa.

Słowa sprawiły, że w piersi Ryana rozlało się niespodziewane ciepło. Zaufanie tego wspaniałego, kiedyś złamanego stworzenia nagle znaczyło więcej niż pewność jakiejkolwiek sali zarządu pełnej dyrektorów. Phoenix szedł obok z wyrównanym oddechem konia, który czuje się bezpiecznie, jego krok zgrywał się z krokiem Ryana, tworząc rytm, który nie wymagał arkuszy kalkulacyjnych ani strategicznego planowania — tylko obecności i wzajemnego szacunku.

Ryan sprawdził stopą deskę podłogową, a satysfakcja ogrzała mu pierś, gdy pozostała mocno na miejscu. Godzina pracy dobrze spożytkowana, choć kłykcie nosiły ślady amatorskiego stolarstwa. Poluzowana deska drażniła go od dni — jej ledwie uchwytny ruch zwracał uwagę za każdym razem, gdy przechodził po werandzie Wielkiego Domu. Dziwne, jak szybko wyrobił w sobie poczucie współodpowiedzialności za utrzymanie Ridgewater, jakby łagodne starzenie się starego domu w stylu Queenslander było nagle jego sprawą. Z placu treningowego dobiegał rytm kopyt i głos Emmy, która prowadziła popołudniowego klienta przez ćwiczenia, których nazwy Ryan zaczynał już rozpoznawać.

Pozbierał narzędzia, odkładając je z powrotem do sfatygowanej metalowej skrzynki pożyczonej z magazynu. Sześć miesięcy temu pomysł spędzenia wolnego popołudnia na naprawie cudzej podłogi wydawałby mu się absurdalny. Teraz był to zupełnie rozsądny sposób wykorzystania czasu, który inaczej poświęciłby na przeglądanie kwartalnych raportów czy analizę trendów rynkowych.

Chrzęst opon na żwirze przyciągnął jego uwagę do podjazdu, gdzie podjechały dwa znajome samochody: pick-up Marcusa z logo Ridgemont Veterinary Clinic, a za nim SUV Jake'a. Jemima wyskoczyła z tylnego siedzenia auta Jake'a, plecak szkolny podskakiwał, gdy dostrzegła Ryana i zmieniła kierunek prosto ku niemu.

— Ryan! Naprawiłeś tę skrzypiącą deskę? — zawołała, wbiegając po schodkach. — Tę, co zawsze robi skrzyp-skrzyp, jak się na nią nadepnie?

— Misja zakończona — potwierdził, demonstrując przesadnym krokiem. — Koniec skrzyp-skrzyp.

Jake wszedł za Jemimą po schodach, wciąż w policyjnym mundurze. — Robisz się niezła złota rączka, Wardell — zauważył z cieniem rozbawienia w kącikach ust. — Jeszcze chwila i zaczniesz montować armaturę łazienkową i przeprowadzać nową instalację w stajniach.

— Na elektryce stawiam kreskę — odparł Ryan, wstając, by przywitać ich jak należy. — Chociaż zaczynam rozumieć satysfakcję z naprawiania konkretnych, namacalnych rzeczy.

Marcus wspiął się na werandę, niosąc coś, co wyglądało na szkolny projekt Jemimy — kartonową konstrukcję mglistego kształtu konia. — Emma wciąż przy swojej trzeciej? — zapytał, ostrożnie stawiając delikatną budowlę na stole.

— Wygląda na to, że kończą — potwierdził Ryan, skinieniem wskazując plac, gdzie Emma właśnie otwierała bramkę. — Chyba były problemy z przejściami do galopu.

Jemima zniknęła już w domu, wołając coś o przebieraniu się w strój do jazdy. Jake oparł się o poręcz werandy, w tej swobodnej pozie, którą Ryan zaczął rozpoznawać jako „po pracy".

— Piwo? — zaproponował Jake. — Sarah wczoraj uzupełniła lodówkę.

Ta zwyczajna propozycja, tak inna od formalnych drinków networkingowych z dawnego życia Ryana, wciąż potrafiła go zaskoczyć. Jeszcze bardziej zaskakiwało, jak naturalnie przyjął ją teraz, idąc za mężczyznami do kuchni, gdzie Marcus już wyciągał butelki z lodówki.

— Na zdrowie — powiedział Marcus, podając piwa. — Za udaną stolarkę i za to, że Jake przetrwał kolejny dzień mikrozarządzania sierżanta Portera.

Stuknęli butelkami, a Ryan upił z uznaniem — zimne piwo było idealne po popołudniu fizycznej pracy. — Porter daje ci w kość? — zapytał Jake'a, naprawdę ciekawy odpowiedzi.

Jake teatralnie przewrócił oczami. — Facet upiera się, żeby przeglądać każdy raport czerwonym długopisem, jakbyśmy wrócili do podstawówki. Trzydzieści lat w służbie, a on wciąż uważa, że właściwe formatowanie rozwiązuje sprawy szybciej niż normalna robota policyjna.

Rozmowa toczyła się zaskakująco swobodnie — Marcus opowiadał anegdotę o paranoicznej właścicielce osiołków, przekonanej, że jej zwierzęta rozwijają ludzką mowę, a Jake kontratakował historią o skardze na hałas, która okazała się papugą starszego pana, idealnie naśladującą małżeńską kłótnię.

— No i jak — zagadnął Jake w chwili ciszy, spoglądając na Ryana z życzliwą dociekliwością — idzie przejście od korporacyjnego rekina do zaklinacza koni? Dobrze się zamienia arkusze na czapraki?

Marcus parsknął w piwo na ten koszmarny kalambur, a Ryan roześmiał się mimo drobnej uszczypliwości. — Arkusze wciąż istnieją — przyznał. — Tylko stosuje się je do innych problemów.

— Raz analityk, zawsze analityk — zgodził się Marcus, bez cienia oceny. — Chociaż widzę, że wyrabiasz sobie oko do pokroju koni. Ta uwaga o kącie łopatki Phoenixa wczoraj była w punkt.

Ryan poczuł miły dreszcz satysfakcji z uznania. — Uczę się. Choć większość tego wciąż brzmi dla mnie jak obcy język.

— Łapiesz szybciej niż większość — zauważył Jake. — Mi zajęły miesiące randek z Pip, zanim odróżniłem pęcinę od nadgarstka.

Ta łatwość w rozmowie, brak ukrytych celów czy gierek, nagle uderzyła Ryana. W poprzednim życiu rozmowy z innymi mężczyznami zawsze miały podskórny nurt rywalizacji — każde spotkanie było cichą oceną statusu i korzyści. Tutaj, z nogami Jake'a niedbale opartymi o krzesło i podwiniętymi rękawami Marcusa, odsłaniającymi ślady starcia z narowistym, gryzącym źrebakiem, było w tym coś odświeżająco prostego.

— Nigdy tak naprawdę tego nie miałem — wyrwało się Ryanowi, aż sam się zdziwił tym wyznaniem.

— Czego? — zapytał Marcus, sięgając po kolejne piwo.

— Tego. — Ryan zatoczył dłonią gest między nimi. — Przyjaźni bez... interesu. W bankowości inwestycyjnej każda relacja jest na jakimś poziomie transakcyjna.

Jake i Marcus wymienili spojrzenie, milczące porozumienie. — Brzmi cholernie wyczerpująco — skomentował w końcu Marcus. — Nic dziwnego, że uciekłeś na wieś.

— Ridgewater tak działa na ludzi — dodał Jake ze zrozumieniem. — Przyjeżdżasz z jednego powodu, a zostajesz z zupełnie innych.

Coś w ich wyrazie twarzy sugerowało, że rozumieją więcej, niż Ryan wypowiedział na głos — może widzieli subtelną zmianę priorytetów, którą on sam dopiero zaczynał w sobie dostrzegać.

Drzwi kuchni runęły szeroko, gdy wróciła Jemima, teraz w bryczesach i czystej koszulce. — Jestem gotowa na trening skokowy! Mama już skończyła lekcję?

Dorosła rozmowa rozproszyła się równie naturalnie, jak się zawiązała — wypili piwa do końca i poszli za energią Jemimy w stronę stajni. Emma spotkała ich w połowie drogi, jej klient odchodził już w przeciwnym kierunku, ku parkingowi.

— Gotowe na trochę skoków, co? — zapytała, tarmosząc Jemimę po włosach. — Ryan, pomożesz nam ustawić? Sarah pojechała do miasteczka po paszę.

Ryan niemal odruchowo dopasowywał wysokości przeszkód według wskazówek Emmy, dobrze już obeznany z systemem uchwytów i bolców, które trzymały drągi na miejscu.

— O jeden bolec wyżej z tamtej strony — dyrygowała Emma, kiedy razem ustawiali krzyżak. — Pracujemy dziś nad prostotą, więc musi być idealnie równo.

Ryan wprowadził poprawkę, świadom bliskości Emmy, gdy pochyliła się, żeby sprawdzić jego pracę. Jej ramię musnęło jego przedramię — zwykły gest, który jakoś znaczył więcej niż jakikolwiek uścisk dłoni w interesach, jaki kiedykolwiek wymieniał. Zapach jej szamponu mieszał się z ziemistą wonią placu, tworząc kombinację, którą zaczął kojarzyć wyłącznie z tymi chwilami w Ridgewater.

Lekcja Jemimy przebiegała z charakterystycznym zapałem ośmiolatki pewnej swoich umiejętności, a jej folblut Pepper posłusznie niósł ją przez przeszkody. Ryan i Emma stali ramię w ramię, czasem podchodzili, by poprawić strącony drąg lub ustawić przeszkodę, ich ruchy układały się w łatwy rytm współpracy.

— Dziękuję — powiedziała Emma cicho w chwili, gdy Jemima krążyła na drugim końcu placu. — Za naprawę deski. I za pomoc tutaj. — Wskazała na ustawione przez nich przeszkody. — I za wszystko, co robisz dookoła — nie myśl, że tego nie widzę. Nie zawsze dobrze mi idzie przyjmowanie pomocy.

To wyznanie niosło w sobie więcej niż proste słowa. Ryan widywał zawziętą samodzielność Emmy, jej determinację, by sama ogarnąć wszystko — od rehabilitacji Phoenixa po finanse Ridgewater Rescue.

— Zauważyłem — odparł z łagodnym humorem. — Chociaż mam wrażenie, że mamy to wspólne.

Uśmiechnęła się, uznając słuszność spostrzeżenia. — Przez długi czas byłyśmy tylko Jemima i ja. A wcześniej byłam zdeterminowana, żeby udźwignąć studia i dziecko bez specjalnych ułatwień. — Patrzyła, jak córka prowadzi kuca przez małą przeszkodę. — Przyjmowanie pomocy brzmi jak przyznanie, że nie dam rady sama, a kiedy mierzysz się z rodzicami olimpijczykami i siostrami, które były albo są na tej ścieżce... wszystko inne wydaje się katastrofalną porażką.

Ryan przemyślał jej słowa, rozumiejąc bardziej, niż mogła się spodziewać. — Kiedyś mierzyłem swoją wartość tym, ile potrafię zrobić sam — powiedział w końcu. — Sukces był samotnym pościgiem. Teraz odkrywam, że pomaganie tobie, bycie częścią tego, co tu budujesz, znaczy więcej niż wszystko, co robiłem od lat.

Ich spojrzenia się spotkały, a prosta prawda jego słów zawisła między nimi. Wyraz twarzy Emmy złagodniał, a ta kruchość sprawiła, że ścisnęło mu się serce emocjami, których dopiero uczył się nazywać.

— Mamo! Ryan! Widzieliście to? Bez rąk! — zawołała Jemima, przerywając chwilę, gdy galopowała obok z ramionami rozłożonymi na boki, twarz rozpromieniona triumfem.

— Ręce na wodze, Jemima McKenzie! — odkrzyknęła Emma, choć uśmiech zdradzał, że to nie była prawdziwa nagana. Odwróciła się do Ryana, w spojrzeniu miała coś ciepłego i niewypowiedzianego. — Cieszę się, że tu jesteś — powiedziała po prostu.

Gdy słońce opadało niżej, malując plac bursztynowym światłem, Ryan po raz kolejny poprawiał przeszkodę przed najazdem Jemimy, a jego dłonie były pewniejsze i spokojniejsze niż tego ranka. Świat korporacji z jego ostrymi krawędziami i wyrachowanymi relacjami zdawał się coraz bardziej odległy, zastępowany życiem z postarzałymi słupkami ogrodzenia i szczerymi rozmowami, z końmi leczących niewidoczne rany i ludźmi odkrywającymi nieoczekiwane więzi. Z każdym dniem spędzonym w Ridgewater stawał się kimś nowym, a jednak bardziej sobą — jakby samo to miejsce zdzierało warstwa po warstwie starannie skonstruowaną tożsamość, odsłaniając coś prawdziwszego pod spodem.

A patrząc, jak Emma prowadzi córkę przez ostatnie skoki tej sesji, z równą cierpliwością i dumą, Ryan ze spokojną pewnością wiedział, że jest dokładnie tam, gdzie powinien.

Rozdział trzynasty

RYAN ZMRUŻYŁ OCZY, WPATRUJĄC się w arkusz kalkulacyjny na ekranie komputera; kwartalne prognozy przychodów klubu golfowego pływały mu przed zmęczonym wzrokiem. Siedział nad tym od świtu, licząc, że skończy wcześniej, żeby móc wyjść z klubu i pojechać do Emmy. Na samą myśl o niej uśmiechnął się mimowolnie, lecz uśmiech zgasł, kiedy zadzwonił telefon, a na ekranie pojawiło się imię, którego nie widział od tygodni: Michael Harrington.

— Michael — odezwał się Ryan, odchylając się na krześle. — Dawno nie graliśmy. Twój handicap musi cierpieć beze mnie.

W słuchawce zabrzmiał znajomy chichot. — Raczej się poprawia, skoro nie muszę patrzeć, jak mnie ośmieszasz, stary. Słuchaj, to nie jest towarzyski telefon.

Ryan się wyprostował, rozpoznając zawodowy ton, który wślizgnął się w głos jego dawnego partnera z pola. Michael to nie był jedynie weekendowy golfista; jako zastępca dyrektora ds. regionalnego planowania infrastruktury obracał się w kręgach politycznych, do których Ryan kiedyś zabiegał o kontakty biznesowe, a których szczęśliwie unikał, odkąd przeniósł się do Ridgemont. Po tamtym dziwnym spotkaniu w sprawie obwodnicy widzieli się tylko raz, krótko; Michael był wymijający, mówił, że potrzebuje czasu, żeby się przyjrzeć sprawie, i od tamtej pory Ryan nic od niego nie słyszał.

— Domyślam się, że chodzi o obwodnicę? — zapytał Ryan, czując, jak ściska mu się żołądek.

— Trafiony. — Głos Michaela nieco stłumiał się. — Pomyślałem, że powinieneś wiedzieć: pojawiły się ciekawe ruchy. Ktoś bardzo mocno naciska od kulis na trasę wschodnią. Jeszcze nie widziałem takiej presji przy czymś, co powinno być prostym projektem infrastrukturalnym na poziomie regionu.

Ryan zmarszczył brwi, stukając długopisem o biurko. — Masz jakiś trop, kto?

— Nie mogę powiedzieć na pewno. Ale mają plecy. Decyzje planistyczne, które zwykle trwają miesiącami, są przepychane w trybie ekspresowym — urwał. — A raczej były. Do niedawna.

— Co się zmieniło?

— Choćby opór waszej społeczności. Te konsultacje społeczne, raporty oddziaływania na środowisko od organizacji ochrony przyrody, petycja lokalnych przedsiębiorców. Zrobił się taki hałas, że trasy wschodniej nie da się już po prostu przyklepać, jak ktoś ewidentnie by chciał.

Przez pierś Ryana przemknęło ciepłe ukłucie satysfakcji. Tygodnie zebrań społeczności, pomaganie właścicielom nieruchomości formułować ich obawy, współpraca z konsultantem środowiskowym nad udokumentowaniem potencjalnego wpływu na korytarze migracyjne dzikich zwierząt — nie poszły na marne.

— I co teraz? — zapytał Ryan.

— Departament przeprowadzi dodatkowe badania wykonalności trasy zachodniej. Sprawdzą stateczność gruntu, odwodnienie, wszystkie techniczne zastrzeżenia, które na początku przeciwko niej podnoszono. — W głosie Michaela zabrzmiała nuta uznania. — Kupiłeś czas, Ryan. W takich sprawach to nie byle co.

— Doceniam cynk — odparł Ryan, szczerze wdzięczny za wiadomości z wewnątrz.

— Nie ma o czym mówić. Dosłownie. Tej rozmowy nie było. — Ton Michaela złagodniał. — I na litość boską, wpadnij wreszcie na rundkę. Mam nowy putter, aż mnie świerzbi, żeby się nim pochwalić.

Po rozłączeniu Ryan przez moment siedział nieruchomo, przetwarzając konsekwencje. Wschodnia trasa obwodnicy, przecinająca wprost serce Ridgewater, zdewastowałaby ratownictwo, którym kieruje Emma. Cała posiadłość stanęłaby w obliczu przymusowego wywłaszczenia, a przeniesienie wszystkich obiektów, nie mówiąc już o koniach, graniczyłoby z niemożliwością... i nawet nie mieliby dokąd się przenieść.

Dla pewnych członków jego klubu jednak trasa wschodnia oznaczała złotą okazję. Nieruchomości po drugiej stronie Ridgemont nagle zyskałyby świetny dojazd do Brisbane, a ich wartość wystrzeliłaby w górę z dnia na dzień. Kilku najbardziej wpływowych członków posiadało w tych rejonach znaczne areały — fakt, którego coraz trudniej było nie zauważać.

Komputer piknął nowym e-mailem: oficjalne zawiadomienie z Department of Transport and Main

Roads o dodatkowych badaniach. Zobaczenie urzędniczej nowomowy potwierdzającej to, co powiedział mu Michael, przyniosło jednocześnie ulgę i niepokój. To się nie skończyło — tylko odłożyło w czasie.

Zegar na ścianie wskazywał 10.00 — pora comiesięcznego zebrania komisji, którego się obawiał. Ryan wyprostował krawat — odruch z korporacyjnych czasów, którego nigdy do końca nie porzucił — i ruszył do sali konferencyjnej w klubie.

Już tam byli, rozsadzeni wokół wypolerowanego stołu z mahoniu jak figury szachowe: Douglas Peterson, emerytowany deweloper i skarbnik klubu; Elaine Winfield, z rodziny założycieli Ridgemont; James Chen, właściciel połowy tutejszych nieruchomości komercyjnych; oraz troje innych członków komisji, których łączny majątek pewnie pozwoliłby dwa razy wykupić Ridgemont.

— Dzień dobry wszystkim — przywitał się Ryan, zajmując miejsce na szczycie stołu. — Zaczynamy?

Spotkanie przebiegało gładko przez standardowe punkty: zatwierdzenie protokołu, raporty finansowe, aktualizacje członkostwa. Ale Ryan czuł, jak narasta napięcie — subtelne spojrzenia wymieniane ponad stołem, lekko usztywnione sylwetki, które zwykle z upływem czasu miękły.

To Peterson w końcu poruszył temat, akurat gdy dotarli do punktu „sprawy różne".

— Rozumiem, że pojawiły się nowe informacje w sprawie obwodnicy — powiedział, tonem starannie neutralnym, choć ostrość w bladoniebieskich oczach zdradzała co innego. — Coś o dodatkowych badaniach dla trasy zachodniej?

Ryan skinął głową, wcale nie zdziwiony, że wieści już do nich dotarły. Część z nich zapewne też była na liście mailingowej, a część mogła mieć kontakty w Departamencie, które dały im cynk. — Tak, dziś dostałem oficjalne zawiadomienie. Departament będzie prowadził dalsze analizy wykonalności obu proponowanych tras.

— Co Pana zapewne cieszy — zauważyła Elaine, stukając perfekcyjnie wypielęgnowanymi paznokciami miękkim rytmem w blat. — Biorąc pod uwagę pański... osobisty sprzeciw wobec trasy wschodniej.

Akcent na „osobisty" nie był subtelny. Ryan odwzajemnił jej spojrzenie spokojnie. — Moje obawy wobec trasy wschodniej wykraczają poza osobiste względy. Ocena oddziaływania na środowisko wykazała istotne kwestie, które wymagają dalszego zbadania.

James Chen pochylił się do przodu. — Z całym szacunkiem, Panie Ryanie, wielu naszych członków bardzo skorzystałoby na trasie wschodniej — ułatwiłaby dojazd do ich nieruchomości i znacznie podniosła ich wartość.

Ryan poczuł znajome napięcie narastające w piersi — to samo, które niegdyś poprzedzało jego zwycięstwa w salach posiedzeń; tę skupioną intensywność, dzięki której był groźnym negocjatorem. Ale teraz czuł ją inaczej — nie podsycała jej ambicja, tylko coś bardziej podstawowego: chęć ochrony tego, co ważne.

— Ostateczna decyzja należy do Departamentu — odparł spokojnie. — Naszą rolą jako klubu jest zabiegać o dobro naszych członków oraz społeczności, której jesteśmy częścią.

— I właśnie to nas niepokoi — wtrąciła Elaine głosem niosącym ciężar starego majątku i utrwalonych wpływów. — Pańskie decyzje ostatnio coraz częściej koncentrują się na interesach poza klubem. Turniej charytatywny dla policji, przydzielanie zasobów utrzymaniowych na poprawę publicznej sieci ścieżek, a teraz aktywny sprzeciw wobec inwestycji, która przyniosłaby korzyść wielu naszym najbardziej lojalnym członkom.

— Klub nie istnieje w próżni — odparł Ryan, powtarzając słowa, których Emma kiedyś użyła, mówiąc o

Ridgewater. — Nasz sukces jest związany ze społecznością dookoła. Wzmacnianie tych więzi wszystkim się długofalowo opłaca.

Peterson wymienił spojrzenia z Chenem — niemą komunikację, którą Ryan aż nazbyt dobrze znał z korporacyjnych lat. Komisji nie przekonał; to spotkanie było tylko pierwszą salwą w batalii, która zapowiadała się na długą.

Po zakończeniu Ryan pozostał przy stole, patrząc, jak wychodzą, kiwając mu grzecznie głowami, co ani trochę nie maskowało ich niezadowolenia. Polityczny krajobraz osunął mu się spod stóp; pojawiły się uskoki między jego nowymi priorytetami a oczekiwaniami tych, którzy początkowo z zadowoleniem przyjęli fakt, że kupił klub.

Telefon zawibrował od Emmy: — *Phoenix był dziś genialny. Przeskoczyliśmy pełny parkur na 1 metr bez ani chwili zawahania! Kiedy przyjedziesz?* —

To proste zdanie przecięło napięcie narosłe podczas zebrania, przypominając mu, co teraz naprawdę się liczy. Obwodnica nie sprowadzała się do wartości nieruchomości ani wygody; chodziło o ocalenie miejsca leczenia i spokoju, sanktuarium, które w jakiś sposób stało się centralne dla jego własnej niespodziewanej przemiany.

Odpisał: — *Już jadę. Przyda mi się końska terapia po dzisiejszym dniu.* —

Porzuciwszy papiery, Ryan wyszedł na słońce i wsiadł do wózka golfowego, jadąc mijając starannie utrzymane fairwaye w stronę granicy klubu z Ridgewater. Ziemia, przez którą pewnego dnia mogłaby przeciąć obwodnica, wciąż leżała spokojna, nieświadoma ludzkich zakulisowych gierek zagrażających jej istnieniu. Ryan czuł ciężar nadciągającego konfliktu, który osiadał mu na barkach, nawet gdy śpieszył w stronę jedynego miejsca, gdzie teraz najbardziej czuł się sobą.

Emma poczuła, jak Phoenix odpowiada na subtelny nacisk jej łydki, płynnie przechodząc w zebrany galop wzdłuż ogrodzenia ujeżdżalni. Jego przemiana wciąż ją zadziwiała; niegdyś przerażony folblut poruszał się teraz z rosnącą pewnością, oczy miał czujne, ale spokojne, oceniając każdy skok. Usłyszała chrzęst opon na żwirze, zanim zobaczyła wózek Ryana, a coś w ułożeniu jego ramion, gdy wysiadał, od razu powiedziało jej, że coś jest nie tak. Po sześciu miesiącach uczenia się swoich nastrojów i sygnałów potrafiła czytać napięcie w jego zwykle rozluźnionej postawie, ten lekki zmarszczony rowek między brwiami, który pojawiał się tylko wtedy, gdy coś go trapiło.

— Skończmy na tym — mruknęła do Phoenixa, kierując go na prosty stacjonat. Pokonał go z bezwysiłkową gracją, a ona sprowadziła go do stępa, klepiąc po szyi, gdy zataczali krąg w stronę bramy, przy której stał już Ryan.

— Wygląda świetnie — powiedział Ryan, choć uśmiech nie sięgnął mu oczu.

Emma zsiadła, luzując popręg. — Tak. A ty wyglądasz, jakbyś właśnie wyszedł ze spotkania w urzędzie skarbowym. — Przyjrzała mu się, prowadząc Phoenixa w uspokajających kółkach. — Co się stało?

Ryan przeczesał dłonią włosy — gest, który nauczyła się rozpoznawać jako oznakę frustracji. — Trochę klubowej polityki. Nic, czym powinnaś się martwić.

— Czyli absolutnie coś, czym powinnam się martwić — odparła Emma. — Chodź, przejdź się ze mną, jak go rozstępuję, i opowiedz, co się dzieje.

Idąc ramię w ramię, przy akompaniamencie miarowego stukotu kopyt o ubite podłoże, Ryan wyjaśnił nowe informacje o obwodnicy, naciski ze strony członków komisji oraz narastające poczucie, że jest rozdarty między dwa światy.

— Czyli zasadniczo twoja komisja uważa, że poszedłeś w miejscowe klimaty — podsumowała Emma, gdy dotarli do boksu Phoenixa. Odpięła mu ogłowie, zakładając kantar, i zaczęła zdejmować siodło. — I nie mylą się, prawda?

Ryan oparł się o drzwi boksu, a na jego twarzy wreszcie przemknął niechętny uśmiech. — Chyba nie. Nie zdawałem sobie jednak sprawy, jak silny będzie opór. Douglas Peterson dość jasno dał do zrozumienia, że priorytety mojego zarządzania są kwestionowane.

— Douglas Peterson — prychnęła Emma, odkładając siodło na wieszak przed boksem. — Oczywiście, że przewodzi. Jego córka Melissa kiedyś tu jeździła, zanim uznała, że konie nie pasują do jej aspiracji towarzyskich. Przerzuciła się na tenis, bo lepiej się w nim sieciuje z ekipą prywatnoszkolną z Brisbane.

Ryan spojrzał na nią zaskoczony. — Znasz córkę Petersona?

— Znam tu wszystkich — odparła Emma, zaczynając czyścić Phoenixa długimi, równymi pociągnięciami. — McKenzie są tu od dawna. Żona Douglasa, Louise, potajemnie sponsoruje dwa nasze konie po przejściach, bo ma wyrzuty sumienia za wyścigowe, które przez lata mieli i porzucali. Ich syn Michael gra z tobą w golfa w soboty, ale w niedzielne poranki wolontariuszuje w rezerwacie dzikiej przyrody, który trasa wschodnia by zniszczyła.

Brwi Ryana powędrowały w górę. — Nie miałem pojęcia.

— Małe miasteczka żyją koneksjami i historią — wyjaśniła Emma. — Wnuczka Elaine Winfield ma u Sarah lekcje dwa razy w tygodniu. Żona Jamesa Chena jest w komitecie Ridgemont Christmas Show razem z Pip. Prezentuje się na twardego biznesmena, ale rozpłakał się, kiedy jego wnuczka wygrała kategorię Dzieci do lat 8 na Caboolture Show w zeszłym roku.

Kontynuowała czyszczenie Phoenixa — ruchy miała sprawne, ale delikatne. — Każdy z członków twojej komisji ma więzi z tą społecznością, które wykraczają poza wartości nieruchomości i infrastrukturę. Po prostu stracili to z oczu w pogoni za zyskiem.

— Więc co proponujesz? — zapytał Ryan, krzyżując ramiona na piersi.

Emma posłała mu wyważone spojrzenie. — Proponuję im o tych więziach przypomnieć. McKenzie mogą nie mieć takiej siły finansowej jak twoi członkowie komisji, ale mamy coś równie cennego: relacje. Połowa żon, córek i wnuczek członków twojego klubu jeździ w Ridgewater albo startuje przeciwko nam na zawodach.

— Chcesz zmobilizować konieściary z Ridgemont przeciwko ich mężom i ojcom? — W tonie Ryana pobrzmiewała niewiara, ale w oczach zapaliła się iskra zainteresowania.

— Nie przeciwko nim — sprostowała Emma, podchodząc sprawdzić wiadro z wodą. — Po prostu, żeby przypomnieli sobie, że stawka jest większa niż wartość działek. Mamy już dane o wpływie na korytarze migracyjne dzikich zwierząt, które byłyby naruszone. Marcus przygotował raport o potencjalnych skutkach zdrowotnych zwiększonego zanieczyszczenia powietrza od ruchu dla ludzi i zwierząt gospodarskich. Uczniowie Pip z liceum tworzą prezentację na posiedzenie rady miasta w przyszłym miesiącu.

Ryan patrzył na nią z rosnącym zdumieniem. — Przygotowywałaś się do tego.

— Oczywiście — odparła rzeczowo. — Zagrożenie obwodnicą wisi nad nami od miesięcy. Myślałeś, że siedzę z założonymi rękami i czekam, aż ktoś inny to rozwiąże? — Podniosła czyścik i zaczęła sprawdzać kopyta Phoenixa. — Poza tym jestem ci coś winna.

— Nic mi nie jesteś winna — zaprotestował Ryan.

Emma wyprostowała się i spojrzała mu prosto w oczy. — To nieprawda. Strategie, które wprowadziłeś, kampania w mediach społecznościowych, wnioski grantowe, przy których pomagałeś... Ryan, pierwszy raz od lat nie mam zaległości. Usługi Zoe przynoszą stały dochód, na rehabilitację mamy listę oczekujących, a ja spłaciłam wszystkie zaległe rachunki.

Zawahała się, po czym dodała ciszej: — Nawet ostatnią ratę pożyczki dla ciebie spłaciłam przed terminem. To by się nie wydarzyło bez twojej pomocy.

Wyraz twarzy Ryana złagodniał. — To nigdy nie było o pieniądzach, Emmo. Wiesz o tym.

— Wiem — przytaknęła. — Ale dla mnie to ważne. A to jest ważne dla ciebie, więc dla mnie też. — Poklepała Phoenixa po szyi po raz ostatni, po czym wprowadziła go do boksu i zdjęła kantar. — McKenzie dbają o swoich. I chcesz czy nie — stałeś się jednym z nas.

Słowa zawisły między nimi — proste, ale doniosłe. Emma patrzyła, jak Ryan przetwarza ich znaczenie; subtelna zmiana w jego wyrazie twarzy zdradzała, jak głęboko jej deklaracja go poruszyła.

— To jaki mamy plan? — zapytał w końcu, głosem lekko ochrypłym od emocji.

Emma uśmiechnęła się, zamykając drzwi boksu Phoenixa i zapinając zasuwę. — Najpierw musimy porozmawiać z Sarah. Zna każdą ustawę, która może mieć zastosowanie przy decyzji o obwodnicy. Potem Jake powinien uruchomić swoje policyjne kontakty — oficjalnie nie powinni się opowiadać po żadnej stronie, ale na następnym zebraniu miasta mogą mocno podkreślić kwestie bezpieczeństwa ruchu związane z trasą wschodnią.

Ruszyła w stronę domu, a Ryan dostosował krok. — Marcus ma już na przyszły tydzień wizyty u żon dwóch członków twojej komisji — na coroczny przegląd zębów koni i szczepienia przeciwko Hendra. Niesamowite, dokąd potrafią skręcić rozmowy podczas takich wizyt.

Ryan pokręcił głową, rozbawiony. — Jesteś polityczną strateginią ukrytą w bryczesach i oficerach.

— Jestem McKenzie — poprawiła go Emma. — To jest moja społeczność i znam tych ludzi. Wiem, co leży w ich najlepszym interesie... czasem lepiej niż oni sami.

Gdy dotarli do domu, Ryan ujął jej dłoń, zatrzymując ją na najniższym stopniu werandy. Jego wyraz twarzy się odmienił — zniknęły linie zmartwienia, zastąpione czymś cieplejszym, pewniejszym.

— Dziękuję — powiedział po prostu. — Że przypomniałaś mi, iż nie jestem w tym sam.

Emma ścisnęła jego dłoń, czując szorstkie odciski, które pojawiły się po miesiącach pomagania w Ridgewater — tak różne od gładkiego, korporacyjnego uścisku dłoni, którym ją przywitał, gdy się poznali.

— Nie jesteś — potwierdziła. — Już nie.

Z zachodu niósł się zapach nadchodzącego deszczu, a gdzieś w oddali Legend zawołał do którejś z klaczy, jego rżenie poniosło się przez pastwiska. Emma poczuła, jak słuszność tej chwili wsiąka jej w kości — pewność, że jakiekolwiek wyzwania nadejdą, stawią im czoła razem, każde wnosząc własne atuty do partnerstwa, które budowali.

Hotel Exchange nie zmienił się przez wszystkie lata, odkąd Emma tu przychodziła: najpierw siedząc na kolanach ojca, gdy ten popijał piwo z okolicznymi rolnikami; później na swojej osiemnastce; a teraz — naprzeciwko Ryana, przy poobijanym drewnianym stole — ewidentnie na randce. Zużyte deski trzeszczały pod jej butami, gdy kierowali się do stolika w rogu; znajome dźwięki country ze speakersów mieszały się ze stukiem bil i jednostajnym gwarem rozmów. Oczy Ryana błądziły wokół, wychwytując pamiątki wyścigów konnych na ścianach, kolekcję zakurzonych kapeluszy Akubra przybitych nad barem, mieszankę farmerów jeszcze w roboczych ciuchach i fachowców raczących się po pracy pintą.

— To miejsce to instytucja — wyjaśniła Emma, gdy usiedli. — Istnieje od 1888 roku.

Ryan skinął, palcami bębniąc lekko po laminowanym menu. Emma rozpoznała ten subtelny sygnał — maleńki ślad nerwowości, gdy stąpa po nieznanym terenie. Było to ujmujące: ten przelotny obrazek niepewności.

— Co tu najlepszego? — zapytał, przeglądając pozycje z uwagą, choć Emma była pewna, że daleko im do tego, do czego przywykł w pięciogwiazdkowych restauracjach w Brisbane czy nawet w eleganckiej jadalni w klubie golfowym, uchodzącej za najlepsze miejsce do jedzenia w okolicy. Gdy jednak zaprosił ją na randkę, powiedział, że nie chce zabrać jej tam; polityka klubowa, z którą właśnie się mierzył, sprawiłaby, że brzmiałoby to jak kolacja służbowa, a on wolał skupić się na niej — i tym zdaniem rozgrzał jej serce.

— Wszystko — odparła szczerze. — Ale kanapka ze stekiem to legenda. Wołowinę biorą z farmy Hartley tuż za miasteczkiem, a pieczywo prosto z piekarni dosłownie po drugiej stronie ulicy.

Przy ich stoliku pojawiła się żona właściciela, Maureen, z ołówkiem gotowym nad notesem. Siwe włosy miała ściągnięte w bezkompromisowy kok, ale w oczach błyszczała ciekawość, którą Emma dostrzegała ukradkiem w całej sali, odkąd weszli. Ryan Wardell przyprowadzający Emmę McKenzie na kolację do Exchange gwarantował paliwo dla lokalnej plotkarni na co najmniej tydzień.

— Dobry wieczór, kochani. Co podać? — zapytała Maureen, zatrzymując na Ryanie badawcze spojrzenie.

— Kanapkę ze stekiem, proszę, i krążki cebulowe na boku — zamówiła Emma.

— Dla mnie to samo — dodał Ryan, zamykając menu zdecydowanym pstryknięciem. — Kiedy w Rzymie, rób jak Rzymianie, prawda?

Maureen skinęła z uznaniem. — Dobry wybór. Jedzenie będzie za jakieś piętnaście minut.

Gdy oddaliła się żwawym krokiem, Emma przyłapała Ryana na obserwowaniu scen przy barze, gdzie właściciel wymieniał przyjazne docinki z grupką parobków.

— Dla ciebie to pewnie trochę inne klimaty niż zwykłe miejscówki w Brisbane — zauważyła Emma, upijając łyk wody.

Ryan wrócił spojrzeniem do niej, z lekką pokorą w wyrazie twarzy. — Aż tak to widać? Starałem się nie wyglądać jak kompletny turysta.

— Tylko dla mnie — zapewniła go z uśmiechem. — Widziałam cię w twoim naturalnym środowisku, pamiętasz? Dobrze, że nie założyłeś jednego ze swoich eleganckich garniturów. Trochę byś tu odstawał. Nie jestem pewna, czy ktoś w Exchange zakładał krawat przez ostatnie pięćdziesiąt lat — no chyba że na stypę!

Zaśmiał się, a ten dźwięk rozluźnił coś w piersi Emmy. Ostatnie tygodnie pełne były chwil, w których obserwowała, jak Ryan porusza się po jej świecie, odnajdując grunt na nieznanym terenie życia na wsi, opieki nad końmi i relacji sąsiedzkich. Każda drobna adaptacja, każdy wysiłek, by zrozumieć jej życie, przybliżał ją do niego.

Rozmowa potoczyła się lekko — o nadchodzącej klasie skoków Jemimy na Caboolture Show i o postępach Phoenixa w tym tygodniu. Emma złapała się na tym, że patrzy na dłonie Ryana, gdy mówił, zauważając, jak jego gesty stały się bardziej swobodne, mniej odmierzone niż na początku znajomości. Korporacyjna precyzja ustępowała czemuś naturalniejszemu, bardziej autentycznemu.

Gdy podano jedzenie, kanapki ze stekiem okazały się arcydziełami prostoty: grube plastry kruchej wołowiny między złocistymi kromami zakwasowego pieczywa, do tego karmelizowana cebula, sałata, pomidor i tajny sos, którego receptury Maureen od lat nie chciała zdradzić, mimo że miejscowi nie ustają w namowach. Chrupkie, ręcznie krojone frytki tworzyły obok złocistą górkę, a krążki cebulowe miały własne koszyczki — złote i chrupiące.

Ryan ugryzł i przymknął oczy, gdy po twarzy przemknęła mu zaskoczona rozkosz. — To jest... — wymamrotał, biorąc drugi kęs — absolutnie boskie.

Emma uśmiechnęła się, krojąc swoją kanapkę. — Najlepsza w Queensland, według krytyka kulinarnego z Courier Mail. Chociaż ten artykuł o mało nie wywołał buntu, kiedy turyści zaczęli wpadać na lunch i zajmować wszystkie stoliki.

Ryan pokręcił głową, wyglądając na lekko zażenowanego. — Zachowuję się jak snob, prawda? Zakładając, że jedzenie nie będzie aż tak dobre, bo... — gestem objął skromne wnętrze.

— Bo to robotniczy pub w miasteczku z jednymi światłami? — dokończyła za niego Emma, bardziej rozbawiona niż urażona. — Byłoby dziwne, gdybyś trochę nie był snobem, Ryan. Całe życie jadałeś w miejscach, gdzie karta win była dłuższa niż całe menu tego pubu.

Wyglądał na szczerze odetchnionego jej zrozumieniem. — Staram się, wiesz. Wyjść poza własne wyobrażenia.

— Wiem — powiedziała łagodnie. — I całkiem nieźle ci idzie. Robisz się z ciebie niezły wiejski chłopak.

Zadowolenie, które przemknęło mu po twarzy na te słowa, ogrzało coś głęboko w piersi Emmy. Zrozumiała, że on chce tu należeć. Nie tylko dla niej — ale dlatego, że coś w tej społeczności, w prostszym rytmie życia, zaczęło mu przypominać dom.

Kolacja toczyła się przyjemnie, przerywana od czasu do czasu postojami miejscowych przy ich stoliku. Stary Jim Patterson z sklepu żelaznego poklepał Ryana po ramieniu i podziękował za rady dotyczące poprawy swingu. Nancy z poczty zapytała o Phoenixa, śledząc jego postępy na kontach społecznościowych, które Ryan założył Ridgewater. Nawet sierżant Porter z komisariatu, szef Jake'a, skinął Ryanowi z szacunkiem, wspominając, że czeka na charytatywny turniej golfowy.

— Jesteś popularny — zauważyła Emma po trzeciej takiej wizycie.

Ryan wyglądał na szczerze zdziwionego. — Chyba tak, choć nie bardzo wiem, czemu. Poza kupnem pola golfowego i sprzeciwem wobec obwodnicy niewiele zrobiłem.

— Zrobiłeś więcej — poprawiła go Emma. — Pojawiłeś się. Na zebraniach społeczności, na zbiórkach, przy swoich pracownikach, gdy potrzebowali wsparcia. W takim miasteczku ludzie to zauważają.

Kiedy kończyli posiłek, pub zdążył się zapełnić — piątkowy wieczór przyciągnął większość stolików. Hałas narósł, otulając ich kącik wygodnym szumem. Emma patrzyła, jak Ryan odpowiada kapitanowi lokalnej drużyny krykieta na pytanie o dołączenie do zespołu w nadchodzącym sezonie letnim — jak naturalnie się angażuje, jak swobodnie czuje się w miejscu, które rok temu byłoby mu kompletnie obce.

— Co takiego? — zapytał Ryan, przyłapując ją na tym, że mu się przygląda, gdy kapitan krykieta odszedł.

— Nic — odparła Emma, po chwili namysłu dodając: — A właściwie nie, nie nic. Pomyślałam, jak dobrze tu teraz pasujesz. Jak naturalnie rozmawiasz ze wszystkimi, jak pamiętasz szczegóły z ich życia.

Ryan sięgnął przez stół, odnajdując jej palce. — Miałem dobrego nauczyciela. Kogoś, kto pokazał mi, że sukces to nie tylko bilanse i marże zysku.

Prosty dotyk jego dłoni na jej dłoni wydał się bardziej intymny niż niejedno pocałunek — więź, która mówiła o zrozumieniu i wspólnym celu. Emma poczuła, jak osiada w niej pewność, której dotąd nie pozwalała sobie w pełni przyjąć.

— Jesteś tu szczęśliwy? — zapytała cicho, a pytanie niosło więcej warstw, niż wynikało ze słów.

Ryan spojrzał jej prosto w oczy. — Szczęśliwszy niż kiedykolwiek — odparł, kciukiem kreśląc małe kółko na wierzchu jej dłoni. — To miejsce, ta społeczność... ty. To wszystko stało się dla mnie ważniejsze, niż mógłbym sobie wyobrazić.

Emma skinęła głową, a potwierdzenie tego, w co już zaczęła wierzyć, wypełniło ją cichą radością. — Dobrze — powiedziała po prostu. — Bo wydaje mi się, że tworzymy całkiem zgrany duet.

— Najlepszy — zgodził się, a jego uśmiech zawierał obietnice, które nie potrzebowały słów.

Gdy sączyli jeszcze po jednym drinku, znajome rytmy Exchange Hotel płynęły wokół nich: rozmowy miejscowych, szczęk szkła, sporadyczny wybuch śmiechu przy barze. Emma obserwowała, jak Ryan włącza się w życzliwą dyskusję o meczu Lions w AFL na telewizorze z rolnikami przy sąsiednim stoliku — jak jego swobodny śmiech stapia się z atmosferą pubu.

To było to, na co liczyła, choć bała się marzyć — uświadomiła sobie Emma — mężczyzna, który potrafi połączyć oba ich światy, który ceni to, co zbudowała w Ridgewater na tyle, by o to walczyć, i który jest gotów się zmieniać, nie tracąc swojej istoty. Gdy Ryan uchwycił jej spojrzenie znad stołu, a jego uśmiech ocieplił się prywatnym znaczeniem, Emma poczuła, jak resztki jej wahań rozwiewają się bez śladu.

Rozdział czternasty

NOCNE POWIETRZE OTULIŁO EMMĘ, gdy wyszli z pubu; kontrast między ciepłym, głośnym wnętrzem a chłodną, cichą ulicą na moment ją oszołomił. Dłoń Ryana odnalazła zagłębienie jej pleców, delikatny nacisk, który był zarazem opiekuńczy i jakby pytający. Ten prosty dotyk posłał przez nią falę świadomości. Tego wieczoru coś się między nimi zmieniło, przekroczyli jakiś próg w rozumieniu siebie nawzajem i Emma poczuła, że nie chce jeszcze kończyć tego wieczoru.

— Wspaniale się bawiłam — powiedziała, odwracając się do niego, kiedy doszli do jego samochodu. Światło latarni musnęło rysy jego twarzy, miękko je łagodząc, przez co wyglądał młodziej, niż wskazywałyby lata.

— Ja też — głos Ryana zabrzmiał z lekką niepewnością, a jego palce lekko postukiwały w kluczyki. — Jemima śpi dziś u Charlotte, prawda?

Emma skinęła głową, czując w brzuchu motyle. — Tak, aż do jutra popołudnia. Tata Charlotte zabiera je rano do kina.

Ryan przez dłuższą chwilę patrzył na nią, a między nimi przemyknęło coś niewypowiedzianego. — Chciałabyś pojechać do mnie? — zapytał w końcu, słowa potoczyły się jednym tchem. — Na kieliszek czegoś albo... po prostu, żeby jeszcze pogadać. Bez presji, oczywiście.

Ta nerwowość była ujmująca, tak różna od pewnego siebie biznesmena, którego poznała na początku. Emmie przyspieszyło tętno, gdy rozważała jego zaproszenie. Spotykali się już prawie miesiąc, ich relacja zacieśniała się z każdym wspólnym dniem w Ridgewater, z każdą rozmową, która odsłaniała im siebie nawzajem. Myślała o tym kroku, zastanawiając się, kiedy przyjdzie właściwy moment.

— Chętnie — odparła tonem pewniejszym, niż się czuła. — Ale najpierw musimy gdzieś podjechać.

Brwi Ryana uniosły się pytająco, gdy otwierał dla niej drzwi pasażera. — Gdzieś?

— Tradycja — rzuciła tajemniczo Emma, zapinając pas, kiedy on wsuwał się za kierownicę. — Stacja benzynowa na skraju miasteczka. Zaufaj mi.

Ryan wyglądał na rozbawionego, ale posłusznie przejechał krótki odcinek do całodobowej stacji benzynowej; jej jarzeniowe światła tworzyły ostrą wyspę blasku pośród ciemnej okolicy. Emma wyskoczyła z auta, zanim zdążył obejść samochód, i szybko ruszyła do środka, z wyraźnym zamiarem.

— Lody w rożku? — powiedział Ryan, gdy podeszła do zamrażarki. — To jest twoja tajemnicza tradycja?

Emma wybrała dwa zawinięte rożki i uniosła je triumfalnie. — Niezbędny element każdej porządnej randki — oznajmiła. — Tata zawsze powtarzał, że wiele można wyczytać z tego, jak ktoś je lody w wafelku.

— Doprawdy? — Ryan roześmiał się, sięgając po portfel. — I co dokładnie moja technika jedzenia lodów ma o mnie zdradzić?

— To się dopiero okaże — odparła Emma z udawaną powagą. — To bardzo naukowy proces.

Sprzedawca, zaspany nastolatek, nabił rachunek, posyłając im porozumiewawcze spojrzenie, które sprawiło, że Emma poczuła się jednocześnie młoda i dorosła: jakby cofnęła się do własnych nastoletnich lat, a zarazem boleśnie świadoma, że jest prawie trzydziestoletnią mamą, która właśnie jedzie do domu z mężczyzną.

W samochodzie rozwinęli rożki z uważnością dzieci obdarowanych przysmakiem; szeleszczący papier dodawał ceremonii powagi.

— To jaka jest prawidłowa technika? — zapytał Ryan, studiując swój rożek, jakby skrywał tajne instrukcje.

— Nie ma żadnej prawidłowej — przyznała Emma, muskając lód delikatnym liźnięciem. — O to chodzi. Każdy robi to inaczej. Tata mówi, że to jak test osobowości.

Ryan zamyślił się, po czym metodycznie odgryzł kawałek z boku czubka swojego rożka, obserwując jej reakcję. — I jak werdykt?

— Hmm, podejście strategiczne, staranne rozważenie, zanim się działa — oceniła Emma, mrużąc oczy ze śmiechem. — Bardzo w twoim stylu.

— A ty? — Ryan skinął na jej bardziej tradycyjne lizanie. — Co to mówi?

— Cierpliwa, docenia drogę bardziej niż pędzi do celu — zasugerowała, po czym parsknęła śmiechem, gdy kropla lodów spadła jej na brodę. — Albo po prostu niechlujna i nieprzygotowana.

Ryan sięgnął palcem, delikatnie ścierając kroplę; jego dotyk zatrzymał się na ułamek sekundy dłużej, niż to konieczne. — Wybieram pierwszą interpretację — powiedział cicho.

Droga do domu Ryana minęła w rozmazanej mieszaninie śmiechu i coraz bardziej niechlujnego zajadania lodów. Emma poczuła, jak węzeł nerwów w jej brzuchu najpierw się rozluźnia, a potem przemienia w coś cieplejszego, pełnego oczekiwania. Było między nimi to naturalne porozumienie, które sprawiało, że nawet milczenie było wygodne, przerywane co jakiś czas komentarzami o wieczorze czy planach treningowych Phoenixa.

Kiedy jednak wjechali na prywatną drogę prowadzącą do domu Ryana na terenie klubu golfowego, nerwowość powróciła. Zza zakrętu wyłonił się elegancki, nowoczesny dom, jego czyste linie i duże okna dramatycznie odcinały się na tle nocnego nieba — tak inny od spatynowanego drewnem i praktycznego Ridgewater.

Ryan zaparkował na okrągłym podjeździe i wyłączył silnik. W nagłej ciszy Emma stała się boleśnie świadoma ich oddechów, nieco niesynchronicznych, jedynych dźwięków poza cichym tykaniem stygnącego silnika.

— Skończyliśmy lody w samą porę — zauważył Ryan, zgarniając zużyte serwetki. — Test Taty niedokończony.

— Och, zebrałam wystarczająco danych — zapewniła go Emma, wdzięczna za moment lekkości. — Bardzo wnikliwa analiza.

Ryan obszedł samochód, by otworzyć jej drzwi, i podał jej rękę. Jego palce były ciepłe i lekko lepkie od lodów — ta drobna niedoskonałość dziwnie uspokajała. To nie była idealna, wyreżyserowana scena romantyczna, tylko coś prawdziwego, z lepkimi dłońmi i nieśmiałymi uśmiechami.

Dom był dokładnie taki, jak Emma sobie wyobrażała — przestronny i oszczędnie umeblowany, czyste linie i neutralne kolory odzwierciedlały uporządkowane podejście Ryana do życia. Ale dostrzegła też małe, zaskakujące osobiste akcenty: kolorowy pled na sofie, stos czasopism o koniach i golfie wymieszanych na stoliku kawowym, parę butów jeździeckich Ariat, na których widać było pierwsze ślady zużycia tuż przy drzwiach.

Znaki jego nowego życia, uświadomiła sobie Emma. Ta myśl ją uspokoiła, przypominając, że to nie chodzi tylko o ten wieczór, ale o życie, które powoli razem budują, kawałek po kawałku.

— Napijesz się czegoś? — zapytał Ryan, wyrywając ją z zamyślenia. — Mam wino, mogę też zrobić herbatę.

Emma odwróciła się do niego; stał w wejściu do nieskazitelnie czystej kuchni, wyglądając jednocześnie jak u siebie i zaskakująco krucho. Węzeł w jej brzuchu rozpuścił się w pewność.

— Nie — powiedziała miękko. — Myślę, że oboje chcemy teraz czegoś innego.

Zrobiła krok w jego stronę, skracając dzielący ich dystans, wyciągnęła do niego dłonie. Ryan przez moment szukał czegoś w jej oczach, po czym skinął głową — małym, zdecydowanym ruchem.

— Nie — zgodził się, niskim głosem. — Nie tego. — I ujął jej dłoń, prowadząc ją ku schodom.

Księżycowe światło przesączało się przez okna od podłogi do sufitu w sypialni Ryana, rysując srebrne wzory na pościeli. Emma czuła dziwny spokój; wcześniejszą nerwowość zastąpiła pewność, która pulsowała w żyłach. Palce Ryana były delikatne, gdy kreśliły linię jej gardła, jego dotyk miał w sobie czułą nabożność, od której ściskało jej się gardło. To nie była gorączkowa namiętność młodości, lecz coś bardziej przemyślanego, cenniejszego — świadomy wybór dwojga ludzi, którzy widzieli już nawzajem swoje słabości i postanowili zostać.

— Jesteś piękna — wyszeptał, z chrypką od emocji, gdy jego palce odnalazły wrażliwą skórę na jej obojczyku.

Emma na moment zamknęła oczy, pozwalając sobie smakować to doznanie. Dawno nikt jej tak nie dotykał

— z taką troską i uwagą. Właściwie nie od czasu, zanim urodziła się Jemima, a i wtedy nigdy nie czuła tego w ten sposób, jakby każdy punkt ich styku niósł znaczenie wykraczające poza czystą cielesność.

— Ty też — odparła, otwierając oczy i widząc, jak patrzy na nią z intensywnością, która mogłaby przerażać, gdyby nie znała go już tak dobrze i nie rozumiała, jaką czułość kryje jego spojrzenie.

Jej dłonie powędrowały do guzików jego koszuli — każdy był małą decyzją, krokiem dalej w tę nową przestrzeń między nimi. Ryan pozostał nieruchomy, pozwalając jej narzucać tempo, a jego oddech przyspieszał, ilekroć jej palce muskały jego skórę. Gdy zsunęła koszulę z jego ramion, ujął jej ręce, składając na jej dłoniach pocałunek, który brzmiał jak pytanie.

— Dawno tego nie robiłam — przyznała Emma; w łagodnym mroku wyznanie przyszło łatwiej. — Nie od czasu ojca Jemimy.

Ryan skinął głową, kciukami kreśląc kółka na jej nadgarstkach. — Chcę, żebyś była pewna, Emma. Nie ma pośpiechu.

Ta troska sprawiła, że w jej piersi rozwinęło się ciepło. — Jestem pewna — powiedziała. — O tobie byłam pewna dłużej, niż byłam skłonna sama przed sobą przyznać.

Jego uśmiech był i czuły, i pełen zrozumienia, jakby czekał, aż dojdzie do tego, co on sam już wiedział. Powoli, z tą samą uważną starannością, którą wnosił we wszystko, pochylił się do jej ust. Pocałunek pogłębił się, niosąc obietnice, których żadne z nich jeszcze nie ubrało w słowa.

Emma zastanawiała się, jak to będzie między nimi — czy opanowany biznesmen zachowa kontrolę, czy pokaże inną twarz w najbardziej prywatnych chwilach. Odpowiedź okazała się brzmieć: jedno i drugie. Dotykał jej z tą samą skupioną uwagą, jaką poświęcał wszystkiemu, co było dla niego ważne, ale było w nim też odsłonięcie — w tym, jak łapał oddech, gdy przesuwała dłońmi po jego torsie, w lekkim drżeniu palców, kiedy odnalazły brzeg jej bluzki.

— Mogę? — zapytał, a ta prosta uprzejmość niespodziewanie zaszkliła jej oczy łzami. Skinęła głową, unosząc ręce, by mu pomóc, czując, że nie boi się już przed nim odsłonić.

Gdy skóra zetknęła się ze skórą, a księżyc zamienił ich w srebro i cień, Ryan przystanął, opierając czoło o jej czoło. — Muszę ci coś powiedzieć — wyszeptał niemal bezgłośnie. — Dla mnie to też jest inne.

Emma czekała, unosząc dłoń do jego policzka i czując pod palcami lekki szorstki meszek wieczornego zarostu.

— Miałem wcześniej związki, oczywiście — podjął. — Ale one zawsze były... w pewnym sensie transakcjami. Wzajemnie korzystnymi układami między ludźmi o podobnych celach. — Wziął urywany oddech. — Pierwszy raz jestem z kimś, kto zna mnie. Naprawdę zna. I mimo to mnie chce.

To wyznanie rozchyliło w piersi Emmy coś na oścież; fala czułości tak intensywnej, że niemal bolała. — Ja ciebie nie tylko chcę — wyszeptała, zanim zdążyła się zawahać. — Zakochuję się w tobie, Ryan.

Jego oczy rozszerzyły się, a po twarzy przemknęło coś jak zdumienie, nim znów ją pocałował — z głębią uczucia, która odpowiedziała na jej wyznanie pełniej niż jakiekolwiek słowa. — Kocham cię, Emmo — powiedział jej prosto w usta. — Chyba od tamtego dnia, gdy sprowadziłaś Phoenixa z mojego pola golfowego.

Zaśmiali się cicho na to wspomnienie, a napięcie rozpuściło się w czymś cieplejszym, łatwiejszym. Ich ciała odnajdywały się z rosnącą pewnością; dłonie uczyły się krzywizn i zagłębień, usta odkrywały miejsca, które odbierały dech lub go przyspieszały. Emma czuła, że otwiera się przed nim na sposoby wykraczające poza fizyczność; warstwy samoobrony opadały z każdym dotykiem, każdym wyszeptanym słowem zachwytu.

Kiedy w końcu złączyli się naprawdę, było w tym tempo jak nabożeństwo — oboje w pełni obecni w każdej chwili, każdym doznaniu. Emma patrzyła na twarz Ryana pochylonego nad nią — na intensywność w jego oczach, na kruchość, którą pokazywał tylko jej — i poczuła spełnienie, które wykraczało poza akt. To nie była tylko przyjemność, lecz więź: dwoje ludzi, którzy nauczyli się widzieć siebie wyraźnie, wybrało, by dać się zobaczyć do końca.

Potem leżeli splątani, jej głowa na jego piersi, a jego palce kreśliły leniwe wzory wzdłuż jej kręgosłupa. Noc była cicha; z zewnątrz dobiegał jedynie daleki szmer zraszaczy na polu golfowym.

— O czym myślisz? — zapytał Ryan, a jego głos zadrżał pod jej uchem.

Emma uśmiechnęła się do jego skóry. — Myślę, że to jest właściwe — odpowiedziała szczerze. — I myślę o Jemimie.

Dłoń Ryana zastygła na jej plecach. — W jakim sensie?

— W dobrym — uspokoiła go, unosząc głowę, by spotkać jego spojrzenie. — O tym, jak naturalnie stałeś się częścią jej życia, jak bardzo cię uwielbia. O tym, jak musimy być ostrożni, bo to nie dotyczy tylko nas.

Zrozumienie złagodziło jego rysy. — Ona jest najważniejsza — przyznał. — Dla nas obojga.

To proste stwierdzenie, łatwe włączenie siebie w odpowiedzialność za dobro jej córki, sprawiło, że serce Emmy wezbrało. — Nigdy nie miała prawdziwej figury ojca — powiedziała cicho. — Jej biologiczny ojciec nie był zainteresowany byciem rodzicem, a Tata... oczywiście ją kocha, ale jest dziadkiem, nie ojcem. A ona patrzy na Marcusa z Sarah i na Jake'a z Pip, a teraz patrzy na ciebie — uczy się, czego oczekiwać od mężczyzn, jak wyglądają relacje.

— Wiem — odparł poważnie. — Myślę o tym za każdym razem, gdy z nią jestem. Chcę być kimś, na kogo może liczyć, kimś, kto pokazuje, jak wyglądają szacunek i troska.

— Zawahał się, po czym dodał: — Chcę być w jej życiu, Emmo. W waszym życiu. Tak długo, jak zechcecie.

Ciężar tej deklaracji zawisł między nimi, pod pewnymi względami ważniejszy niż wcześniejsze wyznania miłości. To była rozmowa o budowaniu przyszłości, o tworzeniu rodziny.

— Spotykamy się dopiero miesiąc — przypomniała mu Emma, choć w jej tonie nie było prawdziwego sprzeciwu.

Ryan uśmiechnął się i odgarnął kosmyk włosów za jej ucho. — Według konwencjonalnych standardów tak. Ale budujemy to dłużej, prawda? Od tamtej pierwszej naprawy płotu, od Phoenixa, od wszystkich tych popołudni nad wnioskami grantowymi i strategiami social mediów.

Emma skinęła głową, rozpoznając prawdę w jego słowach. Ich relacja rozkwitła dzięki wspólnej pracy, wspólnemu celowi, wspólnej trosce o istoty, które od nich zależały — na długo zanim przyznali się do głębszych uczuć.

— Jemima byłaby zachwycona, gdybyś był przy nas cały czas — powiedziała miękko. — Już teraz uważa, że to ty zawiesiłeś księżyc na niebie.

— A jej mama? — zapytał Ryan lekko, choć w oczach miał powagę.

Emma uśmiechnęła się i musnęła ustami jego pierś, tuż nad sercem. — Jej mama myśli o tobie równie astronomicznie.

Zamilkli, wtuleni w siebie w wygodnej bliskości, a księżyc rysował po ich skórze srebrne smugi. Emma czuła, że odpływa w sen, spokojniejsza niż kiedykolwiek w ostatnich latach, może w ogóle. Jutro przyniesie praktyczne kwestie, ostrożne rozmowy o tym, jak poprowadzić nowy etap ich relacji, ale dziś wystarczało to — wspólne ciepło i obietnica, że obudzi się obok niego.

Poranne światło przeciskało się przez szczeliny w zasłonach Ryana, rysując na twarzy Emmy cienkie złote linie, które w końcu ją obudziły. Przez moment była zdezorientowana; obcy sufit i droga pościel mocno kontrastowały z jej skromną sypialnią w Ridgewater. Potem wróciła pamięć, niosąc ze sobą ciepły rumieniec, który nie miał nic wspólnego ze słońcem. Przeciągnęła się leniwie, z przyjemną ociężałością; każdy mięsień pamiętał wczorajszą noc słodkim ćmieniem.

Miejsce obok było puste, ale wciąż ciepłe. Skądś zza drzwi sypialni dochodziły miękkie, domowe odgłosy, delikatne stuknięcia ceramiki sugerujące przygotowywanie kawy. Emma usiadła, otulając się prześcieradłem, i po raz pierwszy przyjrzała się sypialni Ryana naprawdę. Jak cały dom, była elegancko minimalistyczna; meble — wyraźnie drogie, bez ostentacji. A jednak i tu widać było zmiany: powieść o wyścigach konnych na stoliku nocnym, oprawione zdjęcie Phoenixa, które dała mu kilka tygodni temu — drobne akcenty mówiące, że jej obecność wkrada się w jego uporządkowany świat.

Drzwi się otworzyły i pojawił się Ryan, boso, w samych spodniach od piżamy, niosąc dwa parujące kubki. Włosy miał uroczo potargane — kontrast z zazwyczaj nienagannym wyglądem, od którego Emmie zadrżało serce.

— Nie byłem pewien, jak pijesz kawę rano — powiedział z lekką niepewnością w głosie, która kłóciła się z bliskością, jaką dzielili przed kilkoma godzinami. — W stajni widziałem, że pijesz czarną, ale w domu z mlekiem...

— Czarna jest na robocze poranki — wyjaśniła Emma, wdzięcznie przyjmując kubek. — Mleko jest dla przyjemności. A dziś zdecydowanie jest poranek na mleko.

Ryan uśmiechnął się i usiadł obok niej na łóżku; jego ramię było przyjemnie ciepłe. — Zapamiętam.

Przez chwilę siedzieli w wygodnej ciszy, patrząc, jak słońce coraz śmielej rozlewa się po podłodze. Emma pomyślała o Phoenixie i o tym, jak daleko zaszedł od pierwszego, przerażonego dnia w Ridgewater.

— Phoenix skacze już cały parkur — powiedziała, myśl wypłynęła sama. — Przeszkody na metr, czyste przejazdy, i robi to z taką łatwością, że muszę się pilnować, żeby go nie pchać za szybko. Zdajesz sobie sprawę, co to znaczy?

Ryan skinął głową z zamyśleniem. — Że mieliśmy rację co do niego. Że pod tym wszystkim, pod strachem i traumą, czekał do odzyskania czempion.

— My — powtórzyła Emma, smakując to słowo. — O tym myślałam. Że kupno połowy Phoenixa było naszą pierwszą prawdziwą współpracą, zanim jeszcze przyznaliśmy, co się między nami dzieje.

Dłoń Ryana odnalazła jej dłoń, splatając palce. — Phoenix był początkiem, prawda? Moim pierwszym prawdziwym połączeniem z Ridgewater, z twoim światem.

— I spójrz na ciebie teraz — droczyła się łagodnie Emma. — Pół wieśniak, naprawiasz płoty i dyskutujesz plany treningowe, jakbyś się do tego urodził.

— Wciąż się uczę — przyznał. — Ale odkrywam, że to kocham; to poczucie namacalnego spełnienia, kiedy koń odpowiada, kiedy coś zepsutego staje się znów całe. — Zawahał się, kciukiem kreśląc kółka na jej nadgarstku. — Może z ludźmi jest podobnie, nie tylko z końmi.

Ta sugestia zawisła między nimi; oboje wiedzieli, jak wiele uzdrowienia znaleźli w sobie nawzajem, jak popękane miejsca stały się mocniejsze dzięki ich więzi.

— Sarah mówiła wczoraj, że powinnam zabrać Phoenixa w przyszły weekend na Caboolture Show —

odezwała się Emma. — Nie żeby startować, więc bez presji; po prostu pojawić się na lokalnej imprezie, zobaczyć, jak poradzi sobie z otoczeniem.

— Sarah — powtórzył Ryan. — Jej ślub już niedługo, prawda? Za miesiąc?

Emma skinęła głową, czując dreszczyk ekscytacji. — Marcus już teraz chodzi jak strzępek nerwów, choć stara się to ukryć. Co chwila sprawdza prognozę pogody, jakby mógł ją zmienić samą siłą woli.

Ryan roześmiał się cicho. — Biedak. Choć sam pewnie byłbym taki sam.

Coś w jego tonie — może cień tęsknoty — sprawiło, że Emma odstawiła kubek i odwróciła się do niego poważniej. — Miałam cię o coś zapytać — zaczęła, nagle lekko podenerwowana. — Poszedłbyś ze mną na ślub? Jako moja osoba towarzysząca?

Zaproszenie zawisło między nimi, a oboje rozumieli jego wagę. To nie było tylko wspólne wyjście na rodzinną uroczystość; chodziło o oficjalne pokazanie ich związku przed całą rodziną, w tym rodzicami, którzy mieli wrócić z podróży specjalnie na ślub.

— Byłby to dla mnie zaszczyt — powiedział Ryan poważnie. — Muszę jednak przyznać, że perspektywa spotkania twoich rodziców jest odrobinę przerażająca. Byli olimpijskimi jeźdźcami, prawda? A ja dopiero co się nauczyłem, z której strony koń je.

Emma roześmiała się z tej głupawki, a napięcie zniknęło. — Nie są tacy straszni, obiecuję. Poza tym już o tobie słyszeli z relacji Sarah i Kate. Mama mówi, że jeśli podobasz się koniom, masz u niej kredyt zaufania.

— To już coś — przyznał Ryan, choć w uśmiechu wciąż pobrzmiewała odrobina nerwów. — Chcę tylko, żeby zobaczyli, że... że mi na tobie zależy. Na was obu. Że to dla mnie nie jest przelotne.

Prosta szczerość tych słów głęboko poruszyła Emmę.

— Zobaczą — zapewniła. — Tak jak wszyscy inni.

Już się wykazałeś, nie słowami, tylko czynami. To dla McKenzie'ów znaczy więcej niż najbardziej imponujące referencje.

Skinął głową, przyjmując jej wsparcie. — A więc ślub — powiedział, jakby się zbierał w sobie. — Będę potrzebował żakietu? Podszlifować taniec? Nauczyć się jakiegoś jeździeckiego, tajnego uścisku dłoni?

— Po prostu bądź sobą — odparła Emma i pocałowała go lekko. — To aż nadto. — Zastanowiła się, uśmiechając się szerzej. — A ponieważ ślub będzie nad jeziorem w Ridgewater, żakiet to byłaby chyba lekka przesada.

Dopili kawę, rozmawiając o praktycznych sprawach, terminach i planach. W końcu, jakby jednym milczącym porozumieniem, odstawili puste kubki i znów wsunęli się pod kołdrę, przyciągnięci do siebie z łatwością ciał, które odkryły swoją naturalną harmonię.

Później, gdy leżeli razem w cichej poświacie, Emma poczuła, że znów odpływa; było jej z nim wygodniej niż z kimkolwiek od lat, może kiedykolwiek. Oddech Ryana już się pogłębił, jego ramię spoczywało ciepłym ciężarem na jej talii, a twarz miał spokojną — młodszą, jakby bez codziennych ciężarów.

Phoenix, ślub Sarah, Jemima, przyszłość — to wszystko będzie czekało, gdy się obudzą. A teraz, w tym zalanym słońcem pokoju, ze stałym rytmem serca Ryana pod policzkiem, Emma pozwoliła sobie po prostu być tu i teraz, wdzięczna za ten niespodziewany dar bliskości, który zaczął się od przerażonego konia, a doprowadził, jakoś, do uzdrowienia ich wszystkich.

Rozdział piętnasty

ERENY WYSTAWOWE CABOOLTURE TĘTNIŁY życiem, gdy Emma ostrożnie sprowadzała Phoenixa po rampie przyczepy, jego ciemne uszy były nastawione do przodu z zaciekawieniem, a nie ze strachu. Kroki konia pełnej krwi angielskiej były wyważone, ale nie niepewne — świadectwo tego, jak daleką drogę przebył od tamtych pierwszych, przerażonych dni w Ridgewater. Ryan szedł obok, a jego dłoń co jakiś czas muskając dolne plecy Emmy w geście, który był jednocześnie ochronny i dumnie, odrobinę zaborczo czuły, podczas gdy Jemima podskakiwała z przodu, prowadząc Pepper, już w stroju konkursowym i trajkocząc podekscytowana o dzisiejszych konkurencjach. Pepper była idealną towarzyszką podróży dla Phoenixa — pewność siebie spokojnej klaczy pomagała większemu wałachowi, który brał z niej przykład i się uspokajał.

— Phoenix radzi sobie z tym zadziwiająco dobrze — zauważył Ryan, patrząc, jak koń z czujnym, lecz stabilnym spojrzeniem ogarnia wzrokiem łopoczące banery i krzątające się tłumy. Wokół nich konie i opiekunowie przeciskali się przez teren, jedni prowadzili nieskazitelnie wypielęgnowane konie pokazowe, inni jechali w stronę rozprężalni.

Emma skinęła głową, utrzymując uspokajający kontakt z Phoenixem przez uwiąz. — On jest raczej ciekawy niż przestraszony. Widzisz, jak mu się wciąż poruszają uszy? Rejestruje wszystko, ale mięśnie nie są pospinane. — Z uznaniem przesunęła dłonią po lśniącej szyi konia. — Sześć tygodni temu to byłoby nie do pomyślenia.

Traktor ciągnący wóz załadowany belami siana zagrzmiał obok, a Phoenix lekko się spłoszył, unosząc głowę. Ryan zesztywniał, pamiętając jego wcześniejsze ataki paniki, ale Emma po prostu stanęła pewnie i wyszeptała coś, czego Ryan nie dosłyszał. Chwila niepokoju szybko minęła, a uwaga konia wróciła do Emmy z wyraźnym zaufaniem.

— Dzielny chłopak — pochwaliła, a Ryan dostrzegł subtelne rozluźnienie jej ramion. — Najpierw przejdziemy z nim wzdłuż obrzeży, niech wszystko zobaczy z dystansu, zanim podejdziemy bliżej akcji.

Pomaszerowali szeroką ścieżką okrążającą strefę pokazów konnych, mijając sprzedawców jedzenia szykujących się na dzień, rodziny wyładowujące składane krzesła i lodówki turystyczne oraz zawodników pędzących między stajniami z naręczami sprzętu.

— Tak wyglądają dni wyścigowe? — zapytał Ryan, próbując zestawić przeszłe środowisko Phoenixa z tą barwną, chaotyczną teraźniejszością. Bywał na firmowych eventach na wyścigach, ale zawsze spędzał czas na interesach, ledwie zerkając na konie, które niby miał oglądać.

Emma pokręciła głową. — Na wyścigach jest o wiele intensywniej. Konie są nakręcone, karmione pod energię, a nie pod równowagę. Ciągłe komunikaty z głośników, tłumy obstawiających, konie pędzone z boksów na tor i z powrotem. — Wskazała wokół. — Mimo że wygląda to na ruchliwe, panuje tu porządek. Większość tych koni to doświadczeni weterani pokazów, a ich jeźdźcy szkolili je, by były spokojne i ciche — dokładnie odwrotnie niż tego wymaga się od wyścigowców.

Phoenix opuścił głowę, by powąchać kępkę trawy — znak rozluźnienia, który wywołał u Emmy uśmiech. — Myślę, że jest gotów zobaczyć rozprężalnie. Pierwsza klasa Jemimy jest za trzydzieści minut i chciałabym popatrzeć, jak się przygotowuje.

Skierowali się do ogrodzonej areny, gdzie jeźdźcy rozprężali się, a konie różnej wielkości kłusowały w uporządkowanych schematach. Na środku stała Pip — jej drobna sylwetka była rozpoznawalna od razu — i wydawała wskazówki kilkorgu młodym jeźdźcom. Jemima siedziała już na Pepper, a mała czarna klacz poruszała się z elegancką precyzją, gdy ćwiczyły ósemkę.

— Wygląda, jakby urodziła się w siodle — skomentował Ryan, nie kryjąc dumy w głosie.

Uśmiech Emmy złagodniał. — Prawie tak było. Jeździłam jeszcze w ciąży, aż do siódmego miesiąca, kiedy zwyczajnie byłam już za duża, żeby się wdrapać. Lekarze mówili, że ten ruch pewnie ją uspokajał. — Ustawiła Phoenixa w ustronnym miejscu, w rogu między ogrodzeniem a trybuną, skąd mógł obserwować bez bycia zbyt blisko całej akcji. — Musi się przyzwyczaić do patrzenia na pracujące konie bez odruchu, że musi do nich dołączyć.

Ryan patrzył z fascynacją, jak uwaga Phoenixa skupia się na jeźdźcach w kwadracie, a jego uszy nastawione są do przodu z zainteresowaniem, nie przypięte do karku ze stresu. — Studiuje je, prawda?

— Konie są zwierzętami stadnymi. Uczą się przez obserwację — wyjaśniła Emma. — W naturze źrebięta naśladują dorosłe konie i tak przyswajają zachowania, a Phoenix jest wciąż młody, ledwie sześcioletni. Mimo całej jego traumy te instynkty pozostały nienaruszone.

Głos spikera zapiszczał w głośnikach, wzywając klasę Jemimy na główny ring. Emma zerknęła na zegarek. — Idealnie. Phoenix dostał trochę bodźców, ale się nie przytkał, więc myślę, że możemy obejrzeć jej przejazd razem z nim.

Podprowadzili Phoenixa pod parkur, znajdując miejsce przy ogrodzeniu, gdzie koń pełnej krwi mógł stać spokojnie, podczas gdy oni patrzyli. Ryan złapał się na tym, że wstrzymuje oddech, gdy Jemima wjechała na Pepper do ringu. Wiedział, że największa przeszkoda w tej juniorskiej klasie ma tylko 80 centymetrów, ale węzeł nerwów w żołądku sprawiał, że para wyglądała na niewiarygodnie małą przy imponujących skokach.

— Nie denerwuje się? — zapytał Emmę, kiedy jego własny żołądek ścisnął się, gdy Jemima zasalutowała sędziemu.

— Owszem — odparła Emma z pełnym zrozumienia uśmiechem. — Ale potrafi to wykorzystać. Adrenalina wyostrza koncentrację, jeśli nauczysz się ją dobrze ukierunkować.

Zadzwonił dzwonek i Jemima wprowadziła Pepper w galop, podjeżdżając do pierwszej przeszkody ze stalową determinacją na twarzy, wcale nie pasującą do jej ośmiu lat. Ryan patrzył oczarowany, jak koń i jeździec czyszczą kolejne elementy, poruszając się w zsynchronizowanej gracji, która sprawiała, że parkur wyglądał na bezwysiłkowy.

— Przejazd bezbłędny — mruknęła Emma, gdy ukończyli trasę bez strącenia drągów. — I zdecydowanie w normie czasu. To powinno dać jej mocną pozycję. Będzie wniebowzięta; wszyscy, którzy pojechali na czysto, są od niej starsi, niektórzy mają nawet piętnaście lat.

Jeszcze tuzin jeźdźców ukończył trasę, jedni zrzucając drągi, inni na czysto, zanim spiker wezwał do rozgrywki. Jemima wróciła na ring, z twarzą skupioną, gdy prowadziła Pepper po ciaśniejszej, szybszej trasie. Mała klacz odpowiadała pięknie, a jej zwinność pozwalała na ostre zakręty między przeszkodami.

Gdy ogłoszono wyniki, wyczytano Jemimę na trzecie miejsce. Ryan krzyczał tak głośno jak Emma, na moment zapominając o Phoenixie z wrażenia. Koń, co zadziwiające, stał przy nich spokojnie, sam wpatrzony w arenę, na której Pepper odbierała żółtą wstążkę.

— Jedna zaliczona, zostały cztery — powiedziała Emma, kiedy Jemima zjechała z ringu z triumfem wypisanym na twarzy. — Pip ma ją na trzech różnych kucach do konkurencji pokazowych i jeszcze na innym do skoków kuców.

Dzień minął w mgnieniu oka na kolejnych klasach, a Jemima zmieniała kuce z wprawą wypracowaną treningiem. Ryan patrzył z zachwytem, jak dostosowuje styl jazdy do każdego wierzchowca — lekka i żywa na krępym kasztanowatym kucku w konkursie stylu jazdy, spokojna i zdecydowana na wyfrizowanym siwym w klasie small hunter.

— Skąd ona wie, jak tak różnie jeździć na każdym? — zapytał Emmę, gdy Jemima odbierała kolejną wstążkę, tym razem za drugie miejsce w licznej klasie.

— Praktyka i talent — odparła Emma, a duma z córki była aż nadto widoczna. — Pip i ja celowo wsadzamy ją na różne kuce, żeby wyrobiła elastyczność. To robi z niej wyjątkową zawodniczkę jak na jej wiek.

Do tego czasu Phoenix był już całkowicie oswojony z atmosferą pokazu, drzemał między klasami, odciążając jedną tylną nogę. Kolekcja wstążek Jemimy rosła równym tempem, zwieńczona wieńcem czempiona dla Najlepszego Kuca Pokazu, który prawie sięgał ziemi, gdy z dumą prezentowała wierzchowca.

— Moja dziewczynka — szepnęła Emma, a jej oczy zalśniły, gdy Jemima kłusowała w ich stronę, a szyję ślicznego siwego kuca zdobiły kwiaty i wstążki.

— Widzieliście nas? Widzieliście nasz wyciągnięty kłus? — zawołała Jemima, zsuwając się z siodła z płynnością kogoś, kto więcej czasu spędził w siodle niż na własnych nogach.

— Byłyście wspaniałe — powiedział jej Ryan, przyjmując naręcze wstążek, które mu wcisnęła, podczas gdy ona przytulała mamę. — Wszystkie.

Gdy odprowadzali konie do strefy przyczep, a Phoenix szedł spokojnie obok kuca Jemimy ustrojonego w kwiaty, Ryan złapał spojrzenie Emmy ponad głowami dzieci.

— Udany dzień? — zapytał cicho.

— Powyżej moich oczekiwań — odparła, a jej wzrok znacząco przesunął się między Phoenixem a Jemimą. — Dla wszystkich.

Ryan poczuł ciepło, które nie miało nic wspólnego z prażącym słońcem nad głową. Ten świat koni i rywalizacji, tak obcy jeszcze kilka miesięcy temu, stał się miejscem, gdzie czuł się jak u siebie — nie jako intruz, lecz integralna część tej niespodziewanej rodziny. Kiedy Jemima trajkotała o zbliżającej się Ekce, największym z wszystkich pokazów, Ryan złapał się na tym, że czeka na nią z oczekiwaniem, które zadziwiłoby jego dawnego siebie.

Phoenix trącił go lekko w ramię, jakby udzielał aprobaty, a Ryan pogładził aksamitny pysk, dziwiąc się, jak to możliwe, że przerażony koń i wypalony menedżer wyleczyli się nawzajem w sposób, którego żadne z nich nie mogło sobie wyobrazić.

Ridgewater tętniło celową energią w dniach poprzedzających Ekkę. Konie były kąpane, strzyżone i trenowane z drobiazgową dbałością o szczegóły. Sprzęt czyszczono, polerowano i pakowano z wojskową precyzją. Emma pracowała od przed świtu do późnej nocy, jeżdżąc konie — nie tylko Phoenixa, ale też trzy inne, które przygotowała do różnych konkurencji i które miała pokazać z pomocą Kate. Pip też była zapracowana po uszy ze swoimi kucami. Obie liczyły na zaprezentowanie efektów ciężkiej pracy potencjalnym kupującym; wstążki zdobyte na Ekce przełożą się na żywą gotówkę, która utrzyma Ridgewater Rescue i Pip's Perfect Ponies wypłacalnymi przez wiele miesięcy.

— Jesteś absolutnie pewna, że zgłaszasz go do dwóch klas? — zapytała Sarah, opierając się o ogrodzenie, kiedy Emma przepuszczała Phoenixa przez kolejne ćwiczenia na placu treningowym. Ciemna sierść konia lśniła w porannym słońcu, a jego ruchy były płynne i pewne, gdy z gracją pokonywał serię wysokich skoków treningowych.

Emma sprowadziła Phoenixa do spokojnego kłusa, z uznaniem głaszcząc go po szyi. — Jest gotów. Pierwsza klasa to tylko 90-centymetrowa klasa nowicjuszy, właściwie na zbudowanie pewności siebie. Potem zobaczymy, jak to zniesie, zanim ostatecznie zdecydujemy co do pokazu OTTB.

Ryan, który pomagał ustawiać przeszkody pod dyktando Sarah, podszedł do nich. — Ta druga klasa, ten pokaz — to ta duża, prawda?

Sarah skinęła głową. — Nie najwyższa klasa skoków na Ekce, ale wysoka stawka i przyciąga uwagę w całym kraju. Jest specjalnie dla koni off-the-track, pełnej krwi po karierze wyścigowej. Parkur 1,2 metra zaprojektowany tak, by podkreślić ich atletyczność i podatność na szkolenie po wyścigach. Nagroda 10 000 dolarów przyciąga poważnych zawodników z całego Queensland.

— I myślisz, że Phoenix może wygrać? — zapytał Ryan, śledząc wzrokiem konia, gdy Emma stępowała go na rozprężenie.

— Myślę, że ma talent — odparła Emma, a jej wyraz twarzy był i pełen nadziei, i ostrożny. — Czy ma doświadczenie, to inna sprawa. To wciąż wczesny etap, ale nie wystartuję z nim, jeśli nie będę uważała, że ma szansę dobrze wypaść.

Ryan pomógł Emmie zsiąść, jego dłonie na moment zatrzymały się w talii. — Wierzę w was oboje.

— Szczerze? Samo wprowadzenie go do ringu będzie osiągnięciem — powiedziała Emma. — Zwłaszcza biorąc pod uwagę, w jakim był stanie ledwie parę miesięcy temu. Wiesz, że ktoś ostatnio na Instagramie twierdził, że podmieniłam go na innego konia? Musiałam się roześmiać.

— Odpowiedziałaś? — zapytał Ryan z ciekawością.

— A jakże. Zrobiłam live'a, zeskanowałam jego czip, pokazałam ekran i rachunek sprzedaży z Laidley Sales z tym samym numerem. — Uśmiechnęła się z satysfakcją. — Komentujący naprawdę przeprosił i stwierdził, że najwyraźniej jestem cudotwórczynią. Nie wygrasz ze wszystkimi wojownikami klawiatury — Pip mnie przed tym ostrzegała — ale prawda to najlepsza broń na takie bzdury.

Po drugiej stronie posiadłości praca ani na moment nie zwalniała. Na hali Pip pracowała z Jemimą i Pepper — para wykonywała skomplikowany układ na płaskim, mający poprawić precyzję. Młoda amazonka siedziała prosto w siodle, jej blond kucyk podskakiwał w rytmie kłusa Pepper, gdy jechały idealne koło.

— Jeszcze raz, ale tym razem chcę zobaczyć lepszą zmianę z kłusa do galopu — zawołała Pip; jej drobna postać budziła pełne skupienie mimo wzrostu. — Półparada, żeby jej powiedzieć, że zaraz o coś poprosisz, zewnętrzna łydka do tyłu i jedziesz.

Jemima skinęła głową, z twarzą jak maska skupienia, dała potrzebne pomoce i poprosiła Pepper o ruch. Mała czarna klacz zareagowała natychmiast, przechodząc do zebranego galopu, co spotkało się z aprobującym skinieniem Pip.

— Właśnie o to chodzi! — Pip klasnęła w dłonie. — Zapamiętaj to uczucie; dokładnie to chcesz mieć na ringu.

Za blokiem stajennym Kate ładowała sprzęt do pierwszej z trzech przyczep. Siodła zawijano ostrożnie i ustawiano na wyściełanych stojakach. Ogłowia wieszano na wieszakach, skóra wypolerowana na wysoki połysk, a wędzidła i sprzączki lśniły; każde oznaczone etykietą z imieniem konia. Ryan pomógł Kate wnieść do przyczepy ciężką skrzynię z odmierzoną paszą — każda paczka opisana nie tylko imieniem konia, ale też datą i godziną podania.

Dołączyła do nich Sarah z klipbordem w ręku. — Potwierdziłam przydział boksów. Mamy ten sam blok co w zeszłym roku, na szczęście. Blisko rozprężalni, ale niezbyt blisko Sideshow Alley. — Przebiegła palcem po liście. — Siano i ściółka, które zamówiłam, będą dostarczone bezpośrednio do naszych boksów jutro rano, a ja rozpisałam dyżury nocne na wszystkie siedem nocy, kiedy tam będziemy.

Kate skinęła z uznaniem. — Zawsze zorganizowana. Jak się czujesz z klasami Phoenixa?

— Ostrożnie optymistycznie — odparła Sarah po chwili namysłu. — Ma naturalne predyspozycje, a Emma szkoli go metodycznie. Jeśli jego głowa zostanie przy niej w tej elektryzującej atmosferze, może wszystkich zaskoczyć.

W miarę zbliżania się wieczoru tempo zamiast zwalniać jeszcze rosło. Emma przeglądała listy przygotowań z Ryanem przy pospiesznej kolacji przy kuchennym stole, podczas gdy Jemima starannie pakowała strój konkursowy pod okiem Pip.

— Nigdy czegoś takiego nie widziałem — przyznał Ryan, patrząc na zorganizowany chaos wokół. — To jak przygotowania do kampanii wojskowej.

— Całkiem trafne porównanie — odparła Emma, skreślając kolejne pozycje na liście. — Pięć koni i siedem kuców, czterech jeźdźców, ponad dwadzieścia różnych klas przez siedem dni. Jeden błąd w planowaniu może wywrócić wszystko do góry nogami. — Spojrzała na niego z zmęczonym uśmiechem. — A nawet ci jeszcze nie opowiadałam o polityce w świecie pokazów.

— Polityka? — Ryan uniósł brew.

— O tak — Emma poważnie skinęła głową. — Sędziowie mają swoje preferencje, inni zawodnicy mają ze sobą długie historie, są sojusze i rywalizacje sięgające pokoleń. — Zaśmiała się na widok jego miny. — Witaj w świecie jeździectwa. W porównaniu z nim wasze korporacyjne sale zarządów wydają się dziecinnie proste.

Później, gdy Jemima została już ułożona do snu, Emma i Ryan poszli do boksu Phoenixa na ostatnią kontrolę. Duży folblut przywitał ich cichym rżeniem, jego ciemne, spokojne i zaciekawione oczy śledziły ich, gdy wchodzili w jego przestrzeń.

— Naprawdę uważasz, że jest gotowy? — zapytał Ryan cicho, patrząc, jak Emma fachowo przesuwa dłońmi po nogach Phoenixa, sprawdzając, czy nie ma choć śladu ciepła lub opuchlizny.

— Tak — odparła po chwili. — Fizycznie poradzi sobie z technicznymi wyzwaniami. Psychicznie zaszedł daleko od tamtego przerażonego konia, którego znalazłam w Laidley. — Wyprostowała się, spotykając wzrok Ryana w przytłumionym świetle stajni. — Ale co ważniejsze, myślę, że on tego chce. Ma w sobie iskrę rywalizacji; jako koń wyścigowy wygrał prawie milion dolarów, pamiętasz, zanim stres wziął nad nim górę. Widziałam, jak ta iskra na nowo zapala się podczas treningów. I widziałeś go na Caboolture Show; mogłam od razu zarzucić siodło i wjechać na parkur. On chciał tam być.

Ryan wyciągnął rękę, by pogłaskać szyję Phoenixa, czując pod lśniącą sierścią potężne mięśnie. — W takim razie nie mogę się doczekać, żeby zobaczyć, co razem osiągniecie.

Emma oparła się o niego, jej ciało idealnie dopasowując się do jego boku. — W tym roku to się inaczej czuje — przyznała. — Zwykle mam parę OTTB-ów, które pokazuję potencjalnym kupującym, ale zazwyczaj bardziej skupiam się na klasach Jemimy albo pomagam przy kucykach Pip. Mieć własnego poważnego konkurenta, zwłaszcza tak wyjątkowego jak Phoenix... i mieć ciebie obok, żeby to współdzielić... — Nie dokończyła myśli, ale nie musiała.

Ryan mocniej objął ją ramieniem, rozumiejąc niewypowiedzianą wagę chwili. Na zewnątrz McKenzie'owie dalej ładowali sprzęt, głosy odbijały się tam i z powrotem, gdy dopinano ostatnie przygotowania. Jutro mieli pojechać w konwoju do Brisbane, zamieniając fragment terenów Royal Queensland Exhibition w tymczasową placówkę Ridgewater na ich najważniejszy tydzień zawodów w roku.

Phoenix opuścił łeb, szturchając nadzieją kieszeń Ryana w poszukiwaniu smakołyków. Ten gest, tak zwyczajny, a jednak niezwykły, biorąc pod uwagę historię konia, rozbawił ich oboje i rozproszył chwilowe napięcie.

— Rozgryzł cię — droczyła się Emma, gdy Ryan wydobył z kieszeni oczekiwaną marchewkę.

— Nie on jeden — odparł Ryan miękko, łamiąc marchew na kawałki i patrząc, jak Phoenix delikatnie bierze je z jego dłoni. W przytłumionym świetle stajni, wśród rytmu Ridgewater przygotowującego się do swojego momentu na największej jeździeckiej scenie Queensland, Ryan poczuł, jak głęboko w kościach osiada pewność. Niezależnie od tego, co wydarzy się na Ekkce, jakie wyzwania czekają Phoenixa na parkurze, staną z tym twarzą w twarz razem — nie tylko koń i jeździec, ale wszyscy, ta nieoczywista rodzina, której jakimś cudem stał się niezbędną częścią.

Ryan stał na krawędzi głównej areny na terenach Royal Queensland Exhibition, na moment oszołomiony skalą Ekki. Ogromne trybuny, kilka parkurów działających jednocześnie, niekończące się rzędy stajni ciągnące się w każdą stronę; przy tym Caboolture Show wyglądało jak osiedlowy klubik kucykowy, a zwierząt było tu znacznie więcej niż tylko konie. Dwa *wielbłądy* właśnie przeszły!

Wokół niego McKenzie'owie poruszali się z opanowaną sprawnością, rozładowując sprzęt, rozstawiając konie, sprawdzając harmonogramy. Poruszali się po tym ogromnym wydarzeniu z wygodną swobodą ludzi, którzy przyjeżdżają tu całe życie, podczas gdy Ryan czuł się, jakby wkroczył do zupełnie innego świata — ze swoim własnym językiem, obyczajami i hierarchiami.

— Przytłaczające, prawda? — Sarah pojawiła się obok niego, jak zawsze z segregatorem w ręku. — Ekka gości ponad 20 000 zgłoszeń konkursowych we wszystkich kategoriach. Same konkurencje jeździeckie mają ponad 2 000 zawodników.

Ryan pokręcił z niedowierzaniem głową. — Nie miałem pojęcia, że to aż tak... rozbudowane. Jak to wszystko ogarniacie?

Sarah postukała z uśmiechem w swój segregator. — Systemy i doświadczenie. Robimy to, odkąd byłyśmy młodsze, niż Jemima jest teraz. — Zerknęła na zegarek. — A skoro o tym mowa, muszę odprowadzić Jemimę na odprawę Młodych Jeźdźców za dziesięć minut. Pomożesz

Emmie z Phoenixem? Za chwilę ma pierwsze zapoznanie z główną areną.

Zanim Ryan zdążył odpowiedzieć, Sarah już szła szybkim krokiem, wołając do stajennego w sprawie harmonogramu dostaw paszy. Ryan przemknął przez labirynt tymczasowych boksów i znalazł Emmę prowadzącą Phoenixa w wolnych kółkach przed przydzielonym blokiem. Oczy folbluta były szeroko otwarte, chrapy rozszerzone, gdy chłonął obce widoki i dźwięki, ale kroki miał równe — jego zaufanie do Emmy było oczywiste. Nawet wielbłądy nie zrobiły na nim większego wrażenia.

— Jak sobie radzi? — zapytał Ryan, podchodząc ostrożnie, by go nie spłoszyć.

Na twarzy Emmy mieszały się skupienie i troska. — Przetwarza. Tego jest dużo, ale radzi sobie lepiej, niż się spodziewałam. — Przejechała dłonią po szyi Phoenixa. — Za dwadzieścia minut mamy zapoznanie z areną; to będzie prawdziwy test.

Ryan wyrównał krok, zauważając, jak uszy Phoenixa zaczynają się na niego nastawiać w geście rozpoznania. — Mogę jakoś pomóc?

— Po prostu idź z nami — odparła Emma. — Im bardziej wszystko będzie się wydawało normalne, tym lepiej. Phoenix chyba kojarzy cię teraz z poczuciem bezpieczeństwa.

To proste stwierdzenie niespodziewanie ogrzało Ryana. W ostatnich tygodniach spędzał przy boksie Phoenixa całe godziny, czasem po prostu siedząc i czytając raporty, podczas gdy koń drzemał albo chrupał siano, budując cichą więź, która rozwijała się tak stopniowo, że dopiero teraz uświadomił sobie jej siłę.

Dotarli do głównej areny, ustawiając się w kolejce koni czekających na swoją kolej, by obejrzeć przestrzeń, w której będą startować. Ryan obserwował twarz Emmy, gdy studiowała ogromny parkur przygotowany na późniejszą klasę, jej wzrok śledził kąty najazdów, mierzył odległości, oceniał trudności. Miała ten sam wyraz twarzy, który zwykle towarzyszył mu przy analizie złożonych transakcji finansowych, i na nowo docenił jej techniczną biegłość.

— Klasa pokazowa wykorzysta część tych samych przeszkód, ale pewnie w innej konfiguracji — wyjaśniła, wskazując elementy, których Ryan sam nigdy by nie zauważył. — Najpewniej wstawią tamtego liverpoola — przeszkodę z wodą pod spodem — i pewnie tamten okser z kwiatową dekoracją. Obie wymagają od konia pewności i skupienia.

Ryan przytaknął, chłonąc informacje. W ostatnich tygodniach nauczył się słownictwa tego świata — okserów i stacjonat, foul i odległości, ustępowania od łydki i lotnych zmian — znajdując nieoczekiwane podobieństwa do swojego biznesowego zaplecza w strategicznym myśleniu, którego wymaga udany przejazd.

— I uważasz, że Phoenix jest na to gotowy? — zapytał.

Emma patrzyła, jak Phoenix wyciąga szyję w stronę areny, a ciekawość zastępuje niepokój w jego postawie. — Myślę, że chce spróbować — powiedziała po prostu. — A to, szczerze mówiąc, większa część walki z koniem po torach.

Nadeszła ich kolej i Emma wprowadziła Phoenixa na ogromną arenę. Ryan wstrzymał oddech, gdy folblut zawahał się przy wejściu, uniósł łeb, napiął mięśnie. Potem, zachęcony delikatnie przez Emmę, zrobił krok naprzód, wydłużając wykrok, gdy wszedł w przestrzeń. Z miejsca przy ogrodzeniu Ryan patrzył, jak koń i jeździec obchodzą arenę, a początkowe napięcie Phoenixa stopniowo ustępuje solidnej, roboczej koncentracji, którą wypracował na treningach. Mięśnie falowały pod jego lśniącą czarną sierścią, gdy wyciągał szyję, by obwąchać kwiatowe dekoracje, ale nie okazywał niepokoju — oczy miał spokojne, kroki miarowe, idąc przy ramieniu Emmy.

— Uspokaja się — skomentowała Kate, niespodziewanie stając obok Ryana. — Dobry znak.

Ryan skinął głową, nie kryjąc ulgi. — To zupełnie inne wydarzenie niż turnieje golfowe, na których bywałem, nawet te z udziałem międzynarodowych graczy — przyznał. — Same logistyczne zawiłości są oszałamiające.

Śmiech Kate zabrzmiał szczerą wesołością. — Witaj w naszym świecie. I to dopiero pierwszy z ośmiu dni. — Przeciągnęła ramiona, ruchem zdradzając już narastające zmęczenie. — Mamy konie startujące codziennie, co oznacza poranki o świcie, późne noce i drzemki na krzesełkach kempingowych między klasami.

Jej mimochodem rzucona wzmianka o fizycznych wymaganiach tygodnia zawodów dopełniła w Ryanie myśl, która kiełkowała, odkąd zrozumiał skalę Ekki. Tego wieczoru, gdy konie były już ułożone na noc, a McKenzie'owie zebrali się przy składanym stoliku na szybką kolację z kanapek i owoców, odchrząknął.

— Mam wam coś do powiedzenia — zaczął, nagle nerwowy mimo starannego planu. — A właściwie, coś do pokazania.

Emma podniosła wzrok, a zaciekawienie zastąpiło w jej oczach zmęczenie. — Co takiego?

— Nie tutaj — powiedział Ryan, wstając i gestem prosząc, by poszli za nim. — To rzut beretem stąd. Jeśli pojedziecie za mną, czekają dwie taksówki.

Dziesięć minut później zatrzymali się przed jednym z najbardziej eleganckich hoteli w Brisbane, położonym nad rzeką, zaledwie kilka minut od terenów wystawowych. McKenzie'owie wymienili zdezorientowane spojrzenia, gdy odźwierny przywitał Ryana po nazwisku.

— Panie Wardell, wszystko przygotowane zgodnie z życzeniem — powiedział młody mężczyzna z profesjonalnym uśmiechem.

— Dziękuję, James — odparł Ryan, prowadząc coraz bardziej oszołomioną rodzinę przez hol z marmurową posadzką do windy.

— Ryan, o co chodzi? — zapytała Emma, gdy wjeżdżali na piętro Executive.

— Tylko mała niespodzianka — odpowiedział, nie mogąc dłużej powstrzymać uśmiechu. Kartą-kluczem otworzył drzwi na końcu wykładanego wykładziną korytarza, odsłaniając przestronny apartament z panoramicznym widokiem na Brisbane River, która o tej porze była wstęgą ciemności między jasnymi światłami miasta.

— Zarezerwowałem na tydzień kilka pokoi — wyjaśnił, gdy weszli. — Ten apartament jest dla nas — dla ciebie, mnie, Jemimy i Charlotte, gdy dołączy do nas jutro. Jest też pokój połączony dla dziewczynek. — Zwrócił się do Sarah i Marcusa. — Wy macie apartament obok. Kate ma pokój naprzeciwko, a Pip ten obok, do dzielenia z Jakiem, kiedy tylko będzie mógł się wyrwać.

Zapadła oszołomiona cisza, którą przerwał dopiero radosny pisk Jemimy, gdy dopadła do okna. — Mamo! Spójrz na widok na Story Bridge! I jest basen na dole, widziałam, jak wchodziliśmy!

— Ryan, to jest... — zaczęła Emma, z wyrazem szoku i czegoś bardziej złożonego na twarzy. — To przesada. Ekka i tak jest już dość kosztowna: opłaty wpisowe, boksy...

— To nie przesada — zaprzeczył łagodnie. — Kate wspomniała o spaniu na krzesełkach kempingowych między klasami. Wiem, że co noc przynajmniej jedno z was musi zostać przy koniach, ale nie ma powodu, żeby wszyscy byli wykończeni przez cały tydzień. — Ujął Emmę za rękę. — Chciałem to zrobić. Proszę, pozwól mi.

Sarah i Kate wymieniły spojrzenia, a między nimi przemknęło milczące porozumienie. — Miło będzie mieć porządne prysznice — przyznała Sarah. — I prawdziwe łóżka.

— I room service — dodała Kate z cieniem uśmiechu. — Choć i tak będziemy się zmieniać na nocnych dyżurach przy koniach.

— Oczywiście — zgodził się szybko Ryan. — Rozmawiałem już z conciergem o waszych nietypowych godzinach. Hotel jest przyzwyczajony do gości startujących na Ekkce. Podobno co roku goszczą kilku czołowych jeźdźców.

Pip, która zdążyła już obadać apartament, odkryła kosz z owocami i przekąskami ustawiony na stole jadalnym.

— Cóż, ja na pewno nie będę się spierać ze świeżymi truskawkami i prawdziwą kawą zamiast tej rozpuszczalnej z kempingu. — Wrzuciła jagodę do ust z wyraźnym zachwytem.

Emma wpatrywała się w twarz Ryana. — Zaplanowałeś to wszystko, nie mówiąc ani słowa.

— Chciałem, żeby to była niespodzianka — przyznał. — Mój przyjaciel jest właścicielem hotelu, więc pomógł wszystko zorganizować. — Zawahał się. — Jesteś zła?

Wyraz Emmy złagodniał. — Nie. Tylko... uczę się, jak to jest, gdy ktoś pomyśli o takich rzeczach. Zawsze robiliśmy Ekkę po swojemu, trochę na biwaku, tradycja i te sprawy.

— Tradycje mogą ewoluować — zasugerował ostrożnie Ryan. — A całą ciężką pracę i tak wykonujecie wy. To tylko wygodne miejsce, żeby się zregenerować między przejazdami.

Jemima wróciła z rekonesansu po pokoju połączonym, aż kipiąc z emocji. — Są szlafroki, mamo! Z nazwą hotelu! A w łazience te małe buteleczki z fancy szamponem!

Emma roześmiała się, a resztki oporu stopniały na widok radości córki. — No cóż, chyba nie możemy teraz rozczarować Jemimy.

Napięcie opadło i McKenzie'owie zaczęli z rosnącym uznaniem oglądać swoją tymczasową kwaterę. Ryan wyszedł na balkon, dając im chwilę, by oswoili się z jego gestem. Chwilę później dołączyła do niego Emma, opierając się o balustradę tuż obok.

— To naprawdę wspaniałe — powiedziała cicho. — Dziękuję.

— Chciałem po prostu wnieść coś od siebie — przyznał Ryan. — Wy wszyscy macie niezwykłą wiedzę i umiejętności przy koniach, tradycje przekazywane z pokolenia na pokolenie. Ja wciąż się uczę, wciąż szukam w tym wszystkim swojego miejsca.

Emma odwróciła się do niego, w świetle miasta poważna. — Już je masz — zapewniła. — Nie przez pokoje hotelowe czy pieniądze, tylko dlatego, że ci zależy. Na Phoeniksie, na Jemimie, na nas wszystkich. — Sięgnęła po jego dłoń. — Bo stałeś się częścią naszej rodziny.

Za nimi, przez otwarte drzwi na balkon, słychać było, jak reszta się rozgaszcza: Jemima tłumaczyła Sarah obsługę pilota, Kate dzwoniła po room service, by zamówić kolację, a Pip odkrywała minibar z okrzykami zachwytu. Zwyczajne chwile, a jednak wyjątkowe dzięki niespodziewanemu komfortowi i temu, że Ryan chciał się o nich zatroszczyć w sposób, który zna najlepiej.

— Kocham cię — powiedział po prostu, słowa poniosły się lekko w cichym, nocnym powietrzu. — To wszystko, konie, zawody, poranki o świcie i długie dni — kocham być częścią tego, bo kocham ciebie.

Uśmiech Emmy miał w sobie całe ciepło skąpanych w słońcu padoków Ridgewater. — Dobrze — powiedziała, muskając go lekko wargami. — Bo jutro startujemy o piątej rano. Przyda ci się to łóżko king-size bardziej niż myślisz.

Gdy wrócili do środka, Ryan poczuł zadowolenie, jakiego nie dał mu żaden sukces w biznesie. Jutro Phoenix stanie przed swoim pierwszym prawdziwym sprawdzianem na zawodach. Jemima będzie walczyć o wstążki z najlepszymi młodymi jeźdźcami w Queensland. McKenzie'owie będą kontynuować rodzinną tradycję jeździeckiej doskonałości. A Ryan, niegdyś obcy w tym świecie, będzie tuż obok nich — już nie tylko obserwatorem, lecz kimś, kto naprawdę przynależy.

Rozdział szesnasty

RYAN ŚCISKAŁ KUBEK z kawą jak linę ratunkową, lawirując wśród kipiących tłumów głównej alei Ekki. Poranne słońce migało na food truckach i dachach pawilonów, skąpawszy teren wystawy w złotej poświacie, która wcale nie tłumiła naporu bodźców. Dzieci przemykały między nogami, ściskając watę cukrową większą od własnych głów, a rywalizujące zapachy żywego inwentarza, smażonego jedzenia i trocin tworzyły węchowy chaos, od którego lekko mu się kręciło w głowie. Jak mógł przeżyć całe życie w Brisbane, nie doświadczywszy tej chaotycznej symfonii rolniczej tradycji i jarmarcznego przesytu?

— Wyglądasz, jakby cię właśnie zrzucono do obcego kraju — zauważyła Emma, pojawiając się u jego boku z porozumiewawczym uśmiechem. Z gracją minęła grupę nastolatków, nie zwalniając nawet kroku, jakby jej ciało miało własny radar do poruszania się w tłumie, którego jemu brakowało.

— Czuję się, jakbym rzeczywiście tak było — przyznał Ryan, o mało nie wpadając na mężczyznę niosącego niemożliwie wielką pluszową żyrafę. — Nie mogę uwierzyć, że nigdy wcześniej tu nie byłem.

Emma zatrzymała się, szczerze zaskoczona. — Nigdy? Nawet jako dziecko?

Ryan pokręcił głową, czując, jak policzki pali wstyd. — To nie było coś, co moja rodzina robiła. Rodzice uważali to... za pospolite, chyba. Nasze doroczne tradycje to raczej wyjazdy na narty do Nowej Zelandii i letnie wakacje w Europie. Jak tak o tym myślę, prawie zawsze byliśmy poza domem w połowie sierpnia, pewnie właśnie po to, by uniknąć tej imprezy.

— Sporo cię ominęło — oznajmiła Emma, wplatając rękę pod jego ramię i prowadząc go zdecydowanie naprzód. — Ekka to Queensland skondensowany w najczystszej postaci, na dobre i na złe. Chodź, musimy przeciąć pawilony rolnicze, żeby wrócić do naszych koni.

Minęli ogromne hale, w których w błyszczących rzędach stało nagrodowe bydło, o sierści wyczesanej do perfekcji. Rolnicy w spodniach z moleskinu i w kapeluszach Akubra naradzali się poważnie obok swoich czempionów. Potem przyszły stoiska z płodami rolnymi: wieże idealnie ułożonych owoców i warzyw tworzyły artystyczne kompozycje, które przyciągały wdzięczne tłumy.

— Ludzie serio rywalizują o najlepszą aranżację dyń? — zapytał Ryan, wskazując na wyszukaną ekspozycję.

— Zażarcie — potwierdziła Emma. — Niektóre rodziny startują w tych samych kategoriach od pokoleń.

Te rywalizacje są wręcz legendarne. — Uśmiechnęła się. — Zgłosiłam swój dżem ananasowy. Dwie wersje: słodką i pikantną. Nigdy nawet nie miałam lokaty, ale... zobaczymy. To był dobry rok dla ananasów.

Gdy przechodzili obok areny do rąbania drewna, Ryan niespodziewanie zafascynował się surową atletyką zawodników. Kobiety i mężczyźni atakowali kloce toporami, wióry leciały, a precyzja ich pracy zdradzała lata praktyki.

— Kolejna tradycja Ekki — wyjaśniła Emma, dostrzegając jego zainteresowanie. — Niektórzy z tych zawodników są już piątym albo szóstym pokoleniem. Queensland ma głębokie korzenie, jeśli wiesz, gdzie ich szukać.

Sekcje rolnicze stopniowo ustąpiły miejsca jarmarcznej atmosferze Sideshow Alley, gdzie na tle błękitnego nieba wirowały karuzele, a wszystko towarzyszyło elektronicznej muzyce i entuzjastycznym okrzykom prowadzących gry. Dzieci ciągnęły opornych rodziców do coraz straszniejszych atrakcji, a nastolatki grupkami udawały znudzenie, które nie do końca maskowało ich ekscytację.

W końcu wyszli na względny spokój części jeździeckiej, gdzie atmosfera wyraźnie się zmieniła. Chaos ustąpił miejsca celowej krzątaninie i cichemu profesjonalizmowi. Zawodnicy w nienagannych strojach konkursowych prowadzili idealnie wypielęgnowane konie między arenami, ich koncentracja widoczna była w każdym wyważonym kroku.

Tymczasowa kwatera McKenzie'ów była natychmiast rozpoznawalna: granat i bordo oraz logo Ridgewateru wyróżniały się na banerze przypiętym w ich strefie boksów. Sarah stała przy wejściu, jak zawsze z podkładką z klipsem w ręku, rozmawiając z Kate, która miała zarzucone przez ramię siodło. Pip zaplatała z pieczołowitością grzywę kucykowi, a Jemima siedziała nieopodal, polerując oficerki na wojskowy połysk.

— Wyglądają, jakby robili to od zawsze — zauważył Ryan, patrząc na sprawne ruchy rodziny.

— Bo tak właśnie jest — odparła po prostu Emma. — McKenzie'owie startują na Ekkce jeszcze sprzed czasów, kiedy nazywano ją Ekką. Mój pradziadek wygrał tu konkurs w 1921 roku... wystawiał bydło rasy Hereford, nie konie, ale to wciąż część naszego rodzinnego dziedzictwa.

Gdy podchodzili bliżej, Ryan zauważył, jak inni zawodnicy skinieniami okazywali McKenzie'om szacunek; niektórzy zatrzymywali się na krótką wymianę słów albo szybkie pytanie. Ekspertyza rodziny była wyraźnie rozpoznawana i ceniona; proszono ich o opinie w sprawach od stanu podłoża po techniki treningowe.

Kobieta w eleganckim stroju pokazowym podeszła do Kate, prowadząc w ręku wspaniałego kasztanowatego wałacha. — Kate, zastanawiałam się, czy znalazłabyś chwilę, żeby zerknąć na prawą tylną Cavaliera? W wyciągniętym kłusie nie dokracza jak trzeba i pomyślałam, że zapytam cię o zdanie przed naszą klasą.

Kate natychmiast odłożyła siodło, poświęcając jeźdźczyni pełną uwagę. — Jasne, Vanessa. Spójrzmy na niego tutaj, gdzie światło lepsze, a ja napiszę do Marcusa, żeby też obejrzał Cavaliera.

Ryan patrzył, jak Kate fachowo bada konia. Zawodniczka słuchała uważnie jej oceny, przyjmując sugestie z respektem, jaki zazwyczaj zarezerwowany jest dla trenerów najwyższej klasy.

— Kto to? — zapytał Ryan, wskazując na odchodzącą zawodniczkę.

— Vanessa Hughes — odparła Emma. — Jeździ ujeżdżenie na poziomie Medium, ale tu, na Ekkce, nie ma klas ujeżdżeniowych, więc wystartuje w klasie pokazowej pod siodłem. Pewnie w klasie rasy, bo Cavalier jest hanowerem. Bierze lekcje u Kate i wie, że Kate ma niemal nadprzyrodzony dar wychwytywania subtelnych problemów z kulawizną.

Gdy szli w stronę swojego sektora stajennego, Ryan dostrzegł młodą kobietę prowadzącą urodziwego, maleńkiego kucyka izabelowatego, którego sierść lśniła w słońcu jak polerowane złoto.

— To nasza — powiedziała Emma, śledząc jego spojrzenie. — Sunbeam. Pip sprzedała ją Andersonom w zeszłym roku. — Skinęła głową w stronę innego ringu, gdzie rozgrzewał się wysoki gniady. — A tam jest Tempest z Paulem Wilsonem; Tempest to jeden z moich uratowanych folblutów po torach. Właściwie myślę, że co najmniej dwadzieścia koni wyszkolonych w Ridgewater startuje w tym tygodniu.

Świadomość wpływu McKenzie'ów w tej społeczności odsłaniała się przed nim z każdym krokiem. Dwie nastolatki zatrzymały Pip, by zapytać o żywienie kucyków pokazowych i chłonęły jej rady z nabożną uwagą. Starszy dżentelmen podszedł do Sarah, żeby omówić linie hodowlane, wspominając konie i hodowców z taką swobodą, jaka wskazywała na wspólną historię sięgającą dekad wstecz.

— McKenzie'owie to jeździecka arystokracja Queensland, jak się dowiedziałem — skomentował ktoś obok Ryana. Odwrócił się i zobaczył Jake'a, który przyjechał obejrzeć klasy Pip. — Choć znienawidziliby, że tak mówię. Aż przesadnie skromni, cała ferajna.

Ryan patrzył, jak Jemima jest witana przez dzieci innych zawodników; jej pewność siebie w tym środowisku uderzała na tle jego własnego dyskomfortu. Poruszała się w świecie jeździeckim z naturalną swobodą kogoś, kto się w nim urodził, z miejscem pewnym i niekwestionowanym.

— Czuję się, jakbym potknął się o wszechświat równoległy — przyznał Jake'owi Ryan. — Taki, który istniał obok mojego w Brisbane przez te wszystkie lata, a ja o nim nie wiedziałem.

Jake skinął ze zrozumieniem. — Tak to już jest w Queensland. Zeskrob odrobinę lakieru z naszego błyszczącego, nowoczesnego miasta, a znajdziesz społeczności z tradycjami sięgającymi pokoleń. Świat biznesu, z którego przyszedłeś, i ten tutaj rzadko się przenikają.

— Poza mną, najwyraźniej — odparł Ryan, czując w piersi dziwną dumę, gdy patrzył, jak Emma pokazuje młodej zawodniczce, jak dopasować wędzidło.

— Szczęściarz z ciebie — odpowiedział Jake z autentycznym ciepłem. — Większość ludzi nigdy nie ma możliwości przechodzić między takimi światami.

Gdy dołączyli do rodzinnego, tętniącego życiem zaplecza, Ryan wyraźniej poczuł ciężar swojego uprzywilejowanego, ale odizolowanego wychowania. Rodzice szukali wyłączności, budując relacje tylko z tymi, którzy mogli podnieść ich pozycję towarzyską i finansową. Kontrast z głęboką, pokoleniową przynależnością McKenzie'ów do tej społeczności nie mógł być większy.

Ramiona Ryana przyjemnie bolały, gdy niósł trzeci kubeł wody od kranu przy bloku stajennym do strefy przygotowań McKenzie'ów. Jego nieskazitelne wcześniej chinosy nosiły już niepodważalne ślady stajennej roboty, a mała kropla oleju do kopyt stworzyła ciemną konstelację na prawym udzie. Dwa miesiące temu byłby przerażony stanem swoich ubrań; teraz ledwo to zauważał. Poranne przygotowania drugiego dnia szły pełną parą, każdy członek rodziny skupiał się na przydzielonych zadaniach z precyzją dobrze zgraną niczym orkiestra.

— Woda idzie przy boksie Honey — zawołała Kate, przemykając obok z naręczem czapraków. — Pip szykuje ją do klasy w ręku o ósmej trzydzieści.

Ryan ostrożnie manewrował wąskim korytarzem między boksami, omijając małą górę kuferków i zestawów do pielęgnacji. W powietrzu brzęczała energia celu, tak inna od sztucznej pilności korporacyjnych terminów. Tu presja była prawdziwa i bezpośrednia, a każde zadanie miało znaczenie dla wyników i dobrostanu koni.

Postawił kubeł przy boksie Honey i na moment zatrzymał wzrok na małej klaczce izabelowatej. Sierść lśniła pod stajennym światłem jak płynne złoto, biała grzywa i ogon były nieskazitelnie czyste. Pip stała przy jej łopatce z miną skupionej uwagi, dzieląc palcami grzywę na maleńkie pasma.

— Idealne wyczucie czasu — powiedziała, nie podnosząc wzroku. — Możesz być przez chwilę moim asystentem? Potrzebuję kogoś od trzymania.

— Do usług — odparł Ryan, stając obok. — Chociaż uprzedzam, że moja wiedza z końskiego fryzjerstwa jest dość ograniczona.

Pip roześmiała się, zerkając na niego ciemnymi oczami rozbłyskającymi autentycznym rozbawieniem.

— Zaplatanie, Ryan. Mówimy „zaplatanie", nie „fryzjerstwo". I to jest sztuka. — Podała mu mały pojemniczek. — Trzymaj tę nić i igłę. Będę ich potrzebować przy każdym warkoczyku. I ten spray.

Ryan patrzył zafascynowany, jak zwinne palce Pip splatają białą grzywę Honey w serię ciasnych, równiutkich warkoczyków, które potem zwijała w małe, okrągłe koki. Każdy był uformowany z matematyczną precyzją, dokładnie tej samej wielkości co poprzedni, po czym zabezpieczony nicią, która całkiem znikała we włosiu.

— Ile ich musisz zrobić? — zapytał, za każdym razem nawlekając i podając igłę, gdy mu skinęła.

— U Honey zwykle siedemnaście — odparła Pip, nie odrywając się od pracy. — Każdy musi być identyczny. Sędziowie zwracają uwagę na takie detale, zwłaszcza w klasach w ręku, gdzie prezencja liczy się ogromnie.

Ryan obejrzał gotowe koki, zachwycony ich jednolitością. — To jak architektura w miniaturze.

— Nigdy tak o tym nie myślałam, ale masz rację. — Pip uśmiechnęła się, przyjmując od niego nawleczoną igłę. — Wiele ras ma też własny tradycyjny sposób zaplatania. Liczba, wielkość, położenie — wszystko zależy od tego, co się pokazuje.

Jej palce pracowały w równym rytmie: zbieranie, skręcanie, przeszywanie. Ryan dał się zahipnotyzować temu procesowi, rozpoznając w nim tę samą dbałość o detal, którą kiedyś wkładał w modele finansowe i arkusze kalkulacyjne, ale tu efekt był namacalny i natychmiastowy.

— W przyszłym roku będziesz robił to sam — rzuciła mimochodem Pip, z błyskiem psoty w oczach spoglądając na niego. — Każdy członek rodziny musi się tego w końcu nauczyć. To prawie jak inicjacja u McKenzie'ów.

To, że tak swobodnie nazwała go członkiem rodziny, zaskoczyło Ryana; przez niego przepłynęła ciepła fala przynależności. — Wchodzę w to — odparł, sam zdziwiony, jak bardzo mówi serio. — Choć podejrzewam, że pierwsze próby nie będą pokazowej jakości.

Pip roześmiała się, dźwięcznie i szczerze. — Och, będą okropne. Moje też były na początku. Kit, brat Emmy, uczył mnie, kiedy dopiero co byliśmy razem. Powiedział, że moje pierwsze warkoczyki wyglądały, jakby robił je ktoś w rękawicach bokserskich.

Wspomnienie Kita, wypowiedziane tak swobodnie mimo bólu, jaki wciąż musiała czuć, wydało się znaczące. Ryan wiedział, jak rzadko Pip mówiła obcym o swoim zmarłym mężu.

— Emma mówi, że i tak miałaś już spore doświadczenie z końmi — zauważył Ryan, dbając, by jego ton pozostał swobodny.

— Byłam dżokejką wyścigową, więc tak. Pokazy to zupełnie nowy świat i tych umiejętności trzeba się było nauczyć. — Pip zabezpieczyła kolejny idealny kok, po czym dodała: — Muszę przyznać, że idzie ci szybciej niż większości dorosłych zaczynających naukę. To, jak pierwszy raz podszedłeś do Phoenixa, było dobrym instynktem.

— Czysty strach podszyty pozorami spokoju, zapewniam — przyznał Ryan.

Pip pokręciła głową i na moment spoważniała. — Nie, było w tym coś więcej. Okazałeś mu szacunek. Niektórzy nigdy się tego nie uczą, zwłaszcza mężczyźni, którzy odnieśli sukces w biznesie. Próbują dominować nad końmi tak, jak dominują w salach zarządów.

Skończyła kolejny kok i ciągnęła dalej: — Dlatego Emma tak szybko ci go powierzyła. Zobaczyła, że nie traktujesz go jak coś do podbicia.

Jej spostrzeżenie zaskoczyło Ryana. Nigdy nie przyszło mu do głowy, że jego początkowa nieporadność przy koniach mogła zostać odebrana jako szacunek, a nie nieudolność.

— McKenzie'owie nauczyli mnie już naprawdę dużo — powiedział cicho, podając jej znów igłę.

— W tym jesteśmy dobrzy — przyznała Pip z uśmiechem. — Wszyscy jesteśmy trochę władczymi mądralami. Kiedy dopiero co wyszłam za Kita, Kate kazała mi ćwiczyć wsiadanie i zsiadanie pięćdziesiąt razy jednego popołudnia, bo nie podobała jej się moja technika. Byłam przyzwyczajona, że trener wrzuca mnie na wyścigowe siodło na konia, który zaraz próbuje czmychnąć, a nie do wsiadania na angielskie siodło o własnych siłach — i to było widać. — Zamyśliła się. — Musiałam wyglądać jak kompletna katastrofa dla klasycznej amazonki ujeżdżeniowej. Była bardzo cierpliwa, pewnie bardziej, niż zasługiwałam.

Ryan roześmiał się, wyobrażając sobie słabo skrywany horror Kate. — Zadziałało?

— Oczywiście, że tak. Potrafię wsiąść na konia o wzroście około 165 cm w kłębie prosto z ziemi jednym płynnym ruchem dzięki niej, choć nie widzę nawet ponad grzbiet tak wielkiego konia. — Wyraz twarzy Pip złagodniał. — Taka już jest ta rodzina. Są nieustępliwi, ale to wynika z miłości. Chcą, by wszyscy wokół nich błyszczeli.

Kiedy kończyła ostatni splot, Ryan złapał się na tym, że rozmyśla o tym, jak bardzo różni się to od podejścia do doskonałości w jego własnym domu. Rodzice wymagali perfekcji, ale nie dawali wskazówek, jak ją osiągnąć. McKenzie'owie cisnęli równie mocno, lecz stali obok ciebie, gdy się uczyłeś, łącząc oczekiwania ze szczerokim wsparciem.

— Czas zrobić z niej gwiazdę ringu — oznajmiła Pip, odsunęła się, by ocenić efekt. — Przytrzymasz ją, żebym mogła wziąć skórzany kantar?

Ryan ujął uwiąz Honey, głaszcząc jej miękki chrap, podczas gdy Pip grzebała w sprzęcie. Klacz szturchnęła jego kieszeń z nadzieją.

— Wybacz, żadnych smakołyków przed twoją klasą — powiedział do niej, czując się trochę głupio, że gada z koniem, ale i tak to robiąc. — Pip by mnie zabiła.

— No właśnie, że bym zabiła — potwierdziła Pip, wracając z misternie tłoczonym skórzanym kantarem, który lśnił od pieczołowitego polerowania. — Zero cukru, dopóki nie pokażemy jej w ringu. Na ringu robią się po tym zbyt nakręcone.

Wspólnie dokończyli przygotowania Honey, a Ryan podawał różne szczotki i spraye, gdy Pip nanosiła ostatnie poprawki na i tak już nieskazitelną sierść klaczy.

— Wygląda obłędnie — powiedział szczerze Ryan, podziwiając efekt końcowy.

— Oby tak było — odparła Pip, choć uśmiech zdradzał jej dumę. — Jej klasa jest następna. Przyjdziesz popatrzeć?

— Za nic bym nie odpuścił — zapewnił Ryan.

Dołączył do Sarah przy ogrodzeniu ringu pokazowego, czując niespodziewaną nerwowość, gdy Pip wprowadziła Honey do szeregu kucyków. Sędzina, surowa kobieta w tweedowej marynarce, przesuwała się metodycznie wzdłuż linii, oglądając każdego konia z krytyczną precyzją.

— Zaplatanie Pip jest mistrzowskie — szepnęła Sarah obok niego. — Zobacz, jak równo są rozstawione warkoczyki, w porównaniu z klaczą stojącą obok Honey.

Ryan złapał się na tym, że wstrzymuje oddech, gdy sędzina podeszła do Honey, powoli obeszła ją dookoła i obejrzała dokładnie. Pip stała nieruchomo, a jej drobna sylwetka emanowała pewnością siebie nieprzystającą do wzrostu.

— Sędzina jest pod wrażeniem — wyszeptała Sarah, interpretując subtelne sygnały, których Ryan jeszcze nie potrafił czytać. — Widzisz, jak wróciła, żeby drugi raz spojrzeć na zad Honey?

Po tym, co wydawało się godzinami, a zapewne były to tylko minuty, sędzina ostatni raz przeszła wzdłuż szeregu. Ryan czuł, jak Sarah napina się obok niego, a rodowa lojalność odmalowuje się w każdej linii jej ciała.

— Pierwsze miejsce, numer czterdzieści dwa, Ridgewater's Sweet Honey — oznajmił głos spikera, a Ryan poczuł nagły przypływ radości tak niespodziewany i silny, że niemal go przytłoczył.

— Udało się! — wykrzyknął, ściskając ogrodzenie, gdy Pip i Honey ruszyły kłusem do rundy honorowej, z długą niebieską wstążką zawiązaną na złotym karku Honey.

Sarah odwróciła się do niego, jej oczy błyszczały. — Brzmisz, jakby to był twój własny koń.

— Czuję, jakby była rodziną — odparł odruchowo Ryan, po czym uświadomił sobie, że to prawda. Jakoś tak, przez te miesiące, odkąd Phoenix wtargnął na jego pole golfowe, te konie i ludzie, którzy je kochali, stali się jego rodziną tak samo, jakby urodził się McKenzie.

Gdy Pip opuszczała ring z tryumfalnym uśmiechem na twarzy, Ryan rzucił się naprzód z innymi, żeby jej pogratulować. Jego korporacyjni koledzy nigdy nie zrozumieliby tej ekscytacji z powodu wstążki z wystawy koni, ale tutaj, wśród ludzi, którzy mierzą sukces niebieskimi wstążkami oraz zdrowiem i szczęściem zwierząt, nigdy nie czuł się bardziej u siebie.

Żołądek Emmy zawiązał się w kolejny supeł, gdy po raz trzeci w ciągu tylu samo minut zerknęła na zegarek. Klasa Phoenixa była wyznaczona na jedenastą trzydzieści, za niespełna godzinę, i mimo lat doświadczenia czuła, jak znajome przedstartowe nerwy z każdą chwilą przybierają na sile, zwłaszcza teraz, gdy przebrała się w białe bryczesy konkursowe, długie czarne oficerki i czarną marynarkę. To nie była zwykła klasa ani zwykły koń; to był pierwszy prawdziwy sprawdzian Phoenixa, debiut na arenie, która mogła albo potwierdzić jego niezwykłą rekonwalescencję, albo poważnie ją cofnąć. Spojrzała w stronę jego boksu, gdzie koń pełnej krwi angielskiej stał spokojnie, przeżuwając siano, jakby nieświadom wagi dnia i niewzruszony zamieszaniem na zewnątrz. Musiała na chwilę się oddalić, zanim rosnący niepokój przeniesie się na niego przez niewidzialną więź, którą zbudowali przez te miesiące rehabilitacji.

Dostrzegła Ryana wracającego po obejrzeniu zwycięstwa Pip z Honey, twarz wciąż promieniała współdzielonym triumfem. Widok jego radości z rodzinnego sukcesu, który jeszcze kilka tygodni temu wydawałby mu się kompletnie obcy, zmiękczył coś w jej piersi. Zanim zdążyła to przemyśleć, ruszyła w jego kierunku zdecydowanym krokiem.

— Przejdziesz ze mną parkur? — zapytała, nie do końca udaje jej się ukryć napiętą nutę w głosie.

Wyraz Ryana od razu się zmienił; coraz lepiej odczytywał jej nastrój, na co Emma zdążyła się już zdać. — Jasne —

odparł, dopasowując krok do jej kroku. — Wszystko w porządku?

— Potrzebuję trochę dystansu od Phoenixa — przyznała Emma, gdy kierowali się w stronę głównej areny. — Konie są niesamowicie wrażliwe na nasze stany emocjonalne, a ja teraz jestem kłębkiem nerwów. Jeśli zostanę przy nim dłużej, wyczuje to, a to ostatnia rzecz, jakiej mu potrzeba przed pierwszą dużą klasą. Kate ma na niego oko, dopóki nie wrócę.

Ryan skinął ze zrozumieniem. — Czyli robię dziś za rozpraszacz?

— Mniej więcej — zgodziła się, zdobywając się na mały uśmiech. — Poza tym coraz lepiej idzie ci analiza parkurów. Przyda mi się druga para oczu.

Arena skoków była chwilowo pusta między klasami, co pozwalało zawodnikom przejść parkur pieszo. Emma prześlizgnęła się pod ogrodzeniem, a Ryan tuż za nią. Przed nimi rozciągał się szereg kolorowych przeszkód, z których każda stanowiła własne wyzwanie.

— Dwanaście przeszkód, jedna kombinacja podwójna — zanotowała Emma, a zawodowy ogląd na moment zagłuszył nerwy. — Limit czasu wydaje się hojny, ale to mylące przy skrętach, które wkomponowali.

Podeszła do pierwszej przeszkody, prostej stacjonaty z niebiesko-białymi drągami. — To wygląda prosto, ale od razu sprawdza kontrolę. Najazd od bramki startowej wymusza złapanie rytmu w kilka sekund.

Ryan badał przeszkodę z koncentracją, którą zdążyła w nim polubić. — A zakręt do drugiej przeszkody jest ciasny.

— Dokładnie — potwierdziła Emma, zadowolona z jego obserwacji. — Sprawdzają responsywność od pierwszych metrów. Phoenix będzie musiał szybko wylądować i się zebrać przed tym zakrętem.

Przeszli kolejne elementy, a Emma analizowała każdą przeszkodę i tłumaczyła plan przejazdu. Ruch i układanie strategii zaczęły ją uspokajać, choć nerwy znów dały o sobie znać, gdy dotarli do szóstej przeszkody — szerokiej tacki z wodą.

— To może być kłopotliwe — przyznała, studiując budowę skoku. — Phoenix nie widział tacek z wodą na zawodach. Ćwiczyliśmy na naszej wodzie w domu, ale kolor, na jaki pomalowano tę, daje inny efekt wizualny.

— Jak go do tego przygotujesz? — zapytał Ryan, a jego szczere zainteresowanie technicznymi aspektami ułatwiło Emmie skupienie pędzących myśli.

— Upewnię się, że ją zobaczy podczas kółka rozprężającego. Jeśli będzie zaniepokojony, podejdę z nim blisko stępem, zanim zaczniemy przejazd. — Westchnęła, wreszcie wypowiadając to, co niepokoiło ją naprawdę. — Tylko że to wcale nie kwestie techniczne najbardziej mnie martwią. Phoenix ma fizyczne możliwości, by przeskoczyć wszystko na tym parkurze z zapasem.

— Martwisz się o jego głowę — dokończył za nią Ryan.

Emma skinęła, wdzięczna za jego zrozumienie. — To środowisko jest niesamowicie stymulujące, nawet dla zrównoważonych koni. Dla takiego z historią traumy i lęku jak Phoenix może być przytłaczające. Jeśli przeżyje tu coś złego, rehabilitacja może się wyraźnie cofnąć.

— Ale jeśli mu się uda... — zaczął Ryan.

— Jeśli mu się uda, to będzie ogromny kamień milowy — dokończyła Emma, pozwalając sobie wyobrazić tę możliwość. — Dowód, że jego powrót do formy nie jest tylko zbiegiem okoliczności, że potrafi wystąpić pod presją, że jego zaufanie do ludzi naprawdę zostało odbudowane.

Zakończyli obchód parkurowy w przyjemnym milczeniu, a Emma w myślach powtarzała każdy najazd i zakręt, wizualizując prawdopodobne reakcje Phoenixa na poszczególne elementy. Gdy wrócili do ogrodzenia, jej lęk przemienił się w coś bardziej uchwytnego — skupioną gotowość, znajomą i niemal kojącą.

— A tak przy okazji — mruknął Ryan, gdy opuszczali arenę — wyglądasz w tym stroju absolutnie zjawiskowo.

Spojrzała na niego z uśmiechem, wdzięczna za rozproszenie i ogrzana komplementem. — Całkiem dobrze leży, prawda? Tylko nie waż się klepać mnie po tyłku. Najmniejszy brud na twoich dłoniach będzie widoczny na tych bryczesach!

Roześmiał się, unosząc ręce w przesadnym geście poddania. — Nawet mi to przez myśl nie przeszło. Słowo.

Ton brzmiał jak kłamstwo jak z nut, a na ustach Emmy przez całą drogę do stajni utrzymywał się zadowolony uśmieszek.

Gdy zbliżali się do strefy przygotowań McKenzie'ów, Emma dostrzegła kojący widok. Zoe stała przy boksie Phoenixa, jej dzikie loki ujarzmione w praktycznym warkoczu, i mówiła cicho do folbluta, który z opuszczoną głową uważnie jej słuchał.

— Zoe już jest — powiedziała Emma, a ulga przepłynęła przez jej ciało. — Musiała przyjechać dziś rano z Marcusem.

Marcus stał niedaleko, a obok niego Charlotte Ashford; dziewczynka aż podskakiwała z ekscytacji, gdy dostrzegła zbliżającą się Jemimę. Dwie ośmiolatki zderzyły się w entuzjastycznym uścisku, od razu przechodząc do potoku słów o kucykach, nadchodzących klasach i względnych zaletach różnych sędziów ringowych.

Emma podeszła do Zoe, która uniosła wzrok z porozumiewawczym uśmiechem. — Pomyślałam, że docenisz wsparcie behawioralne na ostatnią chwilę — powiedziała. — Phoenix i ja rozmawiamy o skupieniu i samoregulacji w chaotycznym otoczeniu.

— Ratujesz mi życie — odparła Emma z szczerą wdzięcznością. — Jak on się trzyma?

— Zaskakująco ugruntowany, jak na okoliczności — oceniła Zoe, wskazując na rozluźnioną postawę Phoenixa i spokojne oko. — Bardzo szybko wypracował imponującą odporność. Zrobiłam trochę pracy z ciałem, żeby uwolnić napięcie w potylicy i żuchwie, tam gdzie zwykle je trzyma, i ćwiczyliśmy parę technik ugruntowujących.

Emma patrzyła, jak Zoe demonstruje, kładąc dłonie na konkretnych punktach na szyi i łopatce Phoenixa, a koń wyraźnie rozluźniał się pod jej dotykiem. — To pomaga zakotwiczyć go w ciele — wyjaśniła Zoe Ryanowi, który obserwował z fascynacją. — Gdy konie doświadczają lęku, odcinają się od doznań cielesnych, przez co reagują gwałtowniej. Te punkty uciskowe pomagają utrzymać połączenie.

— To jak mindfulness dla koni — zauważył Ryan, zyskując aprobatywne skinienie Zoe.

— Dokładnie tak — potwierdziła. — Pokażę wam też prostą technikę, której możesz użyć tuż przed wjazdem na arenę: określony wzorzec dotyku, który pomoże Phoenixowi skojarzyć zawody z tym stanem spokojnej czujności.

Emma poczuła kolejną falę wdzięczności za sieć wsparcia, którą zbudowali wokół Phoenixa, gdzie każdy wnosił swoją unikalną wiedzę do jego powrotu do równowagi. Patrzyła, jak Zoe kontynuuje cichą pracę, a powieki folbluta ciężko opadają z rozluźnienia mimo buzującego wokół ruchu.

— Reaguje pięknie — zauważyła Emma, a jej własny niepokój jeszcze bardziej ustąpił, gdy obserwowała spokojny stan Phoenixa.

— Ufa ci — powiedziała po prostu Zoe. — To fundament wszystkiego. Moje techniki tylko pomagają mu sięgnąć po to zaufanie wtedy, gdy bodźce zewnętrzne mogłyby je zagłuszyć.

Z głośników zabrzmiało wezwanie dla zawodników, by zaczęli rozprężanie do klasy Phoenixa. Emma poczuła znajomy przypływ adrenaliny, ale tym razem łagodziła go wiara w wykonaną pracę.

— Czas się szykować — powiedziała, sięgając po kask i rękawiczki. Ryan na moment ujął jej dłoń, a ten prosty dotyk ugruntował ją równie skutecznie, jak techniki Zoe ugruntowały Phoenixa.

— Dacie radę — powiedział cicho. — Oboje.

Emma skinęła, niezdolna ubrać w słowa, jak wiele znaczyła dla niej ta jego stała obecność. Sześć miesięcy temu mierzyłaby się z tym wyzwaniem sama, dźwigając ciężar kruchej rekonwalescencji Phoenixa wyłącznie na własnych barkach. Teraz, patrząc na niewzruszone wsparcie Ryana, cichą kompetencję Zoe i rodzinną, sprawną krzątaninę wokół nich, zrozumiała, że ta droga należy do wszystkich.

Sarah podeszła z siodłem Phoenixa, indywidualnie dopasowanym modelem, który najlepiej sprawdzał się przy jego wrażliwym grzbiecie. — Parkur obcykany i zapamiętany? — zapytała, a praktyczne pytanie sprowadziło Emmę z powrotem do zadania tu i teraz.

— Wszystko gotowe — potwierdziła Emma, sięgając po ogłowie bezwędzidłowe. Znajoma rutyna przygotowań dopełniła resztki nerwów, każda klamra i pasek układały się pod wprawnymi dłońmi. Phoenix posłusznie opuścił głowę do ogłowia, a zaufanie do niej było widoczne w każdym spokojnym oddechu i rozluźnionym mięśniu.

Dociągając popręg, Emma pozwoliła sobie na chwilę cichej dumy. Niezależnie od tego, co wydarzy się dziś na parkurze, już osiągnęli coś niezwykłego. Przerażony, rozbity koń, który kiedyś pędził na oślep przez pole golfowe Ryana, teraz stał cierpliwie w środku zgiełku dużych zawodów, z czujnymi, ufającymi oczami.

— Gotowy na swój pierwszy wielki występ, przystojniaku? — wyszeptała, głaszcząc lśniący kark. Phoenix cicho zarżał w odpowiedzi, jakby rozumiał znaczenie chwili, którą mieli zaraz dzielić.

Na parkurze czekały na nich przeszkody.

Rozdział
siedemnasty

Serce Emmy waliło o żebra, gdy prowadziła Phoenixa ku wjazdowi na główną arenę. Atmosfera gęstniała wokół nich, ciężka od zapachu koni, trocin i oczekiwania. Czarna sierść Phoenixa lśniła w arenowych światłach, ale koń niepewnie poruszał uszami, a Emma czuła pod uspokajającymi dłońmi subtelne napięcie, które falowało przez jego potężne mięśnie. Wciągnęła głęboko powietrze, próbując ukoić własne nerwy. Ta chwila, ich pierwszy prawdziwy sprawdzian razem, miała pokazać, jak daleko naprawdę zaszli.

Głos stewarda zacharczał w głośnikach, zapowiadając początek klasy dla początkujących na 90 cm. Emma uniosła wzrok i zobaczyła Ryana i Jemimę przy bandzie, z twarzami pełnymi ekscytacji. Ryan skinął jej dodająco otuchy, a Emma, mimo wszystko, poczuła w piersi lekki trzepot — i nie miało to nic wspólnego z przedstartową tremą.

— Pamiętaj, prosto i spokojnie — szepnęła Sarah, pojawiając się u boku Emmy. — Jak w domu. On wie, co robi. Jej spokojna pewność siebie uspokoiła Emmę, gdy Sarah ustawiła się do podsadzenia.

— Dobrze — wyszeptała Emma, zbierając wodze w lewą rękę. — Jak w domu. Postawiła lewą stopę w splecione dłonie siostry i dzięki płynnemu podrzuceniu osiadła w siodle. Phoenix przesunął się pod nią, jego ciało kłębiło się nerwową energią, ale to jeszcze nie był strach.

— Powodzenia — powiedziała Sarah, klepiąc jeszcze ramię Phoenixa, po czym odsunęła się.

Emma nie chciała rozprężać zbyt długo. Przeprowadziła Phoenixa przez delikatną rozprężkę, starając się utrzymać go w spokoju i w rozsądnej odległości od innych koni. Stęp, kłus i galop na obie strony oraz kilka szybkich skoków próbnych — i steward przy wjeździe wywołał ich numer.

Emma poprowadziła Phoenixa ku wjazdowi na plac konkursowy; szmer tłumu odpłynął w tło, gdy skupiła się całkowicie na połączeniu swojego ciała z jego. Czuła, że jego serce przyspiesza, oddech staje się płytszy, gdy wjeżdżali w rozległą przestrzeń, gdzie dziesiątki widzów otaczały bandę.

— Spokojnie, chłopcze — mruknęła miękko, nisko. — Damy radę.

Zadzwonił dzwonek, dając sygnał do rozpoczęcia przejazdu. Emma zebrała wodze, prosząc Phoenixa o galop. Odpowiedział pięknie, wchodząc w wyważony, naprzód niosący wykrok, który poniósł ich ku pierwszej przeszkodzie. Emma trzymała wzrok wysoko, skupiona na linii, a jej ciało rozluźniało się w znajomym rytmie najazdu.

Phoenix poszedł nad pierwszą stacjonatą, z idealną formą, i wylądował z energią, którą Emma zamknęła lekką ręką, łagodnie prowadząc go w ciasnym zakręcie. Druga przeszkoda pojawiła się szybko — okser wymagający większego wysiłku — ale Phoenix przeskoczył go z zapasem. W piersi Emmy wezbrała fala nadziei, gdy zwracali się ku trzeciej.

— Właśnie tak — wyszeptała zachęcająco, jej głos ledwie przebijał się przez stukot kopyt. Kolejne trzy przeszkody znikały pod nimi w mgnieniu oka, płynne ruchy i precyzyjne tempo. Aprobujący szmer tłumu narastał, gdy Phoenix prezentował swój naturalny talent skokowy, sprawiając, że parkur wyglądał na bezwysiłkowy.

Z każdym udanym skokiem rosła pewność siebie Emmy. To był koń, którym Phoenix mógł być — atleta, którego potencjał był dotąd pogrzebany pod warstwami strachu i traumy. Gdy zbliżali się do połowy parkuru, pozwoliła sobie wyobrazić czysty przejazd, zobaczyła w myślach potwierdzenie, które przyniósłby wszystkim miesiącom cierpliwej pracy i rehabilitacji.

A potem przyszła szósta przeszkoda — taca z wodą. Emma natychmiast poczuła zmianę w Phoeniksie. Uszy poszły ostro do przodu, krok się załamał, gdy w polu widzenia pojawiła się nieznana przeszkoda. Błękitna powierzchnia lśniła w arenowych światłach, tworząc efekt, z którym nie mieli do czynienia podczas treningów.

— Naprzód — ponagliła Emma, delikatnie dociskając łydki, starając się utrzymać impet. Phoenix zawahał się, siadając na zadzie, jakby szykował się do zatrzymania. Emma nie odpuszczała, wykorzystując całą swoją umiejętność, by przekonać go, żeby zaufał jej ocenie.

Przez moment wydawało się, że to działa. Phoenix zebrał się, mięśnie napięły się, jakby chciał skoczyć. Wtedy na trybunach błysnął aparat, a nagły rozbłysk światła odbił się na powierzchni tacy z wodą. Phoenix zamarł, całe jego ciało zesztywniało pod Emmą. Strach, tak ostrożnie trzymany w ryzach przez miesiące, eksplodował potężną falą, która przetoczyła się od zadu po całe ciało.

Zanim Emma zdążyła zareagować, stanął dęba, przednimi kopytami siekąc powietrze, jakby chciał uciec przed wyimaginowanym zagrożeniem. Emma poleciała do przodu, chwytając garść grzywy, by utrzymać się w siodle, ciało odruchowo dopasowało się do jego ruchu. Phoenix skręcił w pół wspięcia, odkręcając od przeszkody gwałtownie, niemal ją wysadzając z siodła, po czym wyrwał do przodu, przecinając niewidzialną linię między dwiema innymi przeszkodami — co oznaczało, że pojechali złą trasę.

Gwizdek sędziego przeciął powietrze, ostry i ostateczny. Eliminacja.

Żołądek Emmy zapadł się, gdy odzyskała kontrolę nad Phoenixem, który teraz drżał pod nią, a boki unosiły się od panicznych oddechów. Zbiorowe westchnienie zawodu przetoczyło się przez trybuny, gdy skierowała Phoenixa do wyjazdu, a jej policzki płonęły mieszanką wstydu i troski o konia.

— Nic nie szkodzi — wyszeptała, chociaż głos jej zadrżał w gardle. — Wszystko w porządku.

Gdy opuszczali arenę, Emma czuła, jak ciężar porażki przygniata jej ramiona. Zrobiła za dużo, za szybko. Phoenix jej zaufał, a ona zabrała go w sytuację, na którą nie był gotów. Cały ich postęp wydał się nagle kruchy, tymczasowy — cienka powłoczka na ranach głębszych, niż była gotowa przyznać.

Z powrotem przy tymczasowych boksach Emma zeskoczyła z drżącymi rękami, a nogi chwiały się, dźwigając jej ciężar. Sierść Phoenixa była wilgotna od potu, przewracał oczami. Zaprowadziła go do boksu, mrucząc zapewnienia, które nawet w jej uszach brzmiały pusto.

— Em — głos Sarah przebił się przez mgłę samopotępienia. Siostra stała w wejściu do boksu, z wyrazem twarzy miękkim od zrozumienia. — Nie katuj się. Widziałam, jak to się zdarza znacznie bardziej doświadczonym koniom.

— Powinnam była przewidzieć — odparła Emma, zdławionym głosem. — Powinnam była lepiej przygotować go do tacy z wodą. Zachłysnęłam się tym, jak dobrze skakał w domu, i zapomniałam, jak bardzo inne jest środowisko zawodów.

— Nie mogłaś wiedzieć, jak zareaguje — odcięła Sarah, wchodząc do boksu, by pomóc zdjąć ogłowie. — Po to startujemy, żeby się tego uczyć.

Emma skinęła głową, ale rozczarowanie wciąż ciężko zalegało jej w piersi. Gdy zdejmowała Phoenixowi ogłowie, do strefy stajennej wpadła Jemima, z małą buzią ściągniętą troską. Bez słowa objęła Emmę w pasie, wtulając twarz w brzuch mamy.

— Był bardzo dzielny, dopóki się nie przestraszył, mamo — powiedziała Jemima, a jej głos tłumiła kurtka Emmy. — A ty się utrzymałaś, kiedy stanął dęba. To było niesamowite.

Mimo wszystko na ustach Emmy pojawił się cień uśmiechu. Pogładziła jasne włosy Jemimy, czerpiąc otuchę z bezwarunkowego wsparcia córki. — Dzięki, kochanie. Był dzielny, prawda?

Reszta rodziny zaczęła się schodzić, każdy na swój sposób dodając otuchy. Kate pomagała wyczyścić Phoenixa i zarzucić na niego derkę, a jej sprawnym ruchom towarzyszył strumień praktycznych rad dotyczących jutrzejszej klasy. Pip przyniosła wodę i batonik proteinowy, wciskając je Emmie w dłonie z twardymi instrukcjami, by uzupełniła energię.

— Wiesz — odezwała się Kate zamyślona, pracując — jutrzejsza klasa pokazowa może mu tak naprawdę bardziej pasować. Większe przeszkody dadzą mu coś, na czym skupi się poza atmosferą, a on ma na to potencjał. Poza tym oboje będziecie już wiedzieć, czego się spodziewać.

Emma rozważyła to, patrząc, jak Phoenix stopniowo się odpręża przy znajomym dotyku Kate. — Myślisz, że wciąż powinniśmy wystartować?

— Zdecydowanie — odparła Kate bez wahania. — Jedno złe doświadczenie nie definiuje jego możliwości. Ani twoich.

Wtedy pojawił się Ryan, jego wysoka sylwetka była solidną obecnością w wejściu do boksu. Trzymał się z tyłu, dając rodzinie przestrzeń, ale teraz podszedł bliżej, a jego spojrzenie odnalazło spojrzenie Emmy z intensywnością, od której zabrakło jej tchu.

— Zaszłaś z nim tak daleko, Emmo — powiedział. — Jedno potknięcie nie kończy jego drogi.

Prosty sens tych słów przebił się przez chmurę rozczarowania, która ją spowiła. Emma spojrzała na Phoenixa, na jego potężną sylwetkę i bystre oko, na cały potencjał, który czekał, by stać się rzeczywistością. Pomyślała o przerażonym koniu, który trafił do niej ledwie kilka tygodni temu, i o tym, jak daleko już razem doszli.

— Masz rację — zgodziła się, prostując ramiona. — To jeszcze nie koniec.

Wtedy pojawiła się Zoe, z oczami błyszczącymi determinacją. — Zobaczę, co mogę dla niego zrobić — zaproponowała, już podwijając rękawy. — Złe doświadczenie tworzy wzorce napięć, które mogą się utrwalić, jeśli od razu się nimi nie zajmiemy.

Emma patrzyła, jak wprawne dłonie Zoe suną po ciele Phoenixa, znajdując i uwalniając punkty napięcia z niemal magiczną biegłością. Powieki Phoenixa ciężko opadały, dolna warga zwisała w rozluźnieniu, mimo traumy minionej godziny.

— No, dobry chłopak — mruknęła Zoe, pracując palcami za jego potylicą. — Puść to, właśnie tak.

Gdy Phoenix poddawał się uzdrawiającemu dotykowi Zoe, Emma poczuła, jak i jej własne napięcie zaczyna się rozpraszać. Wokół niej rodzina dalej działała z celem, a ich zbiorowa energia tworzyła ochronną bańkę wsparcia i determinacji. Jutro będzie nowy dzień, nowa szansa, by pokazać światu, kim Phoenix naprawdę jest. Miała kolejną szansę, by zrobić to dobrze.

Następnego ranka stajnie wciąż tonęły w ciemności, gdy Emma jechała miękką szczotką po lśniącej sierści Phoenixa. Phoenix stał spokojnie, ciemne oczy miał miękkie i uważne, od czasu do czasu szturchając jej kieszeń w poszukiwaniu smakołyków. W jego zachowaniu nie było ani śladu wczorajszego urazu — świadectwo pracy z ciałem wykonanej przez Zoe i niezwykłej odporności konia. Emma pozwoliła sobie na lekki uśmiech. Dziś będzie inaczej.

— Dziś jego energia jest dużo czystsza — zauważyła Zoe, przesuwając dłońmi po szyi Phoenixa. — Widać to w oku — spokojna czujność bez napięcia.

Emma skinęła głową, doceniając spokojną pewność Zoe. — Dobrze spał w nocy. Moja kolej była, żeby tu nocować; sprawdzałam go dwa razy i za każdym razem leżał. To rzadkie na zawodach.

— To znaczy, że czuje się bezpieczny, mimo wczorajszego strachu — odparła Zoe, znajdując palcami punkt na potylicy Phoenixa, od którego ziewnął. — To zasługa zaufania, które z nim zbudowałaś.

W drzwiach boksu pojawiła się Sarah, jak zwykle z tabliczką w ręku. — Harmonogram idzie zgodnie z planem. Twoja klasa jest pierwsza; zgłosiło się mnóstwo zawodników. Jesteś dziewiętnasta w kolejności.

Żołądek Emmy ścisnął się, ale odepchnęła nerwy. — Idealnie. Będziemy gotowi.

Kolejne godziny minęły w wirze przygotowań. Emma przeprowadziła Phoenixa przez serię ćwiczeń z ziemi, zaprojektowanych tak, by zaangażować jego ciało i umysł, gdy zbliżał się początek klasy; każde przejście płynnie wynikało z poprzedniego. Folblut odpowiadał pięknie, skupiony bez reszty, dopasowując ruchy do jej subtelnych sygnałów.

Zoe trzymała się blisko, czasem sugerując inne podejście. — Pamiętaj, lekki dosiad i miękka ręka. On pójdzie za tobą — poradziła, gdy Emma szykowała się do wsiadania. — Jeśli ty się napniesz, on też. Jeśli ty zaufasz, on zaufa.

Emma wzięła głęboki oddech, pozwalając, by słowa Zoe osiadły w jej świadomości. — Lekki dosiad, miękka ręka — powtórzyła, zbierając wodze.

Ryan podszedł, twarz spokojna, ale oczy zdradzały niepokój. — Gotowa?

— Na tyle, na ile się da — odparła Emma z małym uśmiechem. Podsadzał ją i wskoczyła w siodło, a Phoenix stał pod nią cicho.

Rozprężalnia była zatłoczona zawodnikami, ale Emma trzymała Phoenixa po zewnętrznej, najpierw ustanawiając rytm, zanim spróbowała jakichkolwiek skoków. Czuła, jak z każdym foulem nabiera pewności; jego grzbiet niósł elastycznie, uszy były nastawione do przodu z zainteresowaniem, a nie niepokojem.

— Pięknie — zawołała Zoe, gdy przelecieli nad stacjonatą próbną. — Jest z tobą całkowicie.

Zbyt szybko nadeszła pora. Emma poprowadziła Phoenixa ku wjazdowi na główną arenę, serce znów waliło jej o żebra. OTTB Showcase było jednym z najważniejszych wydarzeń programu jeździeckiego Ekki — z pokaźną nagrodą i dużym prestiżem. Parkur 1,2 m stanowił wyzwanie nawet dla doświadczonych skoczków, nie mówiąc o koniu, który zaledwie wczoraj odmówił skoku w dużo mniejszej klasie.

— Skupiaj się na jednej przeszkodzie na raz — powiedziała cicho Sarah, gdy czekali na swoją kolej. — Samym tym, że tu dotarł, już wygrałaś.

Emma skinęła, zbyt skupiona, by mówić. Przebiegła wzrokiem po parkurze, w myślach analizując każde najście i każdy skręt. Rów z wodą był tam znowu, większy niż wczoraj, ale Phoenix niezliczoną ilość razy skakał „wodę" w domu. To atmosfera, nie sama przeszkoda, wywołała jego strach.

Zadzwonił dzwonek i Emma wprowadziła Phoenixa na arenę. W przeciwieństwie do wczorajszego nerwowego wjazdu, teraz szedł zdecydowanie, skupiony już na pierwszym skoku, a jego foule wydłużyły się, gdy zbliżali się do strefy startu. Emma usiadła nieco głębiej, odnajdując to miejsce połączenia, gdzie jej ciało i ciało Phoenixa komunikowały się bez udziału myśli.

— Pokażmy im, kim naprawdę jesteś — szepnęła, a ucho Phoenixa drgnęło do tyłu na dźwięk jej głosu, po czym znów nastawiło się na pierwszą przeszkodę.

— Właśnie tak. Lubisz duże skoki, prawda? Czuła jego ekscytację — zupełnie inną niż napięcie wczoraj. Może Kate miała rację; może tylko traciła jego czas na mniejszych skokach. Dziś był zainteresowany.

Dziś spróbuje.

Dzwonek rozległ się ponownie, dając sygnał do startu. Emma zebrała wodze, prosząc o galop. Phoenix odpowiedział natychmiast, mocny zad pchnął go naprzód w wyważonym, rytmicznym foulu. Pierwsza przeszkoda rosła przed nimi — solidny okser z kwietnikami pod spodem. Emma trzymała wzrok wysoko, ciało podążało za ruchem konia bez ingerencji.

Phoenix zebrał się i poszybował nad okserem, z książkową formą, lądując z energią, która gładko poniosła ich ku drugiej przeszkodzie. Emma poczuła falę dumy, ale utrzymała koncentrację, świadoma, że prawdziwa próba dopiero nadejdzie.

Przeszkoda za przeszkodą znikała pod nimi, a pewność Phoenixa rosła z każdym udanym skokiem. Jego naturalna atletyczność błyszczała; potężny skok sprawiał, że znaczne wysokości wydawały się lekkie. Emma jechała z nim w pełnej harmonii, subtelnymi dotknięciami ręki i łydki dając mu tylko tyle prowadzenia, ile potrzebował.

A potem przyszedł rów z wodą. Emma poczuła, jak Phoenix na moment się waha, gdy przeszkoda pojawiła się w zasięgu wzroku, a foule odrobinę się skróciły. Sama utrzymała wzrok bezwzględnie przed sobą, postawę pewną, łydki mocno, ale czule otulały jego boki.

— Damy radę — zachęciła, a Phoenix odpowiedział na jej pewność siebie, znów wydłużając krok. Zbliżyli się w idealnym tempie, Phoenix zebrał się, po czym odbił do skoku, który przefrunął nad wodą z zapasem. Lądowanie było zrównoważone i kontrolowane, a jego uwaga już przenosiła się na zdradliwą podwójną stacjonatę, która następowała.

Po tłumie przeszedł zbiorowy pomruk, a Emma pozwoliła sobie na chwilę ulgi, po czym znów skupiła się na pozostałych przeszkodach. Pokonali resztę parkuru z rosnącą pewnością siebie, każdy udany element budował kolejny, aż przecięli linię mety z czystym przejazdem.

Brawa wybuchły natychmiast i z entuzjazmem. Emma poklepała Phoenixa po szyi, gdy krążyli, czekając na informację, czy zakwalifikowali się do rozgrywki. Serce waliło jej w piersi, lecz teraz już z ekscytacji, a nie ze strachu.

— Czysty przejazd dla Emmy McKenzie na Ridgewater Phoenix — potwierdził głos spikera. — Dopiero nasz trzeci kwalifikant do rozgrywki.

Czekanie dłużyło się jej jak wieczność — w kolejce zostało jeszcze czterdziestu zawodników. Emma stępowała Phoenixem w kółko, cierpliwie do niego mówiąc, lecz wreszcie wezwano z powrotem dziewięcioro zawodników z czystym przejazdem i Emma znalazła się znów na parkurze, tym razem w rozgrywce na czas. Teraz trema zniknęła, zastąpiona spokojną wiarą w ich partnerstwo. Phoenix zdawał się podzielać jej pewność; gdy wjeżdżali, uszy miał nastawione śmiało do przodu.

Trasa rozgrywki była krótsza, ale wymagała ciaśniejszych zakrętów i absolutnej precyzji, a każda przeszkoda była teraz ustawiona na maksymalną wysokość. Emma i Phoenix zaatakowali ją z nowo odkrytą swobodą, poruszając się tak synchronicznie, jakby przewidywali swoje myśli. Gdzie wczoraj chodziło o przetrwanie, dziś było o świętowanie, o pokazanie światu prawdziwego serca tego niezwykłego konia.

Gnały po parkurze, Phoenix idealnie dopasowywał foule do każdej kombinacji, na komendę skracał i wydłużał krok, zawracał niemal w miejscu bez utraty impetu, a jego wyścigowe pochodzenie objawiało się w zapierającej dech szybkości. Gdy pokonali ostatnią przeszkodę i w galopie minęli bramę mety, Emma wiedziała, że pojechali wyjątkowy przejazd.

— Emma McKenzie i Phoenix, czysto w 41,2 sekundy, obejmują prowadzenie o ponad 3 sekundy, co za czas! — oznajmił spiker z autentyczną ekscytacją w głosie, a tłum eksplodował okrzykami.

Pozostali zawodnicy nie zdołali zbliżyć się do ich czasu. Gdy ogłoszono ostateczne wyniki, potwierdzając ich zwycięstwo, twarz Emmy rozjaśnił szeroki uśmiech, a do oczu napłynęły łzy radości i satysfakcji. Phoenix dumnie paradował pod nią, jakby wyczuwając doniosłość chwili, jego czarna sierść błyszczała w świetle areny, gdy pozwolił sędziemu założyć na spocony kark szeroką wstęgę i mistrzowski wieniec, po czym ruszyli w rundę honorową; Emma pozwoliła Phoenixowi na moment zaprezentować jego ognistą prędkość w galopie wzdłuż bandy.

— Panie i panowie, wasz Mistrz Pokazu OTTB: Ridgewater Phoenix, dosiadany przez Emmę McKenzie z Ridgewater Rescue!

Gdy zjechali z areny, Emma natychmiast została otoczona przez rodzinę, ich twarze promieniały dumą i radością. Jemima rzuciła się matce na szyję, kiedy tylko Emma zsiadła, o mało nie wytrącając jej z równowagi.

— Byłaś niesamowita! Phoenix *leciał!* — zawołała Jemima, a jej oczy błyszczały.

Ryan podszedł bliżej, z wyrazem dumy i czegoś głębszego, bardziej osobistego. — To było niewiarygodne — powiedział cicho. — Oboje.

Emma uśmiechnęła się do niego, wciąż trzymając w dłoni wodze Phoenixa; wstęgi i kwiaty na jego szyi były namacalnym symbolem tego, jak daleko razem zaszli. — Dopiero się rozkręcamy — odparła.

Emma przycisnęła palce do metalowej barierki rozprężalni; kostki pobielały, gdy patrzyła, jak Jemima prowadzi Pepper przez ostatnie skoki treningowe. Mimo oczywistych umiejętności córki, w brzuchu Emmy ścisnęła się matczyna obawa. Jemima siedziała wyprostowana w siodle, jej blond kucyk podskakiwał w rytm miarowych kroków Pepper, a twarz miała ustawioną w ten sam zdeterminowany wyraz, który Emma nieraz widziała u siebie w lustrze.

— Wygląda na gotową — skomentował Ryan, pojawiając się u boku Emmy. Jego ramię musnęło jej ramię, przynosząc odrobinę ciepła i otuchy.

— Bardziej niż gotową — zgodziła się Emma, a w jej głosie pobrzmiewała mieszanka dumy i nerwów. — Ćwiczy te układy od tygodni. Mam tylko nadzieję, że atmosfera jej nie przytłoczy.

Klasa Młodych Jeźdźców OTTB była prestiżowa, przyciągała najlepszych juniorów z całego Queensland. Ośmioletnia Jemima była jedną z najmłodszych uczestniczek, rywalizując z dziećmi nawet do piętnastu lat. Parkur nie był szczególnie wysoki, ale wymagał precyzji i kontroli, sprawdzając partnerstwo jeźdźca i konia, a nie tylko czystą zdolność skoku.

— Dwie minuty do startu — zawołał steward, a Jemima kłusem podjechała z Pepper do bramki, gdzie czekała Pip z ostatnimi wskazówkami.

— Pamiętaj: rytm i prostota — instruowała Pip, jej głos niósł się wyraźnie tam, gdzie stała Emma. — Zaufaj Pepper, że zrobi swoje, a ty skup się na trzymaniu linii.

Jemima skinęła głową, jej mała twarz poważniała pod aksamitem pokrytym kaskiem. Emma poczuła, jak serce rośnie jej z dumy nad opanowaniem córki, tak bardzo wykraczającym poza jej wiek. Gdy Jemima ruszyła kłusem ku wjazdowi na główną arenę, na moment odwróciła się w siodle, wypatrzyła Emmę. Na jej twarzy mignął szybki uśmiech — chwila połączenia matki z córką — po czym znów skupiła się na czekającym wyzwaniu.

Głos spikera poniósł się z głośników, przedstawiając: Jemima McKenzie na Peppermint Twist, reprezentująca Ridgewater.

Emma wstrzymała oddech, gdy Jemima wjechała na czworobok; mała, czarna klacz stąpała lekko pod nią. Córka wyglądała w ogromnej arenie na niewiarygodnie drobną, a jednocześnie zupełnie u siebie; siedziała idealnie wyprostowana, zasalutowała sędziemu, po czym skróciła wodze.

Zadzwonił dzwonek, a Jemima wprowadziła Pepper w zebrany galop, podjeżdżając do pierwszej przeszkody z wyważoną pewnością. Oczy Emmy śledziły każdy ich ruch, rozpoznając godziny ćwiczeń w subtelnych pomocach Jemimy i uważnych korektach Pepper.

Pokonały pierwszą stacjonatę z zapasem, a Jemima idealnie utrzymała równowagę przez lądowanie i przejście. Druga przeszkoda przyszła szybko, wymagając ciasnego zakrętu, który testował kontrolę. Pepper zareagowała na najlżejszy dotyk, dostosowała foule i przeskoczyła okser z precyzją, która wywołała uznające pomruki wśród widzów.

— Jeździ, jakby urodziła się w siodle — skomentowała kobieta obok Emmy, nie zdając sobie sprawy, że stoi tuż przy mamie młodej amazonki.

— Prawie tak było — odparła Emma z lekkim uśmiechem, nie odrywając oczu od postępów córki na parkurze.

Przeszkoda za przeszkodą znikała pod ostrożnymi kopytami Pepper, każdy skok wykonany z tą samą metodyczną precyzją. W przeciwieństwie do niektórych bardziej efektownych przejazdów, które je poprzedzały, występ Jemimy i Pepper był popisem ekonomicznej jazdy: oszczędzały energię i przez cały czas utrzymywały idealny rytm.

Gdy zbliżały się do ostatniej kombinacji — podchwytliwej linii trzech skoków, która złapała już wielu zawodników — Emma znów poczuła, jak wstrzymuje oddech. Jemima głęboko usiadła w siodle, starannie równoważąc Pepper na dojeździe, ręce trzymała stabilnie, wzrok miała utkwiony przed siebie.

Raz, dwa, trzy — i po sprawie; przekroczyły linię mety z czystym przejazdem, który umieścił je w wąskiej grupie zakwalifikowanych do rozgrywki. Emma wypuściła powietrze z szumem, klaszcząc tak długo, aż rozbolały ją dłonie.

— Moja dziewczynka — szepnęła, gardło miała ściśnięte od wzruszenia.

Rozgrywka przyniosła nowy poziom trudności: wymagała szybszego tempa i ciaśniejszych zakrętów przy zachowaniu dokładności. Emma patrzyła, jak starsi, bardziej doświadczeni zawodnicy pokonują skrócony parkur, niektórzy poświęcali precyzję na rzecz prędkości i płacili za to strąconymi drągami.

Gdy przyszła kolej Jemimy, wjechała z cichą pewnością, narzucając tempo szybkie, lecz kontrolowane. Pepper pięknie odpowiadała na polecenia amazonki, zawracała niemal w miejscu i czyściutko pokonywała każdą przeszkodę. Ich końcowy czas w oczach Emmy nie wyglądał na bardzo szybki, ale miały jak dotąd jedyny czysty przejazd, co stawiało je w grze.

Oczekiwanie na ostateczne wyniki zdawało się nie mieć końca. Emma krążyła przy barierce, a Ryan stał obok jak ostoja, gdy kolejni zawodnicy kończyli przejazdy. Niektórzy byli szybsi, ale strącali drągi; inni jechali na czysto, lecz nie potrafili dorównać efektywnym liniom Jemimy.

— Myślę, że to jej — powiedziała nagle Sarah, gdy zupełnie ostatni zawodnik wpadł na ostatnią przeszkodę zbyt szybko i zrzucił ją z brzękiem spadających drągów. — To był ostatni, który mógł jej odebrać czas. Em, to chyba jej!

Kiedy spiker wreszcie ogłosił: — Pierwsze miejsce: Jemima McKenzie na Peppermint Twist — serce Emmy niemal pękło z dumy. Brawa narastały, gdy Jemima ponownie wjechała na arenę do rundy honorowej, a jej twarz rozciął uśmiech tak szeroki, że musiał boleć. Pepper dumnie paradowała pod nią, jakby rozumiała wagę chwili.

— Udało jej się — wyszeptała Emma, a w oczach zaszkliły się łzy. — Na tle tych wszystkich starszych dzieci z większym doświadczeniem. A mała Pepper — pewnie najmniejsza OTTB w klasie!

— Talent McKenzie — odparł Ryan, obejmując ją ramieniem w talii. — Najwyraźniej to rodzinne.

Po wręczeniu wstęg i trofeów Emma ruszyła do strefy zbiórki i znalazła Jemimę otoczoną admiratorami. Córka siedziała prosto w siodle, przyjmując gratulacje z opanowaniem, które przeczyło jej ośmiu latom.

Gdy Emma podeszła bliżej, zauważyła elegancką parę, która mówiła do Jemimy z wyraźną powagą — bardziej jak o interesach niż zwykłych gratulacjach.

— To wyjątkowa klacz — mówił mężczyzna, głosem kogoś, kto nawykł dostawać, czego chce. — Nasza córka dałaby jej wspaniały dom; startuje w międzyszkolnych zawodach na poziomie stanowym i szuka nowego konia. Bylibyśmy gotowi zaoferować bardzo hojną kwotę.

Twarz Jemimy, przed chwilą zaróżowiona od zwycięstwa, stężała w zaskakująco dorosłym wyrazie determinacji. — Pepper jest moja — oznajmiła twardo, mocniej chwytając wodze. — Nie jest na sprzedaż.

Para wymieniła spojrzenia, najwyraźniej nieprzywykła do tak bezpośredniej odmowy ze strony dziecka. — Może powinniśmy porozmawiać z twoimi rodzicami — zasugerowała kobieta protekcjonalnym tonem. — To znacząca szansa dla konia tej klasy.

— Możecie porozmawiać z moją mamą, jeśli chcecie — odparła Jemima, dostrzegając Emmę i przywołując ją gestem. — Ale powie wam to samo.

Emma podeszła bliżej, kładąc ochronnie dłoń na szyi Pepper. — Czy jest jakiś problem?

Para odwróciła się, a ich miny wygładziły się w zawodowo uprzejme. — Pani McKenzie, wyrażaliśmy zainteresowanie koniem Pani córki. Jesteśmy gotowi złożyć wyjątkowo korzystną ofertę.

— Pepper była prezentem dla Jemimy — oświadczyła Emma stanowczo, bez wahania wspierając córkę. — Przykro mi, ale nie jest na sprzedaż za żadne pieniądze.

— Ale chyba Pani rozumie — nalegał mężczyzna. — Pieniądze, które zapłacimy, mogłyby dać Pani córce tyle innych możliwości...

— To, co moja córka już ma, jest cenniejsze niż same pieniądze — odparła Emma uprzejmie, ale nieustępliwie. — Więź zbudowana na zaufaniu i prawdziwej sympatii. Pepper jest częścią naszej rodziny, a nie towarem na sprzedaż.

Para wycofała się, widocznie rozczarowana, ale rozpoznając ostateczność w tonie Emmy. Gdy odchodzili, Jemima spojrzała w dół na matkę; w jej wyrazie mieszały się ulga i wdzięczność.

— Dzięki, mamo — powiedziała po prostu.

— Nie musisz mi dziękować, kochanie — odparła Emma, ściskając córkę za łydkę. — Decyzja należy do ciebie. Pepper jest twoja; Harry ci ją podarował. Jeśli kiedyś zechcesz ją sprzedać, pomogę ci znaleźć dla niej najlepszy dom, ale to też będzie twoja decyzja. Albo znajdziemy jej fajnego ogiera i będzie miała dla ciebie źrebięta, zaczynając własną dynastię w Ridgewater, tak jak Legend. Nigdy nie musisz jej oddawać, jeśli nie chcesz.

Wrócili do rodzinnego miejsca, które już tętniło świętowaniem. Charlotte Ashford, najlepsza przyjaciółka Jemimy, właśnie wróciła ze swojej klasy, a do ogłowia jej kuca przypięta była niebieska rozetka.

— Jemima! Ja też wygrałam! — zawołała Charlotte, jej piegowata twarz aż płonęła z ekscytacji. — Beau był idealny, tak jak mówiła Pip!

Dziewczynki od razu wpadły w ożywioną rozmowę, porównując przejazdy i wrażenia, podczas gdy Pepper i Beau stały cierpliwie obok siebie. Emma patrzyła z uśmiechem, wspominając własne dziecięce przyjaźnie, zawiązane dzięki wspólnej pasji do koni.

Podeszła Pip, obładowana kolejnymi wstęgami i wieńcami z klas kucyków. Mimo drobnej postury zdawała się nieść pół ogrodu kwiatów.

— Trzy tytuły mistrzowskie i dwa wicemistrzowskie — oznajmiła, zrzucając naręcze na kufer z rzędem. — Kuce były dziś absolutnymi gwiazdami.

— W tym tempie będziemy potrzebować osobnej przyczepy tylko na wstęgi i kwiaty — zauważyła Sarah, dokładając do rosnącego stosu kolejną mistrzowską rozetkę.

Pojawił się Jake, niosąc wszystkim napoje. Z uniesionymi brwiami zmierzył górę kwietnych trofeów.
— Powinniśmy otworzyć kwiaciarnię z tymi wszystkimi wieńcami — zażartował, podając Pip butelkę zimnej wody.
— Może byłoby to bardziej dochodowe niż konie.

Rodzinny śmiech rozbrzmiał radośnie — chwila czystej radości i wspólnego sukcesu. Emma znów poczuła, jak ramię Ryana oplata jej talię, jego obecność była teraz tak naturalna i niezbędna jak oddech.

— Co za dzień dla McKenzie'ów — mruknął.

Emma skinęła głową, patrząc, jak Kate dokłada do kolekcji kolejną niebieską wstęgę — tym razem za udany pokaz OTTB w klasie ujeżdżeniowo-pokazowej. — Nie chodzi tylko o wygrywanie — powiedziała cicho. — Choć to też miłe. Chodzi o budowanie czegoś razem, o tworzenie chwil, które stają się częścią tego, kim jesteśmy.

Ramię Ryana mocniej ją otuliło. — Wiem — odparł. — Zaczynam rozumieć, że to właśnie czyni Ridgewater wyjątkowym. To nie konie, wstęgi ani nawet sama ziemia. To więzi między wami wszystkimi i to, jak zaprosiliście innych do tego kręgu.

Emma wtuliła się w jego objęcia, patrząc na żywą gestykulację córki, gdy opowiadała swój przejazd zachwyconej grupce młodych jeźdźców.

— Dopiero się rozkręcamy — powiedziała, powtarzając słowa, które wcześniej rzuciła Ryanowi po zwycięstwie Phoenixa. — Wszyscy.

— Och — Kate odwróciła się od rozbawionego tłumu. — A tak w ogóle, znalazłam jeszcze coś w pawilonie produktów rolnych. — Uśmiechając się, podała Emmie małą, prostokątną kartę.

— O Boże. — Emma wpatrywała się w kartę z niedowierzaniem. — Nie wierzę. To jeszcze trudniej wygrać niż Pokaz OTTB!

Ryan zamrugał kompletnie zdezorientowany, aż Emma odwróciła kartę, by mu pokazać.

— Zdobyłam pierwsze miejsce z moim dżemem ananasowym!

Rozdział osiemnasty

EMMA STAŁA W STREFIE gościnnej Royal Queensland Show, w kurtce konkursowej, na której wciąż osiadał kurz po rundzie honorowej; w ciele wibrowały resztki adrenaliny po triumfie Phoenixa. Waga wieńca championa była wyraźna, gdy kładli go na lśniącej szyi Phoenixa, ale niczym w porównaniu z ciężarem uwagi, który teraz napierał na nią ze wszystkich stron. Wieść rozeszła się błyskawicznie po jeździeckiej poczcie pantoflowej: Ridgewater Phoenix, trudny po karierze wyścigowej koń, który w zaledwie kilka miesięcy stał się czempionem skoków, był odkryciem wystawy. A tam, gdzie pojawia się jeździecka doskonałość, zawsze pojawiają się też kupcy z otwartymi czekami.

Upiła łyk wody z plastikowego kubka, życząc sobie, by było to coś mocniejszego. Gratulujący tłum niepostrzeżenie się zmienił, w zawrotnym tempie przeobrażając się z życzliwych kibiców w potencjalnych kontrahentów. Emma znała te symptomy; widywała to niezliczoną ilość razy przy koniach ojca, przy ujeżdżeniowych prospektach Kate, a czasem nawet przy własnych rehabilitacyjnych sukcesach. Nigdy jednak z taką intensywnością i nigdy w odniesieniu do konia, który tak wiele dla niej znaczył osobiście.

— Niezwykły przejazd, Pani McKenzie. — Mężczyzna w niemal nowym kapeluszu Akubra i wypolerowanych butach RM Williams wyciągnął dłoń; jego poorana wiatrem twarz rozpromieniła się uśmiechem, który nie sięgał jednak kalkulujących oczu. — Ben Marshall, Highpoint Park. Zawsze szukamy skoczków o takim zasięgu i szybkości. Chciałbym porozmawiać o włączeniu Phoenixa do naszego programu.

Zanim Emma zdążyła sformułować odpowiedź, kobieta w eleganckim kostiumie wsunęła jej w dłoń błyszczącą wizytówkę. — Victoria Harrington, Bellevue Equestrian. Ten koń ma potencjał do Grand Prix wypisany na całym ciele. Byłybyśmy gotowe złożyć bardzo poważną ofertę.

Zbliżały się kolejne osoby, ich głosy nakładały się na siebie w mętliku propozycji i pochwał. Emma znalazła się podparta o stół, a wizytówki mnożyły się w jej dłoni jak opadające jesienne liście. Australijskie akcenty mieszały się z twardymi europejskimi, gdy do zamieszania dołączali zagraniczni agenci, zwabieni oszałamiającym występem Phoenixa.

— Osiemdziesiąt tysięcy — oznajmił bez zbędnych wstępów szwajcarski agent, o ostrym akcencie i nienagannym garniturze. — Za natychmiastowy zakup i eksport do naszego ośrodka w Genewie.

Emma mrugnęła, na moment zaskoczona bezpośredniością oferty, jak i samą wysokością kwoty.

— On nie jest na sprzedaż — odparła wreszcie, odzyskując głos. — Dziękuję za zainteresowanie, ale Phoenix jest wciąż na wczesnym etapie rozwoju.

Brwi Szwajcara drgnęły ledwie zauważalnie. — W takim razie dziewięćdziesiąt tysięcy.

— Pani koń skakał, jakby miał sprężyny w nogach. Sto tysięcy. Moja klientka potrzebuje konia na eliminacje Pucharu Świata — wtrąciła się inna osoba, wysoka, surowa kobieta z brytyjskim akcentem.

Emma poczuła kroplę potu na skroni mimo klimatyzacji. — Naprawdę doceniam oferty. Ale muszę skonsultować się z ojcem, kiedy wróci z podróży. Jeśli Phoenix faktycznie ma potencjał do Grand Prix, nie mogę go oddać bez jego oceny.

To wywołało lawinę podbijanych kwot i bardziej natarczywie wciskanych wizytówek. U jej łokcia pojawił się francuski agent, jego głos był gładki i przekonujący.

— Pani McKenzie, moja klientka byłaby gotowa zaproponować nie tylko premiową cenę, ale i porozumienie, w ramach którego mogłaby Pani nadal uczestniczyć w karierze konia. Być może nawet podróżować z nim do Europy na treningi i zawody.

Emma pokręciła głową, choć oferta kusiła na sposoby wykraczające poza aspekt finansowy. Myśl o tym, by zobaczyć Phoenixa na arenach międzynarodowych, być częścią tej drogi, pociągała ją mocno. Ale nie kosztem rozdzielenia go z Ridgewater, z miejscem i ludźmi, którzy pomogli mu się uleczyć.

— Rozumiem państwa zainteresowanie — powiedziała stanowczo. — Phoenix jest wyjątkowy. Ale to także koń, który przeszedł poważną traumę. Stabilność obecnego środowiska była kluczowa dla jego rehabilitacji. Nie zakłócę tego bez bardzo uważnego namysłu.

Naprzód wystąpił amerykański kupiec w kapeluszu Stetson i drogich butach, a jego głos miał pewny ton człowieka, który na co dzień domyka transakcje.

— Sto pięćdziesiąt tysięcy — oznajmił, na moment uciszając zgromadzonych. — I gwarancja kontraktowa, że będzie startował na arenie międzynarodowej pod nazwą Ridgewater. Poza tym, choć to wałach, to nie znaczy, że bez dziedzictwa. Sklonujemy go i przekażemy Pani jedno ze sklonowanych źrebiąt.

Oddech Emmy zadrżał. To była astronomiczna suma, więcej pieniędzy, niż kiedykolwiek wyobrażała sobie, że zaproponują za którykolwiek z jej projektów rehabilitacyjnych. Z takim zabezpieczeniem mogłaby rozwinąć Ridgewater Rescue, przyjąć więcej koni, zatrudnić dodatkowy personel. Mogłaby zapewnić Jemimie edukację, może nawet całkowicie spłacić pożyczkę Ryana. Możliwości wirowały jej w głowie jak jesienne liście porywane wiatrem.

Lecz równie szybko, jak pojawiła się pokusa, Emma pomyślała o ciemnych, ufnych oczach Phoenixa, gdy prowadziła go do boksu po zwycięstwie. Przypomniała sobie niezliczone godziny cierpliwej pracy, powolne budowanie pewności, ciche chwile, gdy zaufanie wreszcie przeważyło nad strachem. Pomyślała o niezachwianym wsparciu Ryana, o jego wierze w jej metody, nawet kiedy nie widać było postępów. O twarzy Jemimy promieniejącej dumą, gdy Phoenix pokonał ostatnią przeszkodę.

— Doceniam hojność tej propozycji — powiedziała, jej głos pozostał równy mimo presji, która ją przygniatała. — Ale, jak już mówiłam, nie podejmę żadnej decyzji, dopóki mój ojciec go nie oceni. Od czterdziestu lat hoduje i szkoli konie na poziomie międzynarodowym; ufam jego osądowi bardziej niż komukolwiek innemu.

Wyraz twarzy Amerykanina nieco stwardniał. — Z całym szacunkiem, Pani McKenzie, taki koń nie będzie czekał w nieskończoność. Moja oferta też nie. Proszę podać cenę.

— Każdy koń ma swoją cenę — dorzucił Szwajcar tonem kogoś, kto stwierdza oczywistość jeździeckiego świata.

Emma wyprostowała ramiona, czując, jak przez zawodową ogładę przebija się irytacja. — Nie ten — odparła bardziej stanowczo. — Przynajmniej nie teraz. Phoenix to nie jest kolejna inwestycja; to koń o bardzo szczególnych potrzebach. Rozumiem, że zazwyczaj dostają państwo to, czego chcą, jeśli zaproponują dość pieniędzy, ale są rzeczy, których się nie sprzedaje.

Widziała falujące po zebranych kupcach zniecierpliwienie. Byli przyzwyczajeni, że upór przynosi skutek, że pieniądze w końcu wygrywają z uczuciami. Kilkoro wymieniło spojrzenia sugerujące, że uważają jej postawę za naiwną lub nierozsądną. Ktoś pod nosem mruknął coś o amatorach, którzy nie rozumieją wartości rynkowej, wystarczająco głośno, by to usłyszała.

Presja narastała, krąg potencjalnych kupców zacieśniał się wokół niej, każdy przekonany, że znajdzie magiczną liczbę, która zmieni jej zdanie. Ale pod ich gładkimi prezentacjami i pewnością siebie Emma wyczuwała coś drapieżnego, gotowość wyrwać Phoenixa z miejsca, które go uleczyło, i skapitalizować jego talent bez zrozumienia delikatnej równowagi, która go przywróciła.

Pomyślała o przerażonym koniu, który zaledwie dwa miesiące temu pędził przez pole golfowe Ryana, i o pewnym siebie atlecie, który dziś szybował nad przeszkodami. Ta przemiana nie wydarzyła się przypadkiem ani dzięki standardowym metodom treningowym. Wymagała zrozumienia, cierpliwości i więzi wykraczającej poza zwykłą relację jeździec–koń. Żadne pieniądze nie zastąpią takiej więzi, a co ważniejsze, wyrwanie go z Ridgewater na tym etapie mogłoby zepchnąć Phoenixa z powrotem w traumę, tym razem być może nieodwracalnie. Zadrżała na samą myśl, by wsadzać go teraz do samolotu.

Gdy Emma czuła już, że jej determinacja zaczyna słabnąć pod nieustanną presją, tuż obok pojawiła się znajoma obecność. Ryan ruszył naprzód z miejsca, w którym obserwował negocjacje; jego wysoka sylwetka utworzyła barierę między Emmą a najbardziej natarczywymi kupcami. Położył dłoń na jej ramieniu, ciepłą i pewną, a Emma wyprostowała się instynktownie, czerpiąc siłę z jego cichego wsparcia.

— Proszę państwa — Ryan zwrócił się do zebranych, jego głos zabrzmiał tym samym autorytetem, który Emma usłyszała po raz pierwszy podczas ich wstępnych rozmów biznesowych przed miesiącami. — Doceniam państwa zainteresowanie Phoenixem, ale muszę coś wyjaśnić. — Zawiesił głos, omiatając wzrokiem oczekujące twarze. — Jako współwłaściciel konia chcę jednoznacznie stwierdzić, że Phoenix nie jest na sprzedaż za żadną cenę.

Głowa Emmy gwałtownie zwróciła się w jego stronę, po jej twarzy przemknęło zaskoczenie. Spodziewała się, że Ryan może spróbuje negocjować, rozważy poważne oferty, podejdzie do sprawy jak biznesmen. Tymczasem całkowicie uciął rozmowę, równie stanowczy, jak ona sama chwilę wcześniej.

Amerykański kupiec zmarszczył brwi, mierząc Ryana nowym, uważnym spojrzeniem. — Mówi pan: współwłaściciel? A pan to...?

— Ryan Wardell — odparł po prostu, nie uznając za konieczne rozwodzenia się nad swoim doświadczeniem czy referencjami.

Na kilku twarzach pojawiło się rozpoznanie. Emma obserwowała, jak dynamika się zmienia — kupcy widzieli w Ryanie już nie wiejskiego trenera, lecz skutecznego przedsiębiorcę ze swojego świata. Kilkoro z nich wymieniło porozumiewawcze spojrzenia, wyraźnie kalkulując na nowo swoje podejście.

— Panie Wardell — zaczął francuski agent, tym razem z większym respektem — być może moglibyśmy porozmawiać prywatnie, biznesmen z biznesmenem. Jestem pewien, że dałoby się zbudować umowę, która zadowoli zarówno pańskie kalkulacje inwestycyjne, jak i uczuciowe przywiązanie Pani McKenzie.

Twarz Ryana pozostała uprzejmie nieprzenikniona. — Nie ma o czym rozmawiać. Phoenix nie jest aktywem do spieniężenia; jest częścią naszego programu w Ridgewater. Jego wartość wykracza daleko poza kwestie pieniężne. — Uśmiech nieznacznie mu się poszerzył, choć nie dotarł do oczu. — Ale dziękujemy za zainteresowanie. Jestem pewien, że znajdą państwo tutaj wiele innych utalentowanych koni, wartych uwagi.

Finalność w jego tonie była jednoznaczna. Stopniowo krąg kupców zaczął się przerzedzać — jedni zostawiali wizytówki z prośbą, by zadzwonić, jeśli zmieni zdanie, inni odchodzili z ledwo skrywaną frustracją. Amerykanin zasiedział się najdłużej, mierząc ich uważnym wzrokiem.

— Siedzicie na kopalni złota — stwierdził w końcu. — Nie tylko koń, ale i każdy system rehabilitacji, który dał takie efekty. Jeśli zmienicie zdanie, moja oferta pozostaje aktualna... a chętnie porozmawiam też o innych koniach, które moglibyście mieć na sprzedaż. — Skinął kapeluszem i również się oddalił, zostawiając Emmę i Ryana samych w nagle cichszej przestrzeni.

Emma wypuściła powietrze, czując, jak supeł paniki w żołądku powoli się rozluźnia. — Dziękuję — powiedziała cicho, po czym zawahała się, gdy dotarła do niej niezręczna myśl. — Ryan, powinnam była skonsultować z tobą odrzucenie tych ofert. Masz połowę udziałów w Phoenixie, a takie sumy dawałyby nadzwyczajny zwrot z twojej inwestycji.

Plątała się w słowach, nagle boleśnie świadoma, że mimo ich pogłębiającej się relacji prywatnej na moment zapomniała o biznesowym układzie, który ich połączył. — Nie jestem przyzwyczajona do posiadania inwestora w moich koniach — dodała niezręcznie. — Zawsze podejmowałam te decyzje sama i nie pomyślałam... To znaczy, powinnam była najpierw to z tobą sprawdzić.

Ryan pokręcił głową, a jego wyraz twarzy złagodniał, gdy odwrócił się do niej w pełni. — Emma — powiedział łagodnie — Phoenix nigdy nie był dla mnie tylko inwestycją. Od chwili, gdy wpadł w mój płot. — Sięgnął po jej dłoń; jego palce były ciepłe. — Wierzę w to, co robisz, i wierzę w tego konia. I wierzę też, że dla żadnego innego jeźdźca nie zrobiłby tego, co robi dla ciebie.

Prosta szczerość jego słów niespodziewanie ścisnęła Emmie gardło. Zanim zdążyła odpowiedzieć, podeszła Zoe, jak zwykle z dzikimi loczkami wymykającymi się z warkocza.

— To była mocna deklaracja — skomentowała Zoe, a jej oczy błyszczały aprobatą, gdy spojrzała na Ryana. — Odrzucić takie pieniądze to trzeba albo mieć nierówno pod sufitem, albo niewiarygodne przekonanie.

Ryan roześmiał się ciepło, szczerze. — Pewnie po trochu jedno i drugie. A skoro o pieniądzach mowa — ciągnął, zmieniając ton na bardziej zamierzony — od jakiegoś czasu chciałem wam coś powiedzieć. — Zawahał się, a jego twarz spoważniała. — Nagroda pieniężna za OTTB Showcase jest znaczna i jako współwłaściciel Phoenixa połowa należy się mnie.

Emma skinęła głową, zastanawiając się, do czego zmierza. Nagroda za tę klasę faktycznie była hojna — dziesięć tysięcy dolarów — co miało pomóc zrównoważyć niemałe koszty rehabilitacji i startów.

— Postanowiłem oddać moją połowę Zoe — dokończył Ryan, przenosząc spojrzenie na terapeutkę koni. — Bez twojej wiedzy i poświęcenia Phoenix nie byłby dziś w tym miejscu. Pracowałaś bez wytchnienia, bez godnego wynagrodzenia poza mieszkaniem i wyżywieniem, i to wydaje mi się właściwym sposobem, by uznać ten wkład.

Oczy Zoe się rozszerzyły, a jej zwyczajowy karabinowy rytm mowy na moment zamilkł z wrażenia. — To... Ryan, to pięć tysięcy dolarów. Nie mogę tego przyjąć. Mieszkanie i wyżywienie w Ridgewater to dla mnie wystarczająca zapłata.

— Zdecydowanie niewystarczająca — odparł łagodnie Ryan. — Przemiana Phoenixa jest warta więcej niż jakakolwiek kwota, a twój wkład w tę przemianę jest bezcenny. Przyjmij to, proszę, jako uznanie twojego profesjonalizmu i oddania.

Emma patrzyła, jak po ekspresyjnej twarzy Zoe przesuwają się emocje, a zaskoczenie ustępuje prawdziwej wdzięczności. Wiedziała, że Ryan jest hojny, widziała, jak chętnie wspiera sprawy, w które wierzy, ale ten niespodziewany gest odsłonił kolejną warstwę mężczyzny, którego pokochała.

— Ja... dziękuję — wydusiła w końcu Zoe, niespotykanie cichym głosem. — To niesamowicie hojnie. — A potem, w swoim charakterystycznym odruchu, rzuciła mu się na szyję w żarliwym uścisku.

Emma nie mogła powstrzymać uśmiechu, gdy Ryan, krótko zaskoczony, odwzajemnił uścisk nieco nieporadnie. W momentach prawdziwych emocji wciąż bywało widać, że jego przeszłość nie przygotowała go najlepiej na tak nieosłonięte gesty. A jednak uczył się, dostosowywał, pozwalał sobie reagować coraz swobodniej na bardziej ekspresyjny styl rodziny McKenzie.

Zoe puściła Ryana tylko po to, by objąć równie mocno Emmę. — I tobie dziękuję — powiedziała — za wiarę w Phoenixa i we mnie. — Jej głos ściszył się do szeptu tuż przy uchu Emmy. — Masz przy sobie wspaniałego mężczyznę. Trzymaj go mocno.

Ciepło rozlało się Emmie po piersi, a poczucie słuszności zakotwiczyło się głęboko w kościach. Gdy Zoe odsunęła się, ocierając oczy, po czym popędziła "sprawdzić odnowę potreningową Phoenixa", Emma odwróciła się i zobaczyła, że Ryan patrzy na nią z cichą intensywnością.

— To było niesamowicie miłe — powiedziała miękko. — I zupełnie niekonieczne.

— Nie zgadzam się — odrzekł Ryan. — Zoe zasługuje na zawodowe uznanie, nie tylko na wdzięczność. A sukces Phoenixa w takim samym stopniu jest jej osiągnięciem, jak naszym. — Zawahał się, a w jego oczach zamigotało coś bezbronnego. — Poza tym chciałem pokazać, że rozumiem, czym jest Ridgewater. To nigdy nie były marże zysku ani zwrot z inwestycji. Chodzi o docenianie tego, co naprawdę się liczy.

Emma studiowała jego twarz, widząc na niej wszystkie zmiany ostatnich miesięcy — korporacyjnego menedżera, który stopniowo ustąpił miejsca mężczyźnie rozumiejącemu istotę Ridgewater lepiej, niż mogłaby przypuszczać. W tej chwili, gdy stał pośród chaosu Ekki z pewnością w oczach, a niebieska rozeta Phoenixa pół na pół wystawała z kieszeni jego marynarki, Emma z absolutną jasnością zrozumiała, że jego obecność nieodwołalnie odmieniła jej życie.

— Myślę — powiedziała ostrożnie — że rozumiesz Ridgewater równie dobrze, jak ci, którzy mieszkają tam całe życie.

Uśmiech, który rozświetlił twarz Ryana po tych słowach, był cenniejszy niż jakiekolwiek nagrody czy oferty kupna — ciche potwierdzenie wszystkiego, co razem zbudowali, fundamentów pod coś, czego żadne z nich się nie spodziewało odnaleźć.

— W jakim wieku można startować w skokach na igrzyskach olimpijskich? — rozległ się nagle głos Jemimy, a Emma odwróciła się i zobaczyła córkę tuż za nimi, wciąż w strojach z wcześniejszej klasy, z przypiętą dumnie do marynarki rozetką dla zwycięzcy. Jej niebieskie oczy lśniły ciekawością i nieomylną ambicją, a mała twarz jaśniała możliwościami, które sukces Phoenixa nagle uczynił namacalnymi.

Emma wymieniła spojrzenie z Ryanem, uświadamiając sobie, że Jemima musiała usłyszeć przynajmniej część rozmowy o potencjale Phoenixa. Córka zawsze była spostrzegawcza, wyłapując niuanse i możliwości, które dorosłym często umykały. Teraz, gdy w powietrzu wciąż brzęczało podniecenie po ich zwycięstwach, Jemima wyraźnie łączyła kropki i snuła wielkie plany.

— Na igrzyska trzeba mieć co najmniej osiemnaście lat — odpowiedziała Sarah, pojawiając się obok nich z Kate u boku. Obie siostry widziały najwyraźniej scenę z kupcami i późniejszy gest Ryana wobec Zoe. — I to tylko minimalny wymóg. Większość jeźdźców dociera na ten poziom w trzeciej, czwartej dekadzie życia albo i później.

Twarz Jemimy zmarszczyła się w rachubach. — Czyli muszę czekać dziesięć lat? — Nie wyglądała na szczególnie zrażoną tym terminem, raczej wliczała go w wielki plan, który formował się w jej ośmioletniej głowie.

Kate roześmiała się lżej, niż sugerowałaby jej zwykle powściągliwa natura. — Co najmniej. A wtedy Phoenix będzie... no, z szesnaście? Siedemnaście? To już końcówka kariery skokowej dla większości koni, zwłaszcza z wyścigową przeszłością.

Przez twarz Jemimy przemknął cień rozczarowania, ale Sarah szybko dodała: — Za to źrebak Duchess, Miracle, będzie akurat. — Puściła Jemimie spiskowe oczko. — A Pepper poprowadzi cię w górę klas, aż będziesz na niego gotowa.

Wyraz twarzy Jemimy natychmiast się rozjaśnił; myśl wyraźnie pognała ku nowej możliwości. — Miracle będzie wtedy miał dziesięć lat! Idealnie! I jest wnukiem Legend, więc powinien być genialny w skakaniu!

Emma poczuła ciepły przypływ czułości, patrząc na entuzjazm córki i jej swobodę w kreśleniu drogi do najwyższych szczebli sportu. Przypominało jej to samą siebie w tym wieku, kiedy żadne marzenie nie wydawało się zbyt śmiałe, a żaden cel zbyt daleki. Z tą różnicą, że Jemima miała pełne wsparcie rodziny, która te marzenia rozumiała od podszewki.

— Miracle z pewnością ma do tego papiery — zgodziła się Kate, a zawodowa ocena gładko mieszała się z rodzinną pobłażliwością. — Jeśli odziedziczy choć połowę zasięgu Legend nad przeszkodami, będzie wyjątkowy.

— No i urodził się u nas, a ty od pierwszego dnia jesteś w jego treningu — dodała Sarah. — To przewaga, której wielu jeźdźcom brakuje.

— A Pepper już uczy cię bardzo dużo — wtrąciła Emma, obejmując córkę ramieniem. — Kiedy będziesz gotowa na Miracle, będziesz miała wszystkie umiejętności, by dobrze go poprowadzić, a za parę lat będziesz też mogła wsiadać na Phoenixa, żeby poczuć, jak to jest na naprawdę dużych przeszkodach.

Ryan przyglądał się tej wymianie z oczywistą fascynacją; jego wyraz twarzy łagodniał, gdy obserwował, jak rodzina McKenzie mimochodem dyskutuje o olimpijskich aspiracjach i planach treningowych na całe dekady, jakby rozmawiali o zakupach na przyszły tydzień. Emma złapała jego spojrzenie; dostrzegła w nim podziw i coś więcej — uznanie dla jedynego w swoim rodzaju skupienia i zaangażowania tej rodziny.

— To znaczy, że mogę mieć też Phoenixa? — zapytała Jemima z nadzieją. — Żeby dojść do Grand Prix?

W odpowiedzi rozległ się ciepły śmiech całej rodziny — ten rodzaj serdecznej wesołości, który rezerwuje się dla ujmujących dziecięcych ambicji.

— On jest dla ciebie jeszcze trochę za duży — zasugerowała delikatnie Emma, choć serce pęczniało jej z dumy nad bezbrzeżną pewnością siebie córki. — Zobaczmy najpierw, jak daleko zajdziesz z Pepperem. Poza tym Phoenix i ja mamy jeszcze razem sporo do zrobienia.

— Na przykład co? — dopytywała Jemima, nie tracąc ciekawości.

— Cóż — zamyśliła się Emma, zerkając w stronę boksu Phoenixa, gdzie czempion spokojnie przeżuwał siano. — Pracy jest jeszcze dużo. Najwyższa przeszkoda, jaką z nim dotąd skakałam, to 1,4 metra, więc trochę nam zostało do wysokości Grand Prix. Może o tej porze za rok wrócimy tu właśnie do klasy Grand Prix, kto wie?

Rozmowa płynnie przeszła w snucie planów na przyszłość Phoenixa, harmonogramy startów i etapy treningu. McKenzie'owie wpadli w swój zwyczajowy rytm wspólnego planowania — każdy dodawał własną wiedzę i perspektywę, tworząc wspólną wizję przyszłości, która obejmowała nie tylko Phoenixa, ale całą końską rodzinę Ridgewater.

Emma zauważyła, jak bezszwowo Ryan uczestniczy w dyskusji, dorzucając własne obserwacje na temat mocnych stron Phoenixa i zadając trafne pytania o logistykę startów. Nie było już śladu po korporacyjnym outsiderze, który kiedyś tak nienaturalnie wyglądał w bryczesach i sztybletach. Zastąpił go mężczyzna, który znalazł swoje miejsce w ekosystemie rodziny McKenzie, a swoją biznesową przenikliwość stosował teraz do układania kalendarza i rozmów sponsorskich, nie tracąc z oczu najważniejszego — dobrostanu koni.

Gdy rozmowa toczyła się dookoła, Emma przyłapała się na tym, że przygląda się Ryanowi: jak swobodnie wchodzi w interakcje z jej rodziną, jak naturalnie Jemima garnie się do jego boku, gdy mówi o swojej przyszłości sportowej, jak Sarah konsultuje z nim potencjalne działania promujące program hodowlany Ridgewater. Zmiany w nim były tak stopniowe, że nie w pełni uświadamiała sobie ich skalę aż do tej chwili — widząc go w samym środku kontrolowanego chaosu Ekki, rozmawiającego o jeździeckim biznesie tak, jakby się w nim urodził.

Ryan musiał poczuć jej spojrzenie, bo nagle uniósł głowę i ich oczy spotkały się ponad małym kręgiem ożywionej rozmowy. W tej chwili wszystko wokół jakby się cofnęło, podekscytowane głosy rodziny stłumiły się do szumu tła. To, co przeszło między nimi, nie było tylko uczuciem czy przyciąganiem — to była głębsza nić porozumienia, rozpoznanie przyszłości, którą razem budowali; nie tylko dla siebie, ale też dla Jemimy, dla Phoenixa, dla samego Ridgewater.

W oczach Ryana Emma zobaczyła nie tylko teraźniejszość, ale i możliwości rozpościerające się przed nimi jak skąpane w słońcu padoki: poranki wspólnych treningów, wieczory planowania startów, Jemimę dorastającą przy jego stałym wsparciu obok Emmy. Zobaczyła Boże Narodzenia i urodziny, zwycięstwa i potknięcia — wszystkie zwyczajne momenty, które, splecione razem, tworzą życie, rodzinę, dziedzictwo.

Chwila rozciągnęła się między nimi jak prywatna rozmowa bez słów, podczas gdy dookoła McKenzie'owie dalej dyskutowali niuanse procedur kwalifikacyjnych do Grand Prix. Emma poczuła, jak w piersi osiada pewność — solidna i kojąca jak stała obecność Phoenixa w boksie tuż obok. To było właściwe. Tu było ich miejsce.

Kiedy Ryan w końcu uśmiechnął się do niej tym małym, prywatnym półuśmiechem, który mówił więcej niż słowa, Emma wiedziała, że on też to czuje — to poczucie słuszności, powrotu do domu, którego żadne z nich wcześniej nie szukało. Pośrodku wielkiego spektaklu Ekki, otoczeni dowodami wspólnego sukcesu, znaleźli coś o wiele cenniejszego niż niebieskie rozety czy nagrody pieniężne: znaleźli wspólną przyszłość.

Radosny głos Jemimy wyrwał Emmę z zadumy. — Czyli muszę zacząć trenować z Pepperem do wyższych klas już teraz, a potem, kiedy Miracle będzie dość duży, będę gotowa zabrać go aż na igrzyska, a potem...

Gdy córka rysowała w słowach jeździecką karierę na dekady, Emma wymieniła z Ryanem kolejne spojrzenie — tym razem pełne wspólnej wesołości i czułości. Phoenix cicho zarżał z boksu, jakby dopowiadał coś od siebie do snutych planów. Emma wyciągnęła rękę; jej palce naturalnie, swobodnie splotły się z palcami Ryana.

— Po jednym kroku naraz — wyszeptała, nie mając pewności, czy mówi to do Jemimy, czy do samej siebie.

Rozdział Dziewiętnasty

Drzwi apartamentu hotelowego zamknęły się za nimi z cichym kliknięciem, odcinając świat i zamykając Emmę oraz Ryana w ich prywatnym azylu wysoko nad Brisbane. Emma zatrzymała się na moment, pozwalając, by ogarnął ją spokój i luksus, tak odmienny od nieustannej krzątaniny w Ridgewater czy chaotycznej energii Ekkę, którą właśnie opuścili. Za oknami od podłogi do sufitu rzeka Brisbane wiła się jak czarna wstęga na tle miejskich świateł, a odległe diabelskie koło na Ekkę rysowało się na horyzoncie jako krąg kolorowych lampek.

— Nie mogę uwierzyć, że Sarah praktycznie nas stamtąd wypchnęła — powiedziała Emma z uśmiechem błądzącym po ustach, wspominając stanowczość siostry. — Sposób, w jaki wszystkich zagoniła, ogłaszając, że zabierają Jemimę i Charlotte do Sideshow Alley...

— Ryan roześmiał się, luzując jedną ręką krawat. — Wyraźnie słyszałem, jak ci powiedziała, że zasłużyliście na prywatne świętowanie. Subtelna jak młot, twoja siostra.

— McKenzie'owie nie słyną z subtelności — przyznała Emma, pochylając się, by z westchnieniem ulgi zdjąć buty. Stopy przyjemnie ją bolały, fizyczne przypomnienie dzisiejszych triumfów. Poruszyła palcami na pluszowym dywanie, czując, jak napięcie w ciele zaczyna się rozpuszczać. — Boże, jak dobrze.

Ryan podszedł do barku, wyciągając butelkę szampana, który chłodził się od rana — jego przezorność, ciche przygotowanie na sukces, którego był tak pewny. — To się prosi o porządne świętowanie — powiedział, a w jego głosie pobrzmiewało to ciepło, które stało się dla niej tak znajome przez ostatnie miesiące.

Emma patrzyła, jak ostrożnie luzuje korek, każdy ruch precyzyjny i opanowany. Szampan otworzył się z satysfakcjonującym pyknięciem, od którego lekko podskoczyła, po czym rozległ się cichy syk uwalnianych bąbelków. Żadnych fontann, tylko elegancka skuteczność — tak typowa dla Ryana.

— Idealnie — powiedziała, podchodząc, gdy nalewał do dwóch kryształowych kieliszków. Szampan łapał światła miasta wpadające przez okna, zamieniając każdy kieliszek w konstelację migoczących bąbelków.

Ryan podał jej kieliszek, ich palce musnęły się, a przez nią przetoczyła się fala ciepła. — Za Phoenixa — powiedział, unosząc szkło. — Od przerażonego uciekiniera do mistrza w ledwie dwa miesiące. Dowód twojej umiejętności i cierpliwości.

— Za Phoenixa — przytaknęła Emma, stukając kieliszkiem o jego. — I za Jemimę, osiem lat i już pokazuje dorosłym, jak to się robi. — Upiła łyk; szampan był chrupki i jasny na języku. — I za ciebie, Ryanie. Bez ciebie nic z tego by się nie wydarzyło.

— Ja? — Jego brwi uniosły się w szczerym zaskoczeniu. — Ja tylko nie wchodziłem w drogę.

Emma pokręciła głową, zbliżając się do drzwi na balkon, które stały uchylone, wpuszczając odległe odgłosy Ekki: muzykę, karuzele, co jakiś czas komunikat niosący się nad miastem. — Zrobiłeś znacznie więcej. Wierzyłeś w nas od początku, nawet kiedy ci to utrudniałam.

Sięgnęła, by uwolnić włosy z konkursowego koczka, krzywiąc się, gdy wsuwki zahaczały i ciągnęły. Ryan odstawił swój kieliszek i stanął za nią, delikatnie wyplątując spinki, aż jej włosy opadły miękko na ramiona. Prosta intymność tego gestu odebrała jej dech.

— Lepiej? — zapytał, jego głos zabrzmiał nisko tuż przy jej uchu.

— Dużo — odpowiedziała, odwracając się do niego. W półmroku apartamentu, przy światłach miasta rysujących wzory na jego rysach, Ryan wyglądał inaczej niż korporacyjny menedżer, którego spotkała po raz pierwszy. Łagodniejszy na krawędziach, bez zbroi, z oczami ciepłymi od czegoś, co przyspieszało bicie jej serca.

— Wiesz — powiedział, upijając łyk szampana — patrząc dziś na ciebie z Phoenixem, widząc, jak daleko go doprowadziłaś... nigdy nie byłem z nikogo bardziej dumny.

Prosta szczerość w jego głosie ścisnęła Emmie pierś. — Nawet kiedy prawie dałam się namówić kupującym, żeby go sprzedać?

Ryan pokręcił głową. — Nigdy nie zamierzałaś go sprzedać. Widziałem twoją twarz, kiedy składali oferty. Byłaś tylko uprzejma, rozważałaś wszystkie kąty jak bizneswoman, za którą udajesz, że nie jesteś.

Emma zaśmiała się cicho, zaskoczona, jak dobrze ją odczytał. — Naprawdę tak myślisz? Że tylko grałam pod publikę?

— Ja to wiem — powiedział z cichą pewnością. — Emma McKenzie, która wpadła na mój golf, żeby uratować przerażonego konia, nigdy nie sprzedałaby tego samego konia, niezależnie od ceny. Taka jesteś — zawzięta i lojalna do szpiku.

Zrobił krok bliżej, wolną dłonią odgarniając kosmyk za jej ucho. — Przeszłaś długą drogę od kobiety, która była przekonana, że jestem tylko kolejnym korpo-garniturem. A ja jeszcze dłuższą — od faceta, który uważał, że konie to tylko drogi kłopot niszczący mu pole golfowe.

Emma wtuliła się w jego dotyk, a szampan rozgrzał jej krew i poluzował ostatnie hamulce. — Oboje się zmieniliśmy, prawda?

— Na lepsze, mam nadzieję — mruknął Ryan.

Słowa zawisły między nimi, ciężkie od znaczeń. Emma odstawiła kieliszek na pobliski stolik, nie odrywając od niego oczu. — Zdecydowanie na lepsze — powiedziała i sięgnęła po jego krawat, przyciągając go bliżej, aż ich ciała się musnęły.

— Emma — wyszeptał, a głos mu zadrżał.

— Chcę cię pocałować — powiedziała po prostu. — Chciałam przez cały dzień, patrząc, jak bronisz Phoenixa, stawiasz się tym kupcom, wspierasz Jemimę... jesteś dokładnie tym, kogo wszyscy potrzebowaliśmy.

Uśmiech Ryana był powolny i intymny, prywatny wyraz, który zdążyła pokochać. — Nigdy nie potrafiłem ci niczego odmówić, Emma McKenzie.

Zamknęła dzielący ich dystans, pewnie odnajdując jego usta. Pocałunek zaczął się miękko, jak delikatne potwierdzenie radości dnia, lecz szybko pogłębił się w coś pilniejszego. Ramię Ryana objęło jej talię, przyciągając ją bliżej, aż poczuła solidne ciepło jego ciała przy swoim. Jego kieliszek trafił na stolik obok jej, uwalniając dłonie, które zanurzyły się w jej włosach.

Emma stopniała w nim, cała euforia zwycięstw dnia przetapiała się w inny rodzaj energii — skupiony, całkowicie skoncentrowany na tym mężczyźnie i na tym, jak sprawiał, że się czuła. Jego pocałunek smakował szampanem i obietnicą, smakiem zasłużonych celebracji i przeczuć przyszłości.

Gdy w końcu odsunęli się od siebie, oboje lekko oszołomieni oddechem, Emma złapała jego spojrzenie. Było otwarte, nienaznaczone obroną, pełne podziwu, który nie miał nic wspólnego z sukcesami biznesowymi czy finansową przenikliwością, a wszystkim z tym, kim była w najgłębszym rdzeniu.

— To, co dziś zrobiłaś — powiedział miękko, kciukiem kreśląc łuk jej policzka — sprowadzenie Phoenixa z krawędzi, pomoc w odnalezieniu odwagi, pokazanie mu, kim może być przy właściwym wsparciu... to było niezwykłe. *Jesteś* niezwykła, Emmo.

Te słowa dotknęły w niej czegoś bardzo głębokiego, miejsca, które zawsze łaknęło uznania nie dla nazwiska czy umiejętności biznesowych, lecz dla cichej, cierpliwej pracy, wypełniającej jej dni w Ridgewater. Ryan ją widział, naprawdę widział *nią*, w sposób, w jaki może nawet jej własna rodzina nigdy nie widziała.

Pocałowała go znów, wlewając w ten kontakt całą wdzięczność i pragnienie. Tym razem nie było wahania ani ostrożnego badania, tylko nagła potrzeba, by być bliżej, by świętować życie i triumf w najbardziej pierwotny z możliwych sposobów.

— Chcę cię — wyszeptała tuż przy jego ustach, czując, jak na jej bezpośredniość zrywa mu się oddech. — Teraz, Ryanie. Chcę przy tobie poczuć, że żyję.

Odpowiedział nie słowami, lecz tym, jak mocniej ją objął, unosząc bez wysiłku i niosąc w stronę sypialni; szampan został zapomniany na stole, a światła miasta spływały przez okna, rozświetlając im drogę.

Ryan trącił ramieniem drzwi sypialni, niosąc Emmę, ciepłą i zaskakująco lekką. Pokój tonął w srebrno-niebieskim półmroku, rozświetlony jedynie światłami miasta i wąskim sierpem księżyca widocznym przez okna od podłogi do sufitu. Posadził ją delikatnie na krawędzi łóżka, jego dłonie niechętne, by choć na moment opuścić jej ciało. Pościel była odchylona — śnieżnobiała, sztywna bawełna, która wkrótce miała stać się pogniecionym świadectwem ich pożądania. Przez chwilę stał przed nią oniemiały na widok Emmy McKenzie, wpatrzonej w niego z tak otwartym pragnieniem, z włosami spływającymi falami na ramiona i lekko rozchylonymi ustami.

— Jesteś piękna — powiedział, słowa nie dorastały do uczuć, ale były szczere.

Uśmiechnęła się, sięgając po poluzowany krawat i wysuwając go z miękkim poszumem jedwabiu o bawełnę. — Ty też.

Ryan pochylił się, by ją pocałować, a palce odnalazły guziki jej bluzki. Rozpinał je jeden po drugim, odsłaniając skórę, która w księżycowym świetle wydawała się niemal świetlista. Jej oddech przyspieszył, gdy jego kostki musnęły obojczyk, mostek, delikatne wzniesienie piersi. Zsunął materiał z jej ramion, pozwalając mu opaść na łóżko za nią.

Ciało, które mu się ukazało, było silne, wyrzeźbione latami fizycznej pracy. Na jej barkach rysowały się mięśnie kogoś, kto codziennie dźwiga bele siana i ciężkie siodła, kto potrafi okiełznać potężne zwierzęta samą tylko inteligencją i umiejętnością. Przejechał palcem po linii obojczyka, zafascynowany kontrastem między kobiecymi krągłościami a atletyczną sprężystością pod nimi.

— Kocham to, jaka jesteś silna — wymruczał, sunąc palcami do pasa jej konkursowych bryczesów. — Te mięśnie opowiadają twoją historię.

Pomogła mu zsunąć obcisły materiał z nóg, odsłaniając przed jego spojrzeniem jeszcze więcej siebie. Ryan uklęknął przed nią, zdejmując każdy skarpetkę z namysłem, kciukami uciskając sklepienia jej stóp w geście zarazem czułym i zmysłowym. Emma westchnęła, głowę lekko odchylając do tyłu.

— Twoje dłonie są cudowne — wyszeptała.

Wymasował jej łydki, czując napięcie po dzisiejszych przejazdach. — Dużo dziś niosłaś — powiedział, przesuwając dłonie wyżej, do ud, twardych i silnych od niezliczonych godzin w siodle. — Nie tylko fizycznie, ale i emocjonalnie. Dla Phoenixa, dla Jemimy, dla wszystkich.

Jej oddech zadrżał, gdy dłonie powędrowały jeszcze wyżej, muskając brzeg bielizny. — Nie jestem przyzwyczajona, żeby ktoś niósł coś za mnie — przyznała.

— Wiem — powiedział Ryan, podnosząc się, by usiąść obok niej na łóżku. — Dlatego to takie wyjątkowe, kiedy to robisz.

Zręcznie odpiął jej biustonosz, zsuwając ramiączka po jej ramionach. Księżyc posrebrzył jej skórę, rysując cienie podkreślające krągłość piersi, subtelną linię żeber. Ryan pochylił się, by pocałować tę miękką skórę, smakując sól dzisiejszego wysiłku i coś słodszego, co było unikatowo Emmą.

Ona sięgnęła do guzików jego koszuli, jej palce były mniej cierpliwe niż jego. — Za dużo tych ubrań — mruknęła, a on zaśmiał się cicho, pomagając jej zdjąć koszulę i spodnie, aż zrównał się z nią niemal nagością.

Gdy ułożyła się na poduszkach, on podążył za nią, ich ciała ułożyły się z naturalną łatwością. Bawełna prześcieradeł była chłodna i gładka na rozgrzanej skórze, zmysłowy kontrast, który wyostrzał każdy dotyk. Ryan podparł się nad nią, dając sobie czas, by nasycić oczy jej twarzą, ciałem, kobietą, która tak niespodziewanie stała się dla niego niezbędna.

— Nigdy nie sądziłem, że to znajdę — wyznał ochryple. — Kogoś, kto widzi mnie nie przez to, co mam albo co potrafię zrobić, tylko przez to, kim jestem.

Emma uniosła dłoń do jego twarzy, jej pierś była ciepła na jego policzku. — Widzę cię, Ryanie. Widziałam od początku, nawet kiedy byłam zdeterminowana, żeby mi się to nie spodobało.

Odwrócił głowę, by pocałować jej dłoń, potem wewnętrzną stronę nadgarstka, gdzie puls bił szybko i mocno. — A ja widzę ciebie, Emma McKenzie. Twoją zawziętość, twoją czułość, twoje niezwykłe serce.

Przyciągnęła go wtedy do siebie, ich usta spotkały się w pocałunku, który mówił więcej, niż mogłyby powiedzieć słowa. Smak szampana wciąż unosił się na językach, musujący i odurzający. Dłoń Ryana zsunęła się wzdłuż jej boku, ucząc się konturów jej ciała, wcięcia w talii, rozchylenia biodra. Zaczepił kciuk o brzeg jej bielizny, pytająco, a ona skinęła głową, unosząc biodra, by pomóc mu zdjąć ostatnią przeszkodę między nimi.

On rozebrał się do końca, i już nic ich nie dzieliło prócz skóry i wspólnego oddechu. Ryan na moment oparł czoło o jej czoło, przytłoczony intymnością ich więzi. To nie było tylko fizyczne pożądanie; było czymś głębszym, rozpoznaniem, które narastało od pierwszego starcia o przerażonego konia.

— Emma — wyszeptał, jej imię zabrzmiało na jego ustach jak modlitwa.

Odpowiedziała, oplatając go nogami i przyciągając bliżej. Ryan nie śpieszył się, znacząc pocałunkami jej szyję, obojczyk, miękkie wzniesienie piersi. Jej skóra smakowała słońcem i mydłem, otwartymi przestrzeniami i celem. Wygięła się pod nim, gdy jego usta objęły brodawkę, a z jej ust wydarł się cichy jęk.

Jego dłoń powędrowała niżej, odnajdując żar między jej udami. Była już śliska od pragnienia, a to odkrycie odebrało mu dech. Głaskał ją delikatnie, ucząc się, co przyspiesza jej oddech, co wydobywa z jej gardła te małe, doskonałe dźwięki.

— Proszę — wyszeptała w końcu, wplatając dłonie w jego włosy i prowadząc go z powrotem do swoich ust. — Teraz cię potrzebuję.

Ryan ułożył się między jej udami, patrząc na jej twarz — zaróżowioną, otwartą, całkowicie obecną w tej chwili z nim. Wszedł w nią powoli, obserwując, jak jej oczy rozszerzają się, a potem zamykają, gdy jej ciało go przyjęło. To doznanie było przytłaczające, fizyczne połączenie, które wydawało się odbijać wszystko, co zbudowali razem: zaufanie, szacunek, pragnienie, przynależność.

— Pachniesz domem — wyszeptał jej do ucha, prawdę, której nie był świadomy, dopóki nie wydostała się na zewnątrz.

Emma otworzyła oczy na te słowa, spotykając jego spojrzenie z zaskakującą klarownością, mimo że przyjemność pulsowała w nich obojgu. — Tak — odetchnęła. — Dokładnie tak.

Zaczęli poruszać się razem, odnajdując rytm tak naturalny jak oddech. Ryan zachwycał się, jak doskonale do siebie pasują, jak łatwo ich ciała komunikują potrzeby. Siła Emmy była widoczna nawet w tym poddaniu — mięśnie napinały się pod nim, a jej dłonie pewnie zaciskały się na jego ramionach.

Na zewnątrz cichutko brzmiała Ekka z odległą muzyką i co jakiś czas wybuchem fajerwerków, ale w ich azylu jedynymi dźwiękami były ich splątane oddechy, szept bawełny o skórę, czasem ciche zachęty i westchnienia rozkoszy.

Ryan czuł, jak w nim narasta napięcie, gromadząc się jak burza doznań i emocji. Zwolnił ruchy, zdeterminowany, by zabrać Emmę ze sobą na ten skraj. Jego dłoń wsunęła się między nich, odnajdując centrum jej przyjemności, kreśląc kółka z delikatnym naciskiem, od którego jej powieki znów opadły.

— Spójrz na mnie — poprosił łagodnie. — Chcę cię widzieć.

Otwarła oczy, ciemne od pożądania, utkwione w jego spojrzeniu z pełnym zaufaniem. To właśnie ta szczerość, ta gotowość, by dać się w pełni zobaczyć w chwili absolutnej bezbronności, popchnęła Ryana na krawędź. Ciało Emmy zacisnęło się wokół niego, oddech rwał się krótkimi seriami, gdy zbliżała się do własnego spełnienia.

— Puść — wyszeptał. — Trzymam cię.

Puściła, jej ciało wygięło się pod nim, a oczy nie odrywały się od jego, gdy fale rozkoszy przetaczały się przez nią. Widok jej zatracenia, uczucie, jak pulsuje wokół niego, porwało Ryana tuż za nią — jego spełnienie było nie tylko fizyczne, ale i czymś głębszym, jakby w nim samym runęła ostatnia bariera.

Na zewnątrz na nocnym niebie wybuchły fajerwerki, jakby sam wszechświat świętował to, co w sobie odnaleźli.

Pościel wokół nich już ostygła, przyjemnie kontrastując z ciepłem tam, gdzie ich ciała się stykały. Ryan rysował bezwiedne wzory po kręgosłupie Emmy, gdy leżała na nim rozwieszona, jej oddech był głęboki i równy. Za oknami księżyc wspiął się wyżej, zalewając pokój srebrnym światłem, które przemieniało skórę Emmy w marmur i połyskiwało w pasmach jej włosów. Odległe dźwięki Ekki przycichły, gdy noc pogłębiała się, zostawiając ich w bańce cichej intymności, jakby odłączonej od świata poniżej.

Palce Emmy błądziły po jego piersi, kreśląc kółka i linie, jakby śledziła wewnętrzną mapę znaną tylko jej. — Myślałam o planie treningowym Phoenixa — powiedziała miękko w ciemności. — Po dzisiejszym dniu musimy na nowo ocenić jego możliwości.

Ryan uśmiechnął się, niezaskoczony, że nawet w tej chwili jej myśli wróciły do koni. To było jedno z tego, co kochał w niej najbardziej: niewzruszone skupienie, oddanie zwierzętom pod jej opieką.

— Zdecydowanie przerósł oczekiwania — przyznał Ryan, nie przerywając leniwego badania jej plec.w. — Ta rozgrywka była wyjątkowa.

Emma przesunęła się, podparła na łokciu i spojrzała na niego. Jej twarz była poważna, rysowała się w profilu w księżycowej poświacie wpadającej przez okna. — Ma potencjał, którego ledwie dotknęliśmy. Przy właściwym programie mógłby startować w Grand Prix w ciągu roku.

— Myślisz, że jest gotowy na taką presję? — zapytał Ryan, szczerze ciekawy. W ostatnich miesiącach nauczył się już, że u koni sama sprawność fizyczna to tylko część układanki; gotowość psychiczna jest równie kluczowa, zwłaszcza u konia z historią Phoenixa.

— Jeszcze nie — przyznała Emma. — Ale możemy go budować stopniowo. Mistrzostwa stanu w przyszłym miesiącu, skoro dziś się zakwalifikował, potem może Letni Cykl w styczniu. Do przyszłej zimy mógłby być gotów na większe wyzwania.

Ryan skinął głową, automatycznie układając te cele w ramy planu biznesowego. — Powinniśmy rozpisać kwalifikacje i wymagania zgłoszeniowe na każdym poziomie. Stworzyć porządną strategię kampanii.

Uśmiech Emmy w księżycowym świetle był miękki. — Już myślisz jak koński człowiek, planując kampanie zamiast kwartałów.

— Niektóre umiejętności zaskakująco dobrze się przekładają — odparł Ryan, przeczesując jej włosy palcami. — A skoro o tym mowa, zastanawiałem się, jak mogłyby się przydać moje kontakty. W mojej sieci jest kilka firm, które mogłyby być zainteresowane sponsoringiem Phoenixa. Dostawcy sprzętu, pasz, a nawet marki luksusowe szukające prestiżowych skojarzeń.

— Sponsoring? — Brwi Emmy uniosły się. — Tego w Ridgewater nigdy porządnie nie drążyliśmy. Sarah ciągle mówi, że powinniśmy, ale tak skupiamy się na hodowli i treningu, że strona biznesowa schodzi na dalszy plan. Sarah miała sponsorów w sporcie, Kate też, ale... nigdy nie pomyślałam o tym dla siebie.

— To mogłoby zrobić dużą różnicę — powiedział Ryan, rozkręcając się w temacie. — Porządny sponsoring pokryłby wpisowe, koszty podróży, nawet specjalistyczne szkolenia. Phoenix zasługuje na każdą przewagę, jaką możemy mu dać.

Palce Emmy znów zaczęły kreślić wzory na jego piersi, ale jej wyraz twarzy spoważniał. — Tu nie chodzi tylko o pieniądze — powiedziała po chwili. — Chodzi o legitymizację. Konie po torach wciąż są postrzegane jako druga liga w elicie, choć ex-wyścigowce dochodziły na Igrzyska w każdej dyscyplinie.

Ryan słyszał w jej głosie pasję, tę samą, która pchnęła ją do przeciwstawienia się kupującym na Ekkę.

— Moglibyśmy w każdym porozumieniu sponsorskim podkreślić, że to były koń wyścigowy — zaproponował. — Ustawić Phoenixa jako symbol rehabilitacji i drugiej szansy. Odpowiedni partnerzy docenią taką opowieść.

Emma nagle usiadła, a prześcieradło zsunęło się z jej ramion. Księżyc oświetlał ją teraz w pełni, srebrząc krągłości ciała i nadając jej twarzy niemal eteryczny blask. W jej wyrazie było coś — kruchość zmieszana z determinacją — co ścisnęło Ryanowi gardło.

— Ryan — powiedziała cicho, ale intensywnie — jest coś, czego nigdy nikomu nie powiedziałam. Ani Sarah, ani nawet Jemimie.

Podniósł się do siadu, rozpoznając wagę tego, co zamierzała wyznać. — Co takiego?

Emma wzięła głęboki oddech i spojrzała mu prosto w oczy. — Zawsze chciałam startować na najwyższym poziomie skoków. Nie tylko szkolić innych czy ratować konie — sama startować. W Grand Prix, na zawodach międzynarodowych, nawet na igrzyskach, wszystko. Tak jak tata.

To wyznanie zawisło między nimi, ciężkie od niewypowiedzianych implikacji. Ryan uważnie obserwował jej twarz, widząc, jak trudne było dla niej to przyznanie. — Dlaczego nie poszłaś za tym marzeniem? — zapytał cicho po dłuższej chwili.

Dla większości ludzi pytanie byłoby bezprzedmiotowe. Ale Emma od zawsze miała dostęp do koni i treningu, które mogły to umożliwić.

— W większości przez praktyczność — powiedziała, wzruszając ramionami w geście, który nie do końca maskował emocje. — Zaczęło się od ciąży w wieku nastoletnim, potem budowanie ośrodka ratunkowego, zapewnienie Jemimie stabilizacji. Nigdy nie było czasu na takie ambicje. I szczerze mówiąc, wmawiałam sobie, że to egoistyczne, chcieć tego, gdy tyle koni potrzebuje pomocy, tylu jeźdźców szuka treningu. A może... może byłam też w cieniu sióstr. Wierząc, że nigdy nie dorównam temu, co one już osiągają.

Spojrzała na swoje dłonie, potem znów na niego, a jej oczy błyszczały w księżycu. — Ale dzisiaj, na Phoenixie, widząc, co potrafi przy właściwym wsparciu, zrozumiałam coś. Być może najlepszym sposobem, by walczyć o te konie, nie jest tylko ich rehabilitacja i szukanie dobrych domów. Może trzeba światu pokazać, do czego są zdolne — na największych możliwych arenach.

Ryan ujął jej dłoń, splatając ich palce. — Byłabyś niezwykła — powiedział po prostu, bo to była prawda. Widział wystarczająco wiele jej jazdy, by wiedzieć, że jej umiejętności są wyjątkowe, a więc z końmi — głęboka.

Wyraz twarzy Emmy nagle stwardniał w postanowieniu. — Ale zrobię to tylko na koniach z ratunku — powiedziała stanowczo. — To moja linia na piasku. Nie kupione prospekty, nie konie hodowane specjalnie do sportu, nawet nasze. Kate i Jemima mogą mieć potomków Legenda. Ja będę jeździć tylko na koniach, z których inni zrezygnowali. — Podniosła nieco podbródek, jakby na przekór argumentowi, którego nikt nie wypowiedział. — Jeśli mam to zrobić, musi znaczyć coś więcej niż kokardy i chwała.

Ryan poczuł przypływ podziwu tak silny, że niemal go przytłoczył. Ta kobieta, z jej twardymi zasadami i niezachwianą prawością, wciąż go zaskakiwała i poszerzała jego rozumienie tego, co jest możliwe, gdy pasja spotyka się z celem.

— To właśnie zrobicie ty i Phoenix — powiedział, przyciągając ją i muskając czoło pocałunkiem. Jego myśli biegły już naprzód, widząc nie przeszkody, a szanse. — Zaczniemy od zawodów regionalnych, żeby zbudować mu pewność, potem mistrzostwa stanu, potem krajowe. Udokumentujemy każdy etap podróży na profilach społecznościowych, które już zaczęłaś budować, będziemy opowiadać jego historię i twoją. Kiedy wejdziesz na poziom międzynarodowy, będziesz mieć kibiców na całym świecie. I nie tylko Phoenix — masz już zespół, który potrafi wypatrzyć inne byłe wyścigowce z potencjałem. Sarah i Zoe wiedziały, czym Phoenix może być, kiedy pierwszy raz na niego spojrzały. One też znajdą następne.

Emma wtuliła się w niego, ciepła przy jego ciele. — Sprawiasz, że to brzmi tak możliwie — wymruczała.

— To jest możliwe — nalegał Ryan. — Najtrudniejsze już zrobiłaś: wzięłaś przerażonego, straumatyzowanego konia i przemieniłaś go w mistrza. Reszta to logistyka, strategia, zasoby. — Uśmiechnął się w jej włosy. — A na tym akurat całkiem dobrze się znam.

Zaśmiała się cicho, a dźwięk zadrżał mu na piersi. — Idealne partnerstwo. Ty zajmiesz się biznesem, ja końmi.

— I czymś więcej — powiedział Ryan, unosząc jej twarz ku sobie. — Zrobimy to razem, krok po kroku. Twoja ekspertyza przy koniach, moje kontakty w biznesie. Twoja pasja, moje planowanie. Prawdziwe partnerstwo w każdym sensie.

Emma przeszukała jego oczy, może wypatrując wahania lub wątpliwości. Nie znalazłszy żadnych, uśmiechnęła się — powolnym rozkwitem radości, który odmienił jej twarz.

— Razem — zgodziła się i przypieczętowała obietnicę pocałunkiem, który smakował nowymi początkami i wspólnymi marzeniami.

Na zewnątrz ostatnie fajerwerki Ekki rozbłysły na nocnym niebie, złote i srebrne iskry opadały nad Brisbane niczym spadające gwiazdy. W ich azylu Emma i Ryan trzymali się w objęciach, ich przyszłości były już nierozerwalnie splecione, osobne ścieżki zbiegały się w jedną wspólną podróż, której żadne z nich nie mogło sobie wyobrazić, kiedy przerażony koń pierwszy raz ich ze sobą zetknął.

Rozdział dwudziesty

 na kuchennej wyspie Ryana, przesuwając palcem po stronie, gdy dopasowywała daty do postępów treningowych Phoenixa. Błyszczące jeździeckie broszury zaskakująco dobrze komponowały się z eleganckimi, granitowymi blatami — tak samo, jak ona sama zaczynała czuć się coraz bardziej u siebie w luksusowej rezydencji Ryana przy polu golfowym. Na jego laptopie widniał arkusz kalkulacyjny z potencjalnymi możliwościami sponsoringu — kolejny sposób, w jaki łączył swoje biznesowe wyczucie z jej jeździeckim światem. Minął ledwie tydzień od ich triumfu na Ekce, a ich życia już przeplatały się w sposoby, o jakich nigdy by nie pomyślała.

— Jeśli zgłosimy się do Letniej Serii Mistrzostw w styczniu, najpierw musimy się zakwalifikować w Ipswich — powiedziała, zakreślając październikową datę. — Ale to da nam prawie dwa miesiące, żeby przygotować Phoenixa do klas na 1,45.

Ryan skinął głową, wpisując notatkę. — A koszty sprzętu na te zawody? Potrzebujemy nowych przeszkód do treningu na takich wysokościach?

— Myślę, że tak — odparła Emma, doceniając jego praktyczne podejście. Całe życie spędziła wśród koniarzy, którzy rozumieli techniczne aspekty treningu, ale często pomijali finansowe realia. Pytania Ryana były orzeźwiająco pragmatyczne. — Tata nie trenował na takiej wysokości od kilku lat, a Sarah kończyła na 1,40. Większość starych skrzydeł od przeszkód taty nadaje się do wymiany... ale możemy je zbudować z naszego drewna, będzie dużo taniej niż kupować nowe. Niewiele firm robi je w rozmiarze, którego ostatecznie będziemy potrzebować.

— A transport? Phoenix teraz znosi podróże dobrze, ale sezon startowy będzie oznaczał częstsze wyjazdy.

— Powinniśmy rozważyć porządną koniówkę — przyznała Emma, odgarniając kosmyk włosów za ucho. — Moja obecna przyczepa jest w porządku na lokalne zawody, ale na dłuższe trasy, zwłaszcza latem, w upał, byłoby mu wygodniej w czymś z lepszą wentylacją i zawieszeniem. Kate oczywiście ma swoją, ale najpewniej akurat będzie w trasie z Mystery, kiedy my będziemy jej potrzebować; rusza w przyszłym roku na tournée ujeżdżeniowe.

— Sprawdzałem to — odparł Ryan, klikając nową kartę na laptopie. — Jest model australijskiej produkcji z klimatyzacją i zintegrowanym systemem kamer, żebyś mogła go monitorować podczas transportu.

Emma pochyliła się bliżej, ich ramiona musnęły się, gdy studiowała specyfikację. Jego troskliwość wciąż potrafiła ją zaskoczyć — to, jak przewidywał potrzeby, których nawet jeszcze nie zdążyła nazwać. — To byłoby idealne, zwłaszcza na nocne wyjazdy do Sydney pod koniec roku.

Ryan odwrócił się do niej; ich bliskość nagle stała się intymna, mimo że rozmowa dotyczyła spraw czysto praktycznych. — Rozmawiam z firmą paszową, która jest zainteresowana sponsoringiem — powiedział. — Wprowadzają linię suplementów dla koni sportowych i szukają konia pokazowego z poruszającą historią.

— Phoenix zdecydowanie się kwalifikuje — uśmiechnęła się Emma, myśląc o tym, jak długą drogę przebył jej uratowany folblut. — Z rzeźnickiej ciężarówki do mistrzowskich kokard w kilka miesięcy.

— Dokładnie — zgodził się Ryan, a w jego oczach zapłonął entuzjazm. — Naszkicowałem propozycję, która podkreśla aspekt rehabilitacji. Firmy chcą się kojarzyć z sukcesami, które mają serce. Już zaproponowali pokrycie kosztów jego paszy przez rok, plus premie za miejsca na zawodach rangi ogólnokrajowej.

Emma pokręciła z niedowierzaniem głową. — Zamieniłeś Phoenixa w sensowny biznesowy projekt.

— Wolę myśleć o tym jako o maksymalnym wykorzystaniu zasobów, żeby wesprzeć twoją wizję — poprawił delikatnie Ryan. — Sponsoringi uwalniają środki na rozwijanie twojego programu ratowania koni. Wszyscy na tym zyskujemy.

Sięgnęła po kubek, rozważając jego słowa. Na początku jego biznesowe spojrzenie wydawało jej się sprzeczne z jej podejściem do koni, ale coraz wyraźniej widziała, jak ich różne mocne strony się uzupełniały. Znalazł sposoby, by jej marzenia były bardziej trwałe, nie naruszając jej zasad.

Ryan zamknął laptop, a jego wyraz twarzy stał się bardziej osobisty. — Skoro mowa o maksymalnym wykorzystaniu zasobów — zaczął, a w jego zwykle pewnym głosie zabrzmiała nutka nerwowości — myślałem o naszej sytuacji mieszkaniowej.

Sercem Emmy wstrząsnęło przyspieszone uderzenie. Ostatnio większość nocy spędzali razem — albo u niego, albo w Ridgewater — co tworzyło męczący rytm ciągłego przemieszczania się.

— Ten dom jest zdecydowanie za duży tylko dla mnie — ciągnął Ryan, wskazując na przestronną kuchnię, która otwierała się na jeszcze większy salon. — I jest zaledwie pięć minut od Ridgewater. Co byś powiedziała na to, żebyś ty i Jemima wprowadziły się tutaj? Na serio, mam na myśli na stałe.

Pytanie zawisło między nimi, nabite znaczeniem. W głowie Emmy kłębiły się sprawy praktyczne: dojazd Jemimy do szkoły, codzienne podjazdy do koni, zmiana dla jej córki.

— To duży krok — powiedziała ostrożnie, nie chcąc od razu odrzucić pomysłu, ale musząc uznać jego złożoność. — Całe życie Jemimy to Ridgewater. Nie jestem pewna, jak zareaguje na mieszkanie z dala od koni, od cioć.

— Nie byłaby daleko — zauważył łagodnie Ryan. — Jesteśmy pięć minut stąd. Wciąż mogłaby spędzać każde popołudnie w stajni, a jej konie nadal stałyby na padoku tam. Za to tutaj miałaby własny pokój, basen w ogrodzie, prawdziwy dom. A jeśli myślisz o szkole, autobus może zatrzymywać się przy naszej bramie tak samo jak przy Ridgewater, żeby zabrać ją rano, a ja z przyjemnością dopiszę się do grafiku popołudniowych odbiorów.

Emma powoli skinęła głową, rozważając jego argumenty. — A co z moją pracą? Potrzebuję miejsca na papierologię, kartoteki weterynaryjne, dokumenty startowe...

Ryan uśmiechnął się, najwyraźniej przewidziawszy tę wątpliwość. — Trzeci pokój idealnie nada się na twoje biuro. Ma poranne światło, wbudowane półki, a ja mogę zamontować porządne biurko, takie, które będzie pasować do twojego sposobu pracy. Gabinet na dole może zostać moją przestrzenią, gdy oboje pracujemy z domu.

Ta jego drobiazgowość poruszyła ją do głębi. Nie oferował tylko swojego domu; robił miejsce dla jej życia, pracy, dla jej córki. Mimo to wahanie nadal tliło się w niej.

— A co, gdy będę musiała sprawdzić konie w nocy? Albo jeśli będzie jakiś nagły przypadek?

— Mamy dwa samochody i wózek golfowy — odparł po prostu Ryan. — W razie potrzeby wciąż możesz robić nocne obchody. Poza tym w domu wciąż mieszkają Sarah, Kate i Pip, do tego Marcus i Jake, i teraz Zoe. Między nimi a backpackersami w Barracks jest aż nadto zabezpieczenia, przyznaj sama.

Emma wstała i podeszła do okna, spoglądając na wypielęgnowane pole golfowe za domem. Przeszkody praktyczne topniały pod wpływem przemyślanych rozwiązań Ryana, zostawiając jej do zmierzenia się tylko własne lęki. Wspólne zamieszkanie było deklaracją trwałości, budowania przyszłości, w której on był obecny w każdym aspekcie jej życia.

— A jeśli to się nie uda? — zapytała cicho, wypowiadając najgłębszą obawę. — Jeśli odkryjemy, że nie potrafimy razem żyć?

Ryan stanął za nią, kładąc dłonie lekko na jej ramionach. — Wtedy wymyślimy coś innego — powiedział. — Ale, Emma, myślę, że jesteśmy sobie winni, żeby się przekonać. Ciągłe dzielenie czasu między dwa miejsca — to cudowne, ale męczące. Chcę budzić się z tobą co rano w tym samym łóżku, a Jemima też zasługuje na stabilizację.

Odwróciła się do niego, wpatrując się w szczerość jego oczu. Mężczyzna, który kiedyś wydawał się uosobieniem wszystkiego, czemu nie ufała w korporacyjnym świecie, stał się jej partnerem w najprawdziwszym sensie. Rozumiał jej oddanie koniom, wspierał jej ambicje i, co najbardziej niezwykłe, kochał jej córkę jak własną.

— Masz rację — powiedziała w końcu, a uśmiech przebił się przez niepewność. — Zróbmy to. Tylko uprzedzam: przychodzimy w pakiecie z mnóstwem ubłoconych butów i końskiej sierści.

Ulga i radość rozlały się po twarzy Ryana. — Już zamówiłem stojaki na buty do wiatrołapu — przyznał z uśmiechem. — I zrobiłem research najlepszego odkurzacza do sierści końskiej. Jestem w pełni gotów na inwazję McKenzie.

Emma uniosła się na palcach i przyciągnęła go do pocałunku, serce miała pełne po brzegi. — Nigdy nie sądziłam, że znajdę kogoś, kto zrozumie i zaakceptuje, kim jestem — wyszeptała tuż przy jego ustach. — Kogoś, kto widzi konie jako część pakietu, a nie konkurencję o moją uwagę.

Ramiona Ryana zacisnęły się wokół niej. — Konie są częścią ciebie — powiedział po prostu. — Kochając ciebie, kocha się to wszystko — błoto i wczesne poranki w komplecie.

Stojąc w jego kuchni, otoczona planami startów i propozycjami sponsoringu, Emma poczuła, jak ostatnie zastrzeżenia topnieją. Budowali coś razem — życie, które oddawało sprawiedliwość obojgu ich światom. Droga Phoenixa od przerażonego uciekiniera do pewnego siebie sportowca nagle wydała jej się metaforą jej własnej przemiany — od ostrożnej samotnej matki do kobiety na tyle odważnej, by przyjąć to niespodziewane uczucie.

Emma pchnęła drzwi kuchenne Wielkiego Domu; znajomy zapach kawy i dyniowych bułeczek Pip otulił ją jak powitalny uścisk. Jej siostry siedziały wokół dużego, drewnianego stołu, przy którym od pokoleń toczyły się rodzinne narady McKenzie: Kate przewijała telefon, Sarah segregowała faktury, a Pip z przejęciem opowiadała o przełomie treningowym u jednego ze swoich kuców. Zoe siedziała na stołku przy blacie; niesforne loki wysuwały jej się z warkocza, gdy żywo gestykulowała. Wszystkie uniosły wzrok, gdy Emma weszła, a ona poczuła motyle w brzuchu na myśl o wieściach, którymi miała się podzielić.

— A, jest i ona — oznajmiła Pip. — Już zaczynałyśmy myśleć, że na stałe przeniosłaś się do Ryana.

Emma poczuła, jak policzki jej różowieją, gdy nalewała sobie kawy. — Właśnie o tym chciałam z wami pogadać. Jemima jest u Charlotte na zabawie, więc pomyślałam, że to dobry moment.

Sarah odłożyła papiery, natychmiast skupiając na Emmie całą uwagę. Kate położyła telefon, a nawet Zoe przestała się wiercić — wszystkie wyczuwały wagę tego, co Emma miała powiedzieć.

— Ryan zapytał, czy przeprowadzimy się do niego — oznajmiła Emma, uznając, że bezpośrednio będzie najlepiej. — I powiedziałam: tak.

W powietrzu zawisła chwila ciszy, podczas której Emma obserwowała twarze sióstr: zamyśloną Sarah, lekko zaskoczoną Kate i rosnący uśmiech Pip. A potem wszystkie trzy odezwały się naraz.

— Najwyższa pora — stwierdziła Pip, sięgając po kolejne ciastko. — To wasze ciągłe kursowanie tam i z powrotem było absurdalne.

— Pomyślałaś o dojeździe Jemimy do szkoły? — zapytała Sarah, jak zawsze praktyczna.

— Ma jego dom wystarczająco dużo miejsca na cały twój sprzęt? — zastanowiła się Kate.

Emma się zaśmiała, a napięcie opadło jej z ramion. Połowicznie spodziewała się oporu — jakiejś dyskusji o łamaniu tradycji McKenzie lub porzuceniu Ridgewater. Zamiast tego natychmiast przeszły do logistyki, przyjmując jej decyzję z charakterystycznym pragmatyzmem.

— Tak, Sarah, ogarnęliśmy dojazdy. Jego dom jest pięć minut stąd i szczerze mówiąc, bliżej szkoły Jemimy niż

Ridgewater, a poranny autobus będzie się zatrzymywał przy bramie. Kate, przerabia trzeci pokój na moje biuro, a jest też wiatrołap na wszystkie nasze buty i sprzęt jeździecki.

— I basen — dodała Pip z przymrużeniem oka. — Nie udawaj, że Jemima nie jest wniebowzięta faktem, że będzie miała basen w ogrodzie.

— Jest całkiem podekscytowana — przyznała Emma, uśmiechając się na myśl, jak szybko córka ogrzała się do tego pomysłu. — Choć kazała Ryanowi obiecać, że wciąż będzie mogła codziennie po szkole przychodzić do stajni.

— Jakbyśmy pozwoliły, żeby nasza najlepsza młoda amazoneczka zniknęła — prychnęła Sarah, sięgając po dzbanek z kawą. — A tak przy okazji, chcę poprawić jej dosiad na okserach. Zauważyłam na wczorajszym treningu, że zaczyna mieć zwyczaj zbyt mocno wyrzucać ręce do przodu.

Emma skinęła głową, wdzięczna za nieustające zaangażowanie siostry w trening Jemimy. — Byłoby świetnie. Ryan zasugerował, żebyśmy rozpisały formalny harmonogram jej jazd z każdą z was, żeby miała nadal korzyść z waszej całej wiedzy.

Brwi Kate lekko powędrowały w górę. — Brzmi bardzo... zorganizowanie.

— I tak jest — zgodziła się Emma, nie kryjąc czułości w głosie. — Podchodzi do tego dokładnie tak, jak byś się spodziewała — arkusze, analizy efektywności. Ale pod tym wszystkim naprawdę zależy mu, żeby Jemima nic nie straciła przez przeprowadzkę z Ridgewater.

— No, chyba że mówimy o wątpliwej przyjemności słuchania, jak Zoe gada do siebie o trzeciej nad ranem, gdy zgłębia jakieś niszowe terapie końskie — droczyła się Pip, szturchając Zoe łokciem.

Zoe wyprostowała się na stołku, a jej wyraz twarzy spoważniał, bardziej niż zwykle pełen energii. — Właściwie to prowadzi *mnie* do czegoś, o czym też chciałam z wami porozmawiać. — Wzięła głęboki oddech, po czym jej słowa znów nabrały zwykłego tempa. — Zdecydowałam się na stałe przenieść z UK i założyć praktykę tutaj, w Ridgewater. Marcus już załatwił sponsoring do mojej wizy pracowniczej, a klinika może dostarczyć wystarczająco udokumentowanego zatrudnienia, żeby zadowolić imigrację. O ile wy też jesteście na tak, oczywiście.

Emma poczuła przypływ radości. Zoe stała się niezbędną częścią ich działań; jej innowacyjne terapie odmieniły nie tylko Phoenixa, ale i kilka innych trudnych przypadków rehabilitacyjnych. Myśl o tym, że jej umiejętności staną się stałym elementem Ridgewater, była ekscytująca.

— Zoe, to wspaniałe wieści! — zawołała Emma. — Możesz wziąć mój pokój!

— Dom i tak robił się trochę ciasny — rzuciła Pip, choć szeroki uśmiech zdradzał, jak bardzo naprawdę cieszy ją decyzja Zoe. — A tak będziemy mieć rodzinnego weta i rodzinnego terapeutę na stałe na miejscu.

— Co ważniejsze — wtrąciła Sarah — porozmawiajmy o stworzeniu odpowiedniej przestrzeni terapeutycznej dla twojej praktyki, Zoe. Mała stodoła za halą świetnie by się nadała do adaptacji. Blisko stajni, a jednak wystarczająco cicho do zabiegów.

Oczy Zoe się rozszerzyły. — Naprawdę byście to zrobiły? Stworzyły dedykowaną przestrzeń?

— Oczywiście — odparła Sarah. — Zrobimy porządną podłogę, klimatyzację i magazyn na twój sprzęt. To będzie inwestycja w usługi Ridgewater. Wypromujemy twoje terapie jako część naszego programu rehabilitacyjnego.

— I policzymy za to odpowiednio — dodała Kate z biznesowym skinieniem. — Twoje kompetencje zasługują na właściwe wynagrodzenie.

— Może pomyślimy o wykopaniu basenu dla koni — ciągnęła Emma, rozgrzewając się do planu. — I zainwestujemy w ten system czerwonego światła, o którym wspominałaś.

Zoe wyglądała na chwilę przytłoczoną ich entuzjastycznym planowaniem. — Nie spodziewałam się... To znaczy, miałam nadzieję, ale to przerasta wszystko...

— Witamy w rodzinie McKenzie — zaśmiała się Pip, ściskając ramię Zoe. — Jak już uznamy kogoś za rodzinę, opór jest daremny. Zostaniesz zasymilowana do naszej machiny, zanim się zorientujesz.

Emma patrzyła, jak wyraz twarzy Zoe przemienia się ze zdziwienia w prawdziwe poczucie przynależności — tę samą przemianę widziała u Ryana przez minione miesiące. Ridgewater miało ten efekt: wciągało ludzi w swoją orbitę i czyniło ich częścią czegoś większego niż oni sami.

— To ustalone — oznajmiła Sarah, już przyciągając do siebie notes. — Emma i Jemima przeprowadzają się do Ryana, Zoe zajmuje pokój Emmy, a małą stodołę przerabiamy na ośrodek terapeutyczny. Pokój Jemimy zostawiamy, na nocowania — dodała na marginesie, po czym uśmiechnęła się do Pip. — Teraz wystarczy, żeby Pip wreszcie zdecydowała się zamieszkać z Jake'em, zamiast udawać, że nie spędza pięciu nocy w tygodniu u niego w mieście.

Pip zakrztusiła się kawą, a reszta wybuchła śmiechem. Emma poczuła falę wdzięczności za ten wspierający rodzinny chaos, za ich łatwość w przyjmowaniu zmian przy jednoczesnym trzymaniu się mocnych więzi między sobą.

— Za nowe początki — zaproponowała Kate, unosząc kubek z kawą do toastu.

— I stare fundamenty — dodała Emma, myśląc o tym, jak Ridgewater pozostawało ich kotwicą, nawet gdy życie wokół się zmieniało.

Pięć kubków stuknęło o siebie w ciepłej kuchni — prosty rytuał, który oznaczał ciągłość dziedzictwa McKenzie przez wszystkie jego dostosowania i rozszerzenia. Ridgewater, pomyślała Emma, zawsze było bardziej o ludziach niż o miejscu — prawda, która sprawiała, że decyzja o przeprowadzce nie była odejściem, a raczej poszerzeniem granic tak, by dom Ryana znalazł się w jego orbicie.

Ryan opierał się o ogrodzenie parkuru w Ridgewater, patrząc bez cienia maskowania podziwu, jak Emma prowadzi Phoenixa przez złożoną sekwencję zakrętów i najazdów. Nawet dla jego teraz już wyrobionego oka harmonia między koniem a jeźdźcem była niezwykła — każdy subtelny ruch ciężarem ciała Emmy wywoływał natychmiastową reakcję potężnego folbluta pod nią. Obok niego Jemima stała na najniższej belce, drobnymi dłońmi trzymając się górnej listwy, śledząc każdy ruch mamy okiem młodej amazonki, już mocno oswojonej z technicznymi niuansami dyscypliny.

— Teraz prosi go o zebranie — relacjonowała Jemima tonem kogoś, kto dzieli się wiedzą z wewnątrz. — Widzisz, jak jego foule się skracają, ale są sprężyste? To po to, żeby mógł wystrzelić na dużym okserze.

Ryan skinął głową, wciąż zdumiony, jak wiele się nauczył w miesiącach, odkąd Phoenix przebił się przez ogrodzenie jego pola golfowego. To, co kiedyś wyglądało jak kobieta po prostu siedząca na pędzącym koniu, teraz odsłaniało się jako misterny taniec komunikacji i wzajemnego zaufania.

— No to jadą — mruknął, gdy Emma skierowała Phoenixa na imponującą przeszkodę, którą ustawiła. Przy 1,5 metra nie była wiele niższa od samej Emmy, a jej szerokość wymagała od konia nie tylko wysokości, ale i sporego zasięgu skoku. Phoenix zebrał się, potężny zad wyniósł go w łuk, który zdawał się przeczyć grawitacji.

Ciało Emmy poruszyło się w doskonałej synchronizacji — złożyła się nad jego szyją w szczycie skoku, po czym usiadła z powrotem w siodle, lądując niemal bezszelestnie po drugiej stronie.

— Tak! — Jemima zacisnęła pięść. — To się nazywa zapas w skoku! Spokojnie dołożyłby jeszcze dwadzieścia centymetrów.

Duma wezbrała w piersi Ryana — nie tylko z konia, którego rehabilitację obserwował, lecz także z kobiety, której umiejętności i cierpliwość to wszystko umożliwiły. Każdy dzień przynosił nową porcję uznania dla wielowymiarowych talentów Emmy. Wiedział, że jest dobra, ale patrzenie, jak atakuje te wysokości Grand Prix, odsłoniło poziom kunsztu, którego wcześniej w pełni nie pojmował.

— Twoja mama jest wyjątkowa — powiedział do Jemimy, czułym gestem mierzwiąc jej blond włosy.

— Jest najlepsza — odparła Jemima z niezachwianą pewnością ośmiolatki. — Phoenix był taki przestraszony, jak pierwszy raz przyjechał, ale mama nigdy się nie poddała. To jest to, co ona robi, wiesz? Naprawia konie, na które wszyscy inni machnęli ręką.

Ryan uśmiechnął się na trafność obserwacji. — I ludzi też czasem — dodał cicho, myśląc o tym, jak Emma stopniowo rozbroiła jego korporacyjne mury, pokazując mu inny sposób mierzenia sukcesu i spełnienia.

— Ciebie? — zapytała niewinnie Jemima, przekrzywiając głowę, by przyjrzeć się jego twarzy. — Byłeś wcześniej zepsuty?

Pytanie zaskoczyło go swoją przenikliwością. — Nie zepsuty — odparł ostrożnie. — Po prostu... niepełny. Skupiony na niewłaściwych rzeczach.

Jemima pokiwała mądrze. — Ciocia Pip tak mówi o koniach po torach. Nie są zepsute, tylko nigdy się nie nauczyły, że w życiu chodzi o coś więcej niż bieganie w kółko bardzo szybko.

Ryan roześmiał się, po raz kolejny uderzony mądrością, która zdawała się płynąć naturalnie od kobiet z rodziny McKenzie — bez względu na wiek. On i Jemima byli tak pochłonięci obserwowaniem, jak Emma zaczyna kolejny najazd, że żadne z nich nie zauważyło taksówki, która podjechała za dom, ani pary, która z niej wysiadła, zabrała bagaże, po czym zamiast wejść do domu, skierowała się w stronę parkuru.

Emma i Phoenix pokonali kolejny imponujący układ, tym razem potrójną kombinację wymagającą precyzyjnego wyliczenia foule między elementami. Ryan miał już skomentować ich przejazd, kiedy Jemima nagle gwałtownie wciągnęła powietrze obok niego.

— Dziadku! Babciu! — zapiszczała, zeskakując z poręczy i pędząc w stronę nadchodzących postaci z niepohamowanym entuzjazmem, na jaki stać tylko dzieci.

Ryan odwrócił się, a żołądek zrobił mu niespodziewaną, nerwową ewolucję, gdy zarejestrował obecność Jima i Ingrid McKenzie. Widział ich zdjęcia, rzecz jasna, dumnie porozstawiane po całym Wielkim Domu, ale nic nie przygotowało go na spotkanie twarzą w twarz — zwłaszcza bez zapowiedzi. Jim, wciąż wyprostowany mimo siedemdziesiątki, zatrzymał się w pół kroku, wpatrując się w parkur, gdzie Emma nieświadoma ich przyjazdu była całkowicie skupiona na treningu Phoenixa.

— Dobry Boże — wykrzyknął Jim, a na jego pooranej wiatrem twarzy zamigotał szok i coś jeszcze... szacunek, może duma. — Czy to *Emma* posyła tego konia na metr pięćdziesiąt? Kiedy to się wydarzyło?

Jemima wpadła w solidną sylwetkę dziadka, niemal go wywracając, gdy objęła go w pasie. — Phoenix jest niesamowity, dziadku! Wygrał OTTB Showcase na Ekce, a teraz mama trenuje go do Grand Prix i będą mieć sponsorów i w ogóle!

Ingrid, wysoka i elegancka, z platynowymi włosami przyciętymi w szykowny bob, schyliła się, żeby objąć wnuczkę, nie odrywając jednak oczu od parkuru. — No proszę — powiedziała, a w jej głosie brzmiała leciutka szwedzka nuta. — Wygląda na to, że ominęło nas całkiem sporo podczas naszych podróży.

Na parkurze Emma wreszcie dostrzegła nowo przybyłych. Zatrzymała Phoenixa, a na jej twarzy najpierw odmalował się szok, by po chwili ustąpić miejsca radosnemu uśmiechowi. Szybko zsiadła, zebrała wodze i ruszyła z Phoenixem w stronę bramki energicznym krokiem.

Ryan poczuł, jak przyrasta mu do ziemi, nagle boleśnie świadom swojego luźnego stroju, błota na butach i zupełnego braku przygotowania do tego kluczowego spotkania. Emma wspominała, że rodzice przylecą na czas ślubu Sarah, ale to dopiero za tydzień.

— Mamo! Tato! — zawołała Emma, w jej głosie brzmiała mieszanina zaskoczenia i radości, gdy podchodziła, a Phoenix posłusznie szedł za nią. — Nie wiedziałam, że przylatujecie dzisiaj!

Ryan zmusił się do ruszenia naprzód, próbując emanować pewnością siebie, której z pewnością nie czuł. Spotkanie rodziców jest stresujące w każdym związku, ale kiedy ci rodzice są olimpijczykami, którzy zbudowali wielopokoleniowe dziedzictwo, stawka rośnie niepomiernie.

Zanim zdążył do nich dojść, Jemima złapała go za rękę i pociągnęła z zaskakującą siłą jak na kogoś tak małego. — Dziadku, babciu, to mój nowy tata, Ryan! — oznajmiła z nieprzefiltrowanym entuzjazmem.

Ryan poczuł, jak świat na moment się zatrzymuje. *Nowy tata*. Słowa zawisły w powietrzu, piękne i przerażające w swoich implikacjach. Emma zastygła w pół kroku, a jej oczy rozszerzyły się na dźwięk deklaracji córki. Nawet Phoenix zdawał się wyczuwać nagłe napięcie — jego uszy nastawiły się zaciekawione.

Spojrzenie Jima McKenzie przesunęło się z wnuczki na Ryana, poddając go oceniającemu skanowi, który zdawał się wychwytywać wszystko — od jego „miastowej" fryzury po nabytą już manierę stania przy koniu bez okazywania strachu. Wyraz starszego mężczyzny był nieczytelny — pokerowa twarz wyrobiona przez dekady handlu końmi i startów.

— A więc ty jesteś tym gościem od pola golfowego — rzucił w końcu Jim tonem, który niczego nie zdradzał. — Tym, który sprawił, że moja córka wreszcie pokazuje, na co ją stać na dużych przeszkodach.

Ryan przełknął ślinę, wyciągając dłoń. — Ryan Wardell, miło mi pana poznać. To zaszczyt. Dużo o państwu słyszałem.

Uścisk Jima był stanowczy, ale nie wyzywający — w ocenie Ryana to był dobry znak. Starszy mężczyzna odwrócił się znów ku Phoenixowi, który stał spokojnie obok Emmy — jego dawna panika przy obcych była już tylko wspomnieniem.

— Ten koń ma potencjał olimpijski — skomentował Jim, doświadczonym okiem oceniając pokrój i prezencję folbluta. — Zasięg jak marzenie i teraz właściwe nastawienie, z tego, co widzę. Przy dobrym programie treningowym...

Ingrid trąciła męża żartobliwie łokciem. — James McKenzie, jesteś zdecydowanie za stary na to, o czym myślisz. Twoje dni startowe już minęły.

Jim roześmiał się, a dźwięk potoczył się nisko po jego piersi. — Nie można winić człowieka za marzenia, Inga. Ale masz rację. — Spojrzał na Emmę, a jego twarz złagodniała. — Teraz twoja kolej, Em. Choć mogę mieć parę sztuczek do podpowiedzenia na ciasne zakręty, jeśli cię to interesuje.

Twarz Emmy rozświetliły ulga i radość. — Bardzo chętnie, tato.

Część napięcia opadła z Ryana, gdy Ingrid podeszła i objęła go ciepło, jakby już był rodziną. — Czyli to ty sprawiłeś, że nasza Emma znów się uśmiecha — powiedziała z błyskiem w błękitnych oczach. — I namówiłeś ją, by wreszcie realizowała swoje sportowe marzenia, zamiast zawsze stawiać wszystkich innych na pierwszym miejscu.

— Nie mogę sobie przypisać tej zasługi — odparł szczerze Ryan. — Zawsze miała talent i determinację. Ja tylko pomogłem w kwestiach praktycznych.

Jim parsknął śmiechem, klepiąc Ryana po ramieniu z taką siłą, że ten niemal się zachwiał. — I skromny. Dobrze sobie poradzisz u McKenzie'ów, synu. Nie przepadamy za przechwałkami, wbrew temu, co niektórzy w środowisku jeździeckim mówią.

— Wygląda na to, że idealnie trafiliśmy z powrotem, żeby poznać najnowszego członka rodziny — stwierdziła Ingrid ciepło, spoglądając raz na Ryana, raz na Jeminę, która wciąż kurczowo trzymała jego dłoń.

— Najnowsi *członkowie* — poprawił Jim. — Nie poznaliśmy jeszcze ani Marcusa, ani Jake'a. — Wyciągnął rękę, by pogłaskać lśniącą szyję Phoenixa. — Rozumiem, czemu ten jegomość skradł wszystkim serca. Przypomina moją Lady w jej prime — to samo mądre oko.

Gdy rodzina przeszła płynnie do rozmowy o koniach i przygotowaniach do ślubu, Ryan poczuł, jak ogarnia go głębokie poczucie przynależności. Spontaniczne przedstawienie Jemimy, zamiast wywołać niezręczność, po prostu nazwało to, czym już się stawali: rodziną — może nietypową, ale przez to wcale nie mniej prawdziwą.

Śmiech McKenzie'ów rozbrzmiewał wokół niego — ciepły i zapraszający — gdy Jim snuł opowieści z ich podróży, a Ingrid rozczulała się nad tym, jak bardzo Jemima urosła od ostatnich świąt. Phoenix oparł tylną nogę i zapadł w błogi półsen obok nich, z ciemną głową opuszczoną w zadowoleniu — ostatni element nieprawdopodobnej układanki, która ich wszystkich połączyła.

Dżem ananasowy Emmy

SKŁADNIKI

1 duży, dojrzały ananas
   kawałek świeżego imbiru ok. ½ cala (1–1,5 cm), obrany
i starty
   Cukier kryształ — ilość ustalisz wg instrukcji
   Sok z 1 limonki
   1 łyżeczka cynamonu

Szczypta gałki muszkatołowej

PRZYGOTOWANIE

Obierz i wydrąż ananasa, pokrój w plastry. Wrzuć do blendera i krótko zmiksuj, tak aby rozbić większe kawałki, ale nie do konsystencji puree.

Zmierz ilość uzyskanej pulpy ananasowej. Dodaj cukier w ilości równej połowie objętości ananasa — np. na 3 szklanki ananasa weź 1 ½ szklanki cukru.

Przełóż zmiksowanego ananasa do misy wolnowaru i dodaj pozostałe składniki.

Ustaw na HIGH i gotuj ok. 4 godziny, mieszając mniej więcej co godzinę.

Gdy masa wyraźnie zgęstnieje, dżem jest gotowy; podczas stygnięcia dodatkowo się zwiąże.

Przelej do wyparzonych/s wysterylizowanych słoików i wstaw do lodówki. Porcja wystarczy zwykle na 1–2 słoiki (w zależności od ich wielkości); najlepiej przygotowywać dżem w małych partiach.

Pyszny w wersji na słodko i na wytrawnie — spróbuj z serami i krakersami!

WARIANTY

Cytrusowy miks: Dodaj skórkę otartą z jednej pomarańczy razem z sokiem z limonki, by dodać cytrusowego kopa.

Tropikalny miks: Pod koniec gotowania (na ostatnią godzinę) wmieszaj ½ szklanki drobno pokrojonego mango lub pulpę z marakui.

Pikantny chutney: Jeśli lubisz ostre smaki, podwój ilość startego imbiru i dodaj 1–2 czerwone papryczki chili bez pestek, drobno posiekane.

*Obiecuję — przepisy na nieodparcie pyszne proteinowe przysmaki z makadamii Kate oraz na magiczny chlebek bananowy Zoe też się pojawią... ale musisz czytać dalej serię **Amazonki z Ridgewater**, żeby je znaleźć! Następna książka to **Zapisane w gwiazdach**.*

Inne książki autorki Caitlyn Lynch

Oddział Ratunkowy

Ratunek Rangera
Powrót Rangera
Misja Rangera
Krew Rangera
Żar Rangera (tylko dla subskrybentów newslettera)

Amazonki z Ridgewater

Zaufaj procesowi
Przełamywać bariery
Wspólny grunt
Zapisane w gwiazdach
Święta w Ridgewater

Poznaj wszystkie publikacje Shenanigans Press, odwiedzając naszą stronę internetową, https://www.shenaniganspress.com/pl!

Możesz też obserwować nas w mediach społecznościowych – jesteśmy na Facebooku i Instagramie (@ShenanigansPressPolska)

I nie zapomnij zapisać się do naszego newslettera, aby otrzymywać informacje o nowościach, promocjach, konkursach i wiele więcej!